Gisa Pauly

Es wär schon eine Lüge wert

PIPER

Zu diesem Buch

»Anna stand auf der gegenüberliegenden Straßenseite und betrachtete ihr Hotel, als visierte sie das oberste Stockwerk eines Wolkenkratzers an. Sie schaute deshalb so hoch hinauf, weil sie nicht nur das Albergo, sondern auch den blauen Himmel über dem Dach, die Sonne und die Schäfchenwolken sehen wollte, die vom Dachfirst zerrissen wurden. Das alles gehörte dazu. Zu ihrem Hotel!«

Die Eröffnungsfeier des »Albergo Annina« steht kurz bevor, und sogar der Bürgermeister hat sich angekündigt! Natürlich sind auch Annas Brüder eingeladen – obwohl das die frischgebackene Hotelbesitzerin ziemlich nervös macht. Hoffentlich merkt niemand, dass das Hotel zwei Schwerkriminelle beherbergt! Und dann läuft prompt alles aus dem Ruder. Im Hotel checken Gäste ein, die einiges durcheinanderbringen, und aus der Basilika wird eine wertvolle Statue gestohlen. Sind ihre Brüder etwa rückfällig geworden? Anna hat alle Hände voll zu tun, den Dieb zu überführen, um ihre Feier zu retten …

Gisa Pauly hängte nach zwanzig Jahren den Lehrerberuf an den Nagel. Seitdem lebt sie als freie Schriftstellerin in Münster, ihre Ferien verbringt sie am liebsten auf Sylt oder in Italien. Ihre Sylt-Krimis um die temperamentvolle Mamma Carlotta erobern ebenso regelmäßig die SPIEGEL-Bestsellerliste wie ihre Italien-Romane. »Es wär schon eine Lüge wert« ist Gisa Paulys zweiter Roman um die Hotelbesitzerin Anna.

Gisa Pauly

ES WÄR SCHON EINE *Lüge* WERT

Roman

PIPER

Mehr über unsere Autoren und Bücher:
www.piper.de

Wenn Ihnen dieser Roman gefallen hat, schreiben Sie uns unter Nennung des Titels »Es wär schon eine Lüge wert« an *empfehlungen@piper.de,* und wir empfehlen Ihnen gerne vergleichbare Bücher.

Von Gisa Pauly liegen im Piper Verlag vor:

Mamma-Carlotta-Reihe:
Band 1: Die Tote am Watt
Band 2: Gestrandet
Band 3: Tod im Dünengras
Band 4: Flammen im Sand
Band 5: Inselzirkus
Band 6: Küstennebel
Band 7: Kurschatten
Band 8: Strandläufer
Band 9: Sonnendeck
Band 10: Gegenwind
Band 11: Vogelkoje
Band 12: Wellenbrecher
Band 13: Sturmflut
Band 14: Zugvögel
Band 15: Lachmöwe

Siena-Reihe:
Band 1: Jeder lügt, so gut er kann
Band 2: Es wär schon eine Lüge wert
Band 3: Lügen haben lange Ohren

Dio Mio! Mamma Carlottas himmlische Rezepte
Der Mann ist das Problem
Venezianische Liebe

Ungekürzte Taschenbuchausgabe
ISBN 978-3-492-31684-2
1. Auflage August 2021
2. Auflage August 2021

erschienen im Verlagsprogramm Pendo
Umschlaggestaltung: u1 berlin / Patrizia Di Stefano
Umschlagabbildung: Patrizia Di Stefano unter Verwendung mehrerer Motive von Shutterstock.com und Getty Images
Satz: Uhl + Massopust, Aalen
Gesetzt aus der Scala
Druck und Bindung: CPI books GmbH, Leck
Printed in the EU

Wie wichtig ist Ihnen die Rechtschreibung? Sagen Sie nicht voreilig: »Völlig egal!«, weil Sie meinen, dass Sie damit noch nachträglich Ihrer altjüngferlichen Deutschlehrerin eins auswischen können. Wenn Sie in meinem Alter sind, dann haben Sie in der Schule gelernt, dass das Beherrschen der Rechtschreibung einer guten Charaktereigenschaft gleichkommt. Ein Schüler, der sich nicht mit der Groß- und Kleinschreibung auskannte, wurde in der Schule behandelt wie jemand, der unweigerlich auf die schiefe Bahn geraten wird. So wurde uns das vermittelt, das muss Ihnen auch so gegangen sein, wenn Sie über sechzig sind.

Damals war ich fest davon überzeugt, dass meine Deutschlehrerin das Wesentliche im Leben verpasste und ich ihr über kurz oder lang überlegen sein würde, da ich mich für wichtigere Dinge interessierte als die Gesetze der Rechtschreibung. Das Leben meiner Deutschlehrerin war so grau wie die Orthografie, meins dagegen war rosarot. Und ihre Zukunft würde grau bleiben, davon war ich überzeugt. Dass meine noch nach Jahren rosarot leuchten würde, war zwar ungewiss, so viel Realitätssinn hatte ich dann doch schon in jungen Jahren, aber wenn grau, dann würde mein Leben allenfalls silbergrau werden. Nicht staubgrau wie das Dasein einer Deutschlehrerin.

Heute muss ich zugeben, dass ich mich geirrt habe. Unmerklich muss sich nach der Schulzeit doch die Auffassung in meine Lebenserfahrung geschlichen haben, dass das Beherrschen der Muttersprache in Wort und Schrift nicht nur etwas über Intelligenz und Bildung, sondern auch eine Menge über den Wesenszug eines Menschen aussagt. Lieber Himmel! Die graue Auffassung meiner Deutschlehrerin, die ich doch niemals teilen wollte! Aber ich muss zugeben, dass mich manche der Zimmerbuchungen, die ich in letzter Zeit per E-Mail erhalten habe und die mir eigentlich hochwillkommen sind, aufgrund ihrer Orthografie mit Argwohn erfüllen. Wenn Sie also eben noch spontan den Kopf geschüttelt haben, werden Sie jetzt vielleicht nachdenklich? Ich sehe es Ihnen an, Sie würden auf dieselbe Weise reagieren, wenn Sie läsen, was ich gelesen habe. Belustigt, empört, herablassend und keineswegs so gleichgültig, wie Sie anfangs vielleicht angenommen haben.«

Anna stand auf der gegenüberliegenden Straßenseite und betrachtete ihr Hotel, den Kopf in den Nacken gelegt, als visierte sie das oberste Stockwerk eines Wolkenkratzers an. In Wirklichkeit verfügte das *Albergo Annina* lediglich über drei Etagen, wobei die oberste nur aus zwei kleinen Mansardenzimmern bestand, die beide kein eigenes Bad besaßen. Anna schaute deshalb so hoch hinauf, weil sie nicht nur das *Albergo*, sondern auch den blauen Himmel über dem Dach, die Sonne neben der Fernsehantenne und die Schäfchenwolken sehen wollte, die vom Dachfirst zerrissen wurden. Das alles gehörte dazu. Zu ihrem Hotel!

Sie fuhr sich mit den Fingerspitzen durch den hellblond gefärbten Pixiecut und freute sich über die Leichtigkeit an ihren Fingerkuppen, über das wenige, mit dem sie auskam, weniger Haare, weniger Kleidung, kürzer, knapper, dekolletierter. Jedes Weniger, für das sie sich entschlossen hatte, war zu einem Mehr geworden! Aus der biederen Stuttgarter Hausfrau, die einen biederen Angestellten des öffentlichen Dienstes zum Ehemann hatte, war ein neuer Mensch geworden. Sechzig Jahre hatte Anna gebraucht, um abzuschütteln, was nicht mehr nötig war, und um zu sehen, zu fühlen und zu erkennen, worauf es ihr wirklich ankam. Ihr preußischbraunes Leben war hyazinthfarben geworden! Ihr Haar blond, ihr Mund knallrot, und ihre Kleidung hatte von Alltagsbeige zu Begonienrosa und Herbstzeitlosenrot gewechselt. Sie musste über sich selbst lachen. Für sie waren alle Stimmungen und Gefühle farbig, schon von klein an hatte sie so empfunden. Das war ihr erst richtig klar geworden, als ihr Leben begonnen hatte, in bunten Regenbogenfarben zu schillern.

»So ein Tag! So wunderschön wie heute …«

Sie konnte nicht gut singen und wusste genau, wie leichtsinnig es war, es trotzdem immer wieder zu versuchen. Aber seit sie in Siena lebte, spielte es mit einem Mal keine Rolle mehr, dass Mitmenschen über sie lachten, dass manche sogar erschraken und selten jemand einstimmte, dem ebenfalls daran gelegen war, den Tag, die Sonne und die Liebe zu besingen. Als Schülerin hatte sie begreifen müssen, dass ihre Stimme nicht glockenhell war, wie sie sich eingebildet hatte, sondern schrill und zum Steinerweichen, und dass sie es schaffte, immer haarscharf am richtigen Ton vorbeizusingen. Später hatte sie gelernt, hatte es lernen müssen, den Mund zu halten, wenn andere die Nationalhymne anstimmten, und als Ehefrau hatte sie nicht einmal am Ende des Weihnachtsgottesdienstes mitgesungen, wenn Clemens »O du fröhliche« schmetterte. Obwohl ihr Gesang dort, neben den vielen scharfen Alt-Frauen-Sopranen, am wenigsten aufgefallen wäre. Nein, Clemens hatte seinen angenehmen Bariton erschallen lassen und vergeblich darum gebeten, dass sie ihn unterstützte. Anna wusste, er hätte es nie getan, wenn er jemals das hohe C von ihr gehört hätte. Sie hatte einmal einen jungen Mann, in den sie sehr verliebt gewesen war, mit ihrem Gesang in die Flucht geschlagen, das sollte ihr nie wieder geschehen. Erst bei Clemens' Beerdigung war zum ersten Mal wieder der Wunsch in ihr geweckt worden, »So nimm denn meine Hände« mit undeutlichem Gesumm zu begleiten.

»... so ein Tag, der dürfte nie vergehn ...«

Dass der Postbote staunend stehen blieb und sich umblickte, als rechnete er damit, irgendwo Hilfe leisten zu müssen, kümmerte Anna nicht. Sie war längst darüber hinaus, die berechtigten Zweifel an ihrem Talent an sich herankommen zu lassen. Wer so glücklich war wie sie, musste sich nicht mit ihren Unfähigkeiten abgeben, es kam nur noch auf das an, wozu sie fähig war, was sie geschafft und bewältigt hatte. Und das war schließlich eine ganze Menge ...

»So ein Tag, so ausgebucht wie heute ...«

Ausgebucht! Endlich!

Ein Wagen fuhr vorbei, der Fahrer hupte. Levi Kailer, der Architekt, der ihr Haus zu einem Hotel umgebaut hatte! Er war Deutscher, war mal mit einer Italienerin liiert gewesen und war ihr in ihre Heimat gefolgt. Die Liebe hatte nicht gehalten, aber als er sich von ihr trennte, konnte Levi sich ein Leben in Deutschland nicht mehr vorstellen. Er blieb in Siena und betrieb seitdem ein Architekturbüro mit angeschlossener Baufirma in ihrer unmittelbaren Nähe. Anna winkte ihm fröhlich hinterher. Beide waren sie froh, dass es geschafft war, dass das *Albergo Annina* pünktlich fertig geworden war!

Die Leuchtbuchstaben mit dem Namen ihres Hotels prangten auf der gelb gestrichenen Fassade. Pure Geldverschwendung, denn die Sonne saugte einen Teil des künstlichen Lichts auf, aber an diesem Tag sollte das keine Rolle spielen. Das Hotel war fertig, alle Arbeiter waren verabschiedet und bezahlt worden, Levi hatte die Umbauarbeiten abgenommen, mit durchgedrücktem Rücken und steifer Miene, und die Nachbarn waren erschienen, um sich das Ergebnis anzusehen. Mittlerweile waren auch alle Betten bezogen, frische Handtücher hingen in den Bädern, die Minibars waren gefüllt. Und jetzt stand die offizielle Einweihung ihres Hotels bevor! Noch acht Tage! Die Presse hatte ihr Erscheinen zugesagt, ein Vertreter der Kirche wollte es segnen, sogar der Bürgermeister von Siena hatte sein Kommen in Aussicht gestellt, um das neue Haus, das das Hotelgewerbe seiner Stadt erweitern würde, mit ein paar Worten zu bedenken, die hoffentlich freundlich ausfallen würden. Zum Glück war seine Tochter mit einem Hamburger verheiratet, Anna musste nicht befürchten, dass eine deutsche Hotelbesitzerin unwillkommen war.

Nun war es nur noch darauf angekommen, dass ihr Hotel gut besucht, am besten ausgebucht sein würde. Mindestens am Tag der Einweihung! Bis vor zwei Tagen waren die Buchungen nur spärlich hereingekommen, lediglich acht der fünfzehn Zimmer waren belegt. Diese Tatsache hatte wie eine schwere Last auf ihrer Vorfreude gelegen und ihre zuckerwatterosa Zuversicht am Fliegen gehindert. Wie sollte sie der Presse klarmachen, dass sich ihr Hotel zum neuen Geheimtipp entwickeln würde, wenn gerade mal die Hälfte der Zimmer belegt war? In der Zeitung musste unbedingt zu lesen sein, dass sich das *Albergo Annina* bereits vor der offiziellen Eröffnung regen Zuspruchs erfreute. Und dasselbe galt für die Reiseveranstalter, die sie kontaktiert hatte, sollten sie ihr Versprechen wahr machen und zur Eröffnungsfeier erscheinen. Die Idee, sowohl der Presse als auch dem Reiseveranstalter schamlos ins Gesicht zu lügen, hatte sie gleich wieder verworfen. Wenn das herauskäme, würde es mit ihren Zukunftsplänen noch schlechter aussehen. Und da Graziella, ihr Zimmermädchen, aus einer Familie Sienas stammte, die aus besonders kommunikationsfreudigen Mitgliedern bestand und Gott und die Welt kannte, war die Gefahr groß, schon entlarvt zu werden, bevor die Proseccoflaschen leer waren. Graziella redete mit jedem über alles, und was ihre Familienangehörigen wussten, verbreitete sich in Windeseile in ganz Siena. Ihre Mutter hatte einen Friseursalon, der als Umschlagplatz für Neuigkeiten galt, ihre Schwester arbeitete im Bürgermeisteramt, ihr Vater hatte eine Tankstelle, wo alle Einheimischen tankten und zusätzlich mit Neuigkeiten versorgt wurden. Dummerweise hatte Anna ihr einmal in einem sentimentalen Moment gestanden, wie wichtig es ihr war, bei der Einweihung ein ausgebuchtes Hotel zu präsentieren, und seitdem hatte Graziella ein Auge auf die Buchungen. Nein, wenn Anna behauptete, ihr Hotel sei ausgebucht, dann musste es auch so sein. Emilio, ihr Polizistenfreund, hatte sie in diesem Gedanken bestärkt, auch Konrad, Levis Vater, hatte es eingesehen. Sogar ihren Brüdern hatte sie klarmachen können, worauf es ankam. »Hier darf kein Bett frei sein, wenn das Hotel eingeweiht wird!«

Und nun war es endlich so weit. Sie war ausgebucht!

»… und wer weiß, wann wir uns wiedersehn …«

Vinfrido, der Postbote, hatte erkannt, dass an seine Ohren nicht das Gewimmer einer verzweifelten Mutter drang, deren Kind in ein Stück Stacheldraht oder einen Hundehaufen gefallen war, sondern das Frohlocken einer frischgebackenen Hotelbesitzerin, die ihrem Glück lautstark Ausdruck verlieh. Erleichtert winkte er ihr zu und zeigte ihr mit übertriebenen Gesten, dass er die Post fürs *Albergo Annina* wie immer auf den Terrassentisch gelegt hatte. Es würde vermutlich länger dauern, bis er begriff, dass es neuerdings einen Briefkasten neben dem Hauseingang gab und in Zukunft die Rezeption besetzt sein würde, wo die Post hinterlegt werden konnte. Vielleicht würde Vinfrido aber trotzdem alles so belassen, denn er gehörte zu denen, die gerne einen Besuch in fremden Wohnungen machten und noch lieber etwas mitbekamen, was sie nichts anging.

Anna kehrte ins Haus zurück und ließ die Tür hinter sich offen stehen. Geschlossene Türen ertrug sie nur schwer, abgeschlossene überhaupt nicht. Sie trat an die Theke der Rezeption und stellte wieder einmal fest, dass sie durch die geöffnete Tür einen wunderbaren Blick auf die Basilica di San Francesco hatte. Die Kathedrale erhob sich hinter der Stadtmauer, ein Bild, das selbstverständlich in ihrem Prospekt zu sehen war und mit dem das

Albergo Annina auch im Internet warb. Ein guter Grund, die Eingangstür stets geöffnet zu halten.

Sie strich ihren kurzen Jeansrock glatt, als sollte er sich ein bis zwei Zentimeter weiter Richtung Knie bewegen. Demnächst würde es ein Ende haben mit Miniröcken und Shorts, Spaghettiträgern und bunten Flipflops. An der Rezeption musste sie seriös aussehen. Für die Einweihung des Hotels hatte sie sich sogar ein elegantes schwarzes Kleid gekauft.

Neben dem Computer lagen ausgedruckt die Buchungen, die zuletzt eingegangen waren. »Ich bitte Ihnen um ein Zimer mit Klo und mit Küllschrang fuer mein Schnappes.« Ein gewisser Pius Eggering hatte am Tag zuvor diese Anfrage gestellt, und Anna hatte sich zwingen müssen, ihn nicht danach zu beurteilen, wie verwegen er mit den Regeln der Rechtschreibung umging. Du meine Güte! Was mochte das für ein Typ sein? Aber egal! Er wollte bei ihr wohnen und hatte sie ihrem Ziel, zur Einweihungsfeier ausgebucht zu sein, ein Stück näher gebracht. Nur darauf kam es an.

Auch bei dem nächsten interessierten Gast war ihre Toleranz auf eine harte Probe gestellt worden. Allerdings erst auf den zweiten Blick, denn der erste hatte Anna einen Schritt in Richtung Ohnmacht gestoßen. D. Trump hatte ihr geschrieben! »Wir woln bei ihnen 3 Mahl schlahfen und Fruhstuk woln wir auch. Dustin Trump.« Sie hatte vernehmlich ausgeatmet. Gott sei Dank nicht Donald! Aber … etwa ein Verwandter des amerikanischen Präsidenten? Anna überlegte, ob sie so jemanden in ihrem Hause haben wollte. Gleichzeitig fragte sie sich, ob es fair war, einen Mann mit diesem Namen in den gleichen Topf zu werfen wie Donald Trump. Und natürlich, ob sie es sich leisten konnte, wählerisch zu sein. Die letzte Frage war leicht zu beantworten: absolut nicht! Dustin Trump hatte eine Zusage und die besten Wünsche für eine stressfreie Anreise erhalten. Woher kam er? Anna studierte die Mail noch einmal. Aus Frankfurt! Na also, zum Glück nicht aus den USA.

Dann noch die Mail einer Französin, ebenfalls vom Vortag.

»Je bestell ein chambre avec grand liet, avec Toilette e Bidett e Douche. Merci!«

Diese Clara Morbé hatte einen französischen Nachnamen, die französische Sprache handhabte sie jedoch wie der Nachbar seinen dreirädrigen motorisierten Karren, dessen Motor er aufheulen ließ, als handle es sich um einen Ferrari.

Und dann noch zwei andere Buchungsanfragen dieser Art! Bei einer waren die Regeln der Rechtschreibung derart kreativ angewendet worden, dass der Sinn der Worte nur mit viel Fantasie zu erkennen war. Anna musste sich große Mühe geben, sich nicht von den Vorurteilen ihrer weltfremden Deutschlehrerin leiten zu lassen, und einfach zufrieden zu sein, dass sich die Auslastung ihres Hotels mit diesen unerwartet eingetroffenen Buchungen erfreulich verbesserte. Als kurz darauf noch zwei telefonische Anfragen gekommen waren, hatte sie sich sagen dürfen, dass ihr Hotel am Tag der Einweihungsfeier tatsächlich ausgebucht sein würde. »Ausgebucht!« Sie flüsterte es immer wieder vor sich hin. Und es hörte sich an wie ein wolkenweißes Wort vor einem strahlend blauen Hotelhimmel.

»So ein Tag, so wunderschön wie heute …«

Aber jetzt ließ sie diese Zeile nur in ihrem Kopf klingen. Irgendetwas war seltsam. Nicht nur die konfusen Buchungen mit den vielen Rechtschreibfehlern, auch die beiden Telefonate.

»Albergo Annina! Buon giorno!« Immer noch war es eine Freude, wenn sie den Hörer zur Hand nehmen und sich mit dem Namen ihres Hauses melden durfte.

Die Stimme am anderen Ende hatte Italienisch gesprochen, zum Glück derart distinguiert, dass Anna keine Mühe hatte, es zu verstehen. Sie schien einer Dame zu gehören, die es gewöhnt war, Reden zu halten oder Lehren zu erteilen, die auf Anhieb verstanden werden sollten. Sie hatte nicht nach einem freien Zimmer gefragt, sondern nach dem Namen der Hotelbesitzerin. »La casa di Anna Wilders?«

»Sì! Wir eröffnen in diesen Tagen. Die Einweihungsfeier findet in acht Tagen statt.«

Dass sie alle Gäste, die zurzeit ihr Hotel bewohnten, zu dieser Feier einlud, gefiel der Signora sehr. Zufrieden hatte sie ein Zimmer gebucht, ohne nach dem Preis zu fragen. Als Anna sie um ihre Telefonnummer bat, war ihr eine Nummer diktiert worden, die zum Telefonnetz von Siena gehörte. Ihr Gast wohnte in Siena und wollte in einem Hotel dieser Stadt nächtigen? Und zwar nicht im *Albergo Annina,* sondern in dem Haus, das Anna Wilmers führte. Merkwürdig …

Und die Frau, die nur kurze Zeit später ebenfalls telefonisch einen Aufenthalt im *Albergo Annina* buchte, hatte ihr noch stärkeres Kopfzerbrechen bereitet. »Das Hotel von Annina Kolsky?«

Wer kannte ihren eigentlichen Vornamen? Wer wusste, dass ihre italienverliebten Eltern sie Annina genannt hatten? Und wer kannte ihren Mädchennamen und wusste, dass sie ein Teil der Familie Kolsky war? Etwas, was sie seit ihrer Kindheit unter allen Umständen verbarg!

Als Anna sie danach fragte, war die Frau, deren Stimme durch das Telefon recht jung klang, ausgewichen. »Habe ich irgendwo gehört. Der Name kam mir bekannt vor, deswegen habe ich mich entschlossen, bei Ihnen zu buchen. Vielleicht kannten Sie meine Mutter?«

Sie hieß Janina Spicker, aber Anna sagte der Name nichts, und sie verbot sich nähere Nachfragen. Stattdessen hatte sie die Buchung von Janina Spicker bestätigt und beschlossen, erst später, wenn die junge Frau in ihrem Haus war, in Erfahrung zu bringen, woher sie den Namen Kolsky kannte.

So erleichtert Anna auch war, dass sie nun von einem ausgebuchten Haus sprechen konnte, ohne lügen zu müssen, so erschien ihr das Glück doch wie ein nachlässig eingepacktes Geschenk ohne Schleife. Die Angst, von Stuttgart nach Siena gezogen zu sein, um ein Wagnis einzugehen, an dem sie scheitern würde, legte sich ihr erneut auf die Brust. Ein Gefühl, das sich nicht einmal mit »Das Wandern ist des Müllers Lust« vertreiben ließ!

Sie starrte an die gegenüberliegende Wand, als wollte sie die

Arbeit der Anstreicher kontrollieren, aber in Wirklichkeit lauschte sie auf die Stille des Hauses. Draußen gab es Lärm genug, Motorengeräusche, Mopedgeknatter, Hupen und Gelächter, aber in ihren vier Wänden war es still, sehr still, so still wie bleiches Gold. Würde es für immer so still bleiben? Würden die Touristen nach der Einweihungsfeier achtlos am *Albergo Annina* vorbeigehen und im *Minerva* einchecken, das größer war und sich direkt hinter der Stadtmauer befand? Sie war nun mal die Grenze zwischen erschwinglich und kostspielig, exklusiv und bescheiden, attraktiv und nichtssagend. Die beißbeerenrote Angst, unter der sie jetzt litt, war in den vergangenen Monaten ganz langsam herangewachsen. Wie Unkraut, das die zart blühende Hoffnung überwucherte.

Sie riss sich zusammen. Nein, jetzt war ihr Haus ausgebucht, noch rechtzeitig vor der Eröffnungsfeier, nur darauf kam es an. Trotzdem fiel es ihr immer noch schwer, ihren Optimismus fliegen zu lassen …

Sie klickte sich in ihr Computerprogramm, das die Auslastung der Hotelzimmer zeigte, und glich es mit ihren handschriftlichen Notizen ab, weil sie es immer noch nicht recht glauben konnte. Einem Blatt Papier traute sie nach wie vor mehr als der elektronischen Datenverarbeitung. Aber ihr wurde bestätigt, was sie eigentlich glücklich machen sollte: Ausgebucht! Und dennoch ließ der Argwohn sie nicht los …

Doch sie kam nicht dazu, ihren Sorgen zu folgen. Denn in diesem Augenblick wurde sie durch ein Geräusch aus ihren Gedanken gerissen. Es kam von der Rückseite des Hauses, von der Terrasse. Fieberhaft dachte sie nach, musste aber nicht lange überlegen: Die Tür, die von der Küche ihrer Wohnung auf die Terrasse führte, hatte sie genauso wenig abgeschlossen wie alle anderen. Nach Einbruch der Dunkelheit drückte sie die Türen immer ins Schloss, und wenn sie schlafen ging, kontrollierte sie, ob sich ein potenzieller Einbrecher zumindest ein wenig Mühe geben musste, um in ihr Haus, in ihre Wohnung einzudringen. Aber tagsüber?

Solange die Sonne am Himmel stand, blieb ihr Haus offen. Und wer es von hinten betrat, kam mit Schritten über die Terrasse, die laut und vernehmlich waren. Ein Nachbar, der Postbote, Konrad und Levi … alle kamen sie auf diesem Weg zu ihr.

Ihr Architekt und sein Vater wohnten in der Via Boninsegna, der Straße über der Via Valdambrino, an der das *Hotel Annina* lag. Ihre Gärten grenzten aneinander. Es war praktisch, den Architekten ständig in der Nähe zu haben. Levi gewöhnte es sich schnell an, zu jeder Zeit über den Gartenzaun zu steigen und ins Haus zu kommen, manchmal, ohne dass Anna es merkte. Und sein Vater hatte im Nu diese Gewohnheit übernommen. Er kam sogar noch öfter als sein Sohn, und Anna wusste, dass er die Hoffnung noch nicht aufgegeben hatte, irgendwann bleiben zu dürfen.

Aber sie alle schlichen sich nicht heran und versuchten nie, so leise wie möglich zu sein und die Perlenschnüre, die als Mückenschutz im Türrahmen hingen, so vorsichtig zu teilen, dass nur ein feines Klingeln entstand, das bei Radiomusik leicht zu überhören gewesen wäre, erst recht, wenn Anna telefonierte oder in einem der Hotelzimmer beschäftigt wäre. Jetzt aber stand sie an der Rezeption, in der Nähe ihrer Wohnungstür, die natürlich ebenfalls geöffnet war, und es war still. So konnte sie hören, dass nun jemand durch ihre Küche schlich. Danach würde er mit zwei, drei Schritten den Flur überquert haben und in der Tür erscheinen, die die Lobby von ihrer Wohnung trennte.

Anna zog sich mit ebenso leisen Schritten hinter das Regal zurück, in dem die Postfächer untergebracht waren, und hielt den Atem an. Das leise Scharren kam näher …

Schon klar, Sie haben kein Verständnis dafür, dass ich immer die Türen offen stehen lasse! Das wundert mich nicht. Auch Clemens hat es rasend gemacht. Wir lebten in einem großen Haus mit unzähligen Wohnungen, natürlich mussten die Türen geschlossen sein, das sah sogar ich ein. Aber auf keinen Fall ertrug ich es, wenn unsere Wohnungstür abgeschlossen wurde. Clemens hatte nicht verstehen können, dass ich den Schlüssel heimlich zurückdrehte, nachdem er ihn vor dem Schlafengehen in der verriegelten Tür hatte stecken lassen. Und erst recht verstand er meine Begründung nicht. Ich musste fliehen können. Jederzeit! Dabei gab es für mich keinen Grund zur Flucht, aber ich musste dennoch wissen, dass es möglich war, die Tür aufzureißen und hinauszustürmen. Niemals darauf angewiesen sein, dass ein Wärter mich herausließ! Meine Mutter hatte mir oft von der Verzweiflung erzählt, die sie überfiel, wenn sie das Geräusch des Schlüssels hörte, der sich immer zweimal im Schloss drehte, sodass ich selbst diese Verzweiflung spüre, wenn eine Tür hinter mir zugeschlagen wird. Niemals eingeschlossen werden! So wie meine Eltern und Brüder…

Sie verstehen mich immer noch nicht? Egal, es ist einfach so. Und ich bin froh, dass ich hier in Siena sorglos mit den geöffneten Türen umgehen kann. Zwar sagt man, in Italien, in den Touristenzentren, wird gestohlen, was nicht niet- und nagelfest ist, aber die Einheimischen bestehlen sich ja nicht gegenseitig. Und ich lebe nun seit einigen Monaten in Siena, also gehöre ich beinahe zu den Einheimischen. Ich arbeite hier, habe mich hier selbstständig gemacht, will hier bleiben, habe hier meinen Lebensmittelpunkt errichtet. Und um mich herum wohnen Familien, die zwar der Hausratversicherung falsche Angaben machen, den Fiskus betrügen und darauf sogar stolz sind, die sich auch heimlich freuen, wenn der Kellner sich zu ihren Gunsten verrechnet, die aber niemals in ein Nachbarhaus eindringen würden, um zu stehlen. Ich fühle mich hier sicher, auch bei geöffneten Türen…

Commissario Emilio Fontana legte das Telefon weg und lehnte sich seufzend zurück. Immer Ärger mit Mama! Sie wollte, dass er endlich heiratete, dass er zumindest eine Lebensgefährtin fand, und am liebsten eine, die resolut und tatkräftig und nicht weiter an seinem Äußeren interessiert war. Enkelkinder hatte sie zum Glück aus ihrem Wunschkatalog gestrichen. Dass er mit einer Frau im gebärfähigen Alter glücklich werden könnte, hielt sie schon lange nicht mehr für möglich, obwohl aufgrund seiner Attraktivität immer wieder junge Frauen ein Auge auf ihn warfen. Er war jetzt Ende fünfzig. Eine Frau, die ein Kind von ihm wollte, dürfte höchstens Ende dreißig sein. »Santo dio!« Viel zu jung!

Mama hielt ihn für den größten Langweiler, den es in ihrer Familie jemals gegeben hatte, und fragte sich noch heute mehrmals täglich, welcher Vorfahre für die Gene ihres Sohnes verantwortlich sein konnte. Erst Ende fünfzig und schon so müde und antriebsarm! Eine junge Frau würde bereits nach vier Wochen Ehe die Eintönigkeit nicht mehr ertragen. Emilio Fontana liebte keine Geselligkeit, hasste Partys, tanzte nie, war beruflich nicht besonders ehrgeizig und fühlte sich schon abgehetzt, wenn er in einem Wohnhaus ermitteln musste, das keinen Aufzug besaß. Und sein Schlafbedürfnis, so behauptete seine Mutter, sei ähnlich ausgeprägt wie bei seinem Vater eine Woche vor dessen Tod.

Signora Fontana war mit ihren gut achtzig Jahren wesentlich temperamentvoller, unternehmungslustiger und kommunikationsfreudiger als ihr Sohn. Ihre Tage waren stets angefüllt, der Kreis ihrer Freundinnen für Emilio unüberschaubar und die Anzahl ihrer Hobbys erst recht. Bridge, weil das in ihren Kreisen üblich war, Skat, weil es nicht üblich war, ein bisschen Aquarellmalerei, aber höchstens eine Stunde täglich, weil Malen einsam machte, ein gutes Buch, aber nur dann, wenn das Leben gerade nichts Besseres zu bieten hatte, zwei bis drei Dutzend Telefonate täglich, Friseur- und Kosmetiktermine, Hand- und Fußpflege und die Verabredungen mit ihrem Personal Trainer! Natürlich auch diverse Arztkonsultationen, damit die Signora sich noch lange an der Gesundheit erfreuen konnte, die ihr half, die Energie für ihre ausgefüllten Tage aufzubringen. Dazu natürlich der regelmäßige Besuch eines Gotteshauses! Signora Fontana war ihr Leben lang täglich vor dem Kruzifix der Basilica di San Franceso in die Knie gegangen und hatte sich bekreuzigt. Als Kind, weil die Mutter es so wollte, als junges Mädchen, weil sie sich in einen Priester verguckt hatte, als frischgebackene Ehefrau, um für eine Stunde von lästigen Pflichten befreit zu sein, und später einfach, weil sie daran gewöhnt war. Emilios Mutter hatte ständig etwas vor, blickte, wenn ihr Sohn sie besuchte, häufig zur Uhr und überlegte schon am Abend, was sie am nächsten Tag anziehen sollte, damit sie für die Unternehmungen, die sie sich vorgenommen hatte, passend gekleidet war. Für Emilio ein schreckliches Leben, der sich seinen Ruhestand erheblich besinnlicher vorstellte!

»Diese deutsche Signora ist für dich genau richtig!« Davon war seine Mutter nicht abzubringen.

Sie kannte Anna Wilders nicht, aber sie bewunderte eine Frau, die sich mit Anfang sechzig traute, ihr Leben komplett auf den Kopf zu stellen. Dass Witwenschaft nicht nur etwas mit Trauer, sondern auch mit neuen Chancen zu tun hatte, wusste sie selbst. Aber keine ihrer zahlreichen Freundinnen, denen die Männer weggestorben waren, hatte den Mut gehabt, in einem anderen Land einen Neuanfang in einem Metier zu wagen, in dem sie sich nicht auskannte.

Emilio Fontana schloss die Augen. Mama war voller Hochachtung, wenn er von Anna Wilders erzählte. Wenn er ihr auseinandersetzte, dass Anna keine neue Beziehung wollte und dass er außerdem nicht der Einzige war, dem sie gefiel, winkte sie immer nur ab. »Alles eine Frage des Einsatzes!«

Zum Beispiel wäre er niemals auf den Gedanken gekommen, jemanden aus seinem Freundeskreis zu rekrutieren, damit er im *Albergo Annina* ein Zimmer buchte. Dass Mama nicht nur auf diese Idee gekommen war, sondern sie auch gleich in die Tat umgesetzt hatte, gefiel ihm absolut nicht, aber natürlich hatte er erst davon erfahren, als es nicht mehr rückgängig zu machen war. Als seine Mutter es ihm gestanden hatte, war sogar so etwas wie Temperament aus ihm herausgebrochen. Er hatte sich ziemlich aufgeregt und ihr vorgeworfen, sich in seine Angelegenheiten einzumischen. Außerdem konnte er gerade diese Freundin, die sie für die Mission ausgesucht hatte, nicht gut leiden, weil sie klatschsüchtig war und er damit rechnen musste, dass demnächst ganz Siena und natürlich auch Anna davon erfuhr, wie es zu der erfreulichen Auslastung des Hotels gekommen war.

»Warum darf sie nichts davon erfahren?«, hatte Signora Fontana zurückgefragt. »Sie soll doch wissen, dass du ihr helfen wirst und nichts unversucht lässt, um sie glücklich zu machen. Du hast gesagt, sie wünscht sich nichts sehnlicher als ein ausgebuchtes Haus.«

»Aber ich möchte nicht, dass du dich einmischst.«

»Ich hätte auch selbst ein paar Tage dort verbringen können«, hatte ihm Mama pikiert entgegengehalten. »Wäre dir das lieber gewesen?«

»Santo dio!« Dieser Gedanke entsetzte ihn derart, dass er nun ganz froh war, nur ihrer Freundin im *Albergo Annina* zu begegnen. Vorausgesetzt, er wurde überhaupt zur Einweihungsfeier eingeladen. Bis jetzt hatte Anna ihn noch nicht gebeten, die Feierlichkeiten durch seine Anwesenheit interessanter zu machen. Aber Emilio wusste natürlich, warum sie in den nächsten Tagen nicht die Polizei im Haus haben wollte. Dass der Commissario von Siena unerwünscht war, konnte er sogar verstehen. Aber der Privatmann Emilio Fontana …?

Mit einem Mal fiel ein Schatten in die Lobby. Von einem großen, schlanken Menschen, vermutlich von einem Mann. Seine Silhouette zitterte in der Sonne, die durch die Eingangstür fiel, flirrte mit dem Staub in der Luft. Und dann sah Anna den Fuß, einen großen Fuß, der lautlos auftrat …

Mit einem Satz sprang sie hinter dem Regal hervor. »Stopp!«

Der Mann erschrak fürchterlich. Er taumelte ein, zwei Schritte zurück, griff sich mit der Linken ans Herz und suchte mit der Rechten nach einem Halt. Den fand er dummerweise an der metallenen Skulptur, die Anna auf einem Antiquitätenmarkt in Buonconvento gekauft hatte. Der Krieger mit dem Speer in der Hand sollte die Hotelgäste davon abhalten, in ihre Wohnung zu platzen, wenn sie einen Wunsch hatten, statt vor der Theke der Rezeption darauf zu warten, dass die Hotelbesitzerin zu Diensten war. Es schepperte laut, als der metallene Krieger auf den Terrakottaboden der Lobby polterte.

»Früher hast du dich nicht so leicht erwischen lassen, Filippo Kolsky!«

Vor Anna stand ihr Bruder, Mitte siebzig, sehr groß und so dürr, dass man meinen könnte, er habe die letzten Jahre bei Wasser und Brot verbracht. So nannte er es auch, wenn er von der Gefängniskost sprach, die ihm jahrelang vorgesetzt worden war. Besser als Wasser und Brot seien die Mahlzeiten auf keinen Fall gewesen, eher schlechter und ganz sicher nicht abwechslungsreicher.

Er trug eine helle, schmal geschnittene Hose und einen braunen Trenchcoat, sein Hemd hatte einen weißen Kragen, seine Wildlederschuhe sahen neu aus. Sechs Jahre hatte der letzte Gefängnisaufenthalt gedauert, und er hatte sich anscheinend schon kurz nach seiner Entlassung modisch auf den neuesten Stand gebracht. Auch sein Haarschnitt war nach der aktuellen Mode, sein grauer Backenbart sehr gepflegt. Filippo war immer ein Mann gewesen, dem es auf sein Äußeres ankam, der vor allem dort, wo er auf Frauen traf, Wert darauf legte, dass er gut aussah. Das gelang jedoch nur, wenn ihn nicht mehr als ein flüchtiger Blick traf. Wer genauer hinsah, konnte ohne Weiteres erkennen, dass Filippo Kolsky nie in die Gesellschaft gepasst hatte. Sein Blick war dreist, seine Miene ungeniert, seine Art, sich zu bewegen, zeigte, wie aggressiv er werden konnte.

»Warum schleichst du dich an? Wirst du verfolgt? Ist die Polizei schon wieder hinter dir her?«

Anna war zu empört, um sich über den Besuch ihres Bruders,

den sie jahrelang nicht gesehen hatte, zu freuen. Seine Angewohnheit, nie einen Weg zu gehen, der geradeaus führte, hatte sie schon immer geärgert. Schon seit seinem ersten Gefängnisaufenthalt – damals war es noch Jugendarrest gewesen – machte er es so. Niemals ging er durch den Haupteingang, immer schlich er sich durch eine Hintertür, damit er zunächst die Lage sondieren und sich unauffällig nähern konnte. Warum? Das fragte sich Anna immer wieder. Entweder gab es auch nach der Verbüßung einer Strafe noch Untaten, deren Aufdeckung er fürchtete, oder es war ihm einfach zur zweiten Natur geworden, sich jedem Ziel mit großer Vorsicht zu nähern. Natürlich hoffte sie auf die zweite Erklärung.

»Hier stehen ja alle Türen offen!«, sagte er vorwurfsvoll, als wollte er Anna ermahnen, es einem Mann wie ihm nicht so leicht zu machen.

Dann erst stieg in seine Augen das Gefühl, das es dort nur gab, wenn er seine Schwester Annina anblickte: Zuneigung. Die Einzige der Familie Kolsky, die nie straffällig geworden war und keinen Tag in Haft verbracht hatte, während Filippo Kolsky, sein Bruder und auch die Eltern mehr als die Hälfte ihres Lebens im Gefängnis zugebracht hatten. Die Eltern waren dort gestorben, Valentino und Filippo dort alt geworden. Und jetzt? Anna betrachtete ihren Bruder sorgenvoll. Alles verbüßt? Für alles geradegestanden? Jede Strafe abgesessen? Sie war sich da nicht so sicher. Aber sie vergaß es, als sich Filippo nun endlich gewiss war, dass ihm in Annas Haus keine Gefahr drohte, und er seine Schwester in die Arme schließen konnte. »Ach, Annina!«

Es war wie immer. Ein sehr vertrautes und gleichzeitig auch fremdes Gefühl. Sie waren Geschwister, aber nicht zusammen aufgewachsen, hatten dieselben Eltern, aber nie ein gemeinsames Zuhause gehabt. Während Valentino und Filippo zeitweise bei Vater und Mutter gelebt hatten, wenn diese gerade in Freiheit gewesen waren, konnte Anna nie zu einem wirklichen Teil dieser Familie werden. Sie war im Gefängnis geboren, der Mutter weggenommen und zu einer Verwandten gegeben worden. Bei Tante Rosi war sie aufgewachsen, dort hatte sie Liebe, Geborgenheit und Zuwendung bekommen, dort war sie zu einem ehrlichen Menschen erzogen worden, der seinen Platz im Leben fand. Tante Rosi hatte auch aus dem leichtlebigen Namen Annina den soliden Vornamen Anna gemacht. Doch sie hatte nie versucht, das Kind, das ihr anvertraut worden war, von der kriminellen Familie fernzuhalten. Nein, sie hatte dafür gesorgt, dass Anna den Kontakt aufrechterhielt, aber auch darauf geachtet, dass sie nicht unter ihren Einfluss geriet. Annas Treffen mit den Eltern und Brüdern hatten hauptsächlich in den Besuchszimmern der Haftanstalten stattgefunden, in denen sie gerade einsaßen. Zu einer Umarmung war es selten gekommen, für gemeinsame Erlebnisse und Erinnerungen hatte es nie Gelegenheit gegeben.

Anna löste sich von Filippo und hatte Mühe, ihre Verlegenheit abzuschütteln. Sie griff nach seinem Arm und zog ihn in ihre Wohnung. Er wollte die Tür hinter sich schließen, aber sie sorgte dafür, dass er nicht dazu kam. Auch die Tür der Küche, durch die sie ihn führte, blieb offen stehen, die Tür, die auf die kleine Terrasse führte, sowieso.

Filippo sah sich stirnrunzelnd um. »Konntest du kein besseres Grundstück bekommen?«

Anna wusste, was er meinte. »Touristenstädte wie Siena sind teuer.« Ihr Garten war einige Hundert Quadratmeter groß, aber kaum zu nutzen, jedenfalls nicht für Hotelgäste, die sich gerne auf einer Liege ausstreckten, die auf einem gepflegten Rasen stand. Ihr Grundstück stieg steil an, bis zu dem Zaun, hinter dem der nächste Garten begann, der ebenso steil bergan führte. Das Haus von Levi Kailer, ihrem Architekten, hatte allerdings auf der Rückseite eine große Terrasse. Sie lag vor den Büroräumen, der Werkstatt und den Räumen, in denen er die Geräte für die Bauunternehmung aufbewahrte, die er seinem Architekturbüro angeschlossen hatte. Eine Rasenfläche für Gartenliegen gab es dort jedoch ebenfalls nicht. Auch dieser Garten bestand, so wie Annas, aus terrassenartigen Pflanzbeeten, auf denen Frühlingsblüher ihre Knospen ins Licht reckten und die von ein paar Steinstufen unterbrochen wurden.

»Der sieht auf dich herab.« Filippo gefiel es nicht, dass jemand sie von oben beobachten konnte. »Der hat dich im Auge. Jederzeit!«

Anna lächelte. »Da oben wohnen Freunde. Das Haus gehört Levi Kailer, meinem Architekten. Er ist ein sehr netter junger Mann. Auch sein Vater wohnt dort, Konrad Kailer. Er ist nach seiner Pensionierung zu seinem Sohn nach Siena gezogen.«

»Pensionierung«, wiederholte Filippo verächtlich, in dessen Sprachgebrauch solche Worte nicht vorkamen. »Ein Beamter?«

Anna nickte nur. Dass Konrad Kailer Polizeibeamter gewesen war, brachte sie vorsichtshalber nicht zur Sprache. Filippo würde sich womöglich eine Knarre besorgen, wenn er nicht ohnehin eine im Gepäck hatte, und ständig den Finger am Abzug haben, wenn er wusste, dass ein Feind jederzeit über ihm erscheinen konnte. Ein Polizeibeamter war ein Feind, punktum! Auch ein ehemaliger Polizeibeamter und sogar ein deutscher, der in Italien keinerlei Befugnisse hatte.

Da Filippo nichts davon wusste, lehnte er sich entspannt zurück, als Anna ihm einen Espresso und ein Stück Schokoladentorte vorsetzte. Beides ließ er jedoch stehen, als hätte er es nicht zur Kenntnis genommen, lehnte sich zurück und faltete die Hände über seinem Bauch. »Wenn Mama und Papa das noch erlebt hätten!«

Anna schluckte schwer. Ihre Eltern hatten einen Traum gehabt, den ihre Kinder nach ihrem Tod weitergeträumt hatten. Anna war es schließlich gewesen, die daraus Realität gemacht hatte: ein Hotel in Siena! Als junge Leute waren ihre Eltern auf der Flucht vor der Polizei einmal bis nach Italien gekommen. In Siena hatte es ihnen besonders gut gefallen, hier war der Wunsch entstanden, irgendwann sesshaft zu werden und ein Hotel aufzumachen. Wenn genug Kohle da war, wenn ein Riesencoup gelungen war, wenn ein Banküberfall, eine Geiselnahme, ein Juwelenraub so perfekt über die Bühne gegangen war, dass die Kolskys in Siena in aller Ruhe das erbeutete Geld anlegen konnten.

Es war nie dazu gekommen. Annas Eltern waren nach jedem Raubzug schnell gefasst worden und hatten sich damit begnügen müssen, ihren Kindern italienische Vornamen zu geben. Mehr war ihnen nicht gelungen und ihren Söhnen genauso wenig. Das Hotel in Siena war ein Luftschloss geblieben.

Auch Anna wäre beinahe gescheitert. Tante Rosi gegenüber hatte sie den Traum nur einmal erwähnt. »Ein Wolkenkuckucksheim!«, mehr hatte Tante Rosi dazu nicht gesagt. Und Clemens hatte nur gelacht, als sie einmal davon geredet hatte. »Eine verrückte Idee!« Er würde sich im Grabe umdrehen, wenn er wüsste, dass Anna in Stuttgart alles aufgegeben hatte, um in Siena den Traum ihrer Eltern zu verwirklichen.

Als Filippo genug gesehen hatte, griff er endlich zur Espressotasse. »Schön, dass du mit der Einweihung des Hotels so lange gewartet hast.«

Gewartet hatte sie darauf, dass ihr ältester Bruder seine Haftstrafe verbüßt und ihr Bruder Valentino sich von seiner Knieoperation erholt hatte. Keinen Tag früher wollte sie die ersten Hotelgäste begrüßen. Ihre Brüder mussten dabei sein!

Der Zeitpunkt der feierlichen Hoteleröffnung hatte sich dann allerdings überdies als vernünftig erwiesen. Denn als die Zimmer fertig waren, näherte sich Weihnachten – kein guter Termin für eine Einweihungsfeier. Als sie dekoriert worden und die Fenster mit hübschen Gardinen und die Wände mit Bildern geschmückt waren, war das neue Jahr schon mehrere Wochen alt. Im Februar kamen kaum Gäste nach Siena, im März hätte sie zwar die Ostertage und -ferien nutzen können, aber sie verzichtete auf diese ersten Einnahmen. Nun war der April angebrochen, beide Brüder waren in Freiheit, die Saison begann, in den nächsten Wochen würden die Touristen nach Siena strömen! Der Moment war perfekt. Anna hatte schon im Januar einige Buchungen entgegennehmen dürfen und sich sehr anstrengen müssen, damit die Gäste nicht merkten, wie glücklich sie war, dass jemand im *Albergo Annina* wohnen wollte. »Drei Tage im Mai? – Oh, Sie haben Glück! Ein Zimmer ist noch frei …!«

Valentino tauchte bald nach Filippo auf. Ebenso groß und hager wie er, aber ohne jede Eitelkeit. Bei ihm war auf den ersten Blick sichtbar, was bei seinem jüngeren Bruder zumindest dann verschleiert werden konnte, wenn er einer Frau imponieren wollte. Dann schaffte Filippo es gelegentlich, charmant zu sein und gut auszusehen, dann konnte für eine Weile das Unverfrorene, das Zügellose aus seinem Blick verschwinden. Valentino dagegen wuchs nicht aus seinen alten Klamotten heraus, blieb in seinen ausgetretenen Schuhen stecken, schnitt sich die Haare selbst, wenn sie ihm in die Augen fielen, und kürzte die Finger- und Fußnägel mit einem seiner Einbruchwerkzeuge, die er sorgsam aufbewahrte. Sein Gesicht war wie eine Geschichtskarte, auf der jeder Krieg, jede Gewalttat, jeder Sieg und auch alle Verluste ihre Spuren hinterlassen hatten. Er sah älter aus, als er war, das Leben in Saus und Braus, das Überleben in Ruinen, der übermäßige Genuss von Alkohol und die unvollkommene Ernährung hatten ihn gezeichnet. Das Leben hatte ihm den Titel *Ganove* auf die Stirn geprägt.

Anna war sich sicher, dass sie zum ersten Mal in ihrem Leben Tränen der Rührung in Valentinos Augen sah, als er sie in die Arme schloss. Anschließend humpelte er durch das Haus und bestaunte Zimmer für Zimmer. Den schwerfälligen Gang verdankte er einem künstlichen Knie, das ihm ein Arzt eingesetzt hatte, den er einen Pfuscher nannte. Es war in der Reha traktiert worden von medizinischem Fachpersonal, das Valentinos Meinung nach einen Schuss ins Knie verdient hätte, um sein Leiden nachvollziehen zu können.

Anna ließ ihn schimpfen, da sie merkte, dass er damit von seiner Rührung ablenkte, mit der er nicht zurechtkam. Aber als dann Filippo in die Lobby trat, um ihn zu begrüßen, als Valentino bewusst wurde, dass er sich mit seinen beiden Geschwistern in dem Hotel in Siena aufhielt, das ihre Eltern sich gewünscht hatten, konnte er noch so viel schimpfen, es half nichts. Die Gefühle siegten. Ein schwerer Schlag für Valentino Kolsky, der sich immer etwas darauf zugutegehalten hatte, dass ihm bei keinem Deal, keinem Überfall oder Raubzug Gefühle in die Quere kamen, nicht einmal bei einem Handtaschendiebstahl, der eine alte Frau um ihr sauer Erspartes brachte. Widerstandslos, von seinen eigenen Gefühlen total geschwächt, ließ er sich auf einen Stuhl drücken, Espresso und Kuchen vorsetzen und den Gedanken zu, dass er Teil einer Familie war.

Immer wenn die Unterhaltung versiegte, rief Anna: »Ist es nicht herrlich, dass wir drei hier zusammen sind? In Siena? In meinem Hotel?«

Aber als das Gespräch dann immer öfter versiegte, als die Pausen immer länger und die Themen immer banaler wurden, hörte sie auf, so zu tun, als wäre ihr Zusammensein etwas, was jedes Jahr stattfand, zu jedem Geburtstag und Jubiläum und selbstverständlich während der Weihnachtsfeiertage. Nein, sie waren keine normale Familie. Es gab nichts zu reden, sie hatten keine gemeinsamen Erinnerungen, über die sie lachen, keine Kindheitserlebnisse, die sie sich gegenseitig ins Gedächtnis rufen konnten. Ein »Weißt du noch …?« hatte keinen Platz zwischen ihnen, weil es nichts gab, an das der eine sich erinnerte und was den anderen zum Lachen brachte.

Diese Erkenntnis war Anna gerade gekommen, als sie eine Bewegung oben am Zaun wahrnahm. Filippo zuckte zusammen und machte eine Handbewegung, als wollte er eine Waffe ziehen, Valentino dagegen blieb ganz ruhig. Stumm sahen die beiden dem großen, knochigen Mann zu, wie er über den Zaun stieg, sich mit seinen breiten Händen festhielt, die riesigen Füße vorsichtig aufsetzte, um nicht ins Rutschen zu geraten. Er schickte einen langen Blick zur Terrasse, dann stieg er zu ihnen herab, und Anna erkannte sofort, warum Konrad gekommen war. Er hatte vermutlich aus dem Fenster geblickt, Anna mit zwei Männern auf der Terrasse sitzen sehen und sich seinen Reim darauf gemacht.

Sie hatte ihm nicht verraten, wann sie ihre Brüder erwartete. Natürlich wusste er, dass sie kommen würden, aber sie wollte verhindern, dass die Neugier ihn gleich ins Hotel trieb und ihr die Wiedersehensfreude verdarb. Jeder deutsche Polizeibeamte und sogar die meisten italienischen kannten den Namen Kolsky. Eine Familie notorischer Gewohnheitsverbrecher, von denen jeder mehr auf dem Kerbholz hatte, als ihnen je nachgewiesen werden konnte. Dass Konrad die beiden aus der Nähe sehen und sie außerhalb von Recht und Gesetz erleben wollte, konnte Anna sogar verstehen. Sie befürchtete jedoch, dass er die beiden mit Fangfragen verschreckte, die er selbst für klug und undurchschaubar hielt. Das musste sie unbedingt verhindern. Dieser Augenblick, in dem der Traum ihrer Eltern wahr wurde, durfte nicht durch einen indiskreten Polizeibeamten kaputt gemacht werden, der gelegentlich vergaß, dass er mit seinem Amt auch die Pflicht zu ermitteln abgelegt hatte.

Doch sie hatte Pech. Konrad erschien schon, nachdem sie eine Weile auf der Terrasse gesessen hatten, jeder mittlerweile mit einem Rotweinglas in der Hand, Valentino und Filippo leise und schüchtern, Anna laut und ebenso schüchtern, aber mit dem festen Willen, so zu tun, als wäre es das Normalste der Welt, dass die drei Kolsky-Nachkommen so zusammensaßen wie andere Geschwister. Es war das erste Mal in ihrem Leben, dass sie zu dritt beieinander waren, ohne beobachtet zu werden, ohne dass ein Wärter ein Auge auf sie hatte.

Eigentlich war sie nun doch ganz froh, dass Konrad sie von der steifen uniformblauen Unterhaltung erlöste, die einfach nicht capriblau und leicht werden wollte. Andererseits war sie verärgert über Konrads Unverfrorenheit. Er war neugierig, so viel war klar. Er wollte die beiden Kolsky-Brüder von Angesicht zu Angesicht erleben, die früher für ihn nur eine dicke Akte gewesen waren, die jeden Polizisten zum Seufzen brachte, wenn er sie hervorzog. Hätte er nicht warten können? Hätte er Anna nicht an diesem Abend mit ihren Brüdern allein lassen können?

Konrad lächelte so arglos, als könnte er sich nicht vorstellen, von wem Anna Besuch bekommen hatte, umarmte sie und hauchte ihr zwei Küsse an die Schläfen, weil sie ihm ihren Mund konsequent vorenthielt. Sie wusste, dass Konrad es liebte, ihre Beziehung anders darzustellen, als sie war. Nämlich so, wie er sie gern hätte. Dann sprach er sie auch nicht mit dem Vornamen an, sondern nannte sie »Liebes«, was Anna jedes Mal auf die Palme brachte.

»Liebes, du hast Besuch? Ich wollte nicht stören.«

Und ob du das wolltest, brodelte es in Anna. Du wolltest genau das, was jetzt geschieht: mit zwei Schwerverbrechern an einem Tisch sitzen und dir überlegen vorkommen. Vielleicht lässt du sogar durchblicken, dass du meine Brüder im Auge behalten und dafür sorgen wirst, dass Levis Haus und deine Wohnung in den nächsten Tagen sorgfältig abgeschlossen werden.

Aber laut sagte sie: »Du störst nicht.«

Das entsprach der Wahrheit, was Anna zusätzlich ärgerte. Tatsächlich war sie froh, dass jemand die stockende Unterhaltung anschob, jemand, der nicht gezwungen war, sich wie ein Angehöriger zu verhalten, sondern einer, der übers Wetter und über die Schönheiten Sienas reden konnte. Ihre Brüder waren Konrad fremd, genauso fremd wie ihr selbst, aber er durfte es zeigen, während es bei ihr darauf ankam, so zu tun, als ginge es ausschließlich um ihre Familienbande. Dass diese nie geknüpft worden waren, dass sie lose zwischen ihnen herumflatterten und sich nur gelegentlich ineinander verfingen, war ihr in diesem Augenblick so deutlich wie nie zuvor. Ob es Valentino und Filippo ebenso ging? Möglicherweise konnten sie Gefängnishaft und Familiengewahrsam gar nicht mehr auseinanderhalten und betrachteten Freiheit als etwas derart Abweichendes, dass sie unter ihr litten wie andere unter einer Inhaftierung. Ob sie vorhatten, in Zukunft ein ehrlicheres Leben zu führen, oder schon der nächsten Versuchung erliegen würden, wusste Anna nicht. Allerdings baute sie vorsichtig auf das Alter ihrer Brüder: Valentino konnte sich ein Wettrennen mit der Polizei nicht mehr erlauben, und Filippos körperlicher Zustand war ebenfalls nicht mehr der beste, wenn er es auch manchmal schaffte, so zu tun, als wäre er topfit. Sie konnte darauf hoffen, dass die beiden die letzten Jahre ihres Lebens ohne neue Straftaten zubringen würden, aber dass sie wie ihre Eltern im Gefängnis sterben könnten, schwebte dennoch wie ein Damoklesschwert über ihr. Valentino und Filippo ging es finanziell erstaunlich gut. Das ließ darauf schließen, dass es irgendwo Geld gab, von dem die Polizei nichts wusste und nichts wissen durfte. Und das wiederum bedeutete, dass es unaufgeklärte Straftaten gab, die noch nicht gesühnt worden waren, oder zumindest Beute, die nicht zu ihren rechtmäßigen Besitzern zurückgefunden hatte.

»Wird Henrieke zur Eröffnungsfeier kommen?«, fragte Valentino in diesem Moment.

Und Anna ärgerte sich erneut, weil es Konrad war, der antwortete: »Annas Tochter hat ein Jobangebot. Ein Vorstellungsgespräch kann man nicht absagen, deswegen hat sie keine Zeit.«

Sosehr sie Konrad eigentlich mochte – dass er ihr gern das Gespräch aus der Hand nahm, konnte sie nicht leiden. Erst recht nicht seine Besserwisserei und die Darstellung seiner Überheblichkeit. Dass er andererseits ein charakterfester Mann war, auf den man sich verlassen konnte, musste sie sich in Situationen wie dieser ausdrücklich ins Gedächtnis rufen. Sonst hätte sie ihn mit scharfer Stimme gebeten, einer persönlichen Frage, die an sie gerichtet worden war, nicht mit einer vorschnellen Antwort zuvorzukommen.

Dennoch wurde es ein harmonischer Abend. Anna ließ sich darauf ein, von Konrad »Liebes« genannt zu werden, ließ sich gelegentlich einen Kuss auf den Haaransatz drücken und erkaufte sich damit, dass er freundlich und zuvorkommend zu ihren Brüdern war. Mit keinem einzigen Satz erwähnte er seinen früheren Beruf. Auch dass er den beiden intellektuell weit überlegen war, ließ er nicht erkennen, und dass die Kolsky-Brüder beide keine abgeschlossene Schulbildung besaßen, schien er nicht zu bemerken. Valentino und Filippo entspannten sich im Laufe des Abends, und ein paarmal lachten sie zusammen sogar herzhaft. Konrad war sehr geschickt darin, nur Themen anzuschneiden, zu denen alle etwas beitragen konnten. Und das beste Thema war natürlich Anna selbst. Konrad erzählte den beiden von ihren Anfängen in Siena, und dann sprachen sie lange über das Besondere, das Konrad bald nach ihrem Kennenlernen herausgefunden hatte. Etwas, was Anna selbst lange nicht klar gewesen war, wovon Valentino und Filippo selbstredend nie etwas gehört hatten, was sie aber auf wunderbare Weise an ihre Mutter erinnerte … Die Gewohnheit, Gefühle und Stimmungen in Farben auszudrücken. Synästhesie! Konrad hatte diese Bezeichnung gefunden, und nun stellte sich heraus, dass auch ihre Mutter Synästhetikerin gewesen war.

Der nächste Morgen kam aus einer kühlen Nacht. Klar wie schweres Kristall, mit wolkigen Einsprenkelungen, ein Glas, das sich nur langsam mit dem Licht des Morgens füllte. Aber bald würde es überlaufen, das wusste Anna. Und dann würde der Morgen in den Tag fließen, vielleicht hell und durchscheinend, möglicherweise auch trübe und undurchsichtig. Kurz vor Mittag würde dann feststehen, ob der Tag silbrig blau werden oder kristallgrau bleiben würde.

Den Frühstücksraum hatte sie hinter der Lobby eingerichtet. Ein heller Raum, mit Sonne an den Wänden und leuchtendem Grün auf den Tischen und Stühlen. Levi hatte sich auf Terrakotta-Farben beschränken wollen, aber Anna hatte darauf bestanden, dass ihre Gäste mit Licht und grüner Urkraft den Tag begannen. So waren die Wände hellgelb gestrichen worden, die Stühle hatten grüne Polster erhalten, die Tischläufer wiesen gelbe und grüne Elemente auf, nur der Fußboden war sonnenverbrannt. Ein Raum in Butterblumengelb und Apfelgrün!

An diesem Tag öffnete das *Albergo Annina* die Tore für seine allerersten Gäste. So hatte Anna es in allen Tageszeitungen und Reisemagazinen veröffentlichen lassen. Und wenn die Einweihungsfeier stattfand, würde das Hotel ausgebucht sein! Noch eine Woche! Anna lächelte, das vage Unwohlsein war nun verflogen. Sie war glücklich. Dass ihr Haus zwei Schwerkriminelle beherbergte, würde niemand erfahren. Hoffentlich! Die Sorge, dass Valentino und Filippo sich auffällig benehmen und das Hotel in Verruf bringen könnten, war noch da, bedrängte Anna jedoch nicht mehr. Ihre Brüder gehörten in dieser Zeit an ihre Seite, das war sie ihnen und ihren verstorbenen Eltern schuldig. Basta! Auch Tante Rosi hätte es gewollt, da war Anna ganz sicher. Sie hätte ihr sogar zugeredet. »Du darfst deine Familie niemals vergessen, Kind. Du gehörst zu ihnen, auch wenn du ein ganz anderer Mensch geworden bist als sie. Sei glücklich darüber, aber hüte dich vor Hochmut.«

Anna nahm sich vor, bald in die Basilica di San Francesco zu gehen und dort eine Kerze für Tante Rosi anzuzünden. Ihr Grab war in Stuttgart. Lieber wäre sie dorthin gegangen, hätte den Namen auf ihrem Grabstein angesehen und sich dort bei ihr bedankt. Nun würde sie auf einer Kirchenbank ganz fest an sie denken. Bei diesem Vorsatz stieg Ruhe in ihr auf, eine klare, bernsteinfarbene Ruhe. Ja, das würde ihr guttun. Noch immer war Tante Rosi, Jahre nach ihrem Tod, so wichtig, dass sie Anna auf jedem bedeutungsvollen Schritt begleiten musste.

Anna betrachtete das Buffet, das sie aufgebaut hatte. Zum ersten Mal! Der Bäcker hatte die Panini und das Ciabattabrot pünktlich geliefert, ihr Duft erfüllte den ganzen Raum. Die Marmeladen leuchteten orangengelb, himbeerrot und kiwigrün, der Honig zog einen bernsteinfarbenen Faden aus dem Spender. Die dicke Mortadella protzte mit hellen Speckpunkten, die Salami war schlank und dunkel. Tomaten- und Mozzarellascheiben lagen auf einer ovalen Platte, mit Basilikum geschmückt, mit Olivenöl beträufelt, auf einem großen Brett prunkten diverse Käsesorten. Butter, Trauben, gekochte Eier, Rühreier, Spiegeleier – alles, was das Herz begehrte, hatte Anna aufgetischt. Viel zu viel für die beiden Gäste, die sie bis jetzt hatte, aber sie wollte ihren beiden Brüdern zeigen, dass das Hotel in Siena noch besser war, als ihre Eltern es sich vor Jahren ausgemalt hatten. Die beiden sollten genauso stolz und zufrieden sein wie sie selbst an diesem Tag, an dem sie zum ersten Mal das Hotelfrühstück herrichtete.

Während sie die Kaffeemaschine anstellte und sich selbst zur Probe einen Espresso machte, sah sie aus dem Fenster. Das Glück nahm ihr beinahe den Atem, als sie über die Ziegeldächer Sienas blickte, auf die Pinien und Zypressen, die zwischen den Häusern hochragten, in den Himmel, der nicht blau war, aber keineswegs so grau, wie er in Stuttgart sein konnte. Sie lauschte auf den Lärm der Stadt, auf das Quirlige, Temperamentvolle, das laute Hupen, die aufheulenden Motoren, die doch keine Aggressionen vermittelten, eher Überschäumendes, Schwelgerisches, Überbordendes. Und wieder wurde ihr klar, dass sie hierherpasste. Hier, in Siena, war sie am richtigen Platz, hier ging es ihr gut. Sogar noch besser als bei Tante Rosi und viel besser als in der komfortablen Eigentumswohnung, die sie mit Clemens geteilt hatte. Dass ihre beiden Brüder hier mit ihr zusammen waren, erzeugte ein Glücksgefühl in ihr, das sich anfühlte, als hätte sie rosafarbene Marshmallows gegessen.

Anna schrak zusammen, als sich eine Hand auf ihre Schulter legte, und fuhr herum. Konrad lachte. »Ich bin's nur.«

»Wie kommst du herein?«

»Über die Terrasse! Wie immer.« Er sah sie verblüfft an. Was sollte diese Frage? Er nahm doch jedes Mal diesen Weg. Dann aber veränderte sich sein Gesichtsausdruck. »Du hast mich nicht gehört? Hier im Frühstücksraum könntest du öfter überrascht werden. Er ist weit weg vom Hoteleingang und auch von deiner Wohnung.«

Anna winkte ab. »Egal! In einem Hotel gehen die Leute sowieso immer ein und aus, da werde ich den Überblick ohnehin schnell verlieren.«

Konrad antwortete nicht. Er wusste, wie schwer es ihr fiel, die Türen zu schließen. »Sind deine Brüder schon wach?« Er ging zum Frühstücksbuffet und betrachtete ihr Angebot. »Donnerwetter! Das wird die Herren überraschen. Im Knast wird das Frühstück nicht so …«

»Pscht«, unterbrach Anna ihn ärgerlich. »Ich will nicht, dass du so von ihnen sprichst. Heute Nachmittag kommen die ersten Hotelgäste. Von da an kann immer jemand in der Nähe sein, der dich hört.«

»Okay.« Konrad war sehr friedfertig. »Bekomme ich dafür ein Panino mit Mortadella?«

Er bekam es, obwohl es Anna nicht recht war, dass das Buffet nicht mehr unberührt und unbefleckt war, wenn ihre Brüder erscheinen würden, sondern nun ein paar Krümel vor dem Brotkorb lagen und das Buttermesser keine saubere Klinge mehr besaß. Dann aber sagte sie sich, dass Valentino und Filippo nicht dieselben Ansprüche hatten wie andere Hotelgäste und dass ihnen vermutlich nicht einmal auffallen würde, dass Konrad der Erste gewesen war, der sich bedienen durfte. Ebenso wenig wussten sie, wie wichtig es Anna gewesen war, dass dieses Privileg ihnen vorbehalten sein sollte.

Konrad ließ sich auch den Espresso schmecken und lächelte

Anna an. Sie mochte dieses Lächeln. Es zeigte, wie geradlinig und ehrlich Konrad war, wie verlässlich, hilfsbereit und unverfälscht. Auf dieses Lächeln war sie damals hereingefallen, als sie ihm erlaubt hatte, dass er sie küsste. Mittlerweile war das schon ein paar Monate her, und sie hatte alles getan, um ihm klarzumachen, dass es sich um einen Ausrutscher gehandelt hatte. Aber Konrad war noch immer von der Hoffnung beseelt, dass zwischen ihnen an diesem Abend etwas entstanden war, was sich fortsetzen ließ. Ja, sie war mit ihm im Schlafzimmer gelandet, aber sie hatte zum Glück, trotz des vielen Rotweins, noch gemerkt, dass sie auf dem besten Wege war, eine Dummheit zu begehen. Und als die Bettkante in ihre Kniekehle stieß, hatte sie kehrtgemacht. Im allerletzten Augenblick! Nein, keine neue Beziehung! Keine Bettgeschichte, die nur zu Schwierigkeiten führen würde. Freundschaft, das war es, was sie wollte. Konrad war ein guter Freund, das wusste sie. Dass er mehr sein wollte, musste er unbedingt vergessen und sich damit abfinden, dass er es nicht bekommen würde. Bis jetzt war es ihr leider noch nicht so richtig gelungen, ihm die Hoffnung zu nehmen, dass ein steter Tropfen den Stein höhlte.

»Das war ein interessanter Abend gestern«, sagte er nun, und Anna konnte sich nicht vorstellen, dass er das Zusammensein mit ihren Brüdern wirklich bemerkenswert gefunden hatte. Aber er blieb dabei. »Irgendwie… habe ich dabei auch viel über dich erfahren.« Nachdenklich betrachtete er die Speckstücke in der Mortadella. »Die Synästhesie hast du also von deiner Mutter geerbt.«

Valentino und Filippo hatten genauso verständnislos dreingeschaut wie Anna selbst, als sie zum ersten Mal davon erfuhr. Konrad hatte es herausgefunden: Einer Synästhetikerin stellen sich Gefühle, Sinnesreize, Eindrücke, Anschauungen, Wahrnehmungen, Einsichten in Farben dar. Valentino erinnerte sich, dass ihre Mutter von einem grellroten Gefühl gesprochen hatte, wenn ihr Handschellen angelegt worden waren, und Filippo war mit einem Mal eingefallen, was die Mutter ihm erzählt hatte: Sie war in einem tiefen Nachtschwarz gefangen gewesen, als ihre beiden Söhne ins Heim gegeben wurden. Und an dem Tag, an dem sie ihre neugeborene Tochter in die Arme einer Fremden legen musste, war alles um sie herum dunstgrau gewesen. Als sie bereute, dass sie sich nicht für ein Leben entschieden hatte, in dem auch ihre Kinder einen Platz fanden, waren in dem Dunstgrau kirschsaftfarbene Flecken entstanden, die auf sie eingeprasselt waren und signalrote Wunden auf ihrer Seele hinterlassen hatten.

Anna war gerührt gewesen, als sie hörte, dass es etwas gab, was sie von ihrer Mutter erhalten hatte. Dass sie angeblich die Form ihrer Nase, die Farbe ihrer Augen und ihr Lächeln geerbt hatte, war weniger bedeutend als das, was sich ihr als einzigartig darstellte: dass sie in Farben dachte und fühlte. Bis vor wenigen Monaten war Anna gar nicht klar gewesen, dass für andere Menschen Farben nicht die gleiche Bedeutung hatten. Aber für sie! Und für ihre Mutter. Ein schöner Gedanke …

»Mama«, flüsterte es in ihr, obwohl sie ihre Mutter nie so genannt hatte. »Mama«.

Der Anruf kam, als Emilio gerade seinen Bürostuhl zum Fenster gedreht hatte, um ein Mittagsschläfchen einzulegen. In dieser Postion konnte er vorgeben, in schwere Gedanken versunken auf die Dächer von Siena zu sehen, um aus dem Blick auf seine Stadt Kraft für seine Ermittlungsarbeit zu schöpfen, ohne dass jemand, der in seinem Rücken eintrat, erkennen konnte, dass er die Augen geschlossen hielt. Sollte der Vicequestore in den Raum platzen, konnte er nicht sehen, dass Emilio hinter der hohen Rückenlehne zusammenzuckte. Nein, sein Chef würde, wenn er sich zu ihm umdrehte, in geöffnete Augen blicken. Und Emilios schläfrige

Miene würde ihm nicht weiter zu denken geben, denn die trug er eigentlich immer.

Seufzend drehte Emilio den Stuhl zum Schreibtisch zurück und nahm das Gespräch an. Ein deutscher Kollege war am anderen Ende, der sich, wenn es internationale Verwicklungen gab, wenn Amtshilfe ersucht wurde oder die Bürger des einen Landes in das andere flüchteten, gern mit ihm in Verbindung setzte, weil er gut Deutsch sprach. Seine Mutter hatte immer deutsche Kindermädchen engagiert, die angeblich gewissenhafter waren als italienische, und so war der kleine Emilio mehr oder weniger zweisprachig aufgewachsen.

»Was gibt's?«, fragte er, nachdem er seinen deutschen Kollegen begrüßt und sich nach seiner Gesundheit und dem Wohlergehen seiner Familie erkundigt hatte.

»Sie sollten die Augen offen halten«, kam es zurück. »Franz Lüpke scheint die Grenze überquert zu haben. Er ist auf der Autobahn Richtung Siena gesehen worden.«

»Franz Lüpke?« Emilio musste überlegen. »Der Kerl, der seine Freundin umgebracht hat?«

»Der mutmaßliche Mörder seiner Freundin.« Der deutsche Kollege war ein korrekter Polizeibeamter, der die Dinge beim amtlichen Namen nannte. Seine Stimme klang ein wenig kraftlos. Er hatte lange vergeblich versucht, den Mann, den er für einen Mörder hielt, zu überführen und hinter Gitter zu bringen. »Wenn er nach Siena reist, hat er was vor. Er weiß, dass ich ihm nach wie vor auf der Spur bin und noch immer nach Beweisen suche. Sie wissen ja, Fontana, seine Freundin war steinreich, und der größte Teil ihres Vermögens ist verschwunden. Erst zu Bargeld gemacht und dann weg! Wir haben nie einen Cent finden können. Kann sein, dass er eine Möglichkeit gefunden hat, das Geld in Siena verschwinden zu lassen. Und jetzt will er es sich zurückholen. Vielleicht glaubt er, es sei mittlerweile genug Gras über die Sache gewachsen. Vielleicht hat er Freunde in Ihrer Nähe, die ihm helfen …«

Emilio verstand. »Wenn das Geld bei ihm auftaucht, ist er endlich überführt.«

»Sie sagen es.«

Emilios Interesse hielt sich in Grenzen. Trotzdem reagierte er natürlich freundlich und höflich. »Ich lasse mir das Fahndungsfoto noch einmal ausdrucken. Wenn ich mich recht erinnere, hat der Kerl eine Visage, die man nicht so schnell vergisst.«

»Genau!« Der deutsche Kollege lachte. »Wer ihn einmal gesehen hat, erkennt ihn wieder.« Seine Stimme wurde ernst. »Das war natürlich auch sein Problem. Er ist am Tatort gesehen worden. Von Leuten, die Stein und Bein schwören, dass sie ihn wiedererkannt haben. Und trotzdem …« Emilio hörte, dass in Deutschland eine Faust auf eine Schreibtischplatte schlug. »Trotzdem konnten wir ihm die Tat nicht nachweisen.«

Mama behauptete ja immer, ihr Sohn habe nichts Italienisches, nichts Temperamentvolles, nichts Flottes, nichts Ungezügeltes. Aber das stimmte natürlich nicht. Nein, Emilio Fontana war durch und durch Italiener, wenn auch nicht heißblütig, so doch immer höflich und liebenswürdig. Er sicherte aus purem Entgegenkommen alles zu, worum er gebeten wurde, und … vergaß es dann gleich wieder.

Er wollte schon seinen Stuhl zum Fenster zurückdrehen und während der Abschiedsfloskeln wieder die Augen schließen, da sagte der deutsche Kollege etwas, das ihn jäh aus seiner Lethargie holte. »Er soll in einem neuen Hotel in Siena ein Zimmer gebucht haben. Eins, das gerade erst eröffnet wird. Sie kennen sich in Ihrer Stadt aus, Fontana, Sie werden das Hotel finden. Wenn Franz Lüpke dort absteigt, nehmen Sie mit Ihren Leuten die Bude auseinander. Es würde mich nicht wundern, wenn der Hotelier mit Lüpke unter einer Decke steckt …«

Emilios Müdigkeit war wie weggeblasen. Ein neues Hotel? Etwa das *Albergo Annina?* Santo dio! Konnte es sein, dass dieser mutmaßliche Mörder ausgerechnet bei Anna Unterschlupf suchte? Dass ihr Hotel schon vor, während oder direkt nach der Eröffnung in Verruf geriet? Wenn sich herumsprach, dass Anna zudem zwei notorische Kriminelle unter ihrem Dach beherbergte, die noch dazu ihre Brüder waren, würde das *Albergo Annina* direkt nach der Einweihungsfeier wieder schließen müssen.

Anna! Annina! Nur das nicht …

Sie würde kapitulieren, das Hotel aufgeben, nach Stuttgart zurückkehren … Emilio stand auf und ging vor dem Fenster hin und her. Er musste ein Auge auf sie und ihr Hotel haben. Ob sie ihn nun zur Einweihungsfeier einlud oder nicht. Er würde trotzdem mit einem riesigen Blumenstrauß bei ihr erscheinen und notfalls darauf pochen, dass er sie schon einmal geküsst hatte. Ein Kuss verlieh einem Mann doch gewisse Rechte! Oder?

Emilio blieb stehen und starrte auf einen Vogel, der sich auf dem Dach des Nachbarhauses niederließ. Konrad Kailer würde garantiert mit der gleichen Rechtfertigung zur Eröffnung erscheinen. Emilio machte sich keine Hoffnungen, auch zwischen Konrad und Anna gab es etwas, was er sich besser nicht ausmalte. Einen Kuss oder sogar mehr …

Sein eigener Blumenstrauß musste auf jeden Fall größer und teurer sein als der von Konrad Kailer. Mama würde ihm helfen müssen …

Da war nicht nur der Wunsch, in Ruhe und völlig ungestört, von einem warmen Moosgrün umhüllt, Zwiesprache mit Tante Rosi zu halten, es war auch Angst. Ganz allmählich war sie in den letzten Wochen herangewachsen, grellrot mit orangen Spitzen, die Angst vor dem Scheitern, die Angst, dass ihr Traum sich nicht erfüllen ließ, dieser Traum von einem neuen, einem anderen Leben. Dies war der Tag, an dem die ersten Gäste eintreffen würden, ein besonderer Tag. Für den späten Nachmittag hatten sie sich angekündigt, ein Ehepaar aus Köln. Und die Furcht, dass sie die Einrichtung des Zimmers, in das Anna sie führen würde, geringschätzig betrachteten, dass ihnen die Lage des Hotels nicht gefiel, dass sie sich mehr Komfort erhofft hatten, setzte ihr zu. Die Vorstellung, dass ein Gast mit dem, was Anna liebevoll ausgesucht hatte, nicht zufrieden sein könnte, war bedrückend. Sie brauchte Hilfe, Unterstützung, frischen Optimismus, etwas in Himmelblau mit feinem Goldstaub besprüht. Und den hatte sie immer bei Tante Rosi gefunden. In ihren Armen, später auf ihrem Sofa, mit einem Glas ihres berüchtigten Eierlikörs in der Hand, dann an ihrem Grab und nun hier, in Siena, an einem Plätzchen, wo es Stille gab und Anna in Gedanken bei ihr sein konnte.

Sie fuhr mit dem Auto zur Basilica di San Franceso. Ihre Tochter hatte sich bei ihrem Besuch in Siena schrecklich darüber aufgeregt, dass sie auch für kurze Wege den Wagen nahm, aber in ihrer Straße gab es niemanden, der zu Fuß ging, wenn er ein Auto vor der Tür stehen hatte. Italiener nahmen für jede Besorgung das Auto, auch für kurze Strecken wurde der Motor gestartet. Und schließlich hatte Anna es genauso gemacht. Als sie in den ersten Wochen noch gelegentlich zu Fuß losgegangen war, hatten immer wieder Autos neben ihr angehalten, deren Fahrer sich erboten hatten, sie mitzunehmen. Ein Italiener, der im Besitz eines Autos war, konnte sich einfach nicht vorstellen, dass jemand freiwillig darauf verzichtete, sich auf vier Rädern fortzubewegen. Vor allem, wenn er außerhalb der Stadtmauer wohnte, die so etwas war wie eine hohe Schwelle, die aus ein paar Hundert Metern einen weiten Weg machte.

Dabei war der Fußweg zur Basilica längst nicht so weit wie der, den Anna im Auto zu nehmen hatte. In der Kurve der Via Valdambrino gab es eine steile Treppe, die in einen Stadtteil hinabführte, wo es einen Supermercato gab, und von dort waren es nur wenige Schritte zur Porta Ovile. Fuhr sie mit dem Auto über die Via Lippo Memmi musste sie eine schadhafte Straßenstrecke passieren, wo der Verkehr durch Ampeln geregelt wurde. Lange Staus waren dort die Regel. Und bis zur Porta Ovile ging es dann oft nur im Schritttempo voran. Davor konnte man parken, wenn man Glück hatte, es war aber auch möglich, die Porta zu durchqueren und dann links den sehr steilen Weg zur Basilica hochzufahren. Nur etwas für mutige Autofahrer! Und für Fußgänger eine kleine Fitnessstrecke.

Der Platz vor der Kirche war groß und menschenleer. Auf dem Spielplatz in der Nähe war es still, an der anderen Seite gab es stetiges Kommen und Gehen. Dort war ein Institut der Universität in einem Anbau untergebracht, und viele Studenten nahmen den Weg in ihre Hörsäle durch einen der beiden Kreuzgänge.

Anna blieb kurz stehen, als sie die Basilica betreten hatte, wie sie es immer tat. An diese Dimension musste man sich erst gewöhnen, dieser eher schmucklose, große, dunkle Bau beeindruckte sie mehr als der Dom mit seinem Prunk. Es gab nur sehr wenige Bänke, nur etwa zehn Reihen im vorderen Teil und dann noch einmal zehn Reihen auf einem Podest vor dem Altar. Der Rest des Kirchenraums war leer. An den Seiten standen Skulpturen und hingen riesige Gemälde. Vor ihnen gab es kleine gepolsterte Kniebänke und daneben die unvermeidlichen Opferstöcke.

Anna durchmaß das Hauptschiff und hielt sich rechts. Hier, im Querschiff, hatte sie schon öfter gesessen. Dies war ein Teil der Kirche, der von Touristen meist übersehen wurde. Wenn überhaupt, hielten sich hier Einheimische auf, denen so wie Anna nicht an dem Bauwerk, an den Fresken und der Marmorstatue des heiligen Franz von Assisi gelegen war, sondern an der Einkehr, die die Kirche bot. An dieser Stelle gab es keine bedeutenden Kunstwerke, wenn man einmal von der hölzernen Statue in einer der Altarnischen absah, die angeblich die heilige Katharina von Siena darstellte. Ob das stimmte, wusste niemand, wer der Künstler war, auch nicht, und ob es sich um ein kostbares Kunstwerk handelte, erst recht nicht. Doch darauf kam es nicht an. Diese Statue hatte eine ganz andere Bedeutung, die für einen Kunstliebhaber ohne Wert war. Ihr Platz hatte sich im Laufe der letzten Jahre zu einem Ort für junge Frauen entwickelt, die schwanger werden wollten.

Auch jetzt kniete vor der Statue eine Frau, die so aussah, als wäre sie bald aus dem gebärfähigen Alter heraus. Sie bewegte lautlos die Lippen, und als sie sich erhob, ging sie zu einem Zettelkasten, der in der Nähe auf einem schmiedeeisernen Tisch stand, davor ein Schild mit dicken roten Lettern: »Un Euro!«

Sie nahm den Stift zur Hand, der dort für Frauen in ihrer Lebenssituation bereitlag und der an einer langen Kette hing, die an dem Tisch festgeschmiedet war. Der Klerikus kannte seine Pappenheimer. Irgendwann war man es leid gewesen, täglich mehrere neue Schreibgeräte zur Verfügung zu stellen. Mit dem Benutzen des Stiftes und eines Zettels ging selbstverständlich die Pflicht einher, eine Kerze anzuzünden, für die ebenfalls mindestens ein Euro zu entrichten war. Gerne auch mehr! Die Kirche war geschäftstüchtig, das wusste ja jeder.

Wie die Sitte entstanden war, den Kinderwunsch auf Zetteln festzuhalten, die in einen Spalt auf der Rückseite der Statue gesteckt wurden, hatte Anna nicht in Erfahrung bringen können. Auch, warum ausgerechnet die heilige Katharina für eine Schwangerschaft sorgen sollte, die ihr Leben in Keuschheit verbracht hatte, wusste niemand genau. Angeblich war vor vielen Jahren eine Frau, die vor dieser Statue gebetet hatte, kurz darauf schwanger geworden und hatte den Glauben weitergetragen, sie habe ihren gesegneten Leib der heiligen Katharina zu verdanken. Was ihr Mann zu dieser Behauptung gesagt hatte, war natürlich nicht überliefert.

Kurz darauf hatte es eingesetzt, das Pilgern zur heiligen Katharina, aus dem die Kirche unverzüglich ein gutes Geschäft machte. Einmal am Tag kam ein Laienbruder der Franziskaner, um die Zettel aus dem Spalt in ihrem Rücken zu nehmen, damit Platz war für weitere, an hohen Feiertagen geschah das auch zwei- oder dreimal täglich, damit weitere Zettel hineinpassten, weitere Kerzen angezündet und weitere Eurostücke gespendet wurden. Sie klapperten in dem Metallkasten so laut, dass jeder, der das Eurostück in der Tasche behalten wollte, sofort auffiel. Ohne Münzengeklapper konnte sich niemand hoch erhobenen Hauptes von der Statue abwenden.

Anna schaute zum Hauptaltar, wo es keine Ablenkung gab, wo sie Tante Rosi von ihrer Angst erzählen konnte. Hatte sie sich zu viel herausgenommen? Ein neues Leben, wo sie doch schon das Glück gehabt hatte, nicht in das Leben der Kolskys gezogen zu werden! Sie war nicht wie ihre Brüder von den Eltern ins Heim gegeben worden, dann wieder zurück zu den Eltern und schließlich in wechselnde Pflegefamilien oder in kirchliche Obhut. Sie hatte Stabilität bei Tante Rosi bekommen. Und dann hatte sie einen Mann geheiratet, der sie liebte. Für Clemens musste es ein gewaltiger Schritt gewesen sein, eine Frau zu heiraten, deren Angehörige allesamt im Knast saßen, die Eltern zur Zeit ihrer Hochzeit wegen gemeinschaftlichen Raubes, ein Bruder wegen Drogenhandels und Körperverletzung und der andere wegen schweren Betrugs. Clemens, der biedere städtische Angestellte, dem Recht und Ordnung so wichtig war, der niemals gegen das Gesetz verstieß, der nicht einmal den Wagen in eine Parkbucht stellte, wenn ihm die Münzen fehlten, die er in die Parkuhr stecken musste! Er hatte Anna trotzdem geheiratet. Einen größeren Liebesbeweis konnte man sich nicht vorstellen. Am Anfang ihrer Ehe hatte er in Purpurrot geleuchtet, am Ende jedoch nur noch in einem rostigen Rotton, der jedes Jahr ein bisschen brauner wurde.

Dass Clemens sie nicht glücklich gemacht hatte, obwohl er sie zweifellos liebte, war etwas anderes gewesen. Sein Geiz hatte nach und nach die Leichtigkeit aus seiner Liebe genommen, hatte sie schwer und drückend gemacht, bis sie schließlich kaum noch zu ertragen gewesen war. Anna war es oft so vorgekommen, als wollte Clemens ihr mit jedem Geldbetrag, den er aufs Sparbuch überwies, zeigen, wie man mit ehrlich erworbenem Wohlstand umging. Womöglich war es ihm gar nicht bewusst, aber anscheinend hatte er während ihrer gesamten Ehe unter der Sorge gelitten, dass Tante Rosis Einfluss nicht stark genug war, dass die Gene ihrer Vorfahren am Ende den Sieg davontragen würden. Wenn er wüsste, was seine Frau nach seinem Tod mit seinem zusammengegeizten Geld gemacht hatte, würde er sich bestätigt fühlen.

Anfänglich hatte Anna sich selbst davon überzeugen können, dass sie das Recht hatte, ein neues Leben zu beginnen, aber jetzt… Die Sorge, einen schweren Fehler gemacht zu haben, war mit einem Mal größer als kurz vorher noch die Gewissheit, mit dem Weg nach Siena das richtige Ziel anvisiert zu haben.

Sie wurde von schnellen Schritten abgelenkt. Anna blickte auf und sah einen Laienbruder auf die Statue der heiligen Katharina zugehen. Aha, die Zettel wurden eingesammelt. Sie hatte den jungen Bruder schon öfter bei der Erledigung dieser Aufgabe beobachtet. Er sammelte die Zettel jedes Mal mit großem Ernst ein, strich sie glatt, legte sie sorgfältig aufeinander und trug sie dann fort, als gäbe es in der Sakristei der Basilica einen Briefkasten, durch den die Nachrichten direkt in den Himmel, zur heiligen Katharina befördert wurden. Anna hoffte jedes Mal, dass sie dort nicht achtlos im nächsten Papierkorb landeten.

Sie richtete den Blick auf eins der wunderschönen Buntglasfenster und versuchte erneut, sich zu sammeln. Tante Rosi hatte ihr noch nicht geantwortet. Kein noch so kleines Zeichen hatte sie gegeben, was Anna als Hinweis verstehen konnte. Sollte sie weitermachen, dem Optimismus Nahrung geben, statt dem Pessimismus in die Hände zu spielen? Aber Tante Rosi blieb stumm. Vielleicht war sie selbst ratlos.

Anna erhob sich dennoch getröstet. Obwohl sie den inneren Kontakt mit Tante Rosi nicht hatte herstellen können, fühlte sie sich sicherer als vorher. Der Moment der Stille hatte ihr geholfen, und sie nahm sich vor, demnächst öfter in einer Kirchenbank ein paar Minuten Ruhe zu suchen. Sie wandte sich wieder den Stimmen der Reiseleiter zu, machte ein paar Schritte auf die Reisegruppen zu, auf die Unruhe, die die Touristen hereintrugen, und wollte auf den Eingang zugehen… da sah sie ihn. Nur das Aufblitzen seines Gesichts, eine typische Geste, sein Haarschopf, der braune Mantel, die Art, wie er den Kopf neigte. Der Mann, der neben ihm herging, war kleiner, er musste sich zu ihm herabbeugen. Während sie intensiv miteinander sprachen, verließen sie das Gotteshaus durch den Seiteneingang.

Valentino! Was machte er hier? Wer war der Mann an seiner Seite? Hatte er sich mit ihm getroffen? Am Morgen hatte ihr Bruder es merkwürdig eilig gehabt. Das Frühstücksbuffet hatten sie beide, Valentino und Filippo, nicht so gewürdigt, wie Anna es sich erhofft hatte. Ihr ältester Bruder hatte an einem Panino geknabbert und musste zu einer Scheibe Mortadella überredet werden, Filippo waren die unbekannten Käsesorten nicht geheuer, er war nur zu einem Toast mit Johannisbeermarmelade zu bewegen. Immerhin hatten sie sich an vielen Tassen Espresso erfreut, stark und süß, und sich gegenseitig daran erinnert, wie das Gesöff, das im Gefängnis Kaffee genannt wurde, schmeckte. Danach hatten die beiden es vorgezogen, sich Siena anzusehen.

»Sightseeing!« Filippo hatte gelacht. »So nennt man das doch! Oder? Habe ich noch nie gemacht.«

Anna hatte angenommen, dass sie sich gemeinsam auf den Campo setzen und sich dort womöglich volllaufen lassen würden, das war eine kleine Sorge gewesen. Dass Valentino an der Basilica Interesse haben könnte, war ihr nie in den Sinn gekommen. Aber… ging es ihm überhaupt um die Kirche? Oder hatte er sie nur als Treffpunkt gewählt? Wer war der Mann in seiner Begleitung?

Anna drängte sich durch eine Reisegruppe, deren Leiter und Teilnehmer sehr unwillig reagierten und ihr unbedingt zeigen wollten, dass ihr Interesse an italienischer Gotik nicht gestört werden dürfe.

So kam sie erst an der Tür an, durch die Valentino nach draußen getreten war, als sie nicht mehr hoffen konnte, ganz locker zu ihm treten und so tun zu können, als hätte sie rein zufällig ebenfalls diese Tür benutzt, um ein wenig Luft zu schnappen. Sie stürzte hinaus, blieb stehen und sah sich hektisch um. Wenn Valentino sie jetzt bemerkte, müsste sie zugeben, dass sie ihm gefolgt war und dass sie sich Sorgen machte. Aber ihr Bruder war nirgendwo zu sehen. Anna war in einem der beiden Kreuzgänge gelandet, die es an jeder Seite der Basilica gab. Der eine durch eine Mauer vom Vorplatz, vom Lärm, vom Leben abgeschirmt, der andere, der sich in einen Garten öffnete. Sie brauchte eine Weile, bis sie den Durchlass entdeckte, der in den hinteren Teil des großen Grundstücks führte. Langsam bewegte sie sich darauf zu. Es war still, die Stimmen der Studenten waren fern, vereinzelt riefen ein paar Vögel, der Lärm von den Straßen und aus den Häusern war weit weg. Der Verkehr rauschte in der Ferne, aber von hier aus war kein Auto zu sehen, die Häuser ragten hoch hinaus, fast alle mit gelbem Putz versehen.

Es war ein großer Garten, der sich anschloss, teils sehr gut gepflegt, vor allem in der Nähe der Kirchenmauer, zu einem größeren Teil aber vernachlässigt. Auch hier keine Spur von Valentino. Sein Zusammensein mit diesem Fremden hatte nicht nach einem zufälligen Treffen ausgesehen. Dazu wirkten die beiden zu vertraut. Wenn sich ihr Bruder aber verabredet hatte, warum hatte er nicht von seinen Plänen gesprochen? Warum hatte er ihr weisgemacht, sich die Schönheiten Sienas ansehen zu wollen?

Darauf gab es nur eine Antwort: Er wollte nicht, dass jemand etwas von diesem Treffen erfuhr. Und wenn das so war, dann gab es auch dafür nur eine Erklärung: Valentino war schon wieder auf Abwegen. Er plante etwas. Einen Raub? Oder irgendeinen anderen Coup? Ließ er sich nicht einmal von seinem künstlichen Knie abhalten? Womöglich hatte er jemanden gefunden, der für ihn das erledigte, was er selbst nicht mehr schaffte. Ein Handlanger! Anna schüttelte den Kopf und merkte, dass ihr die Tränen kamen. Hörte das denn nie auf? War es wie eine Sucht? Wie konnte Valentino es riskieren, schon wieder im Gefängnis zu landen und schließlich, so wie seine Eltern, dort zu sterben?

Anna ging tiefer in den Garten hinein, dessen Beete immer karger wurden und schließlich sogar ungepflegt aussahen, während es in der Nähe der Türen überall üppig blühte.

Ob sie Emilio Fontana bitten konnte, in den aktuellen Fahndungslisten nachzusehen? Der Mann, mit dem Valentino zusammen war, hatte ein auffälliges Äußeres. So jemand blieb im Gedächtnis. Wenn Emilio hörte, dass er aussah wie Gérard Depardieu, wusste er womöglich sofort, um wen es sich handelte. Der Mann war so untersetzt wie der Schauspieler und hatte eine ähnlich große und schiefe Nase, mit einer Spitze, die alles andere als spitz war, sondern eher einer länglichen Kartoffel ähnelte.

Sie hörte Stimmen und blieb stehen. In ihrer Nähe sprachen zwei Menschen miteinander. Nein, nicht Valentino und der Unbekannte, es handelte sich um einen Mann und eine Frau. Und sie führten kein ruhiges Gespräch, sie debattierten hitzig. Leider konnte Anna nichts verstehen, es ließ sich nicht einmal feststellen, in welcher Sprache die beiden redeten. Sie sah sich um. Wo war sie eigentlich gelandet? Durfte sie hier überhaupt sein? Befand sie sich auf verbotenem Terrain?

Valentino war nicht mehr zu sehen. Am besten, sie wartete ab, bis das Paar sich entfernte, dann würde sie in die Kirche zurückgehen und durchs Portal wieder hinaus. Vorsichtig ging sie ein paar Schritte rückwärts, spürte, wie ihre nackten Beine Blätterwerk berührten, drängte sich weiter in das Gebüsch an der Kirchenmauer, um ungesehen abwarten zu können … da wurde sie von einem heftigen Fauchen erschreckt. Ein helles Geräusch, schrill, fiepend, drohend. Ein Tier, das in Panik geriet, das sie aus Angst angriff! Eine kopflose Attacke, trotzdem oder gerade deswegen Furcht einflößend. Und schmerzhaft! Anna schrie auf, als sich etwas in ihre Waden bohrte. Zähne, Stacheln, Krallen? Sie stolperte vorwärts, wollte wegrennen, doch sie geriet ins Trudeln und landete bäuchlings im Gras, spürte einen letzten Stoß, einen letzten heftigen Schmerz in den Waden und begriff, dass ihre Angreifer flohen. Bewegungen an ihrer Seite, vor ihren Händen, Geraschel im Gras, fliegende Soden. Und dann … Stille.

Mühsam rappelte sie sich hoch. »Was war das?« Sie flüsterte diese Frage, einmal, zweimal. »Was um Himmels willen war das?«

Nun kamen Schritte durchs Gras, menschliche Schritte, und der Laienbruder, den sie kurz vorher in der Kirche gesehen hatte, erschien vor ihr. »Um Gottes willen! Was ist passiert?«

Er streckte Anna die Hand entgegen, und sie ergriff sie dankbar. »Keine Ahnung.« Sie zeigte mit dem Daumen über ihre Schulter. »Da war was … von hinten … Es hat mich angegriffen.«

Der Laienbruder sah zu der Stelle, dann schüttelte er den Kopf. »Sie haben sich dem Bau der Stachelschweine genähert und sie im Schlaf gestört. Kein Wunder, dass die armen Tiere Angst bekommen haben!« In seine Augen stieg Ärger. »Dort sind sie normalerweise ungestört. Was machen Sie überhaupt hier?«

Konrad war entsetzt, als er Annas Beine sah. »Bist du in einen Kaktus gefallen?«

Anna war den Tränen nahe. »Ich bin angegriffen worden. Von Stachelschweinen!«

Sie merkte, dass Konrad beinahe gelacht hätte, dass er sich gerade noch ein Grinsen verkneifen und weiterhin angemessenes Mitgefühl zeigen konnte. »Wo hast du dich rumgetrieben?«

»Ich habe mich nicht rumgetrieben!« Annas Augen sprühten, ihr Zorn war kurkumaorange. »Ich war in der Basilica.«

Nun wurde Konrads Blick besorgt. »Dir sind Stachelschweine in der Kirche begegnet?«

»Draußen, im Garten, hinter der Kirche …« Sie begann sich zu verhaspeln, weil ihr klar wurde, dass alles, was sie jetzt preisgab, Fragen nach sich ziehen würde, die ihr nicht angenehm waren. Wie sollte sie erklären, warum sie die Kirche durch eine Seitentür verlassen hatte? Konrad würde misstrauisch werden und demnächst ein Auge auf ihren Bruder haben, was Valentino, bei seinem Argwohn, der ihm zur zweiten Natur geworden war, nicht verborgen bleiben konnte. »Ich brauchte plötzlich frische Luft.

Mir war nicht gut. Die Sorgen um die Zukunft, dieser wichtige Tag, an dem zum ersten Mal Gäste einchecken …« Schrecklich, diese pflaumenblauen Ausflüchte!

Konrad zog sie in seine Arme, ehe sie es verhindern konnte. Und dann … dann tat es gut, sich an seine Brust zu lehnen und die dämmerungsgraue Schwäche zuzulassen, die sie auf dem Rückweg verzweifelt niedergekämpft hatte. Konrads riesige Hände gaben ihr Schutz, an seiner breiten Brust schien ihr nichts geschehen zu können, und dass er sie um Haupteslänge überragte, machte ihn noch größer, stärker und mächtiger, als er sowieso schon war. Für einen Augenblick war Anna dankbar für seine Freundschaft und dafür, dass sie in Siena nicht allein war, wenn sie Hilfe brauchte.

Aber dann wurde Konrads Umarmung inniger, seine Hände übten Druck aus, er wühlte sein Gesicht in ihr Haar, flüsterte ihr Koseworte zu … und Anna entzog sich ihm, ärgerlich, dass sie für ein paar Sekunden seine Nähe genossen hatte.

Er räusperte sich und sah so verlegen aus, dass sie ihren Ärger gleich wieder vergaß. »Nun wollen wir erst mal deine Beine verarzten.« Er wies auf einen Küchenhocker. »Setz dich. Ich schaue mir den Inhalt deiner Hausapotheke an.«

Anna hörte ihn im Bad rumoren, Zustimmendes und Ablehnendes murmeln und meinte immer wieder die Frage zu vernehmen, wie es nur möglich sein könne, dass eine Frau wie Anna das Opfer von Stachelschweinen wurde.

Sie begriff es ja selbst nicht. Bis ihr klar geworden war, woher das Stampfen, Grunzen und Rasseln in ihrem Rücken kam, hatte der Schmerz an ihren Waden jeden klaren Gedanken zunichtegemacht.

Der Laienbruder war zornig gewesen. »Stachelschweine sind friedliche Tiere, wenn man sie in Ruhe lässt. Sie leben schon seit Jahren hinter dieser Kirche und haben noch nie jemanden angefallen. Das tun sie nur, wenn sie sich bedroht fühlen. Was hatten Sie vor? Wenn Sie schon hier herumlaufen, warum bleiben Sie dann nicht auf dem Weg?«

Wie hätte sie ihm das erklären sollen? Dass sie ihrem Bruder heimlich gefolgt war? Dass sie befürchtete, er habe sich in der Basilica mit einem Komplizen getroffen? Dass sie große Angst hatte, er plane etwas, was ihn erneut ins Gefängnis und ihr Hotel in Verruf bringen könnte? Nein, unmöglich! Sie wusste ja nicht mal, ob so ein Laienbruder wie ein Beichtvater zur Verschwiegenheit verpflichtet war. Dass sie sich verstecken wollte, damit Valentino sie nicht sah, wenn er sich umblicken sollte, konnte sie ihm einfach nicht gestehen. Deswegen nahm sie auch sein Hilfsangebot nicht an.

»Kommen Sie! Ihre Wunden müssen versorgt werden.«

»Nein, nein, ich wohne ja in der Nähe.«

Er hatte sie misstrauisch angesehen. »Sie sind zu Fuß hier?«

»Das Auto steht vor dem Kirchenportal. In zwei Minuten bin ich zu Hause. Dort habe ich Hilfe.«

Dass sie tatsächlich Konrad auf ihrer Terrasse vorgefunden hatte, also wirklich Hilfe bekam, war so viel Glück, dass sie regelrecht überwältigt war. »Ach, Konrad! Wie gut, dass du da bist!«

Konrad war nicht weniger überwältigt, weil sie von seiner Gegenwart derart erfreut war, und nicht einmal beleidigt, als er erkennen musste, dass es nicht um Gefühle, sondern um Erwartungen ging. »Ach, Konrad ...«

Er kam in die Küche zurück. »Hast du was gesagt?«

Sie schüttelte den Kopf. »Was hast du vor?«

»Die Wunden reinigen, desinfizieren und verbinden.«

Sie blickte zur Uhr. »Geht das schnell? Ich muss mich umziehen. Das Ehepaar Sondermann hat gemailt, sie kämen gegen zwei.«

»Das ist ja noch eine Stunde. Außerdem sind die Autobahnen voll. Vor drei werden die nicht da sein.« Er blickte Anna fragend an. »Oder ist das Zimmer noch nicht fertig?«

Natürlich war es längst fertig. Seit Tagen schon. Jeden Morgen und jeden Abend ging Anna durch sämtliche Zimmer und vergewisserte sich, dass alles in Ordnung war, obwohl sich unmöglich etwas geändert haben konnte. Die Bettwäsche war blütenrein, die Handtücher waren schneeweiß, alle Accessoires an ihrem Platz, und das Zimmer war gut gelüftet. »Alles okay.«

»Na also.« Er bedeutete ihr mit einer Handbewegung, dass sie aufstehen solle, damit er an ihre Waden und ihre Kniekehlen kam. »Zeig mir mal deine hübsche Kehrseite.«

Das hätte er nicht sagen sollen. Vielleicht wäre ihr die Situation weniger unangenehm gewesen, wenn sie sich hätte einreden können, dass alles, was nun geschah, Ähnlichkeit mit einem Besuch beim Arzt hatte. Aber der alte Dottore am Ende der Straße hätte niemals eine solche Bemerkung gemacht, und somit war es ganz und gar unangemessen, dass sie sich, als sie sich umdrehte, Gedanken darüber machte, ob der Anblick, den sie von hinten bot, ein angenehmer war. Ärgerlich runzelte sie die Stirn, was Konrad nicht sehen konnte. Was waren das für Gedanken? Es konnte ihr egal sein, was Konrad von ihrer Kehrseite hielt. Vollkommen egal! Mit sechzig spielte es überhaupt keine Rolle mehr, ob man einen süßen kleinen Hintern oder einen breiten Bierarsch hatte. So was war nur wichtig, solange man hauptsächlich über das Äußere wahrgenommen wurde. Das aber war mit sechzig vorbei. Oder … fast vorbei. Es sollte jedenfalls vorbei sein.

Sie merkte, dass Konrad versuchte, ihre Hosenbeine hochzuschieben, was ziemlich schmerzhaft war. »Au! Pass auf!«

Konrad hatte seine liebe Müh, ihr nicht wehzutun. Die Hosenbeine waren zu eng, sie ließen sich weder hochkrempeln noch in die Höhe schieben. Und wenn, dann tat es weh. Die Stachelschweine waren wirklich nicht zimperlich mit ihr umgegangen.

»Zieh die Hose aus! So geht das nicht.«

Anna fuhr herum. »Ich soll …« Die Empörung blieb ihr im Halse stecken.

Konrad kniete auf der Erde, in der einen Hand das Desinfektionsmittel, in der anderen eine Pinzette, neben sich auf der Erde das Verbandszeug. »Es geht nicht anders. Ich komme an die oberen Wunden nicht ran. Die Viecher haben verdammt lange Stacheln.«

Als sie immer noch zögerte, wurde er ungeduldig. »Nun mach schon!« Und grinsend fügte er an: »Oder hast du heute Morgen keine frische Unterhose angezogen?«

Dass er ihren Slip eine Unterhose nannte, nahm dieser unangenehmen Situation zum Glück den Sinnenreiz. Unterhosen wurden von alten Männern getragen, waren aus reiner Baumwolle und aus gutem Grunde kochfest. Wie konnte er so etwas mit ihrer Unterwäsche vergleichen? Als Anna sich endlich überwinden konnte und die Jeans herunterzog, kam etwas in der Farbe Lila zum Vorschein, das weder praktisch noch kochfest war und deshalb anders hieß. »Nenn meine Dessous nicht Unterhosen!«

»Ist doch egal.« Typisch! Konrad verstand mal wieder nicht, worauf es ankam. »Oder willst du dich allein verarzten?«

Das war leider völlig unmöglich. Also legte sie sich über den Küchenhocker, stützte die Unterarme auf und ließ Konrad gewähren. »Autsch!«

»Tut mir leid. Da sind noch feine Stacheln. Die müssen raus. Ich kriege sie nur mit der Pinzette. Halt also still.«

Anna schloss die Augen und konzentrierte sich darauf, gedanklich zu verreisen, woanders zu sein, diese Küche hinter sich zu lassen und sich einzubilden, sie läge auf einem Segelboot und ließe sich den Rücken bräunen … da hörte sie mit einem Mal ein erschrockenes »Huch!«.

Sie fuhr in die Höhe – und sackte gleich wieder unter einem scharfen Schmerz zusammen. »Noch nicht«, rief Konrad und versuchte, sie wieder vornüberzudrücken. »Nur noch ein oder zwei …«

Nun hörte Anna noch einmal ein geflüstertes »Huch!« und ließ sich weder von Konrad noch von der Pinzette abhalten. Sie drückte sich mit einem heftigen Stoß in die Höhe, kam aber nicht in die Senkrechte, weil Konrad in der Hocke hinter ihr saß und begreiflicherweise etwas suchte, woran er sich festhalten konnte, um nicht hintenüberzufallen. Dass er Halt ausgerechnet am Bund ihres Slips fand, durfte man ihm eigentlich nicht vorwerfen, dass er eine Pinzette in der Hand hielt, fiel auch nicht in die Rubrik »schuldhaftes Verhalten«. Alles in allem kam leider eins zum anderen und endete mit einem hässlichen Reißen eines zarten Stoffes. Das nächste erschrockene »Huch!« betäubte sowohl Annas Schmerzempfinden als auch ihre Vernunft. Sogar ihr Schamgefühl ging im bengalischrot lodernden Entsetzen auf. Nur so war es zu erklären, dass sie tatsächlich versuchte, auf die fremde Frau zuzugehen, die neben einem Koffer in der Küchentür stand. Diese wich erschrocken zurück, weil vermutlich noch nie eine Frau auf sie zugetreten war, die ihren Slip nicht am Körper trug, sondern in der Hand hielt. »Frau Sondermann?«

Der neue Gast wich weiter zurück, bewegte sich rückwärts durch die kleine Diele von Annas Wohnung und schien sich nichts sehnlicher zu wünschen als ein zweites Ankommen in der Lobby. Und dann zu vergessen, was sie gesehen hatte, abzuschütteln, was nicht sein konnte, und so zu tun, als wäre tatsächlich nichts gewesen!

»Entschuldigung«, stotterte die mollige Blondine immer wieder. »Ich wollte nur … ich dachte, weil niemand an der Rezeption stand … ich hörte Stimmen …«

In der Lobby stand ihr Mann, ebenso blond und mollig, aber weniger verlegen, vielmehr mit dem Gesichtsausdruck, den Männer tragen, wenn auf ihren Lippen liegt: »Siehst du, ich habe dir doch gleich gesagt …«

Dieser Ausdruck veränderte sich schlagartig, als er der Hotelbesitzerin ansichtig wurde, die ihren lila Slip in der linken ihrer ausgestreckten Hände trug und ihre Erklärungsnöte ihr Schamgefühl übertrumpfen ließ.

Das änderte sich allerdings an der Wohnungstür. Der metallene Krieger mit dem Speer in der Hand hatte zwar seine Aufgabe nicht erfüllt, die Hotelgäste abzuschrecken, nun aber gelang es ihm immerhin, die Hotelbesitzerin zurückzuhalten. Verdattert hielt sie sich nun den winzigen lila Slip vor den Körperteil, den eine Frau immer als Erstes bedeckte, und flüsterte: »Entschuldigung, bin gleich wieder da, einen Moment nur …«

Es war natürlich gut und richtig, dass sie sich rückwärts Richtung Schlafzimmertür entfernte, und sie hatte auch nicht vergeblich gehofft, dass Herr Sondermann sich, sobald er seinen Schreck überwunden hatte, umdrehen und sein Augenmerk auf das Gemälde mit den vielen toskanischen Hügeln und den daraus aufragenden Zypressen richten würde. Vielleicht war auch Konrads Idee gut und richtig, der verhindern wollte, dass weiteres Unglück geschah. Leider war er jedoch nicht besonders flott auf die Beine gekommen, sodass sein Eingreifen zum völlig falschen Zeitpunkt kam, als er von hinten nach Annas Schultern griff und versuchte, sie mit beruhigenden Worten sowohl körperlich als auch mental in die richtige Richtung zu bewegen.

Sie fuhr erschrocken herum, als hätte sie Konrads Anwesenheit mittlerweile vergessen, und entlockte Frau Sondermann damit ein weiteres »Huch!«. Das wiederum brachte den Ehemann dazu, erneut herumzufahren, als müsse er eine Gefahr von seiner Gattin abwenden. Und so kam es, dass die ersten Gäste des Hotels *Albergo Annina* später wohl nicht das liebenswürdige Gesicht der Hotelbesitzerin in Erinnerung haben würden, wenn sie an ihren Aufenthalt in Siena zurückdachten, sondern ein anderes Körperteil …

Habe ich Sie etwa lachen hören? Das ist gemein, und das wissen Sie! Okay, vielleicht hätte ich auch gelacht, wenn mir diese Geschichte erzählt worden wäre. Aber Sie haben doch gehört, wie wichtig mir mein Hotel ist. Meine Gäste müssen, wenn sie wieder zu Hause sind, vom Albergo Annina *schwärmen. Doch was werden die Sondermanns ihren Freunden und Bekannten erzählen? Dass die Hotelbesitzerin, als sie eintrafen, bäuchlings auf einem Küchenhocker lag, nur mit einem Slip bekleidet – möglich, dass auch sie von einer Unterhose sprechen werden –, und hinter ihr der Nachbar kniete, mit der Pinzette in der Hand. Wetten, dass ihre Zuhörer sich vor Freude auf die Schenkel schlagen? Und wetten, dass sie ein bisschen übertreiben werden, damit die Story noch lustiger wird, im Laufe der Zeit sogar immer mehr? Am Ende wird es sich so anhören, als hätte ich nicht nur mit nacktem Hintern, sondern auch mit erotischen Ambitionen vor Konrad gelegen, man kennt das doch. Eine spaßige Geschichte wird, wenn sie Gelächter hervorgerufen hat, gern aufgebauscht. Wer sie hört, wird entweder niemals das* Albergo Annina *auch nur in Erwägung ziehen oder aber mit völlig falschen Erwartungen einchecken. Ich höre Herrn Sondermann förmlich rufen: »Lila Dessous! Bei einer Sechzigjährigen! Die Höschen meiner Frau sind entschieden haltbarer.«*

»Aber so ist das eben«, würde Eileen Sondermann womöglich ergänzen, »wenn man so schamlos in der Unterwäsche herumläuft. Verletzungen von Stachelschweinen! Als wenn das jemand glaubt!«

Anna heulte zum Steinerweichen. Mittlerweile trug sie das Sommerkleid, das sie sich für den Empfang der ersten Gäste zugelegt hatte, Frisur und Make-up wurden ihren Vorsätzen jedoch keineswegs gerecht. Die Haare standen ihr vom Kopf ab, als hätte sie in eine Steckdose gefasst, ihr Lidschatten sickerte wie brombeerfarbene Tränen über ihre Wangen, aus ihrer Wimperntusche war verschmiertes Schwarz geworden, das aus ihren Lachfalten tiefe Runzeln machte. Sie passten zu ihrer seelischen Verfassung: sturmwolkengrau und arsenikschwarz.

»Meine ersten Hotelgäste! Ich wollte sie mit einem Glas Sekt empfangen! Sie sollten wissen, dass ich mich auf sie gefreut habe! Sie sollten …«

»Sie sind mit ihrem Zimmer sehr zufrieden«, fiel Konrad ein, der es übernommen hatte, die Sondermanns willkommen zu heißen, ihnen ihr Zimmer zu zeigen und ihnen das Gepäck abzunehmen. Für diese Geistesgegenwart war Anna ihm dankbar. Noch viel schlimmer wäre es gewesen, die beiden hätten vor der Rezeption darauf warten müssen, bis die Hotelbesitzerin endlich zu einem Erscheinungsbild gefunden hatte, das man von ihr erwarten konnte.

»Wie werden sie vom *Albergo Annina* reden?«, heulte Anna weiter. »Niemals werden sie es weiterempfehlen.«

Nun mischte sich Valentino ein, der bis dahin hilflos danebengestanden hatte und nicht wusste, wie er mit Annas Tränen umgehen sollte. Dass jemandem das Hotel in Siena nicht gefallen könnte, war ihm anscheinend noch nie in den Sinn gekommen und setzte Energien in ihm frei, deren Auswirkungen ihn in der Vergangenheit mehr als einmal direkt ins Gefängnis geführt hatten. »Die können doch nicht… nur weil du…« Er wandte sich schwer atmend an Konrad. »Sie haben denen doch hoffentlich erzählt, dass Annina von wilden Tieren schwer verletzt worden ist?«

Konrad nickte. »Ja, ja, sie haben auch ganz ruhig und freundlich reagiert.«

»Na also!« Valentino sah seine Schwester an, als erwarte er nun von ihr, dass sie sich gefälligst zusammenriss. Er kannte nur Trauer oder Glück, Zufriedenheit oder Wut, nur Schwarz oder Weiß. Schattierungen in den Gefühlen, blassgraue Heiterkeit, clownweißes Glück, kaffeeschwarze Zufriedenheit, so was kannte er nicht. Eine Sache war okay oder eben nicht, basta! Und wenn sie nicht okay war, würde er dafür sorgen, dass sie es wurde. Dieser pensionierte Nachbar hatte Annina geholfen, er selbst würde sich darum kümmern, dass bei den Sondermanns keine neuen Zweifel aufkamen, und Filippo hatte zugesagt, notfalls mit einer kleinen Erpressung dafür zu sorgen, dass auf der Website des Hotels eine Fünfsternerezension erschien. Was wollte sie mehr?

Filippos Einfühlungsvermögen war auch nicht besonders ausgeprägt. Er nickte seinem Bruder zu, als hätte dieser eine Weisheit von sich gegeben, die jeden überzeugen musste. Dann fragte er: »Wo bist du diesen Stachelschweinen überhaupt begegnet? Das sind doch scheue Tiere, wenn ich mich nicht irre.«

Anna verhinderte, dass Konrad für sie antwortete. Und zwar nicht nur, weil sie das nicht mochte. In diesem Fall ging es ihr vor allem darum, dass die Antwort so vage ausfallen musste, dass Valentino nicht merkte, dass er beobachtet worden war. So hielt sie sich erst eine Weile mit großem Lob auf, weil Filippo trotz seiner mangelhaften Schulbildung ein so beeindruckendes Wissen über einen biologischen Teilaspekt erworben hatte, und entgegnete erst, als Konrad sein Interesse der Espressomaschine zuwandte: »Wo es in Siena ein Stück Natur gibt, gibt es auch Stachelschweine. Passt auf, wenn ihr mal in einen Park geht.« Sie warf Valentino einen sichernden Blick zu. »Oder hinter die Basilica.«

Ihre Hoffnung, er würde ihr von seinem Besuch in der Kirche erzählen, fiel prompt in sich zusammen. Valentino erwähnte mit keinem Wort die Basilica di San Francesco und interessierte sich mit einem Mal auffällig für den Milchschäumer, den es angeblich noch nicht gegeben hatte, als er das letzte Mal inhaftiert wurde. Und als er unbedingt von Filippo wissen wollte, wie ihm dieser berühmte Campo gefallen habe, wurde Anna klar, dass er ihr etwas verheimlichte.

Konrad sah auf die Uhr und bedachte Anna mit einem vielsagenden Blick. »Mir macht es ja nichts aus, wenn du aussiehst wie eine Schlammcatcherin nach einem verlorenen Kampf, mir gefällst du immer, aber …«

Weiter brauchte er nicht zu sprechen. Anna sprang auf und lief ins Badezimmer.

»Ich kann auch die nächsten Gäste empfangen«, rief Konrad ihr nach. »Ich weiß ja jetzt, wie das geht. Lass dir also Zeit.«

»Du bist ein Schatz!« Diesen Satz wiederholte sie unhörbar, als sie sich im Spiegel ansah. Die Restaurierung ihres Makeups würde länger dauern, so viel stand fest. Und es war ein gutes Gefühl, zu wissen, dass Konrad notfalls für sie zur Rezeption gehen würde, wenn dort die Tischglocke ertönte. Sollte das *Albergo Annina* irgendwann erfolgreich sein, würde sie dafür sorgen müssen, dass sie jemanden engagierte, der in der Lobby Dienst tat, wenn sie keine Zeit hatte.

Während sie die Tränenspuren aus ihrem Gesicht wischte und sich schminkte, spürte sie, wie die Angst ihren Brustkorb einengte. Hoffentlich war es kein Fehler gewesen, ihre Brüder zur Einweihung einzuladen, sogar mit der Eröffnungsfeier so lange zu warten, bis Valentino nach seiner Operation ohne Gehhilfen auskam und Filippo aus dem Gefängnis entlassen worden war. Nach wie vor war sie der Ansicht, dass ihre beiden Brüder unbedingt dabei sein mussten, wenn sie den Lebenstraum der Eltern verwirklichte, aber vielleicht hatte sie ihnen zu viel zugetraut. Sie waren notorische Hochstapler. Für eine aussichtsreiche Gaunerei ließen sie alles fahren, auch den Ruf ihrer kleinen Schwester. Nach wie vor glaubten sie ja jedes Mal an den todsicheren Coup, der sie reich machen und dem die Polizei nicht auf die Schliche kommen würde.

Die Sondermanns ließen sich während des Nachmittags nicht sehen. Anna ging immer wieder an ihrem Zimmer vorbei, hoffte auf einen Hinweis, auf ein Geräusch, ein Wort, irgendeinen Laut, der erkennen ließ, ob die Gäste zufrieden waren oder etwa darüber diskutierten, gleich wieder auszuziehen. Aber es drang nichts auf den Flur, vermutlich ruhten sich die beiden von der Anreise aus und schliefen.

Konrad war nach Hause gegangen, weil er ihr ruheloses Hin und Her nicht mehr ertragen konnte. »Wenn du so weitermachst, komme ich erst zur Einweihungsfeier wieder.«

Darauf hatte Anna nur gelacht. Konrad war viel zu neugierig, um Anna die ersten Schritte im Hotelgewerbe allein gehen zu lassen, ohne sie zu kommentieren, zu begleiten und – dem Himmel sei Dank! – notfalls sogar helfend einzuspringen.

»Danke, Konrad! Du hast mich gerettet.«

Anna umarmte ihn, was sie sonst eher vermied. Sie wusste ja, dass Konrad dazu neigte, aus einem kleinen Entgegenkommen einen großen Anspruch zu machen. Sie musste aufpassen! Wenn sie ihn zu oft und zu lange in ihrem Haus duldete, würde sie irgendwann feststellen, dass seine Zahnbürste in ihrem Bad stand und sein Schlafanzug auf der anderen Seite des Bettes lag.

Aber hatte sie sich nicht geschworen, sich nie wieder in Abhängigkeit zu begeben? Wollte sie nicht frei und selbstständig bleiben bis ans Ende ihrer Tage? Das hatte sie Konrad schon einmal erklärt, und er hatte ihr prompt auseinandergesetzt, dass Liebe und Lebenspartnerschaft nicht unbedingt zu Unfreiheit und Bevormundung führen mussten. Doch Anna war entschlossen, das *Albergo Annina* allein zu führen, in ihrem Haus allein zu wohnen und alle Entscheidungen allein zu treffen.

Das war früher anders gewesen. Sie hatte nie allein gelebt, war von Tante Rosi zu Clemens gezogen und hatte nie vergessen, dass sie ihm dankbar dafür sein musste, dass er aus Annina Kolsky, der Tochter und Schwester von Gewohnheitsverbrechern, eine ehrbare Frau gemacht hatte. Und er hatte sie geliebt. Das war ihm gedankt worden, indem Anna seinen Entscheidungen immer das größte Gewicht zugebilligt hatte und ihre Wünsche bereitwillig hintenanstellte, wenn sie nicht mit Clemens' kompatibel waren. Aber das sollte nun vorbei sein.

Sie sah auf die Uhr. Bald mussten die nächsten Gäste eintreffen. Pius Eggering kam mit dem Zug, aber das Angebot, ihn vom Bahnhof abzuholen, hatte er abgelehnt. Das Ehepaar mit dem Namen des amerikanischen Präsidenten war nach Florenz geflogen und würde wohl ebenfalls mit dem Zug nach Siena kommen. Anna stieg die Treppe hoch, ging den Flur in der ersten Etage bis zu seinem Ende und wieder zurück und warf einen Blick aus dem Fenster. Ein Wagen aus Köln fuhr vor. Der Wagen der Sondermanns? Tatsächlich! Ole Sondermann stieg aus und ging auf den Hoteleingang zu. Hatte seine Frau ihn losgeschickt, um nach einem anderen Hotel Ausschau zu halten? Sie hatte gar nicht gehört, dass er weggefahren war.

Anna schob nervös ein paar Blumentöpfe auf den Fensterbänken hin und her, wartete, bis die Schritte von Ole Sondermann verklungen waren, dann kehrte sie ins Erdgeschoss zurück.

Dort trat gerade Valentino ein. »Filippo muss sich erst vergewissern, dass im Garten niemand lauert. Er wird den Hintereingang nehmen.«

Anna lachte. »Kommt er diesmal durchs Badezimmerfenster?«

Ehe Valentino antworten konnte, fuhr ein Taxi vor. Durch die geöffneten Fenster tönte die Stimme von Adriano Celentano, der den blauen Himmel besang. Italienische Taxifahrer liebten Schlagermusik, und Adriano Celentano, das hatte ihr einmal ein Fahrer erklärt, brachte am meisten Trinkgeld, weil seine Musik für gute Laune sorgte. Besonders bei älteren Fahrgästen, die sich noch an »Azzuro« erinnern konnten.

Anna ging zur Rezeption, schob Papiere hin und her und gab sich beschäftigt. Auf keinen Fall wollte sie einem Gast entgegensehen, als staune sie darüber, dass sich jemand ins *Albergo Annina* traute. Sie blickte erst auf, als sie Schritte hörte und ein Koffer abgesetzt wurde. Als sie aufsah und den Mann erkannte, der nun in der Lobby stand und sich zufrieden umsah, erstarrte sie …

Emilio Fontana zog seine Lederjacke aus und hängte sie sorgfältig auf den Bügel. Dann öffnete er den Schrank und warf einen Blick in den Spiegel, den er an der Innenseite der rechten Tür angebracht hatte. Ein Spiegel an der Wand, für jeden sichtbar, hätte ihn in Schwierigkeiten bringen können. In der Questura von Siena musste man vorsichtig sein. Ein Commissario, der als eitel entlarvt wurde, kam schnell ins Gerede. Er wusste ja, dass seine Kollegen schon lange darüber rätselten, warum ausgerechnet er, der attraktivste Polizist von Siena, noch nicht verheiratet war.

Er strich sich den Kaschmirpulli glatt, stellte den Kragen seines weißen Hemdes auf, das er darunter trug, und setzte sich an seinen Schreibtisch. Schnell hatte er überflogen, mit welchen Fällen er sich an diesem Tag zu beschäftigen hatte. Nur langweiliger Papierkram, der vom gestrigen Arbeitstag übrig geblieben war. Nichts, was ihn dazu bewog, zügig mit der Arbeit zu beginnen.

Er lehnte sich zurück und erfreute sich mal wieder an dem gut gepolsterten Bürostuhl mit den breiten Armlehnen, den ihm seine Mutter geschenkt hatte. Die quietschenden hölzernen Drehstühle, die der Staat seinen Dienern zur Verfügung stellte, hatten seine Bandscheiben lange genug malträtiert. Jeden Abend war er mit Rückenschmerzen heimgekehrt. Jetzt dagegen saß er bequem und konnte auf diesem Stuhl sogar eine Siesta halten, ohne dass es auffiel.

Er überlegte, ob er dem Nachtschlaf, der ihm viel zu kurz erschienen war, ein halbes Stündchen hinzufügen sollte, als die Tür aufsprang und sein Assistent in den Raum stürmte. »Ein Diebstahl! Eine ganz große Sache!«

Emilio seufzte. Giuseppe war immer noch durch spektakuläre Fälle zu begeistern. Die Jugend eben! Wenn Emilio sich recht erinnerte, war es bei ihm in den ersten Dienstjahren auch so gewesen. Aber das war längst vorbei. »Was ist passiert?«

»Die Statue in der Basilica!«

Emilio fuhr in die Höhe. Das war auch für sein stoisches Temperament eine Sensation. »Der heilige Francesco?«

Die Marmorstatue aus dem 15. Jahrhundert, die Franz von Assisi mit zwei Tauben in der Hand zeigte, gehörte zu den Kostbarkeiten der Basilica.

Aber Giuseppe beruhigte ihn. »Nein, diese andere Statue. Die heilige Katharina. Sie steht in einer Altarnische auf der Höhe des Hauptaltars. Haben Sie die noch nie gesehen?«

Emilio konnte sich nicht erinnern. »Wertvoll?«

»Keine Ahnung. Eine hölzerne Figur. Frauen, die schwanger werden wollen, beten zu ihr. Und sie stecken Zettelchen in einen Spalt an der Rückseite, auf dem sie ihren Wunsch niedergeschrieben haben.«

Nun schwante Emilio etwas. »Von der hat meine Mutter schon mal gesprochen. Erzählen Sie mir, was Sie wissen.« Schwerfällig erhob er sich und dehnte sich, um seinem Körper zu signalisieren, dass aus dem Nickerchen nichts wurde und er jetzt, so früh am Tag, fit sein musste.

Bis zu diesem Augenblick hatte sich Giuseppe zusammengerissen, weil er wusste, dass der Commissario es nicht leiden konnte, wenn er wie ein Wasserfall redete, schnell, haspelnd, in einem unverständlichen südlichen Dialekt und so, als wäre sein Reden ein Rad, das, einmal angestoßen, Zeit brauchte, um anzuhalten. Während Emilio seine Jacke aus dem Schrank holte und sie überzog, glaubte er, den rasenden Schilderungen Giuseppes entnehmen zu können, dass die Statue der heiligen Katharina am Vorabend gestohlen worden sei, was einem Laienbruder jedoch erst am Morgen aufgefallen war, als er die Kirche aufschloss.

Sie verließen gemeinsam die Questura, stiegen in einen der Polizeiwagen, die dort, dicht an den Mauern, standen, so dicht, dass für die Touristenströme, die sich vom Campo zum Dom und wieder zurück bewegten, gerade genug Platz war, und fuhren los. So langsam wie nötig aus dem Fußgängergewimmel heraus, dann aber so schnell wie möglich zur Basilica.

Vor dem Portal empfing sie der Laienbruder in der Kutte der Franziskanermönche. »Sonst läuft er immer in Jeans und T-Shirt rum«, brummte Giuseppe. »Die Franziskaner können sich kleiden, wie sie wollen, nicht nur die Laienbrüder, auch die Mönche. Sie sollen nur schlicht, am besten ärmlich aussehen, wie es Franz von Assisi gewollt hat.«

Emilio stieg aus. »Dann möchte er uns wohl mit seiner Kutte beeindrucken?« In Gedanken setzte er hinzu: oder mäßigen? Kirchenmänner verschanzten sich ja gerne hinter ihrem Nimbus, der vor allem durch ihre Kleidung entstand, und sorgten so dafür, dass die Fragen, die man an sie richtete, freundlich, vorsichtig und respektvoll ausfielen.

Giuseppe sah sich um, als suchte er jemanden. »Nur Bruder Giorgio empfängt uns? Wo ist der Prälat? Oder der Guardian?«

Der Prälat war Emilio bekannt. Oder vielmehr ... seine Mutter erzählte manchmal von ihm. Wenn er sie richtig verstanden hatte, kannte sie ihn sogar schon sehr lange. Er glaubte sich zu erinnern, dass seine Mutter an dem Vater des Prälaten Interesse gehabt hatte, bevor sie sich mit Emilios Vater verlobte. Seitdem seufzte sie oft, wie froh sie sei, dass ihr eigener Sohn zur Polizei gegangen sei und sich nicht in den Dienst der Kirche gestellt habe. Dummerweise konnte sich Emilio nicht an den Namen des Prälaten erinnern, und auch Giuseppe hatte keine Ahnung. Sie beide wussten nicht einmal, wie so ein Prälat anzusprechen war.

»Monsignore geht immer«, behauptete Giuseppe.

»Auch bei dem Guardian? Für was auch immer der genau zuständig ist...« Emilio hätte gern so getan, als wüsste er in der italienischen Kirche gut Bescheid. Er mochte es nicht gern, wenn er feststellen musste, dass sein junger Assistent mehr wusste als er selbst. Es sei denn, es ging um Flugzeugmodelle, Fußballvereine oder Aquariumsfische, Giuseppes Hobbys. Nichts über einen Guardian zu wissen verdross Emilio. Erst recht, als Giuseppe mit einer Antwort nicht zögerte.

»Der Guardian ist der Vorsteher des Konvents der Franziskaner und der Hausobere des Klosters. Er ist für alles zuständig und verantwortlich, was im Kloster und in der Kirche geschieht. Dem wird der Diebstahl der Statue am meisten zusetzen. Ich denke, er muss bis nach Rom erklären, wie das passieren konnte.«

Der Laienbruder hatte dafür gesorgt, dass der Teil der Kirche, in dem der Diebstahl geschehen war, abgesperrt worden war. Zwei tragbare Metallsäulen, zwischen denen sich eine salamidicke Kordel spannte, sorgten dafür, dass die Frauen mit dem unerfüllten Kinderwunsch an diesem Tag nicht zur heiligen Katharina beten konnten. Dass sie gar nicht mehr da war, hatte sich noch nicht herumgesprochen. Vor der Absperrung standen mehrere Frauen, die sich flüsternd darüber unterhielten, warum ihnen der Weg zu der Statue versperrt worden war, die so viel Hoffnung in ihnen erzeugte.

Der Prälat wartete in einem separaten Altarraum auf die Polizei, der Altarnische gegenüber, in dem die hölzerne heilige Katharina gestanden hatte. Scheinbar war er auf Abstand zu den gläubigen Frauen bedacht, damit er nicht zu Erklärungen gezwungen werden konnte. Er war ein Mann von undefinierbarem Alter, mit einem runden, pausbäckigen Gesicht, einem runden Leib und runden, gut gepolsterten Händen, die er gern gefaltet hielt. Alles an ihm war rund, auch sein Mund formte ein ständiges O, und seine Nase war rund wie eine Marzipankartoffel.

Emilio konnte sich nicht vorstellen, dass der Prälat seinem Vater ähnlich sah. Mama hätte niemals einen Mann als Ehekandidat in Erwägung gezogen, der so aussah wie der Prälat. Vermutlich kam er auf seine Mutter, die auch so klein, rund und vollschlank gewesen sein mochte.

Er ließ Emilio nur einen Blick zu dem Podest werfen, auf dem die Statue gestanden hatte, dann winkte er ihn in den Altarraum und schloss die gläserne Tür. So waren sie zwar nicht vor neugierigen Blicken geschützt, aber vor denen, die sie belauschen wollten. »Wir könnten auch in die Sakristei …«

Aber Emilio winkte ab. »Besser, wir bleiben hier. Wir müssen uns gleich noch ausgiebig den Tatort ansehen.« Er warf einen Blick zurück und bedeutete Giuseppe mit einer Bewegung seines Kopfes, sich schon einmal einen Überblick zu verschaffen. »Erzählen Sie mir, was ich wissen muss.« Unsicher fügte er an: »Monsignore.«

Da der Prälat diese Form der Anrede hinnahm, ohne aufzumerken, schien er richtigzuliegen. Giuseppe hatte recht gehabt.

In diesem Moment kam ein Mönch heran, und es sah ganz so aus, als hätte der Prälat ihn erwartet. »Der Hausobere«, stellte er vor. »Padre Lisandro.«

»Der Guardian«, murmelte Emilio, als müsste er übersetzen.

Bruder Lisandro nickte. »So ist es.«

Er war ein großer, hagerer Mann, dem die Mönchskutte etwas Asketisches gab. Wenn Franz von Assisi wirklich gewollt hatte, dass diejenigen, die ihm folgten, sich in ihrem Leben auf das Notwendigste beschränkten, dann sah der Guardian so aus, als hielte er sich daran.

Der Prälat verließ sie, als wollte er mit der Armseligkeit nichts zu tun haben, und winkte nur mit einer Geste zurück, die aussah, als wollte er die Aussage des Guardians segnen, egal, was er auszusagen gedachte.

Emilio blickte ihm erstaunt nach. Eigentlich hätte er gern auch mit dem Prälaten gesprochen. Aber entweder wusste der nichts, oder er wollte nichts wissen und fand vermutlich auch, dass er sich mit solch irdischen Beiwerken nicht zu befassen habe.

Also wandte sich Emilio an den Guardian, der ihn abwartend anblickte. »Bitte erzählen Sie mir, was sich zugetragen hat.«

Padre Lisandro drückte die gefalteten Hände an die Brust, während er berichtete, was Emilio schon wusste: dass Bruder Giorgio am Morgen, als er die Kirche aufschloss, das Fehlen der Statue bemerkt habe.

»Am späten Nachmittag war sie noch da«, bestätigte der junge Laienbruder. Er war Ende zwanzig, mittelgroß, gut aussehend. Ein junger Mann, den keine Frau gern in einer Mönchskutte sah. Emilios Mutter würde es, wenn sie ihn je kennenlernen sollte, zu ihrer Pflicht machen, diesen Franziskanermönch davon zu überzeugen, dass das Leben mehr zu bieten hatte als ewige Keuschheit.

»Wann genau?«, fragte Emilio.

Das konnte Bruder Giorgio nicht sagen, aber nach längerer Überlegung schaffte er es, den Zeitpunkt des Diebstahls auf eine

Spanne zwischen sechzehn und zwanzig Uhr einzugrenzen. Um zwanzig Uhr hatte er die Kirche abgeschlossen. »Aber dass die Statue fehlte, ist mir nicht aufgefallen.«

Dass sie noch an ihrem Platz gestanden hatte und die Diebe während der Nacht in die Kirche eingebrochen waren, hielt Padre Lisandro für ausgeschlossen. »Wir haben überall nachgesehen. Keine Tür weist Einbruchspuren auf. Auch durch die Sakristei können sie nicht gekommen sein. Das Fenster ist unversehrt.« Er rang die Hände, und Emilio nahm an, dass der liebe Herrgott dem Bischof später einige Fragen würde beantworten müssen. Zum Beispiel, wie es sein konnte, dass es unter seinen Schäfchen ein so schwarzes, sündiges gab.

»Was hat es mit der Statue auf sich?«, fragte Emilio. »Ist sie kostbar? Wie alt ist sie? Wer hat sie angefertigt?«

»Soviel ich weiß, ist der Künstler unbekannt«, antwortete Bruder Giorgio anstelle des Guardians.

Emilio betrachtete den hübschen dunkelhaarigen Mann, dessen braune Augen so arglos unter den Locken, die ihm in die Stirn fielen, hervorsahen, dass man meinen konnte, er sei ein stilles Wasser mit diversen Untiefen. »Warum hat die Statue dann einen Dieb gereizt?«

»Weil sie nicht besonders gut gesichert war«, antwortete Padre Lisandro.

Giuseppe war mit der Besichtigung des Tatorts schnell fertig geworden und erschien nun wieder neben Emilio. Er holte tief Luft, ehe er sagte: »Könnte es sein, dass die Statue wertvoller ist, als allgemein bekannt war?«

Der Guardian wurde verlegen. »Mein Vorgänger war ein Kunstkenner. Er hat einmal die Vermutung geäußert, sie könnte eine Arbeit von Giacomo Cozzarelli sein.«

Giuseppe sah so aus, als müsste er daran gehindert werden, sich zu erkundigen, ob es sich um einen anderen Franziskanermönch handle oder um den Vater des Laienbruders. Emilio war der Name jedoch wohlbekannt. Er kannte auch Cozzarellis Skulptur »Cristo in pietà«, die man in der *Pinacoteca Nazionale* bestaunen konnte. Ein Künstler, der in Siena geboren und gestorben war. Seine letzte Ruhestätte hatte er in der Basilica dell'Osservanza in Siena gefunden. »Santo dio! Dann ist die Statue ein Vermögen wert. Wer wusste davon?«

Padre Lisandro sah den Laienbruder an, als wollte er diesem gern das Antworten zuschieben. Aber dann erklärte er doch tapfer: »Die Kirche hat darüber nicht geredet, weil niemand Genaueres wusste. Es schien uns vernünftiger zu sein, die Statue nicht besonders zu sichern, denn dann wäre ja jedem klar geworden, dass sie kostbar ist.«

»Es wäre aber klüger gewesen«, murmelte Emilio.

»Natürlich hätten wir es getan, wenn wir mit Sicherheit gewusst hätten, dass sie Cozzarellis Werk ist. Aber sollten wir viel Geld für eine Alarmanlage ausgeben, wenn die heilige Katharina am Ende doch von irgendeinem unbekannten Hobbyschnitzer stammt?« Der Guardian zog ein überhebliches Gesicht. »Besonders brillant kam mir persönlich die Arbeit nicht vor. Aber …« Er schien daran erinnert zu werden, dass Giacomo Cozzarelli über jeden Zweifel erhaben war. »Vielleicht eine frühe Arbeit von ihm.«

»Außerdem …«, mischte sich der Laienbruder ein. »Wie hätten die Frauen ihre Kinderwünsche in die Statue stecken können, wenn sie mit einer Alarmanlage gesichert gewesen wäre?«

Emilio gab höflich zu verstehen, wie sehr es ihm gefiel, dass der Klerus den Hilfe suchenden Frauen nicht die Möglichkeit nehmen wollte, einen Zettel für einen Euro zu kaufen und eine Kerze für denselben Preis zu erwerben und damit den Reichtum der Kirche zu mehren. »Jemand muss den Wert der Statue erkannt haben.«

Giuseppe nickte bestätigend. »So wird es gewesen sein.«

Sie gingen mit dem Laienbruder zu dem Sockel, auf dem die Statue gestanden hatte. Padre Lisandro entschuldigte sich mit den Worten, er habe Wichtigeres zu tun, und verzog sich mit raschelnder Kutte.

Emilio zeigte auf ein Drahtseil, das an einem schweren Haken befestigt war, der im Kirchengemäuer verankert war. Damit war die Statue befestigt gewesen, und es war durchtrennt worden.

»Mit einer Drahtschere«, meinte Giuseppe. »Kein Problem. Das Ding stecke ich mir in die Innenseite des Mantels und ziehe es hervor, wenn gerade keiner hinsieht. Das ist eine Sache von wenigen Sekunden.«

Emilio nickte. »Wahrscheinlich kurz bevor die Kirche abgeschlossen wurde. Dann leeren sich die Seitenschiffe, und alle bewegen sich Richtung Ausgang.«

»Das Problem ist dann nur noch, die heilige Katharina aus dem Haus zu bringen, ohne dass es jemand bemerkt.«

Emilio wandte sich an Bruder Giorgio. »Wie groß ist die Statue?«

Der Laienbruder suchte nach einem Vergleich. Dann meinte er: »Vielleicht … siebzig oder achtzig Zentimeter.«

Giuseppe triumphierte. »In eine Decke wickeln und dann zum Ausgang tragen, als hätte man ein Kind auf dem Arm.«

Emilio grinste zustimmend. »Ein Mützchen obendrauf und ein Schlaflied summen. Dann schöpft niemand Verdacht.« Er wurde schnell wieder ernst. »Wir müssen herausfinden, wie kostbar die Statue ist, und verhindern, dass sie auf irgendwelchen dubiosen Wegen komplett von der Bildfläche verschwindet. Der illegale Handel mit Kunst ist groß und wird immer skrupelloser.« Nun wandte er sich an Bruder Giorgio. »Ist Ihnen irgendwas aufgefallen? Haben Sie Personen in Erinnerung, die sich merkwürdig verhalten haben? Waren noch andere Geistliche zu der fraglichen Zeit in der Kirche?«

Bruder Giorgio schüttelte den Kopf. »Nein, ich war allein. Das bin ich meistens um diese Zeit.« Er sah mit einem Mal nachdenklich aus. »Allerdings … es sind mir tatsächlich ein paar Personen aufgefallen. Zum Beispiel eine Frau, die durch den Seitenausgang die Kirche verlassen hat.«

Emilio sah sich um. »Wo ist hier ein Seitenausgang?«

Bruder Giorgio ging ihm voraus und öffnete eine unscheinbare Tür, die Emilio nicht aufgefallen war. Er folgte dem Laienbruder und reichte das Türblatt an Giuseppe weiter, der nach ihm hinausdrängte. Sie betraten erst einen Kreuzgang, dann einen Garten, der menschenleer dalag. Die Stille darin war eine ganz andere als die in der Kirche. Dort war sie satt und übervoll von einer Ruhe, die künstlich herbeigeführt wurde, über diesem Stück Rasen, den dichten Büschen und den wenigen Blüten, die der Garten hervorbrachte, war die Stille natürlicher, expressiver. Und das, obwohl hier der Autolärm zu hören war und aus den umliegenden Häusern Stimmen herüberdrangen. Aber die Stille hallte nicht, sie war klar und ursprünglich.

Bruder Giorgio sorgte dafür, dass Emilio und Giuseppe auf dem schmalen Weg blieben, der sich durch den Garten zu einem kleinen Tor schlängelte, das auf den Vorplatz hinausführte. Er zeigte zu einem dichten Gebüsch, das sich in einer Senke ausbreitete, undurchdringlich und stachelig. »Da hat es gestern einen kleinen Unfall gegeben. Eine Frau hatte sich dort versteckt.«

Emilio sah zweifelnd die Stelle an, auf die der Laienbruder zeigte. »Versteckt? Warum?«

Bruder Giorgio zuckte mit den Schultern. »Sie wollte nicht gesehen werden, das war offensichtlich. Zwei Männer waren vor ihr in den Garten gegangen, und sie war ihnen gefolgt. Mich hat keiner der drei gesehen, aber ich habe sie beobachtet.«

»Können Sie mir die drei beschreiben?«

Der Laienbruder dachte nach, dann lächelte er. »Den einen sehr gut. Er sah nämlich aus wie Gérard Depardieu. Zum Verwechseln ähnlich. Also … nicht der Depardieu, der er mal war, sondern der alte, fette Depardieu, der er heute ist.«

Emilio atmete tief durch, um nicht zu zeigen, was diese Auskunft für ihn bedeutete. »Und der andere Mann? Die Frau?«

»Der andere war groß und hager. Schon über siebzig, vermute ich. Der hatte auch eine Visage, die ihn nicht gerade sympathisch machte. Typ Galgenvogel!« Er lachte, wurde aber schnell wieder ernst, als Emilio nicht einmal lächelte. »Er humpelte. Sah so aus, als hätte er Kniebeschwerden. Er trug einen braunen Mantel, der ihm viel zu groß war. Zu lang und zu weit.« Bruder Giorgio dachte eine Weile nach, ehe er fortfuhr: »Die Frau war blond, Ende fünfzig, würde ich sagen. Sie trug enge, knielange Hosen und ein leichtes Shirt. Für einen Kirchenbesuch war sie nicht richtig angezogen. Aber wahrscheinlich wollte sie gar nicht in die Kirche.«

»Sie meinen, in Wirklichkeit ging es ihr nur darum, den beiden Männern zu folgen?«

»Sie ist ihnen nachgeschlichen, da bin ich sicher. Und als sie befürchtete, dass sie von ihnen gesehen wurde, hat sie sich hierhin zurückgezogen und sich geduckt.« Er wies auf einen kugeligen Busch, der dem Weg am nächsten war, der sich dem Gestrüpp voranstellte und tatsächlich die Möglichkeit bot, sich zu verbergen. »Aber das war ein Fehler. Sie wurde von Stachelschweinen angefallen.«

Die Butter war nicht streichfähig, der Käse bröckelte, anstatt sich in dekorative Scheiben schneiden zu lassen, die Tomaten waren zu weich, das Messer war nicht scharf genug. Und natürlich hatte Anna schlecht geschlafen, aber dennoch sehr früh aufstehen müssen. Plötzlich war die Aussicht, demnächst immer, Tag für Tag, früh aus den Federn zu müssen, viel unangenehmer als noch am Tag zuvor. Aber sie wusste natürlich, wo ihr Schuh wirklich drückte. Sie sah dem Erscheinen der Sondermanns mit Bauchgrimmen entgegen. Wie würden sie sich verhalten? Was würden sie zu ihr sagen? Womöglich etwas, was sie vor den anderen Hotelgästen in ein schlechtes Licht setzte? Vielleicht würden sie verkünden, dass sie sich ein anderes Hotel suchen wollten, in dem sie angemessen empfangen und nicht als Erstes mit dem nackten

Hintern der Hotelbesitzerin konfrontiert wurden. Lieber Himmel! So was von peinlich!

Aus der feierlichen Hoteleinweihung, auf die sie sich so gefreut hatte, wurde mehr und mehr ein Verhängnis. Vielleicht war es doch ein Fehler gewesen, alle Gäste, die im Hotel wohnten, einzuladen. Sie hatte geglaubt, dass sie sich damit besonders liebenswürdig zeigte, und die Reaktionen hatten ihr recht gegeben. Die Einladungen, die sie den Buchungsbestätigungen beigelegt hatte, waren allesamt sehr wohlwollend aufgenommen worden. Sie war auch sicher gewesen, dass ihre Brüder wissen würden, worauf es ankam. Valentino durch seine gesundheitlichen Probleme und Filippo durch seinen letzten Gefängnisaufenthalt geläutert, würden sich so benehmen, dass niemand der Verdacht kam, es würde sich um Kriminelle handeln. Oder war es doch falsch gewesen, mit der Hoteleinweihung zu warten, bis ihre Brüder dabei sein konnten? Seit sie Valentino in der Basilica mit dem Fremden beobachtet hatte, war ihr Herz voller Zweifel.

Sie spürte, dass ihr die Tränen in die Augen stiegen, und wischte sie schnell weg. Schritte waren in der Lobby zu hören. Das junge Paar, die letzten Gäste, die am vergangenen Abend eingetroffen waren, erschien und bestaunte das Frühstücksbuffet. »Das sieht aber lecker aus.«

Anna entspannte sich, als auch die beiden Schwestern aus Osnabrück dem Buffet Anerkennung zollten und ausdrücklich die Qualität des Kaffees lobten. Dennoch gab es keinen Grund, optimistisch zu sein. Noch nicht! Das Erscheinen der Sondermanns stand ihr bevor und das des männlichen Gastes, der ihr am Tag zuvor die Fassung geraubt hatte.

Er sah aus wie Gérard Depardieu, und obwohl er sich als Pius Eggering vorgestellt hatte, nannte sie ihn in Gedanken beim Namen des französischen Schauspielers. Warum hatte er sich mit ihrem Bruder getroffen, bevor er im *Albergo Annina* eincheckte? Und vor allem: Warum taten die beiden so, als wären sie einander unbekannt? Valentino war in der Lobby gewesen, als Gérard

Depardieu hereinkam, aber er hatte gleichgültig über ihn hinweggesehen. Und dem Gast war ebenfalls nicht anzumerken gewesen, dass er ihren Bruder kannte. Da stimmte etwas nicht! Aber… was?

Seit er im Hause war, hatte sie das Bedürfnis, die Türen abzuschließen. Sie tat es trotzdem nicht, aber sein Erscheinen hatte ihr einen Teil ihrer Sicherheit genommen. Warum war sie vorher nie auf die Idee gekommen, dass sie Gäste im Haus haben könnte, die ihr nicht geheuer waren, die finstere Absichten haben könnten? Denn nicht nur Gérard Depardieu, auch die Trumps waren ihr seltsam vorgekommen. So schlecht wie ihre Rechtschreibung war auch ihre Ausdrucksweise gewesen, ihr Benehmen sogar noch schlechter. Sie waren nicht eingetreten, sondern reingeplatzt, und hatten nicht gegrüßt, sondern etwas ins Haus gegrölt, das sich wie »Mahlzeit!« anhörte. Während er die Anmeldung ausfüllte, hatte Dustin Trump ungeniert gerülpst, was Lucy Trump derart erheiterte, dass sie sich vor Lachen bog. Auf Annas konsternierten Blick erklärte er: »So sind wir Trumps. Donald ist genauso.«

Anna hatte ihm angesehen, dass er auf eine Frage wartete, hatte ihm aber nicht den Gefallen getan, sie zu stellen. Wenn Dustin Trump ihr erklären wollte, dass er mit dem amerikanischen Präsidenten verwandt war, würde sie ihm kein Wort davon glauben.

Wenigstens hatten sie nicht erwartet, dass ihnen das Gepäck ins Zimmer gebracht wurde! Dazu wäre auch gar keine Zeit gewesen, denn in diesem Augenblick war der nächste Gast erschienen. Clara Morbé war in die Lobby gerauscht wie eine Operndiva auf die Bühne, um Beifallsstürme entgegenzunehmen. Sie war eine beleibte Dame, mit einem Doppelkinn, das bei jeder Bewegung erzitterte, und einer Oberweite, die in ihr die Sicherheit erzeugt haben musste, sie sei unwiderstehlich. Jedenfalls präsentierte sie ihre üppige Brust wie etwas, auf das sie sehr stolz war. »Bonjour, Madame!«

Clara Morbé schien eine einzige Fälschung zu sein. Ihr Französisch war so stümperhaft wie ihr Bemühen, als vornehm und reich zu gelten. Nichts an ihr war echt. Weder die vielen Ringe noch das Fell, das sie über ihre linke Schulter gelegt hatte und zärtlich ihr »Nerzchen« nannte. Auf alles, was Anna sagte, hatte sie geantwortet: »Merci, chérie!«

In diesem Augenblick rauschte sie ins Frühstückszimmer. Offenbar war sie unfähig, einen Raum normal zu betreten, sie machte immer einen Auftritt daraus. »Bonjour!«

Der Terrakottaboden bebte, die Vorhänge erzitterten. Das Ehepaar Sondermann, das sich hinter ihr in den Raum drückte, hätte Anna beinahe übersehen. Sie bemerkte die beiden erst, als sie auf einen Tisch zusteuerten. Mit durchgedrücktem Rücken blieb sie neben der Espressomaschine stehen und sammelte Kraft. Auf das Kompliment von Clara Morbé, die Besitzerin des *Albergo Annina* sei ja une belle femme, reagierte sie nicht. Sie wartete ab, bis sich die Sondermanns gesetzt hatten, und folgte dann Ole Sondermanns Wink, der einen Kaffee haben wollte. Als Anna ihn servierte, erhob sich Eileen Sondermann und folgte ihr zur Espressomaschine. »Ich kann meinen Kaffee selbst holen.«

Während er in ihre Tasse lief, flüsterte sie Anna zu: »Ich hoffe, so was wie gestern wiederholt sich nicht.«

»Natürlich nicht«, antwortete Anna hastig.

»Wissen Sie, mein Mann ist sehr kritisch. Für gutes Geld wollen wir auch guten Service.«

»Ihr gutes Recht.« Anna stand stramm.

»Heutzutage muss ein Hotel ja aufpassen. Es gibt diese Portale, auf denen man Rezensionen veröffentlichen kann … wenn man da eine schlechte Beurteilung reinschreibt …« Sie ließ den Satz in der Luft hängen. »Sagen Sie auch Ihrem Mann, worauf es uns ankommt.«

»Ich bin nicht verheiratet.«

Eileen Sondermann zog die Augenbrauen hoch. »Und der Herr, der gestern …« Ihr Schweigen hörte sich an, als wäre die Hotelbesitzerin bei gewerblicher Unzucht erwischt worden.

Anna spürte, wie ihre Wangen heiß wurden, und ärgerte sich darüber. »Mein Nachbar.«

»Aha.« Das zweite A dehnte sich endlos.

Hastig ergänzte Anna: »Ich war von Stachelschweinen angefallen worden. Er hat mir geholfen.«

»Stachelschweine?« Eileen Sondermann sah ausgesprochen ungläubig aus.

»Sie haben sich schon vor vielen Jahren in der Toskana angesiedelt«, haspelte Anna hervor, um Frau Sondermann so schnell wie möglich von ihrem soliden Lebenswandel zu überzeugen. »Man sieht sie nur sehr selten, weil sie nachtaktiv sind und tagsüber schlafen. Überhaupt meiden sie die Nähe der Menschen.«

»Und trotzdem sind Sie von ihnen angefallen worden?«

»Ich wusste nicht, dass einige von ihnen hinter der Basilica leben.« Anna wurde immer nervöser. Egal, was sie Eileen Sondermann erklärte, irgendwie kam alles falsch rüber.

»Wir waren auch gestern dort«, sagte Eileen Sondermann nun und schien gedanklich von dem wegzurücken, was Anna ihr gerade erzählt hatte. »Direkt nach unserer Ankunft. Da habe ich kein Stachelschwein gesehen. Wir sind wegen der heiligen Katharina nach Siena gekommen.« Nun lächelte sie wieder. »Schon lange wünschen wir uns ein Baby. Und jetzt ist eine Bekannte schwanger geworden, nachdem sie bei der Statue der heiligen Katharina war. Das hat uns neue Hoffnung gegeben.«

Sie nahm ihre Tasse auf, machte jedoch keine Anstalten, zum Tisch zurückzugehen. »Mein Mann wollte gestern sofort wieder abreisen. Er fand Ihr Haus … etwas merkwürdig. Aber wir haben ja im Voraus bezahlt. Mein Mann wusste das nicht. Jetzt will er doch die Woche hierbleiben, die wir gebucht haben.«

Anna versicherte ihr, dass sie diesen Entschluss nicht bereuen würde, und nahm sich vor, den Sondermanns in den folgenden Tagen jeden Wunsch von den Augen abzulesen und auf der Stelle zu erfüllen. Am liebsten hätte sie gleich damit angefangen, den Sondermanns angeboten, ihnen demnächst das Frühstück im Bett zu servieren, mit einem Gläschen Sekt den Kreislauf anzukurbeln und Graziella jeden Morgen zuerst in ihr Zimmer zu schicken. Doch in diesem Augenblick hörte sie Schritte in der Lobby und sah eine junge Frau an die Rezeption treten, die einen bunt beklebten Koffer neben sich abstellte und den Rucksack, den sie trug, auf dem Rücken behielt. Mit einer gemurmelten Entschuldigung verließ Anna den Frühstücksraum.

Janina Spicker war begeistert, als sie hörte, dass ihr Zimmer schon am Morgen bezugsfertig war. Sie hatte offenbar keine Ahnung, dass sie die erste Person war, die dort einzog.

Anna ließ sich Zeit mit den Formalitäten. Ihr fiel wieder ein, dass Janina Spicker am Telefon den Namen Annina Kolsky genannt hatte. Sogar ihre Mutter hatte sie erwähnt, die Anna womöglich bekannt sei. Aber Anna hatte nicht darauf reagiert, sondern sich vorgenommen, ganz behutsam und unauffällig nachzufragen, woher Janina Spicker ihre Familie kannte. Erst mal war es ihr lieber, den Kopf in den Sand zu stecken. Nein, wenn die junge Dame nicht verriet, woher sie den Namen Kolsky kannte, dann würde sie auch nicht fragen. Besser, sie wusste gar nicht, was Janina Spicker wusste. Dann musste sie auch keine Ausflüchte finden, wenn die Fragen unangenehm wurden.

Anna überreichte ihr den Zimmerschlüssel, wies ihr den Weg und wünschte ihr einen angenehmen Aufenthalt. Dann wollte sie ins Frühstückszimmer zurückgehen, dafür sorgen, dass jeder Gast frischen Kaffee in der Tasse hatte, und ihm den Weg zum Buffet abnehmen … da öffnete sich die Eingangstür schon wieder. Und herein kam der attraktivste Commissario von Siena.

Emilio Fontana war vor dem *Albergo Annina* aus dem Auto gestiegen und hatte die Fassade betrachtet, als könnte sich nach dem Einzug der ersten Gäste daran etwas geändert haben. Aber natürlich prunkte sie noch so makellos honiggelb wie am Vortag. Dennoch hatte sich einiges geändert. Durch die weit geöffnete Tür drang etwas, was Emilio auch angezogen hätte, wenn er nicht wegen Anna Wilders gekommen wäre. Der Duft von Kaffee, frischen Panini und zufriedenen Gästen. Letzteres äußerte sich natürlich nicht olfaktorisch, sondern akustisch. Zufriedene Gäste waren am Klang ihrer Stimmen, der Lebhaftigkeit der Unterhaltung zu erkennen, ohne dass man sie sah, und an dem Gelächter, das von Tisch zu Tisch flog. Erleichtert atmete er auf. Er wusste ja, dass Anna während des Winters auf diesen Moment hingefiebert hatte. Auf die ersten Tage ihres Hotels, auf die Eröffnungsfeier, an der ihre Brüder teilnehmen sollten, und auf das Schild, das unübersehbar neben der Eingangstür hing: Ausgebucht! Der wichtigste und am häufigsten vorgebrachte Begriff ihres Wortschatzes, den sie im Munde geführt hatte wie ein Arzt das Wort Lebensrettung und ein Pfarrer den Namen des Herrn. Ausgebucht! Am Tag der Eröffnungsfeier durfte kein Zimmer mehr frei sein, das hatte sie sich vorgenommen. Die Pressevertreter, die sie eingeladen hatte, mussten in ihren Zeitungen darüber berichten, dass sich das *Albergo Annina* vom ersten Tag an großer Beliebtheit erfreute und der Stadt Siena zur Ehre gereichte. Das war Anna wichtiger gewesen als alles andere. Emilio lächelte leicht. »Santo dio!« Sie hatte es geschafft. »Anna, Annina …« Eine wunderbare Frau!

An seine Mutter durfte er dabei nicht denken. Hoffentlich hielt ihre Freundin den Mund und ließ sich zu keiner unüberlegten Bemerkung hinreißen, die Anna die Augen öffnen würde. Und hoffentlich hatte sich Franz Lüpke nicht ausgerechnet Annas Hotel ausgesucht, um in Siena das Vermögen seiner ermordeten Freundin auszugeben, sicherzustellen oder aus einem Versteck zu holen. Andererseits … Emilio hatte längst herausgefunden, dass das *Albergo Annina* das einzige Hotel war, dessen Eröffnung angekündigt worden war. »Ein neues Hotel«, hatte sein deutscher Kollege gesagt, und Annas Hotel war nun mal das neueste der Stadt …

Dass sie ihn bemerkte, kaum dass er das Haus betreten hatte, machte ihn glücklich. Mama hatte gesagt: Geh zu ihr, ohne dass sie dich erwartet, und du wirst in ihren Augen sehen, was du ihr bedeutest.

Aber was er in ihren Augen sah, war dann doch keine unbändige Freude, erst recht keine Liebe, nicht einmal Verliebtheit. Zurzeit konnten sie wohl nur Hotelgäste glücklich machen, das musste er verstehen. Auch Konrad Kailer würde keinen Blumentopf bei ihr gewinnen können, wenn er sie davon abhalten wollte, für ihre Gäste das beste Frühstück Sienas herzurichten. In ihrem Gesicht, in ihren Augen stand Ungeduld, ihre Wangen waren gerötet, ihre Augen unstet.

»Stai bene? Geht's dir gut?«

Statt einer Begrüßung machte sie eine Handbewegung, die seine Aufmerksamkeit auf den Frühstücksraum lenken sollte. Dort unterhielt eine dicke Frau mit einem gewaltigen Doppelkinn und einem bemerkenswert offenherzigen Ausschnitt die anderen Frühstücksgäste damit, dass sie ihren Neffen Alain Delon gleich gewarnt habe, als er Romy Schneider kennenlernte. »Diese Mademoiselle ist viel zu anspruchslos, habe ich zu ihm gesagt. Et très compliqué. Aber le garçon wollte nicht auf mich hören. Merde!«

»Wenn die so weitermacht«, flüsterte Anna, »wird sie mir die anderen Gäste vergraulen.«

»Wer ist das?«, flüsterte Emilio zurück. »Die sieht ja aus wie eine Zirkusdirektorin.«

»Die Tante von Alain Delon ist sie jedenfalls nicht. Dafür lege ich meine Hand ins Feuer.«

Clara Morbé berichtete den sprachlosen Schwestern aus Osnabrück gerade, wie sie in jungen Jahren in Paris eine Wette gewonnen hatte, indem sie nackt unter dem Triumphbogen herumgelaufen war, und danach eine Liebschaft mit dem Polizisten eingegangen war, der sie verhaftet hatte. »Eine Mesalliance! Ich hätte mich nie auf ihn einlassen dürfen.«

»Ich bin dienstlich hier.« Emilio hatte es plötzlich eilig. In seinem Rücken hatte sich die Tür geöffnet, die zu den Zimmern im Erdgeschoss führte, und eine Frau trat heraus, die ihm gut bekannt war. Mamas Freundin! Hoffentlich hielt sie sich an ihr Versprechen, sich unauffällig zu benehmen und niemanden merken zu lassen, dass sie ihn kannte.

Anna grüßte sie freundlich und führte sie in den Frühstücksraum, wo Mamas Freundin erschrocken stehen blieb und die dicke Frau anstarrte, die gerade bei dem nächsten Erlebnis aus ihrer offenbar bewegten Vergangenheit angekommen war, während Signora Pasucci vorsichtig einen Schritt in den Frühstücksraum hinein machte, als wäre sie nicht sicher, dass sie sich wirklich in die Nähe der dicken Frau begeben wollte.

Anna servierte ihr einen Espresso, pries ihr Frühstücksbuffet an und kehrte dann zu Emilio zurück, der geduldig an der Rezeption gewartet hatte. »Signora Pasucci hat gestern Abend sehr spät eingecheckt. Sie wohnt in Siena. Ich vermute, sie hat sich mit ihrem Mann gestritten und braucht für ein paar Tage Abstand.«

»Gut möglich«, antwortete Emilio vage. »Sind deine Brüder schon eingetroffen?«

Annas Miene verfinsterte sich. »Bist du ihretwegen hier?« Ihre Stimme wurde schneidend. »Willst du ihnen etwas anhängen?«

Emilio wunderte sich über ihre heftige Reaktion und hob die Hände, als würde er von ihr mit der Waffe bedroht. »Per l'amor di Dio! No!«

»Warum bist du dann hier? Dienstlich!«

»Weil ich dich warnen muss.« Er beugte sich vor, damit er so leise wie möglich reden konnte. »Es geht um einen Mann. Franz Lüpke.«

Mit offenem Mund hörte Anna sich an, dass dieser in dem Verdacht stand, seine schwerreiche Freundin umgebracht zu haben. »Es heißt, er sei in einem neuen Hotel Sienas abgestiegen. Und das *Albergo Annina* ist nun mal das neueste.«

Anna wandte dem Frühstücksraum den Rücken zu, damit ihre Gäste ihr Gesicht nicht sehen konnten. »Ein Verbrecher? Ein

Mörder in meinem Haus?« Ihre Stimme zitterte, sie sah zum weit geöffneten Hoteleingang und starrte die Basilica di San Francesco an, die sich hinter der Stadtmauer erhob, stoisch, unfähig, Trost zu spenden, nichts als schön.

Emilio fand ihre konsternierte Reaktion angesichts der Tatsache, dass mit ihren beiden Brüdern bereits zwei Verbrecher im Haus wohnten, etwas übertrieben. Aber er hütete sich, sie mit einer entsprechenden Bemerkung zu verärgern. Wenn es um ihre Brüder ging, war sie empfindlich, das wusste er längst.

»Ein Polizeieinsatz in meinem Hotel kann mich den Ruf kosten.«

Emilio trat hinter sie. »So weit sind wir noch nicht. Und überhaupt… das werde ich verhindern können.« Er trat dicht an sie heran, legte eine flache Hand auf ihren Rücken und atmete den Duft ihrer Haare ein. Oder vielmehr… er versuchte es. Aber das, was er bisher oft unauffällig genossen hatte – das Rosenholzshampoo, das sich auf wunderbare Weise mit dem Duft ihrer Haut verband und sich von ihrem frischen Deo würzen ließ –, war nun in einem blumigen Parfüm untergegangen. Emilio war enttäuscht. Wurde Anna als Hotelchefin nun etwa so wie die Frauen, die seine Mutter ihm seit Jahren als Eheaspirantinnen anbot? Die Töchter ihrer Freundinnen waren alle so stark parfümiert, dass ihm in ihrer Gegenwart schwindelig wurde.

»Es geht nur darum, ihn zu beobachten.«

»Wie soll ich ihn erkennen?«

»Das ist ziemlich leicht. Er sieht aus wie Gérard Depardieu.«

Anna fuhr herum und starrte ihn so erschrocken an, dass er ihre Antwort schon erahnte, bevor sie ausgesprochen wurde. Trotzdem sagte er: »Sollte er hier erscheinen, musst du mich sofort verständigen.«

Annas Stimme klang atemlos. »Er hat längst eingecheckt. Gestern!«

Emilio wies zum Eingang des Frühstücksraums. »Sitzt er dort?«

Anna schüttelte den Kopf. »Er hat sich heute noch nicht blicken lassen. Er nennt sich übrigens Pius Eggering.«

»Ich muss meinen Kollegen in Deutschland anrufen.« Emilio bemerkte, dass Mamas Freundin ihn nicht aus den Augen ließ, während er mit Anna sprach. »Nimm dich vor dem Mann in Acht.«

»Warum ist er hier? Was will er in Siena?«

»Das Geld seiner ermordeten Freundin war verschwunden, als sie tot aufgefunden wurde. Vielleicht hat er es damals nach Siena gebracht und will es sich nun zurückholen. Er denkt wohl, es sei schon Gras über die Sache gewachsen. Aber da irrt er sich. Er steht immer noch im Fokus der deutschen Polizei. Wenn er mit der Beute aufgegriffen wird, ist er dran.« Er wies zu dem metallenen Krieger, der Annas Wohnung bewachte. »Schließ bitte die Türen ab, solange er im Haus ist. Auch wenn es dir nicht gefällt.«

Anna schien froh zu sein, dass sie darauf nicht zu antworten brauchte, denn das Telefon klingelte. »*Albergo Annina*, buon giorno!« Sie bückte sich, um eine tiefe Lade ihres Rezeptionstisches zu öffnen, und er nutzte wie immer die Gelegenheit, einen Blick auf ihre Beine zu werfen, die ihm ausnehmend gut gefielen.

»Hast du dich verletzt?«, fragte er, als sie das Telefonat beendet hatte.

Anna winkte ab. »Nichts Schlimmes. Stachelschweine! Ich wusste nicht, dass einige davon hinter der Basilica leben.«

Emilio schrak zusammen. »Du bist … du hast …« Ihm fiel die Kinnlade herunter, sein Mund blieb offen stehen.

Anna lachte. »So schlimm ist es nun auch wieder nicht. Du kannst den Haftbefehl für die Stachelschweine stecken lassen. Sie haben ja aus Notwehr gehandelt.«

Emilio lachte nicht mit. »Stachelschweine greifen nicht an. Nur, wenn sie …« Er mochte den Satz nicht zu Ende führen, denn dass Anna den Stachelschweinen zu nahe gekommen sein musste, wollte er auf keinen Fall aussprechen. Der Laienbruder hatte gesagt, eine Frau habe sich vor zwei Männern versteckt. Würde

Anna ihm die Wahrheit sagen, wenn er sie mit dieser Aussage konfrontierte?

Anna ließ ihn nicht zu einer Entscheidung kommen. »Schon klar, sie greifen nur an, wenn man ihnen zu nahe kommt. Jetzt weiß ich es auch. Und das nächste Mal bin ich vorsichtiger.«

Die Eingangstür schwang auf, ein Mann trat ein, der Emilio sofort auffiel. Dieses Gesicht hatte er doch schon mal gesehen. Auf einem Fahndungsplakat! Typ Galgenvogel, hatte Bruder Giorgio gesagt! Mit einem braunen Mantel, der ihm viel zu groß war, zu weit und zu lang.

Anna rief ihm zu: »Komm zum Frühstücken, Tino.«

Er nickte, ging aber nicht in den Frühstücksraum, sondern durch die Tür, die zu den Hotelzimmern führte.

Anna griff nach Emilios Arm. »Du darfst dich am Frühstücksbuffet bedienen. Wenn dieser ... Gérard Depardieu erscheint, kannst du ihn ganz unauffällig beobachten.« Sie beugte sich so nah an sein Ohr, dass ihre Haare seine Schläfe kitzelten. »Aber du versprichst mir, ihn nicht in meinem Hotel zu verhaften?«

Er wollte ihr erklären, dass es keinen Grund für eine Verhaftung gab, jedenfalls jetzt noch nicht, dass er lediglich der Bitte eines deutschen Kollegen nachkommen wolle, dass er sowieso erst tätig werden könne, wenn ein Amtshilfeersuchen gestellt worden war, und dass die Chance, dass Franz Lüpke ausgerechnet in Siena ein Vermögen versteckt hatte, nicht groß war ... Da schob Anna ihn schon an dem Tisch vorbei, an dem Mamas Freundin saß, und er schluckte alle Erklärungen herunter, für die er viel zu lange gebraucht hätte.

Pius Eggering erschien kurz darauf. Nicht so groß wie Gérard Depardieu und auch nicht so dick wie er, aber mit einer ähnlichen Nase, den kleinen, stechenden Augen in dem fleischigen Gesicht und schulterlangen Haaren, die feucht auf den Hemdkragen fielen. Er hatte auch eine ähnliche Wirkung wie der berühmte Schauspieler. Signora Pasucci starrte ihn entgeistert an, was in Pius Eggering wohl den Eindruck erweckte, sie wäre an seiner Bekanntschaft interessiert. Sich an ihren Tisch zu setzen versagte er sich im letzten Moment, nahm aber am Nebentisch Platz, rückte seinen Stuhl so zurecht, dass er neben ihr saß, und wandte sich ihr zu.

»Nette Bude hier! Könnte mein Stammhotel werden!«

Anna dachte mit Schrecken an seine Buchungsmail, an die unzähligen Rechtschreibfehler, an die Sätze, deren Sinn sie nur mit Mühe verstanden hatte. Und dann an den Anruf von Signora Pasucci, die mit der Sprache umgegangen war wie Clara Morbé mit dem Lippenstift und die Trumps mit ihrem Haarspray.

Sie betrachtete ihn besorgt und warf Emilio einen flehentlichen Blick zu. Wie würde Signora Pasucci reagieren, wenn sie später erfuhr, dass sie von einem Mörder um die Ruhe beim Frühstück gebracht worden war? Dass sie dann noch das *Albergo Annina* weiterempfehlen würde, war mehr als unwahrscheinlich.

Die Trumps waren es, die die Situation retteten, wenn sie dafür auch eine andere provozierten. Signora Pasucci zuckte ein weiteres Mal zusammen und wurde von Gérard Depardieu abgelenkt, als Dustin Trump in der Tür erschien, militärisch die Hacken zusammenschlug und die rechte Hand an eine nicht vorhandene Mütze legte.

»Hooyah!«, schrie er so laut, dass Clara Morbé ein Stück Gurke in den Ausschnitt fiel, das sie mit viel Aufwand herauszuholen versuchte. In gemäßigter Stimmlage fügte er an: »Ich war ein paar Jahre in der US-Marine.«

Lässig steckte er die Hände in die Hosentaschen, ging mit einem Schaukelgang zu einem freien Tisch, als wäre er auf einem schwankenden Schiff, während seine Frau hinter ihm herlief und kicherte: »Das ist aber auch einer, mein Dusty! Zum Totlachen!«

Dustin Trump warf sich auf einen Stuhl, dass Anna schon befürchtete, gleich am ersten Tag den Möbeltischler holen zu müssen. »Das sagt Melania auch immer. Donald ist ja auch so ein Scherzkeks. Das liegt bei uns in der Familie.«

Lucy ging, immer noch kichernd, zum Buffet und rief durch den Raum: »Mensch, Dusty! Sieh dir das an!« Sie griff nach der riesigen Mortadella und machte Anstalten, sie über das Buffet zu rollen und die Mozzarellakugeln gleich hinterherzukicken. Anna stand da wie gelähmt, und auch Emilio war unfähig, etwas zu tun. Mit bebenden Fingern nestelte er an seinem Hemdkragen herum, während Anna selbst nur die Sondermanns anstarrte, die so aussahen, als wäre es ihnen plötzlich egal, dass sie eine Woche im Voraus bezahlt hatten.

In diesem Moment wurde sie von jemandem beiseitegeschoben, der sich Zutritt zum Frühstücksraum verschaffte. Valentino ging auf Lucy Trump zu, leicht humpelnd, als hätte er Knieprobleme, ergriff ihren Arm und bugsierte sie an den Tisch, den Dustin Trump in Besitz genommen hatte. »Klappe halten!«, schnauzte er. »Wenn Sie sich nicht benehmen können, fliegen Sie raus!«

Erstaunlicherweise ließen sich die Trumps diese Behandlung gefallen. Lucy setzte sich, Dustin murmelte etwas, was sich wie eine Entschuldigung anhörte, ging zum Buffet und säbelte sich ein Stück Salami ab. Ihm fiel sogar ein, dass es Teller gab, er platzierte das Salamistück darauf, legte ein Panino daneben und hielt alles mit der rechten Hand fest, während er mit der linken den Teller zum Tisch trug. Dort wurde er von Lucy mit bewundernden Blicken empfangen, die sich selbst anscheinend nicht zutraute, einen Teller mit einer einzigen Hand zu balancieren.

Anna war in die Lobby zurückgekehrt. Sie brauchte Abstand zu ihren Hotelgästen, zu der Stimmung im Frühstücksraum, die mit einem Mal explosiv geworden war, und zu der Enttäuschung, die dort Gestalt angenommen hatte. Sie drehte sich in der Tür um und starrte auf das Bild, das sich ihr bot und das so anders war, als sie sich vorgestellt hatte. Die entsetzten Sondermanns, die konsternierten Schwestern aus Osnabrück, die aufgetakelte Clara Morbé, die noch immer in ihrem Ausschnitt herumsuchte, die Trumps, die zu frühstücken begannen, als säßen sie an einem Lagerfeuer, dazwischen Signora Pasucci, die noch nicht über den Auftritt von Gérard Depardieu hinweg war und nun vor lauter Entgeisterung nicht merkte, dass ihr der Honig von der linken Hand auf den Brillantring tropfte, den sie auf dem rechten Ringfinger trug. Und Emilio Fontana, der an diesem Morgen wieder mal so elegant aussah, dass er in jedem Luxushotel mit größter Höflichkeit empfangen worden wäre.

Gérard Depardieu hatte sich selbst nur kurz unterbrochen. Jetzt stand er auf und ließ damit zum Glück von Signora Pasucci ab, ging zum Buffet und stieß Valentino in die Seite. »Gute Aktion, Meister!«

Valentino antwortete nicht darauf. Er machte sich einen Espresso und bot Gérard Depardieu an, auch für ihn auf den richtigen Kopf zu drücken und die passende Tasse in den Automaten zu stellen.

Anna sah, dass Emilio sich genauso mühsam erholte wie sie selbst. Noch immer nestelte er an seinem Kragen herum, und sie kannte ihn mittlerweile gut genug, um zu wissen, dass er mit der Situation hoffnungslos überfordert war. Als Polizeibeamter hatte er natürlich schon viel erlebt und wusste besser als manch anderer, was aus Menschen wurde, die keinerlei Erziehung genossen oder sich jeglichen pädagogischen Anstrengungen entzogen hatten. Trotzdem schien ihn die Zurschaustellung dieser Ergebnisse derart durcheinanderzubringen, dass er weder zur Empörung noch zum Lachen und erst recht nicht zum Eingreifen fähig war. Es schien ihm schwerzufallen, den Frühstücksraum zu betreten und so zu tun, als habe er als Hotelgast ein Recht darauf, sich am Buffet zu bedienen. Aber tapfer suchte er sich einen Tisch, weit weg von den Trumps und von Clara Morbé, und ließ sich dort nieder, als fürchtete er sich vor dem vulgären Benehmen mehr als vor dem Mörder, für dessen Ergreifung er zuständig war.

Anna drehte sich um, als sie Schritte hörte. Sie kamen nicht durch den Eingang, sondern aus ihrer Wohnung. Konrad war wie immer durch den Garten und über ihre Terrasse gekommen. Er blieb an der Rezeption stehen, als traute er sich nicht zur Tür des Frühstücksraums, weil er kein Gast dieses Hauses war.

»Na? Wie läuft`s?«, fragte er leise. Als er Annas Anspannung bemerkte, wurde er unruhig. »Machen die Sondermanns etwa Probleme?«

Anna lehnte sich neben ihn an die Theke. »Wenn es nur das wäre!« Sie sah Konrad verzweifelt an. »Wie es aussieht, habe ich neben ein paar verrückten Gästen sogar einen Mörder im Haus.«

»Was?« Konrad sah aus, als machte er sich Gedanken über ihren Geisteszustand. »Wie kommst du denn darauf?«

»Das weiß ich von Commissario Fontana.«

»Ist der etwa hier?«

»Pscht!« Anna nickte kaum wahrnehmbar zum Frühstücksraum. »Er versucht unauffällig zu ermitteln.«

»Und ich dachte, der hätte in der Basilica genug zu tun.«

Anna sah ihn verständnislos an. »Was meinst du?«

»Es hat einen Diebstahl gegeben. Das habe ich gerade von dem Kioskbesitzer erfahren. Die Statue der heiligen Katharina ist verschwunden.«

Anna spürte, dass der Boden unter ihren Füßen schwankte. Valentino! Hörte das denn nie auf? War er nicht einmal seiner Schwester zuliebe bereit, für ein paar Tage ein ehrlicher Mensch zu sein? Dann war also dieser mutmaßliche Mörder, dieser Gérard Depardieu, sein Komplize. Die beiden waren in der Basilica gewesen, um die Lage zu sondieren. Und gemeinsam hatten sie dann die Statue gestohlen. Vermutlich wurde sie sogar in ihrem Hotel, im *Albergo Annina*, versteckt. Und wenn die Polizei sie hier entdeckte, dann war die Hotelbesitzerin als Mitwisserin dran. Sobald bekannt wurde, dass sie die Schwester des Diebes war, würde ihr niemand glauben, dass sie mit dieser Sache nichts zu tun hatte.

Hätten Sie das für möglich gehalten? Mein eigener Bruder! Er war doch genauso glücklich wie ich darüber, dass das Hotel in Siena Wirklichkeit wird. Und da setzt er das Albergo Annina *und meine Existenz aufs Spiel, indem er in Siena ein Ding dreht? Hat er keinen Gedanken daran verschwendet, was er mir damit antut? Nein, vermutlich nicht. Valentino hat ja jedes Mal, bei jedem Raub, Diebstahl, Betrug und jeder Erpressung daran geglaubt, dass die Polizei ihm nicht draufkommt. Das denkt er wohl auch diesmal, hält sich für superschlau und macht den Traum unserer Eltern kaputt, kaum dass er wahr geworden ist. Ich weiß nicht, ob ich ihm das verzeihen kann. Würden Sie Ihrem Bruder so etwas nachsehen? Okay, ich habe noch keine Beweise, das stimmt. Aber Sie müssen doch zugeben, dass die Indizien erdrückend sind. Valentino war in der Kirche, in der Nähe der Statue, und er war mit einem anderen Kriminellen zusammen, einem mutmaßlichen Mörder sogar. Das reicht doch wohl! Klar, ich kann mich auf die Suche nach stichhaltigen Beweisen machen, aber was soll ich tun, wenn ich sie gefunden habe? Valentino auf den Kopf zusagen, was er verbrochen hat? Dann müsste ich auch Commissario Fontana sagen, was ich weiß. Und dann? Er wird Valentino verhaften, mein Bruder muss erneut ins Gefängnis, und mein Hotel wird seinen schlechten Ruf nie wieder loswerden. Nein, nur das nicht! Emilio darf nichts davon erfahren. Soll er sich doch auf Gérard Depardieu konzentrieren. Oder vielmehr… auf Franz Lüpke. Aber was, wenn er rausbekommt, dass der mit Valentino unter einer Decke steckt? Puh! Ich weiß nicht ein noch aus.*

Seine Mutter sah sofort ein, dass er handeln musste. Sie war auch bereit, ihre Freundin anzurufen und ihr eine Geschichte zu erzählen, die sie glauben konnte.

»Lass mich nur machen!«

Emilio ließ sie nicht gern machen, war aber andererseits froh, dass sie bereit war, sich um die Angelegenheit zu kümmern. Hätte er selbst Zefira Pasucci bitten müssen, wäre sie ihm mit vielen Fragen gekommen und natürlich gekränkt gewesen, wenn er auf seine Pflicht zur Geheimhaltung gepocht hätte. Unter Freundinnen war so was leichter zu regeln. Mama würde schon eine Erklärung finden, die glaubhaft war.

Giuseppe kam herein. »Über den Wert der Statue habe ich noch nichts herausfinden können. Aber wenn dieser Mann, der so aussieht wie Gérard Depardieu, wirklich Franz Lüpke ist …«

»Ich bin sicher.«

»Der hat noch nie seine Finger im Kunsthandel gehabt.«

Emilio war zufrieden. Zwar hätte er seinen Assistenten darauf aufmerksam machen können, dass es nicht außergewöhnlich war, wenn ein Ganove, der zu Geld gekommen war, versuchte, es heimlich zu vermehren. Aber es war ihm lieber, wenn Giuseppe sich nicht mit Franz Lüpke beschäftigte. Am Ende würde er herausfinden, dass dieser ein Komplize von Valentino Kolsky war, und dann würde er nicht mehr verhindern können, dass Annas Bruder ins Kreuzfeuer der Ermittlungen geriet und damit ihr Hotel in schlechten Ruf. Dass es Valentino Kolsky gewesen war, den der Laienbruder im Garten der Basilica gesehen hatte, war für ihn klar. Jeder Polizist kannte die Kolsky-Brüder. Und die Personenbeschreibung des Laienbruders passte genau auf Valentino Kolsky. Besser, er kümmerte sich selbst um diese Sache. »Ich habe schon eine Idee, wie ich dem Kerl auf die Schliche kommen kann. Das erledige ich.«

Giuseppes Gedanken gingen in eine andere Richtung. »Ich kenne jemanden, der mit jemandem über drei Ecken verwandt ist, der …«

»No«, unterbrach Emilio seinen Assistenten. »So erfährt ganz Siena, was geschehen ist.«

»Aber der Freund von diesem Verwandten kennt sich im Kunsthandel aus«, beharrte Giuseppe.

»Auch im illegalen?«

Giuseppes Antwort erschien Emilio geradezu weise. »Da sind die Übergänge doch fließend.«

Emilio überlegte laut: »Jeder Tag zählt. Wenn die Statue erst einmal weg ist, wird sie nie wieder auftauchen.«

Giuseppe nickte und verschwand wieder. Anscheinend hatte er diesen Satz seines Chefs als Einverständniserklärung begriffen, womit er nicht ganz unrecht hatte. Es war immer gut, wenn der eine hinterher behaupten konnte, niemals eine konkrete Anweisung gegeben zu haben, und der andere vorbringen konnte, eine Äußerung dummerweise als Anweisung verstanden zu haben. Scroffa, der Vicequestore, würde sich dann zwar aufregen, aber schnell einsehen, dass Missverständnisse eben im Eifer des Ermittlungsgefechts vorkamen, und schließlich froh sein, dass man die Sache abhaken konnte.

Giuseppe hatte sich, als sie von der Basilica zurückkehrten, zum Glück, ohne zu murren, in die Questura schicken lassen, um mit den Ermittlungen zu beginnen. Emilio hoffte, dass ihm nicht klar war, warum sein Chef dem *Albergo Annina* ohne ihn einen Besuch abstatten wollte. Dass er jede Gelegenheit nutzte, Anna zu sehen, musste Giuseppe nun wirklich nicht erfahren.

Wie würde sie reagieren, wenn sie erfuhr, dass eines ihrer Hotelzimmer von der Polizei annektiert werden musste? Vermutlich würde sie sich dagegen sträuben. Er konnte sogar verstehen, dass sie nicht die Polizei im Haus haben wollte, während ihre Brüder im *Albergo Annina* wohnten. Aber sie würde sich damit abfinden müssen, wenn sie die Dienstanweisung sah, die er ihr unter die Nase halten würde. Zum Glück kannte sie sich ja nicht aus in italienischer Polizeiarbeit und würde nicht auf die Idee kommen, eine Unterschrift oder einen imponierend aussehenden Stempel zu kontrollieren. Das einzige Risiko stellte der deutsche Hauptkommissar dar. Konrad Kailer würde sich vermutlich einmischen, wenn er hörte, dass Commissario Fontana im *Albergo Annina* ein Zimmer bezogen hatte. Aber dem würde er schon das Maul stopfen. Mit dem Begriff »Dienstgeheimnis« würde seine Besserwisserei schnell zu unterbinden sein.

Giuseppe erschien schon wieder in seinem Büro, und auch diesmal, ohne vorher anzuklopfen. Also gab es eine weitere bahnbrechende Erkenntnis oder schlimmstenfalls sogar eine neue Straftat. Hoffentlich nichts, was Emilio daran hinderte, seinen Aperitif und einen kleinen Imbiss auf dem Campo einzunehmen.

»Ein Kinderwagen ist gerade als gestohlen gemeldet worden!«

»Santo dio!« War Giuseppe verrückt geworden, ihn mit so einer Lappalie zu belästigen?

»Die Eltern hatten den Wagen neben dem Eingang der Basilica abgestellt. Dann haben sie mit dem Kind auf dem Arm die Kunstwerke besichtigt.«

Nun begriff Emilio. »In der Basilica?«

Giuseppe grinste, als wollte er seinem Chef zeigen, dass er die Angelegenheit schneller durchschaut hatte. »Damit ist die Statue aus der Basilica geschafft worden. Wetten?«

»Dann war der Diebstahl nicht von langer Hand geplant.«

»Oder die Täter haben sich kurzfristig umentschieden. Erst hatten sie nur eine Decke dabei, dann haben sie sich den Kinderwagen geschnappt, weil sie damit die Statue noch besser transportieren konnten.«

Emilio ließ den Kopf auf die Rückenlehne seines Stuhls sinken und schloss die Augen. »Macht es Sinn, den Kinderwagen suchen zu lassen?« Dann gab er die Antwort schon selbst, ehe Giuseppe reagieren konnte. »Nein, zwecklos! Der liegt vermutlich in der Elsa. Solche Ganoven riskieren nicht, dass man ihre Fingerabdrücke findet.«

Dass er erleichtert war, ließ er sich natürlich nicht anmerken. Das fehlte noch, dass er Valentino Kolsky verhaften musste, weil er seine DNA am Kinderwagen hinterlassen hatte! Anna würde ihm das nie verzeihen. Erst recht nicht, wenn dadurch die Einweihungsfeier ins Wasser fiel, auf die sie sich so freute!

»Reden Sie mit Bruder Giorgio darüber. Vielleicht hat er jemanden mit dem Kinderwagen gesehen. Oder ein anderer Geistlicher. Die Touristen, die in der Kirche waren, sind ja längst über alle Berge.«

Giuseppe setzte sich auf Emilios Schreibtischkante. »Was ist eigentlich mit dieser Frau, die von den Stachelschweinen angefallen wurde? Die hat sich doch auffällig verhalten.«

Emilio tat so, als müsste er sich diese Angelegenheit mühsam ins Gedächtnis zurückrufen. »Ach, die! Ich glaube, das war eine private Sache. Die hat ihren Ehemann ausspioniert. Wetten?«

Er sah gleich, dass er Giuseppe nicht überzeugt hatte. »Der eine hat ausgesehen wie Gérard Depardieu. Und Sie sagen selbst, dass es sich um Franz Lüpke handeln muss.«

»Vielleicht hat die Frau tatsächlich gemeint, sie hätte den französischen Schauspieler gesehen.«

Das hielt Giuseppe für möglich. »Der andere hatte eine Visage wie ein Galgenvogel. So hat Bruder Giorgio es ausgedrückt. Ich werde vorsichtshalber die Augen offen halten.«

»Buona idea!« Leute mit dem Gesicht eines Galgenvogels liefen schließlich genug herum. »Sie kümmern sich um den Kunstraub und ich um Franz Lüpke. Wenn er etwas damit zu tun hat, finde ich es heraus.«

»Und wie?«

»Das erzähle ich Ihnen, wenn es so weit ist.«

Emilio seufzte, als Giuseppe den Raum verlassen hatte, stand auf und holte seine Lederjacke aus dem Schrank. Es ging auf zwölf Uhr zu. Zeit, dass er auf dem Campo seinen Aperitif nahm. Diesmal nicht in seinem Stammlokal, dem *Fonte Gaia,* sondern bei *Nannini,* wo seine Mutter um diese Zeit ein Glas Champagner zu trinken pflegte. Jedenfalls mittwochs! Und heute war Mittwoch …

Filippo schlich sich auch diesmal durch den Garten an und erschien auf so leisen Sohlen in der Lobby, dass Anna erschrocken aufschrie, als sie sich umdrehte und ihren Bruder vor der Theke stehen sah. »Filippo! Wann gewöhnst du dir endlich an, durch die Tür zu kommen wie jeder normale Mensch?«

»Du weißt doch …« Filippo hielt grinsend zwei Einkaufstüten hoch. »Schau mal! Ich habe mich neu eingekleidet.«

Die Tüten stammten aus einem sehr teuren Designerladen. »Woher hast du so viel Geld?«, fragte Anna.

Filippos Miene verschloss sich. »Ein paar Außenstände …«

Er war sichtlich froh, dass das Gespräch nicht fortgesetzt werden konnte, weil ein Taxi vor dem Haus hielt, das neue Hotelgäste brachte. Anna erwartete, dass ihr Bruder sich in sein Zimmer zurückziehen würde, aber er nahm in der Sitzgruppe Platz, die in einer Ecke der Lobby stand, holte die Quittung für seine Einkäufe hervor und kontrollierte sie auf Richtigkeit.

Zwei Männer traten ein. Anna warf einen Blick auf ihre Unterlagen und begrüßte sie lächelnd. Das mussten Silas Casper und Moritz Wallweber sein. Sie hatten ein Doppelzimmer gebucht.

»Wir wollen uns in der Basilica di San Franceso trauen lassen«, verkündete Silas Casper. Er warf seinem Partner einen Luftkuss zu. »Davon träumen wir schon lange.«

Er war ein kleiner Mann, überschlank, mit Nasen- und Ohrsteckern, gedehnten Ohrläppchen und gepiercter Zunge. Seine Arme waren bis auf den Handrücken tätowiert, auch aus den Beinen seiner knielangen Hose sahen Tattoos hervor.

Im Kontrast zu seinem Partner kam es Moritz Wallweber offensichtlich darauf an, seriös zu wirken. Dass ihm das nicht recht gelingen wollte, war allerdings schon auf den zweiten Blick zu erkennen. Sein Haarschnitt sah aus, als hätte eine Nachbarin Hand angelegt, die zufällig im Besitz einer passenden Schere gewesen war, der Hemdkragen war durchgescheuert, die Lederjacke aus billigem Imitat, die Stoffhose zu weit, als stamme sie aus einer Zeit, in der Moritz Wallweber korpulenter gewesen war. Und die

Schuhe hatten lange keine Schuhcreme gesehen. Anna merkte, dass ihr Vergleich mit der Rechtschreibung allmählich zu einer fixen Idee wurde. Zwar wusste sie nicht, wer dieser beiden die Buchungsmail geschrieben hatte, aber dass derjenige ein Zimmer mit »Bart« bestellt und nach dem Weg zur »Basilikum« gefragt hatte, wusste sie genau.

Beide lehnten es strikt ab, das Gepäck von einer Frau auf ihr Zimmer bringen zu lassen, und schleppten ihre riesigen Koffer mit viel Gestöhne und Gewimmer zu der Tür, die zu den Zimmern führte. Anna sah ihnen nach und wurde erneut von vielen Fragen bedrängt. Bekam sie jetzt Lektionen in Sachen Menschenkenntnis, die für jeden erfahrenen Hotelier längst zum Berufsalltag gehörten? Was wusste sie schon vom Hotelgewerbe und vom durchschnittlichen Hotelgast? Ihre Ansprüche an die Beherrschung der Rechtschreibung waren ganz sicher auch nicht mehr zeitgemäß.

Sie zuckte zusammen, als sie bemerkte, dass sich Moritz Wallweber, der hinter Silas Casper durch die Tür ging, zu Filippo umdrehte und ihm zuzwinkerte. Du lieber Himmel! Noch nicht verheiratet und schon auf amourösen Abwegen? An einem Flirt mit einem Mann interessiert, der sein Vater hätte sein können? Annas Sorgen wuchsen. Noch nie war die Angst, dass sie sich mit ihrem Hotel zu viel zugemutet hatte, so unverschleiert gewesen. Ein bucheckerbraunes Gefühl. Sie erkannte, was ihr den Mut nahm. Die meisten ihrer Gäste waren Menschen, die ihr sonst nicht begegneten. Natürlich waren manche von ihnen Siena-Reisende, die an der Stadt und ihren kulturellen Schätzen interessiert waren, die Sondermanns, die Schwestern aus Osnabrück … Aber die Trumps, Gérard Depardieu, Clara Morbé … mit solchen Gästen hatte sie nicht gerechnet, ebenso wenig wie mit den beiden Neuankömmlingen. Wenn sie noch ihre beiden Brüder dazurechnete, dann schien ein großer Teil ihrer Gäste von bedenklicher Herkunft zu sein.

Sie schüttelte die Gedanken ab und entschied spontan, für ihre Sorgen ihren Bruder geradestehen zu lassen. Mit strenger Miene ging sie auf ihn zu. »Was war das gerade?« Sie nickte zu der Tür, die hinter Moritz Wallweber ins Schloss gefallen war. »Der Mann hat einen Freund. Hast du deine sexuelle Ausrichtung etwa geändert, ohne dass ich es weiß?«

Filippo grinste. »Ich weiß nicht mal mehr, wie man sexuell schreibt. Hast du vergessen, dass ich Mitte siebzig bin?«

Schon wieder die Rechtschreibung! Anna war wütend. Und wenn sie ihre Deutschlehrerin vor sich gehabt hätte, wäre dieser eine Standpauke sicher gewesen. Aber vermutlich war ihre Deutschlehrerin längst tot und hatte, als sie ihr Testament aufsetzte, mehr an die Rechtschreibregeln als an die Regeln des aufrechten Lebens gedacht.

Sie ließ sich neben Filippo nieder und versuchte, ihn nicht anzusehen, während sie fragte: »Du wolltest zusammen mit Valentino zum Campo gehen. Warum habt ihr euch getrennt?«

»Woher weißt du das?«

»Ich habe Tino in der Basilica gesehen.«

»Ja, er wollte sie besichtigen. Mir liegt nichts an alten Kirchen.«

»Tino auch nicht.«

»Woher willst du das wissen?«

Ja, woher wollte sie das wissen? Eigentlich wusste sie von ihren Brüdern sehr wenig, ihre Vorlieben waren ihr völlig fremd. Und da Valentino einmal in der Obhut von Mönchen gelebt hatte, konnte es natürlich möglich sein, dass sich während dieser Zeit ein Interesse an kirchlichen Bauwerken entwickelt hatte.

»Warum fragst du überhaupt?« Filippo sah seine Schwester eindringlich an.

Anna war froh, dass sie so tun konnte, als würde ihr der Hotelgast, der in die Lobby kam, das Wort abschneiden. Janina Spicker ging auf die Tür des Frühstücksraums zu. »Bin ich zu spät? Oder gibt's noch was zu essen?« Sie warf Filippo einen Blick zu, den Anna mit Erstaunen zur Kenntnis nahm. Er war ähnlich zweideutig wie das Augenzwinkern von Moritz Wallweber. Sehr interessiert, einerseits heimlich, andererseits mit der Sicherheit, dass das Interesse nicht ungelegen kam.

Anna erhob sich, um hinter Janina Spicker herzugehen und ihr einen Kaffee zu servieren. Streng blickte sie ihren Bruder an, der zu ihr aufblickte, als wäre er schuldbewusst. »Du könntest ihr Vater sein!«

»Ich habe nichts damit zu tun!« Filippo grinste so zufrieden, als hätte er soeben der Polizei ein Schnippchen geschlagen. »Ich bin unschuldig.« Er schlug die Beine übereinander und strich die Hose glatt. Tatsächlich sah er jetzt mal wieder aus wie ein Grandseigneur, der vorübergehend vergessen hatte, dass es ein zweites Geschlecht gab, sich nun aber wieder lebhaft an alte Zeiten erinnerte. »Wie wird das erst, wenn ich meine neuen Klamotten anziehe?«

Gegen Mittag erschien Konrad im *Albergo Annina*, auch diesmal kam er durch Annas Wohnung in die Lobby, in der Hand zwei riesige quadratische Schachteln. »Ich habe Thunfischpizza aus dem *Lampada Rossa* geholt. Hast du Hunger?«

»Wie ein Wolf.« Dankbar folgte sie ihm in die Küche. »Nun sind alle Gäste eingetroffen, die bis zur Einweihungsfeier bleiben werden. Mein ausgebuchtes Haus!« Es ging ein Lächeln über ihr Gesicht, das mehr schmerzlich als glücklich war.

Konrad zauberte einen Piccolo mit rotem Prosecco aus der Gesäßtasche seiner Bermudas. »Den habe ich auch mitgebracht. Wir sollten auf dein ausverkauftes Haus trinken.«

»Alkohol mitten am Tag?« Anna verzog das Gesicht, aber dann nickte sie. »Du hast recht. Ich darf ruhig mal über die Stränge schlagen. Jedes Zimmer ist belegt, nur darauf kommt es an.«

Dass sie alles andere als wonnetrunken wirkte, merkte sie selbst. Und dass es Konrad auffallen würde, hätte sie sich denken können. »Was fehlt dir zu deinem Glück?«

»In meinem Hotel sollte es himmelblau zugehen, urlaubsblau, freizeitblau, auf jeden Fall so blau, als wäre die Luft im *Albergo Annina* betrunken.«

Konrad lachte. »Meine süße Synästhetikerin!«

Über den Possessivartikel sah sie hinweg, und dass er sie süß genannt hatte, wollte sie auch überhört haben. »Stattdessen ist ein buntes Durcheinander entstanden. Aber nicht lustig bunt, sondern verrückt, chaotisch. Alles voller Farben, die nicht zueinanderpassen!«

Konrad hatte die beiden Pizze ausgepackt und sie auf zwei Teller gelegt. Jetzt holte er das Besteck aus einer Schublade. Er wusste sogar, wo Anna die Servietten aufbewahrte. »Du solltest dich mal mit anderen Hotelbesitzern unterhalten. Dann erfährst du vielleicht, dass es ihnen genauso geht. Wenn man Menschen beurteilt, nimmt man ja immer sich selbst zum Maßstab.« Er grinste breit. »In welcher Farbe siehst du dich?«

Die Antwort kam wie aus der Pistole geschossen. »Rot! Fuchsiarot! Mal hell bis zum Pink, mal dunkel wie Purpur.«

Es blieb eine Weile still in der Küche, während sie die Pizza aßen. Aber es war nicht so still wie sonst, wenn sie nicht nur allein in der Küche, sondern auch allein im Haus waren. Diesmal drangen entfernte Geräusche zu ihnen. Sie kamen aus der Lobby, die jemand durchquerte, die Haustür fiel ins Schloss, vor dem Eingang fluchte jemand, wohl Dustin Trump, über ihnen in der ersten Etage waren Schritte auf Stöckelschuhen zu hören.

Konrad fragte unvermittelt: »Wissen deine Brüder eigentlich, dass Emilio Fontana Polizist ist?«

Anna schüttelte erschrocken den Kopf. »Sie würden sich nicht mehr wohlfühlen. Sie wissen auch nicht, dass du pensionierter Polizist bist.«

»Und das werden sie auch nicht erfahren. Aber Fontana wird sicherlich in den nächsten Tagen öfter hier auftauchen.«

»Du meinst… wegen Franz Lüpke, der aussieht wie Gérard Depardieu?«

»In einem Hotel lässt sich unauffällig ermitteln. Fontana muss sich nur als Hotelgast ausgeben.«

»Ich habe kein Zimmer mehr frei.«

»Ich weiß, du bist ausgebucht.« Konrad grinste. Er hatte dem Wort, diesem wichtigen Wort, dem wichtigsten überhaupt, eine Betonung gegeben, die ihm einen Teil der Bedeutung wieder nahm. »Aber er wird einen Weg finden.«

»Wenn er das tut, muss er sich nur unauffällig verhalten. Dann werden auch Valentino und Filippo nichts merken.«

Konrad sprach jetzt sehr langsam und vorsichtig. »Ich hoffe, die beiden haben ein reines Gewissen.«

Der scharfe Blick, der Anna traf, verriet ihn. Konrad Kailer hatte einen Verdacht. Einen konkreten? Oder war er einfach nur misstrauisch, weil es um die Brüder Kolsky ging, denen kein Polizist etwas Gutes zutraute?

Die Tischklingel der Rezeption unterbrach ihr Gespräch. Zum Glück war sie laut genug, um bis in die Küche zu dringen.

Anna sprang auf und lief hinaus.

Signora Pasucci stand an der Rezeption und lächelte schuldbewusst. »Mi dispiace, Signora! Ich muss leider auschecken.«

»Hat es Ihnen im *Albergo Annina* nicht gefallen?«, fragte Anna erschrocken.

Aber Signora Pasucci wehrte ab. »No, no! Es ist … etwas Privates.«

Vielleicht hatte sie sich mit ihrem Ehemann versöhnt, hoffte Anna, sprach aber natürlich ihre Vermutung nicht aus.

»Selbstverständlich zahle ich die Tage, die ich gebucht hatte.«

Ohne jegliche Hoffnung entgegnete Anna: »Vielleicht kann ich das Zimmer ja wieder vermieten.«

Also doch nicht ausgebucht! Anna musste mit den Tränen kämpfen, als sie Signora Pasucci verabschiedete und ihr beim Gepäck half. Dass bloß das Zimmermädchen bei der Einweihungsfeier nicht darüber redete! Das sah ja so aus, als hätte jemand das *Albergo Annina* verlassen, weil es ihm nicht gefiel!

Wenn dann noch die Sondermanns ihren Aufenthalt abbrachen und sich herumsprach, warum sie nicht bleiben wollten… Anna mochte diesen Gedanken nicht zu Ende denken.

Sie winkte Signora Pasuccis Taxi nach und fühlte sich so unglücklich wie schon lange nicht mehr. Was war geschehen? Waren die anderen Gäste schuld daran, dass die Signora es nicht mehr ausgehalten hatte? Gérard Depardieu mit seiner Aufdringlichkeit, die Trumps mit ihrer lauten Angeberei, Clara Morbé mit ihrer Schamlosigkeit! Aber durfte man einer Hotelbesitzerin vorwerfen, dass ihre Gäste schlecht erzogen waren und nichts von gutem Benehmen wussten?

Anna schlich wie ein geprügelter Hund in die Lobby zurück. Vielleicht hätte sie doch die Rechtschreibung zum Maßstab nehmen sollen. Womöglich hatte ihre Deutschlehrerin wirklich recht gehabt, wenn sie den Schülern einimpfte, dass mangelnde Orthografie ein schlechter Charakterzug war. Aber vielleicht hatte Signora Pasucci ja tatsächlich nur ein langes Telefonat mit ihrem Ehemann geführt und gemeinsam mit ihm beschlossen, ihrer Ehe eine weitere Chance zu geben…

Emilio Fontana war noch immer verärgert. Und als in der Via Valdambrino kein Parkplatz zu bekommen war, ging es mit seiner Laune weiter bergab. Es blieb ihm nichts anderes übrig, als den Wagen vor dem *Lampada Rossa* abzustellen, obwohl der Wirt nicht erfreut war, wenn seine Parkplätze von Autofahrern annektiert wurden, die ihre Pizza woanders aßen.

Sein Unmut wuchs, als er merkte, dass zu allem auch noch seine Reisetasche viel schwerer war, als er angenommen hatte. Vielleicht hätte er doch nicht zwei Paar Schuhe, zwei Jacketts und noch dazu seine Lederjacke einpacken sollen! Wäsche zum Wechseln und ein paar Hemden hätten vermutlich ausgereicht.

Aber Emilio Fontana reiste nicht gern mit leichtem Gepäck, was in den letzten Jahren dazu geführt hatte, dass er überhaupt nicht mehr verreiste.

Als er vor dem *Albergo Annina* ankam, war es Nachmittag, die Zeit der Siesta war vorbei, die er im Übrigen nicht hatte genießen können. So was tat seiner Laune ebenfalls nicht gut. Das bisher einzig Positive an diesem Tag war die Tatsache, dass der Vicequestore in den Urlaub gefahren war und Emilio Fontana zu seinem Stellvertreter ernannt hatte. Er konnte also machen, was er wollte. Vorausgesetzt, es war Giuseppe gegenüber zu erklären und zu verantworten. Dass er Posten im *Albergo Annina* bezog, um Franz Lüpke zu beobachten, war zum Glück leicht zu erklären und ebenfalls, wenn auch etwas weniger leicht, zu verantworten.

Stöhnend ließ er die Reisetaschen auf den Boden fallen. Der Zorn auf seine Mutter war immer noch nicht verraucht. Zwar hatte sie ihr Versprechen wahr gemacht und ihre Freundin Zefira Pasucci davon überzeugen können, das Hotelzimmer wieder frei zu machen, aber mit welcher Begründung? Santo dio! Es hätte überhaupt keiner Begründung bedurft. Die Signora war doch nur ins *Albergo Annina* eingezogen, weil sie um diese Gefälligkeit gebeten worden war! Ohnehin hatte sie nichts anderes vorgehabt, als dort zu schlafen, das Frühstück einzunehmen und den Rest des Tages in ihrer Wohnung zu verbringen. Völlig unnötig, eine Geschichte zu erfinden, um die Signora zu überzeugen! Aber Mama hatte natürlich die Gelegenheit beim Schopf gepackt. Warum hatte er nicht an diese Gefahr gedacht?

»Das hat sie sofort eingesehen! Es war dir doch so wichtig, dass sie nichts von deinen Ermittlungen erfährt. Ecco! Also musste ich ihr etwas vorschwindeln. Oder … ein Geheimnis verraten? Jedenfalls hat sie mir auf diese Weise ohne Weiteres geglaubt.« Ihr Sohn sei in die Hotelbesitzerin verliebt und suche nach einer Möglichkeit, ihr Tag und Nacht nahe zu sein, das hatte sie Zefira Pasucci erklärt. »In der Liebe ist alles erlaubt!«

»Santo dio!« Hoffentlich sprach sich das nicht herum. Aber

natürlich wollte seine Mutter gerade das, darüber machte Emilio sich keine Illusionen. Ganz Siena sollte wissen, dass ihr Sohn sich endlich verliebt hatte. Mama war es schon lange leid, dass über ihren Sohn gesprochen wurde, als wäre mit ihm etwas nicht in Ordnung. Ein so attraktiver Mann! Wenn so einer keine Frau an seiner Seite hatte, musste das ja einen Grund haben. Und von den Gründen, die tuschelnd herangezogen wurden, war natürlich keiner besonders schmeichelhaft.

Mama war in Hochform gewesen, wie immer, wenn sie sich einmischen und eine Sachlage in ihrem Sinne verändern konnte. Ihr Lächeln war sogar ausgesprochen intrigant geworden. »Zefira hat übrigens bestätigt, dass Anna Wilders eine sehr patente Frau ist. Genau richtig für dich.«

Anna sah ihn verdutzt an, als er in der Lobby erschien. Und noch erstaunter wurde ihre Miene, als sie die Reisetasche bemerkte, die er neben sich stellte. Sie lachte, als sie ihn fragte: »Willst du hier etwa einchecken?« Aber dann fiel ihr Lächeln in sich zusammen, als ihr klar wurde, dass ihr Scherz keiner war. »Du willst wirklich …?«

Emilio unterbrach sie. »Ich bin dienstlich hier.« Er blickte sich um, vergewisserte sich, dass er mit Anna allein war. »Ich muss ein Auge auf Franz Lüpke haben. Das kann ich als Hotelgast am besten.«

»Aber du weißt doch, dass ich ausgebucht bin.«

Emilio schluckte. Wenn sie dabei blieb und ihm verschwieg, dass das Zimmer von Signora Pasucci frei geworden war, konnte er wirklich jede Hoffnung fahren lassen und sich die Liebe zu ihr aus dem Herzen reißen. »Irgendeine Dachkammer würde mir schon reichen.«

Nun lachte sie wieder. »Du hast Glück. Signora Pasucci musste frühzeitig abreisen.« Verwundert schüttelte sie den Kopf. »Was für ein Zufall! Man könnte meinen, du hättest es gewusst.«

Emilio brauchte nicht zu beteuern, dass er selbstverständlich keine Ahnung gehabt habe, Anna glaubte selbst nicht daran, dass ihr Verdacht wahr sein könnte. »Signora Pasucci wird sich freuen, wenn sie hört, dass ich das Zimmer weitervermieten konnte.«

Sie wollte ihm zu der Tür vorausgehen, die zu den Hotelzimmern führte, aber Schritte, die aus ihrer Wohnung kamen, hielten sie zurück. Emilio wusste, wer in die Lobby treten würde, noch bevor er ihn sehen konnte. Konrad Kailer! Was hatte er bei Anna zu suchen?

»Ich hab's geahnt«, begrüßte Kailer ihn. »Sie wollen Lüpke observieren! Cleverer Schachzug!«

Dieses Lob ärgerte Emilio. Glaubte Kailer etwa, er würde sich über seine Anerkennung freuen? Die interessierte ihn überhaupt nicht. Aber so was von gar nicht!

»Es ist Ihnen hoffentlich klar«, erwiderte er kühl, »dass niemand erfahren darf, warum ich hier bin?«

»Glauben Sie etwa …?« Konrad Kailer verschluckte sich an seiner Empörung und musste husten. Selbstverständlich würde er kein Wort verlauten lassen, nicht einmal die allerkleinste vage Andeutung. Schließlich wisse er, worauf es ankomme, er sei ja auch einmal Kriminalbeamter gewesen. Emilio wusste, was nun kam, es war nicht das erste Mal, dass er sich das anhören musste. Während Konrad einen Überblick über den Verlauf seiner Karriere gab und schilderte, für welche Aufgaben er zuständig gewesen war und zu welch grandiosen Ermittlungserfolgen seine Arbeit oft geführt hatte, bekämpfte Emilio seinen Widerwillen, den er um nichts in der Welt Eifersucht genannt hätte. Das gelang ihm, indem er Konrads Bermudas und die Trekkingsandalen betrachtete, während dieser erzählerisch auf den Höhepunkt, die Entscheidung zur Frühpensionierung, zusteuerte. Ein Mann mit kuchentellergroßen Händen, riesigen Füßen, die jeden Schuhdesigner zur Verzweiflung bringen würden, unrasierten Beinen und einem Schädel wie Zwerg Nase – so einer sollte ihm überlegen sein?

»Santo dio«, murmelte er, was Konrad als Ruf der Anerkennung verstand und ihn dazu bewog, die Auflistung seiner vielseitigen Fähigkeiten noch ein Stück zu verlängern. Was fand Anna nur an ihm? Warum durfte Konrad Kailer mit ihr zu Mittag essen und er nicht? Trotz seiner Slipper von Magnanni, seiner Amiri-Jeans und der rasierten Waden! Dass er Konrad Kailer eigentlich sympathisch fand, musste er unbedingt vergessen, sonst wäre sein Ärger nicht zu ertragen. Oder seine Eifersucht? Santo dio! No! Ein Mann wie Emilio Fontana war nicht eifersüchtig!

Auch deshalb bemühte er sich um einen sachlichen Tonfall, blickte über Konrad Kailer hinweg und sah Anna ohne jedes persönliche Interesse an. »Würdest du mir bitte das Zimmer zeigen? Und natürlich auch die anderen Zimmer. Ich meine … ich muss wissen, wo Franz Lüpke wohnt.«

Anna griff nach dem Generalschlüssel und ging ihm voraus. »Das Zimmer von Signora Pasucci liegt direkt neben dem von … von diesem Franz Lüpke.« Sie blieb so plötzlich stehen, dass Emilio beinahe in sie hineingelaufen wäre. »Ist denn überhaupt schon sicher, dass es sich bei ihm um den Mann handelt, den du suchst?«

Emilio wich aus. »Das wird sich herausstellen, wenn ich Gelegenheit habe, ihn zu observieren.«

Er betrat hinter Anna den fensterlosen Gang. Ein Bewegungsmelder sorgte dafür, dass das Licht sofort ansprang. Anna blieb vor der Tür stehen, auf der eine Drei prangte. »Du kannst nicht von mir erwarten, dass ich dir den Schlüssel von Zimmer vier gebe.« Sie wies auf die Tür des Nachbarzimmers. »Offiziell weiß ich nicht, warum du im *Albergo Annina* wohnst. Und auf keinen Fall will ich, dass meine Gäste mir etwas vorzuwerfen haben. Stell dir vor, du hast dich geirrt und der Mann ist ein ganz harmloser Tourist. Es könnte mich meinen Ruf kosten, wenn ich der Polizei Zutritt zu seinem Zimmer gewährt habe.«

»Naturalmente!« Emilio betrat nach ihr den Raum, in dem noch der Duft von Signora Pasucci hing. Sie war immer, genau wie seine Mutter und sämtliche ihrer Freundinnen, stark parfümiert, was Emilio nicht leiden konnte. Annas Duft war ihm von Anfang an so natürlich vorgekommen. Selbst dann, wenn sie ein frisches Eau de Toilette benutzt hatte, roch sie immer noch nach sich selbst. Nach Anna! Auch das gefiel ihm an ihr.

Anna öffnete das Fenster und sah sich um. »Tut mir leid, dass das Zimmer noch nicht fertig ist. Graziella wird gleich so weit sein. Sie ist leider nicht die Schnellste. Vielleicht kommst du solange zu mir? Wir könnten einen Espresso trinken.«

Emilio ließ hocherfreut seine Reisetasche fallen und folgte Anna. Hoffentlich hatte sich Konrad Kailer inzwischen in sein eigenes Haus zurückgezogen.

An der Tür, die in die Lobby führte, zögerte er. »Wohnen deine Brüder auch auf diesem Gang?« Er sah bis zu seinem Ende, wo die Treppe nach oben führte. »Oder haben sie ihre Zimmer in der ersten Etage?«

Prompt stieg wieder das Angriffslustige in Annas Augen. »Warum willst du das wissen?«

Diese Frage konnte Emilio nicht beantworten. Dass er auch ein Auge auf die Kolsky-Brüder haben wollte, durfte er auf keinen Fall zugeben. »Nur so …«

»Wenn du dich vor ihnen fürchtest …« Annas Stimme war wie Glas, das zu zerspringen drohte. »… keine Sorge! Sie werden dir nichts tun. Sie sind hier, weil sie dabei sein wollen, wenn das Hotel eingeweiht wird. Nur deshalb! Es ist nicht fair, ihnen ständig etwas in die Schuhe schieben zu wollen, nur weil sie …«

Den Rest des Satzes schluckte sie herunter, weil sie wohl selbst merkte, dass er nicht zu einem überzeugenden Ende gefunden hätte. Emilio folgte ihr mit einer gemurmelten Entschuldigung und der Versicherung, dass es ihm ganz und gar nicht um ihre Brüder ginge, dass er im Übrigen davon überzeugt sei … An dieser Stelle brach auch er ab. Nein, auch dieser Satz würde zu einem Ende führen, das er unmöglich laut aussprechen konnte. Eine glatte Lüge! Natürlich war er auch wegen Valentino und Filippo Kolsky hier. Er musste rauskriegen, was sie mit dem Diebstahl der Statue zu tun hatten und ob Franz Lüpke ihr Komplize war. Manchmal fragte er sich, ob er sich irrte, ob dieser Typ mit dem Galgenvogelgesicht ein ganz anderer war. Aber immer wenn er darüber nachdachte, kam er zu dem gleichen Ergebnis. Die Beschreibung von Bruder Giorgio passte genau auf Valentino Kolsky, auch die Kleidung und sogar das leichte Humpeln. Außerdem … wem sonst hätte Anna nachschleichen sollen? Das konnte nur einen Grund haben: Sie vermutete das Gleiche wie er.

Und dann, wenn er sich Gewissheit verschafft hatte … ja, dann musste er sich überlegen, wie sich für Anna trotz allem eine erfolgreiche Einweihungsfeier ergab. Und danach? Er durchquerte kopfschüttelnd die Lobby und sagte sich, dass er alles andere noch nicht entscheiden konnte. Ein Schritt nach dem anderen!

Anna kämpfte mit aller Macht gegen das Schuldgefühl an, das mit ihrer Angst und den tausend Rechtfertigungen rang, die sie sich umständlich zurechtgelegt und dann lange vorgebetet hatte. So lange, bis sie sicher war, das Richtige zu tun, es sogar tun zu müssen. Wenn sie ihren Brüdern später erklären müsste, warum sie in ihre Intimsphäre eingedrungen war, würden sie vermutlich sogar Verständnis für ihre Schwester haben. Das redete sie sich lange und schließlich erfolgreich ein. Dennoch war es natürlich besser, wenn sie es gar nicht erfuhren, dass ihre Schwester vorhatte, in ihren Zimmern zu stöbern, um Diebesgut ans Licht zu befördern. Wenn sie unrecht hatte, durfte es auf keinen Fall ans Tageslicht kommen. Wenn nicht, sah die Sache natürlich anders aus. Was sie dann tun würde, wusste sie noch nicht. Sicher war nur eins: Sollte sie gezwungen sein, ihre Brüder der Polizei auszuliefern, würde sie das erst in Angriff nehmen, wenn die Einweihungsfeier vorbei war, der Bürgermeister und der Prälat aus dem Haus waren und sich die Reiseveranstalter mit glaubhaften Versprechungen verabschiedet hatten. Dann … nein, dann auch nicht. Unmöglich, ihre eigenen Brüder anzuzeigen! Der Gedanke war ihr unerträglich. Mit einem Mal kam es nicht darauf an, was richtig war, sondern nur auf das, was möglich war. Was würde Tante Rosi an ihrer Stelle tun? Was ihre Eltern von ihr verlangen würden, war klar! Aber die Tante? Sie hatte Anna gelehrt, nach ihrem Gewissen zu entscheiden. Hätte sie auch erwogen, dass eine solche Entscheidung manchmal objektiv und vor dem Gesetz falsch, aber vor dem Richter, der in der Mitte des Herzens saß, doch richtig sein konnte? Ja, Anna war sich mit einem Mal ganz sicher. Tante Rosi hätte verstanden, dass Anna ihren Bruder nicht an die Polizei verraten wollte. Und sie hätte in der ihr eigenen Art genickt und ihr einen kleinen Stoß des Einverständnisses mit dem rechten Ellbogen verpasst, wenn sie gehört hätte, dass es Anna darauf ankam, das Geschehen rückgängig zu machen. Sie würde die Statue, wenn sie sie bei ihren Brüdern fand, in die Kirche zurückbringen. Danach wäre alles gut …

Das Haus war leer, eine bessere Gelegenheit würde sie niemals bekommen. Konrad hatte seinem Sohn versprochen, sich an diesem Abend um die Buchführung zu kümmern, Emilio war Franz Lüpke auf den Spuren, der angeblich in der Stadt unterwegs war. Solange dieser nicht zurückgekehrt war, musste sie auch mit dem Commissario nicht rechnen. Emilio hatte zudem angekündigt, noch in die Questura zu fahren, um sich dort intensiv mit dem Profil von Franz Lüpke zu beschäftigen. So eifrig hatte Anna ihn noch nie erlebt. Besonders erstaunlich, da Franz Lüpke ja nicht einmal sein Fall war, sondern von der deutschen Polizei bearbeitet wurde.

Sie selbst war schlau gewesen, hatte zwar angeboten, gemeinsam mit Konrad und Emilio zu Abend zu essen, aber gleichzeitig durchblicken lassen, dass sie sehr müde sei und gerne früh schlafen gehen wolle. Dankbar hatte sie zur Kenntnis genommen, dass weder Konrad noch Emilio sie von diesem Vorhaben abbringen wollten. Ja, eine bessere Gelegenheit würde sie nicht mehr bekommen. Die Sondermanns hatten sich nach einem guten Restaurant erkundigt und würden spät nach Hause kommen, die anderen Hotelgäste waren ebenfalls unterwegs, alle gleichermaßen touristisch ambitioniert und nicht an frühem Zubettgehen interessiert. Sogar die *Gang* hatte sich geschlossen auf den Weg gemacht. So nannte sie mittlerweile die Gäste, die sich verbündet hatten, weil ihnen anscheinend aufgegangen war, dass sie gut zusammenpassten. Die Trumps, Clara Morbé, Silas Casper und Moritz Wallweber hatten sich am späten Nachmittag in der Lobby eingefunden, den Getränkeautomaten, den Anna wenige Tage vorher angeschafft hatte, traktiert und sich lauthals beschwert, als die Biervorräte erschöpft waren. Sie hatte ihnen sagen müssen, dass mit einer neuen Bierlieferung erst am nächsten Tag zu rechnen sei, und daraufhin hatten sie beschlossen, in eine Kneipe zu gehen, von der Anna noch nie etwas gehört hatte. Ein Tipp, der von den beiden Kolsky-Brüdern gekommen war, was Anna beunruhigte. Hoffentlich bekam sie es am nächsten Morgen nicht mit Beschwerden wegen Ruhestörung zu tun. Valentino und Filippo waren mit solcher Einigkeit losgezogen, dass Anna mit allem rechnete. Ihre Brüder hatten festgestellt, dass ihr letztes gemeinsames Besäufnis fast dreißig Jahre her war, als sie zufällig mal beide in Freiheit gewesen waren und am selben Ort gelebt hatten, und daraufhin beschlossen, dass es höchste Zeit für neue Erinnerungen war. Anna wusste nicht, wie ihre Brüder sich veränderten, wenn sie betrunken waren – in diesem Zustand hatte sie die beiden noch nie erlebt –, sie befürchtete aber das Schlimmste. Gut war nur, dass sie sicherlich nicht so bald heimkommen würden. Sie konnte also ganz unbesorgt sein …

Die Abenddämmerung legte sich über das *Albergo Annina,* ein grauer Schleier, der schnell dichter und schließlich undurchdringlich wurde. Anna ging auf die Terrasse, öffnete die Tür des Geländers, machte ein paar Schritte in den Garten hinein und blickte sich um. Hinter jedem Fenster ihres Hotels war es dunkel. Und es war still, sehr still. Alle Geräusche waren weit weg, der Verkehrslärm, die Stimmen aus den Nachbarhäusern, das Bellen eines Hundes. In Konrads Haus leuchtete ein kleines Licht. Es kam vermutlich aus dem Büro, in dem er über den Büchern seines Sohnes saß. Anna war allein.

Sie ging ins Haus zurück, durchquerte die Küche und die winzige Diele und trat in die Lobby. Hinter der Rezeption zögerte sie ein letztes Mal, dann umklammerte sie entschlossen den Generalschlüssel, den sie stets bei sich trug. Nun endlich löste sich das schmuddelige Grün ihrer Unsicherheit auf und wurde zum Gründgold der Entschlossenheit. Sie ging auf die Tür zu, die in den Hoteltrakt führte. Der Bewegungsmelder tat seine Arbeit, eigentlich wäre es ihr lieber gewesen, sie hätte sich im Halbdunkel über den Flur bewegen können.

Vor der Tür von Valentinos Zimmer gab es kein Zögern mehr. Sie schloss auf, betrat den Raum und drückte die Tür hinter sich ins Schloss. Gut, dass sie kein Licht zu machen brauchte. Die Gartenbeleuchtung des Nachbarn zur Linken sorgte dafür, dass das Zimmer nicht voller Nachtschwärze war, sondern ein Abendgrau darin stand, in dem Anna sich zurechtfinden konnte. Tief atmete sie durch und zwang sich, fortzuführen, was nun begonnen worden war. Wo mochte ihr Bruder die Statue der heiligen Katharina versteckt haben? Es konnte natürlich sein, dass sie gleich an einen Hehler weitergereicht worden war, dann wäre sie zu spät gekommen, dann wäre der Diebstahl nicht ungeschehen zu machen. Aber sie hielt es durchaus für möglich, dass die Statue hier, in diesem Zimmer, aufbewahrt wurde. Valentino konnte ja nicht ahnen, dass er in Verdacht geraten war. Er wusste nicht, dass seine Schwester ihn beobachtet hatte. Also würde es ihm nur darum gehen, dass das Zimmermädchen nicht unversehens auf die heilige Katharina stieß. Mit einer Durchsuchung seines Zimmers konnte er nicht rechnen. Im Gefängnis hatte so etwas zum Alltag gehört, im *Albergo Annina* war alles anders. Das genossen sie, darauf vertrauten beide.

Anna ging schnell und zielstrebig vor. Der Schrank war in wenigen Minuten durchsucht, er enthielt nichts Verdächtiges. Auch darauf und dahinter entdeckte sie nichts. Die Schublade des Nachttischs war zu klein, unter der Matratze des Bettes fand sich nichts. Sie sah sich gründlich um und betrachtete das Zimmer mit den Augen ihres Bruders. Was würde er für ein gutes Versteck halten? Hinter der Heizung? Nein, dort könnte das Zimmermädchen, wenn es gründlich putzte, die Statue finden. Sie legte sich auf den Boden, sah unters Bett, unter den Schrank, unter den Schreibtisch – nichts. Auch der Koffer, der in einer Nische zwischen Schrank und Heizung stand, war leer. Vielleicht im Badezimmer? Dort gab es ein kleines Fenster, das ebenfalls genug Licht hereinließ, um sich zu orientieren. Viele Möglichkeiten, eine Statue zu verstecken, fanden sich nicht. Anna blickte in die Dusche, unter den Hängeschrank und hinter die Toilette, hob Handtücher vom Boden auf und Valentinos Schlafanzug, der vor der Dusche lag. Nichts! Mutlos starrte sie das Fenster an, hinter dem das Licht aus dem Nachbargarten nur ein winziger heller Fleck war. Silbern mit gezackten Rändern. Und dann … erlosch es. Im Badezimmer wurde es stockdunkel, so finster wie in Annas Enttäuschung. Sie hatte nichts gefunden, sie war genauso schlau wie zuvor. Wenn sie es positiv wendete, musste Valentino damit als unschuldig gelten, aber auf der anderen Seite des Blattes war er nur zu clever, um sich so leicht erwischen zu lassen. Er musste einen anderen Ort gefunden haben, um die Statue sicher aufzubewahren. Im Zimmer von Franz Lüpke? Gut möglich, dass der bereit gewesen war, die Statue zwischen seinen Habseligkeiten zu verstecken. Vielleicht, weil er sicher war, dass er sich unerkannt in Siena aufhielt. Er konnte nicht wissen, dass er längst auf Schritt und Tritt von einem italienischen Commissario beobachtet wurde. Sie würde wohl auch sein Zimmer durchsuchen müssen.

Sie tastete nach der Klinke der Badezimmertür … in diesem

Augenblick hörte sie es. Ein Schlüssel, der ins Schloss gesteckt wurde. War Valentino früher zurückgekommen? Um Himmels willen! Wie sollte sie ihm erklären, was sie in seinem Badezimmer zu suchen hatte? Aber nein, es konnte nicht Valentino sein. Der würde nicht in sein Zimmer schleichen, der würde es betreten wie jeder normale Mensch, würde hörbar die Tür schließen und das Licht anmachen. Doch es geschah nichts dergleichen. Die Tür öffnete sich leise, sehr leise und schloss sich fast geräuschlos. Und das Licht blieb aus. Das war nicht Valentino, er konnte es nicht sein. Jemand anders war ins Zimmer gekommen. Jemand, der ebenfalls die Statue der heiligen Katharina suchte? Anna fiel ein, dass einige Schlüssel an der Rezeption hingen und somit zugänglich waren, wenn die Hotelbesitzerin nicht auf Posten war. Die Gäste hielten es unterschiedlich. Einige nahmen den Schlüssel mit, andere wollten sich nicht damit belasten. Sie musste wirklich jemanden einstellen, der immer an der Rezeption war. Dieser Gedanke schoss ihr durch den Kopf, fand aber keine Zeit, verarbeitet zu werden.

Vorsichtig, in winzigen Schritten, bewegte sich Anna auf die Badezimmertür zu, die nur einen Spaltbreit offen stand. Durch ihn konnte sie die gegenüberliegende Wand erkennen, über die ein Schatten zuckte. Der Eindringling schien ein Licht dabeizuhaben, vielleicht die Taschenlampe seines Handys. Anna hörte, dass die Schranktür geöffnet wurde, und vernahm das Kratzen von suchenden Fingerspitzen. Wer mochte das sein? Sie wollte ihn sehen, unbedingt! Ihre Ungeduld war grellrot und überstrahlte ihre Angst, die nur leicht, in verwaschenem Rosa, hindurchschimmerte. Doch in diesem Moment stieß sie an den kleinen Abfalleimer, der unter dem Waschbecken stand. Ein metallenes Geräusch, nur ganz schwach, kaum wahrnehmbar. Aber sie spürte sofort, dass es gehört worden war. Die Bewegungen auf der anderen Seite der Tür wurden unterbrochen. Totenstille trat ein.

Was sollte sie tun? Die Tür aufreißen und furchtlos auf den Eindringling zugehen? Fragen, was er hier zu suchen habe? Verlangen, dass er sofort das Zimmer ihres Bruders verließ? Die Farbe ihrer Angst flammte auf, blutrot, feuerrot. Sie wagte nicht, sich zu bewegen und auf das Feuer zuzugehen.

Noch ehe sie zu einem Entschluss kommen, ehe sie ihre Angst überwinden konnte, gab es eine heftige Bewegung auf der anderen Seite der Tür. Ein Schritt, ein Stoß, ein Knall, als die Tür ins Schloss fiel, und ein Rumpeln, als etwas gegen die Tür geschoben wurde. Anna wusste, dass sie nicht zu öffnen sein würde. Verzweifelt und ohnmächtig hörte sie zu, wie jemand das Zimmer ihres Bruders durchsuchte, jetzt nicht mehr leise, sondern relativ unbekümmert. Es dauerte nicht lange. Wenige Minuten später hörte sie wieder das Geräusch der Zimmertür, die leise ins Schloss gezogen wurde. Wer war dieser Eindringling gewesen? Er hatte sich mit keinem Laut verraten. Und Anna war erleichtert, dass auch sie sich nicht hatte verleiten lassen, einen Ton von sich zu geben. Niemand konnte wissen, dass die Besitzerin des *Albergo Annina* im Bad ihres Bruders eingeschlossen worden war.

Eingeschlossen! Sie griff nach der Klinke und versuchte die Tür aufzudrücken. Vergebens! Sie bewegte sich nicht. Sie warf sich dagegen, dachte nicht daran, wie teuer die Türblätter gewesen waren und wie lange sie nach den richtigen Klinken gesucht hatte.

Es war zwecklos. Sie war gefangen …

Wer kann das gewesen sein? Haben Sie eine Ahnung? Haben Sie etwas gemerkt, was mir verborgen geblieben ist? Wer immer in Valentinos Zimmer eingedrungen ist, er muss dasselbe gesucht haben wie ich. Die Statue der heiligen Katharina! Aber wer kann wissen, wo sie zu finden ist? Die Antwort ist klar: nur jemand, der weiß, was Valentino getan hat. Also hatte ich recht mit meinem Verdacht. Bis zu diesem Augenblick war noch die kleine Hoff-

nung in mir gewesen, dass mein Bruder doch unschuldig ist. Nun muss ich wohl der Tatsache ins hässliche Gesicht sehen, dass es sich bei Valentino um einen Gewohnheitsverbrecher handelt, dem nichts heilig ist. Nicht einmal der Lebenstraum seiner Eltern. Begreifen Sie, was das für mich bedeutet? Vermutlich nicht. Ihre Verwandtschaft besteht sicherlich durchweg aus honorigen Personen, die sich nie etwas zuschulden kommen lassen. Meine Brüder dagegen… Wie bitte? Ja, da sagen Sie was! Danke für den Hinweis. Richtig, ich habe nicht nur einen Bruder, ich habe zwei Brüder! Vielleicht verdächtige ich den falschen! Filippo hat sich teure neue Klamotten geleistet, und er sprach von Außenständen. Hat er etwa das Geld gemeint, das ihm ein Hehler für die Statue gegeben oder versprochen hat? Dann habe ich am falschen Ort gesucht. Andererseits war es Valentino, den ich in der Basilica kurz vor dem Raub gesehen habe… Wer ist in Valentinos Zimmer eingedrungen? Filippo? Ist er unschuldig, hat aber mitbekommen, was Valentino getan hat? Ich selbst habe ihm ja den Tipp gegeben. Oder ist er an dem Raub beteiligt und will die Beute für sich allein? Mir schwirrt der Kopf. Ich werde mir das später noch mal in Ruhe überlegen. Jetzt muss ich sehen, dass ich hier ungeschoren rauskomme. Was für ein Glück, dass Valentinos Badezimmer ein Fenster hat. Es gibt auch einige Zimmer mit einem innen liegenden Bad. Dann wäre ich jetzt in einer sehr prekären Situation…

Anna stieg auf den Toilettendeckel und öffnete das Fenster. Kühle Nachtluft schlug ihr entgegen, nach feuchter Erde und Kompost duftend. Ein durchsichtiger, farbloser Geruch!

»Verdammt!«

Jetzt erst merkte sie, dass das Fenster kleiner war, als sie gedacht hatte. Zwei Fensterhälften mit einem schmalen Pfosten in der Mitte. Ohne ihn wäre es nicht schwer gewesen, in den Garten zu klettern, aber nun bot sich nur die Hälfte dessen, was Anna erwartet hatte. Ein halbes Fenster, noch dazu höher angebracht als alle anderen! Würde sie hindurchpassen? Sie verbot sich, etwas anderes auch nur in Erwägung zu ziehen, sondern hielt sich vor Augen, dass die stressigen Vorbereitungen auf die Eröffnung ihres Hotels sie zwei oder drei Kilos gekostet hatten. Sie war schlank, sie war sportlich, sie würde es schaffen, aus diesem Fenster zu entkommen. Schon deswegen, weil ihr gar keine andere Möglichkeit blieb. Abwarten, bis Valentino hereinkam, die Barrikade von der Tür wegrückte und das Bad betrat? Kein angenehmer Gedanke, selbst dann nicht, wenn sie mit ihrem Verdacht richtiglag und ihr Bruder sich wirklich der heiligen Katharina bemächtigt hatte. Oder um Hilfe rufen? Einen Nachbarn auf den Plan holen, ihm den Generalschlüssel aus dem Fenster reichen, damit er kam und sie befreite? Dem alten Rudolfo von nebenan, der selten ohne eine Schnapsflasche in der Hosentasche anzutreffen war, würde am nächsten Tag womöglich einzureden sein, dass er eine seiner vielen Halluzinationen gehabt hatte. Aber was, wenn der Falsche ihre Hilferufe hörte? Ein Gast, der das *Albergo Annina* bis zu diesem Zeitpunkt für ein angenehmes Haus gehalten hatte, würde danach wohl zu anderer Ansicht kommen. Eine Hotelbesitzerin, die durchs Fenster aus dem Zimmer eines Gastes kletterte, bot wahrlich keine Reputation. Wie sollte sie das erklären? Nein, völlig unmöglich!

Vorsichtig schob sie sich mit den Knien auf das Regal, das eigentlich nicht für das Gewicht einer ausgewachsenen, wenn auch schlanken Frau gedacht war. Aber obwohl es warnend knirschte, hielt es sie aus. Anna schob sich rückwärts Richtung Fensteröffnung und spürte, wie ein kühler Wind unter ihren Jeansrock fuhr. Lieber hätte sie jetzt eine robuste Jeans getragen, in der sie sicherlich einen angenehmeren Anblick geboten hätte als in dem engen, kurzen Rock, der sich schon verdächtig in eine Richtung bewegte, die allenfalls bei einer Prostituierten noch akzeptabel gewesen wäre. Nicht aber bei einer seriösen Hotelbesitzerin. Nur gut, dass es dunkel war und weit und breit niemand, der sie sehen konnte. Sie stützte sich auf den Fensterrahmen, während sie sich auf den Bauch legte, um die Füße nach einem Halt suchen zu lassen. Den hatten sie längst noch nicht gefunden, als sie begriff, dass ihre Schultern breiter waren als ihre Hüften. Eigentlich eine angenehme Erkenntnis, um die Anna von vielen Frauen beneidet werden könnte, sofern sie nicht gerade bäuchlings in einem Fenster hingen, mit den Füßen keinen Halt fanden und verzweifelt, aber vergeblich versuchten, ihren Oberkörper dem Rest folgen zu lassen, der bereits den Weg ins Freie gefunden hatte.

Vorsichtig löste sie eine Hand vom Fensterrahmen, nahm den angewinkelten Arm so weit wie möglich vor ihren Körper, um sich schmaler und nachgiebiger zu machen, aber ihr Schultergelenk war ihr nach wie vor im Weg. Und es schmerzte! Der ganze Druck ihres Körpers lastete jetzt darauf, und sie versuchte, mit der rechten Hand erneut Halt zu finden. Doch sie rutschte immer wieder ab. Ihre linke Hand sendete bereits Alarmsignale in Form von Schmerzwellen, und Anna sah nur die Chance, auch diese Hand zu lösen und darauf zu vertrauen, dass ihre Schultern, wenn sie beide nach vorn gezogen werden konnten, doch schmal genug waren, um sie aus der Fensteröffnung zu entlassen. Es musste einfach gelingen! So konnte sie sich nicht mehr lange halten. Vor dem Sprung hatte sie keine Angst. Unter dem Fenster befand sich zwar eine Absenkung, weil darunter ein Kellerraum lag, der durch eine Luke Tageslicht erhielt, aber sie wusste, dass unter ihren Fußsohlen nicht mehr als ein halber Meter lag. Für eine Fußverletzung zu wenig!

Die linke Hand löste sich schon, bevor Anna sich dazu entschlossen hatte, weil die Kraft sie einfach verließ, aber dann … blieb sie stecken. Ihr Rock rutschte noch weiter in die Höhe, ihre Schultern klemmten im Fenster fest, die Beine zappelten hilflos. Sie kam nicht vor und nicht zurück.

»Aua! Hilfe!«

Wer sie hörte, war ihr jetzt egal. Der alte Rudolfo war ihr genauso recht wie jeder andere. Hauptsache, sie wurde aus ihrer misslichen Lage befreit. Mit welchen Erklärungen sie dann aufwarten würde, spielte in diesem Augenblick auch keine Rolle. Sie wollte nur gerettet werden. So schnell wie möglich!

»Hilfe!«

Emilio verließ das Haus in einem Tempo, das ihm regelrecht unheimlich war. Das müsste Mama sehen! Sie erzählte ja gern, dass er schon als kleiner Junge hastige Körperbewegungen vermieden hatte und sie später sogar für gesundheitsschädlich hielt. Das war natürlich maßlos übertrieben. Gelegentlich schaute er sich sogar Marathonläufe im Fernsehen an und bewunderte dann das Durchhaltevermögen der Athleten. So wie jetzt seine eigene Ausdauer. Raus aus dem Haus, mit kühnen Schritten den Gehweg entlang und dann sogar ein waghalsiger Sprung über eine Hecke, die mindestens vierzig Zentimeter hoch war. Wahnsinn! Mama würde, wenn sie ihn sähe, wahrscheinlich davon reden, dass die Liebe ihm Flügel verliehen habe, und diesmal hätte er ihr nicht widersprochen. Er musste es einfach wissen. Wer immer sich in Valentino Kolskys Badezimmer versteckt hatte, würde zu fliehen versuchen. Und er musste ihm unbedingt zuvorkommen, musste herausfinden, wer das war und warum er sich dort verborgen gehalten hatte. Sicherlich jemand, der dasselbe Ziel hatte wie Emilio Fontana. Also jemand mit dem gleichen Verdacht, der vielleicht sogar gefunden hatte, was dem Commissario nicht in die Hände gefallen war. Wenn, dann musste er den Kerl erwischen, musste ihm entreißen, was er gefunden hatte, notfalls mit vorgehaltener Pistole. Die würde er zwar nur ungern zücken, aber letztlich durfte er davor nicht zurückschrecken. Seine Dienstwaffe war ja niemals geladen, aber das konnte man nicht sehen, so würde sie als Drohung genauso gut herhalten wie eine geladene Pistole. Nur dass er dann wohl zugeben müsste, der italienischen Polizei anzugehören, wäre ein störender Umstand.

»Hilfe!«

Er blieb wie angewurzelt stehen. »Santo Dio!«

»Hilfe!«

Woher kamen die Schreie? Emilio sah sich hektisch um. Aus genau der Richtung, in die er lief? Von dort, wo er das Badezimmerfenster vermutete? »Santo Dio!«

Tatsächlich! Der Schrei einer Frau! Damit hatte er nicht gerechnet. Und erst recht war er nicht auf den Anblick gefasst gewesen, der sich ihm wenige Sekunden später bot. Zwei zappelnde Beine! Nackte Beine! Schöne Beine! Das fiel ihm sogar trotz der merkwürdigen Umstände auf, unter denen er sie zu Gesicht bekam. Beine, die ihm bekannt vorkamen! Und dann … dann fiel ihm endlich auf, dass er auch die Stimme kannte.

»Hilfe!«

Anna! Annina! Was machte sie im Badezimmer ihres Bruders? Warum hatte sie sich dort im Dunkeln versteckt? Aber diese Fragen waren jetzt unwichtig, die Antworten konnte sie ihm später geben.

»Santo dio!« Er griff nach ihren Beinen, versuchte zu ziehen, aber ihre Schreie wurden nur schriller.

»Au! Ich hänge fest!«

»Was soll ich tun?« Das war natürlich nicht die richtige Reaktion für einen Commissario, der im Angesicht einer hilflosen Person eigentlich wissen sollte, was zu tun war.

Zum Glück setzte sein Verstand gerade noch rechtzeitig ein und gab ihm den Hinweis, genau das Gegenteil von dem zu tun, was er gerade versucht hatte. Er griff nach den Füßen und hob Annas Körper an, statt an ihm zu zerren. Räuberleiter! Damit hatte sie einen festen Halt, konnte ihren Körper drehen, eine Schulter nach vorn nehmen, die andere nach hinten, sich dort lösen, wo sie festhing, und dann darauf vertrauen, dass sie sich fallen lassen konnte. Das hässliche Geräusch, bevor sie ihm in die Arme fiel, war durch das Reißen eines Stoffes entstanden, der sich unter anderen Umständen als widerstandsfähig erwiesen hätte. In diesem Fall blieb ihm jedoch nichts anderes übrig, als nachzugeben. Es war der Stoff von Annas Bluse, und die Tatsache, dass sie meist auf das Tragen eines Büstenhalters verzichtete, hätte Emilio unter anderen Umständen entzückt. In diesem Augenblick konnte er sich jedoch nicht an den nackten Tatsachen erfreuen, die ihm buchstäblich in die Hände gefallen waren.

Vor allem deshalb nicht, weil ihn ein entsetztes »Huch!« aufschreckte, das weder in diesen Moment noch an diesen Ort und erst recht nicht in diese brandmarkende Situation gehörte. Dass er unter diesem Fenster nicht mit Anna allein war, hätte er niemals gedacht.

Die Sondermanns sahen ausgesprochen schockiert aus, als die Hotelbesitzerin diesmal nicht mit nacktem Hintern und dem Slip in der Hand, dafür aber mit zerrissener Bluse und barbusig dastand. Dass ein auffallend attraktiver Mann sie im Arm hielt und dass der andere, mit dem sie beim Eintreffen der Sondermanns ertappt worden war, ebenfalls unter den Fenstern auftauchte, tat ein Übriges. So musste doch jeder anständige Mensch glauben, dass er in Sodom und Gomorrha gelandet war.

»Was machen Sie da?« Eileen Sondermann war ausgesprochen konsterniert.

Zur Antwort erhielt sie eine Gegenfrage. »Was haben Sie hier im Garten zu suchen?« Anna hielt ihre Bluse vor den Oberkörper und versuchte Emilios Hände abzuschütteln. Das allerdings vergeblich.

»Was wir hier zu suchen haben?« Ole Sondermann fand diese Frage ziemlich unverfroren. »Wenn die Rezeption besetzt wäre, hätten wir es nicht nötig, durchs Fenster in unser Zimmer einzusteigen.«

Damit machte Konrad Kailer auf sich aufmerksam. »Sie wollten durchs Fenster klettern?« Entgeistert sah er zwischen den Sondermanns, Emilio und Anna hin und her. Sein Blick wurde scharf, als er Emilios Hände auf Annas Körper sah, aber der Commissario ließ sich nicht beirren. Er blieb auf Tuchfühlung, als wäre Anna ohne ihn einer akuten Gefahr ausgesetzt.

»Was bleibt uns anderes übrig«, erwiderte Eileen Sondermann mit spitzer Stimme, »als durchs Fenster zu klettern?«

Und dann erfuhr Anna, dass die Sondermanns einen Autounfall gehabt hatten. Ihr Wagen war in einer Werkstatt gelandet – und mit ihm der Zimmerschlüssel. Dass sie vergessen hatten, ihn aus dem Handschuhfach zu nehmen, war ihnen erst aufgefallen, als ein Taxi sie vor dem Haus absetzte. Zurückzufahren hatte keinen Sinn, denn die Werkstatt war mittlerweile geschlossen. »Warum auch?«, fragte Eileen Sondermann überheblich. »Die Rezeption musste ja noch besetzt sein.« Dort hatten sie jedoch vergeblich darauf gewartet, dass man ihnen einen Ersatzschlüssel aushändigte, und sich schließlich entschlossen, auf ungewöhnlichem Wege in ihr Zimmer zu gelangen. »Wir waren müde und wollten schlafen gehen. Sollten wir etwa in der Lobby warten, bis die Hotelbesitzerin endlich Zeit hat, sich um ihre Gäste zu kümmern? Sie hat ja anscheinend sehr zeitaufwendige Gewohnheiten…« Das hatte sie ausgesprochen, als wäre Anna bei Sadomasospielen oder gewerblicher Unzucht ertappt worden. »So haben wir uns eben entschlossen, durchs Fenster zu klettern.« Der Vorwurf tropfte nur so aus ihren Mundwinkeln. »So was ist uns wirklich noch nie passiert. Aber in diesem Hotel ist wohl alles etwas anders. Ich will gar nicht fragen, was dort passiert ist.« Sie zeigte zu Valentinos Zimmerfenster.

Niemand hatte gemerkt, dass Valentino in den Garten gekommen war. Er, dessen letzter Gefängnisaufenthalt mit einer Untersuchungshaft in der Türkei begonnen hatte, musste dort gelernt haben, wie ein Bruder mit der Ehre seiner Schwester umging. Er fragte nicht lange, als er seine dürftig bekleidete Schwester in den Armen eines attraktiven Mannes sah, sondern tat, was auch sein Zellengenosse, getan hatte. Er schlug zu. Nicht so, wie es ihm in dem türkischen Gefängnis erzählt worden war, also nicht so lange, bis sein Opfer kein Lebenszeichen mehr von sich gab, aber doch so heftig, dass Emilio ohne Gegenwehr zu Boden ging. Der Kinnhaken war gut platziert gewesen.

Ob er die Absicht hatte, Emilio erneut anzugreifen, wenn dieser sich erheben sollte, blieb unklar. Denn Anna warf sich ihm in die Arme, und Konrad erinnerte sich an seine Polizeiausbildung und nahm Valentino in den Schwitzkasten. Als dann auch Filippo erschien und seinen Bruder zur Räson brachte, war Emilio zum Glück schon wieder bei Bewusstsein. Er rappelte sich mit Annas Hilfe auf, verlor dabei aber seine Pistole, woraufhin Eileen Sondermann ein weiteres »Huch!« entfuhr, die nicht ahnen konnte und sollte, dass sie einen Polizeibeamten vor sich hatte.

Sie und ihr Mann kamen schlagartig zu der Überzeugung, dass jemand, der eine Waffe mit sich führte, ein Gangster sein musste. Annas Beteuerungen, dass es sich um eine Spielzeugpistole handle, schenkten sie natürlich keinen Glauben, Emilios Versicherung, die Waffe sei nicht geladen, bewirkte gar nichts, und Konrads Bemühungen fruchteten ebenso wenig, denn er hatte seinen Ruf ja schon bei der Ankunft der Sondermanns verspielt. Die Blicke ihrer Brüder auf Emilios Waffe hatte Anna zu ignorieren versucht. Einerseits war es für die beiden weit weniger sonderbar, dass ein Mann eine Waffe mit sich trug, andererseits musste ihnen im Prinzip klar sein, dass Emilio zu seriös wirkte, um als bewaffneter Gauner durchzugehen. War ihnen nun klar geworden, dass ein Polizist im *Albergo Annina* wohnte? Oder hatte die Beobachtung, dass Emilio hastig die Waffe in die Innentasche seiner Jacke zurückschob, zu anderen Vermutungen geführt? Womöglich zu noch schlimmeren?

Am Ende wäre es Anna sogar recht gewesen, wenn die Gäste aus Köln ihre Sachen gepackt und in ein anderes Hotel gezogen wären. Lieber ein unbewohntes Zimmer als ein Gästepaar, das mit sauertöpfischer Miene der Einweihungsfeier beiwohnte. Dass sie trotz allem dabei sein wollten, glaubte Anna ganz sicher, denn Ole Sondermann gehörte garantiert zu dem Schlag Mensch, der etwas Kostenloses niemals ablehnt. Genauso wenig wie er verfrüht aus einem Hotel auszog, das er im Voraus bezahlt hatte. Und jetzt erst recht nicht, da die Reparatur des Autos zwei bis drei Tage in Anspruch nehmen würde und er sein Gepäck, wenn er ins *Minerva* ziehen wollte, eigenhändig aus dem *Albergo Annina* tragen und zu Fuß befördern musste. Für ein Taxi war Ole Sondermann garantiert auch zu sparsam – zumindest wenn es auch anders ging.

»Angenehme Ruhe«, wünschte sie, während sie sich mit den vier Männern zurückzog, von denen jeder einen äußerst misstrauischen Blick von Ole Sondermann erhielt.

Nein, er sprach nicht von frühzeitigem Auszug, er würde sich während der Einweihungsfeier mit seiner Frau Sekt und Knabbereien schmecken lassen und dabei so griesgrämig dreinblicken, bis irgendjemand ihn fragen würde, was ihm die Petersilie verhagelt habe. Was er dann antworten würde, war klar. Vielleicht sollte man den Sondermanns vorher Rizinus in den Kaffee geben, damit sie gezwungen waren, im Bett zu bleiben, und niemandem schildern konnten, wie schrecklich es im *Albergo Annina* zuging?

Der nächste Morgen war grau. Das musste er auch sein, alles andere wäre eine Kampfansage des Wetters an das Leben gewesen. Jedenfalls an Annas Leben. Kein Tag durfte nach dieser Nacht gelb und blau beginnen, mit Sonnenschein und wolkenlos. Dieser Morgen war einer, an dem ein potenzieller Selbstmörder sein Vorhaben in die Tat umsetzte, so kam es Anna vor. Und ein Tag, der aus einer großen, goldenen Hoffnung ein graues, jämmerliches Versagen machte.

Sie hatte nur schwer aus dem Bett gefunden, sich mit schleppenden Schritten ins Bad begeben, die Morgentoilette auf das Nötigste beschränkt, auf dekorative Kosmetik vollständig verzichtet, ein Kleid über den Kopf gezogen, das eigentlich in den Korb mit der Bügelwäsche gehörte, und dem Bäcker erst geöffnet, nachdem er dreimal geklingelt und schließlich zornig gegen die Eingangstür getrommelt hatte. Der Duft der Panini hatte sie nicht besänftigen können, das Frühstücksangebot war lieblos auf den Silberplatten platziert worden und musste ohne die Dekoration durch Basilikumblätter, Schnittlauchröllchen und Cornichons auskommen. Schon am dritten Tag als aktive Hotelbesitzerin hatte sie die Lust verloren, ihren Gästen das opulente Frühstück herzurichten, über das sie vorher lange gegrübelt hatte. Wie konnte sie auch Freude daran finden, nur das Beste, Bekömmlichste und Appetitlichste aufzutischen, wenn sie damit rechnen musste, dass niemand damit zufrieden sein würde? Gut, die Siena-Touristen, die den ganzen Tag mit ihren Reiseführern unterwegs gewesen waren und von den Ereignissen der vergangenen Nacht nichts mitbekommen hatten, würden ohne Vorurteile ans Buffet treten. Aber die anderen? Während der Einweihungsfeier, die in vier Tagen stattfinden würde und zu der Anna bei der Buchungsbestätigung ausdrücklich alle anwesenden Gäste eingeladen hatte, würden einige erscheinen, die dem Bürgermeister von ausschweifenden, sehr merkwürdigen Gewohnheiten der Hotelbesitzerin erzählen könnten, dem Abgesandten der Kirche ihre Zweifel an ihrer moralischen Integrität deutlich machen und vor allem den Reiseveranstaltern verraten, wie es im *Albergo Annina* zuging. Schlägereien unter den Fenstern, die schamlose Zurschaustellung nackter Haut, heimliches Eindringen der Hotelbesitzerin in Gästezimmer, Entwendung von Zimmerschlüsseln, Nichteinhaltung der Rezeptionsöffnungszeiten, Diebstahl und Betrug. Und bei allem schien Anna Wilders, die Besitzerin des Hotels, ihre Finger im Spiel zu haben. Skandalös! Wer wollte in so einem Hotel wohnen? Nein, das *Albergo Annina* war wirklich nicht zu empfehlen. Die angeblichen Verwandten von Donald Trump sorgten zudem auch nicht gerade für einen guten Ruf, die französische Madame mit dem lockeren Mundwerk erst recht nicht, und Silas Casper und Moritz

Wallweber knutschten derart ungeniert und vornehmlich dort, wo sie beobachtet werden konnten, dass sogar die Nachbarn dem Eingang des Hotels mittlerweile immer wieder misstrauische Blicke zuwarfen. Dabei wussten sie nicht einmal das Schlimmste: dass in dem Hotel Kriminelle wohnten, die die Basilica di Francesco um einen Schatz gebracht hatten, dass ein mutmaßlicher Mörder im *Albergo Annina* abgestiegen war und ein Kriminalbeamter undercover im Haus ermittelte. Und das alles am dritten Tag nach der Eröffnung!

Anna verletzte sich beim Schneiden der Mortadella, steckte ihren Finger erschrocken in den Mund, damit das Blut nicht aufs Tischtuch tropfte, und sagte sich, dass auch das genau zu diesem grauen Tag passte. Eigentlich wäre sogar eine schwere Verletzung noch passender gewesen, die sie zwang, sich in die Notaufnahme, den Pronto Soccorso, zu begeben, ihrem Zimmermädchen das *Albergo Annina* zu überlassen und sich damit zu beruhigen, dass es völlig gleichgültig war, ob es in kurzer Zeit heruntergewirtschaftet würde. Das Hotel war ohnehin schon am Ende, ohne dass es eingeweiht worden war. Diese Feier konnte sie gleich absagen, sie würde ein Desaster werden. Ob sie das Hotel direkt nach der offiziellen Einweihung wieder schloss oder bereits vorher, war auch schon egal.

Als die beiden Schwestern aus Osnabrück den Frühstücksraum betraten, gelang es Anna immerhin, ein freundliches Gesicht aufzusetzen, sich nach dem Befinden der Damen zu erkundigen und sich erzählen zu lassen, was sie am Vortag alles besichtigt hatten. Kurz nacheinander erschienen auch die anderen Siena-Touristen, die schon früh aufbrechen wollten, damit sie so viele Sehenswürdigkeiten wie möglich zu Gesicht bekommen konnten. Für mindestens eine Viertelstunde lang sah es im Frühstücksraum des *Albergo Annina* so aus, wie Anna es sich erträumt hatte: freundliche, kulturbeflissene Gäste, die sich wohlfühlten. Keiner von ihnen schien etwas von den Ereignissen hinter dem Hotel mitbekommen zu haben. Anna atmete auf. Immerhin!

Als die Trumps auftauchten, war es mit der Harmonie allerdings vorbei. Ihnen folgte Carla Morbé auf dem Fuße, die diesmal einen anderen Auftritt hatte. Stöhnend kam sie herein, hielt sich den Kopf und wimmerte nach einem starken Espresso, der ihren Kater vertreiben sollte. Lucy Trump übernahm es, alle anderen Gäste darüber zu informieren, wie schrecklich sie sich in der vergangenen Nacht besoffen hatten und wie lustig es gewesen sei, als sie aus der *Terminibar* geflogen waren, deren Wirt nicht einmal mehr bereit gewesen war, für sie ein Taxi herbeizutelefonieren. Immerhin hatte er etwas geäußert, was die Trumps und auch Carla Morbé für ein Kompliment hielten. »Er hat gesagt, er hätte noch nie Gäste gehabt, die nur nach Siena gekommen seien, um sich volllaufen zu lassen.«

Lucy Trump kicherte, und Dustin rülpste mit großem Wohlbehagen und ganz besonders wohltönend.

»Dusty, du bist aber auch einer«, kicherte Lucy Trump und ließ ihren Mann den anderen sprachlosen Gästen berichten, dass Donald sogar eine Tonleiter rauf- und runterrülpsen könne.

In diesem Augenblick erschien Gérard Depardieu alias Franz Lüpke alias Pius Eggering. Fett, breit, siegessicher. Anna beschloss, ihn nicht mehr namentlich anzusprechen, weil ihr die Gefahr, dass sie den falschen Namen nannte, einfach zu groß war. Sie versorgte ihn mit Kaffee, kontrollierte, ob all ihre Gäste wunschlos glücklich waren, und huschte dann aus dem Raum. Wenn die Statue der heiligen Katharina nicht in Valentinos Zimmer versteckt war, dann musste sie bei dem Mann zu finden sein, den Emilio einen Mörder nannte. Ohne zu zögern, betrat sie den Hotelflur, zog den Generalschlüssel hervor und ging in das Zimmer, an dessen Tür eine Vier prangte. Als Erstes ging sie ins Bad, das so chaotisch aussah, wie sie es sich vorgestellt hatte. Die Handtücher lagen auf dem Boden, das Waschbecken war voller Haare und angetrockneter Zahnpasta. Anna nahm die Handtücher an sich und behielt sie im Arm, während sie das Zimmer durchsuchte. Sollte ihr Gast unerwartet zurückkehren, würde sie behaupten, sie sorge für frische Wäsche. Das würde er nicht widerlegen können. Es sei denn, sie steckte gerade mit dem Kopf in seinem Schrank und durchsuchte seine Kleidung.

Doch sie wurde nicht gestört. In wenigen Minuten hatte sie das Zimmer durchsucht, warf die Handtücher wieder ins Bad und trat auf den Gang zurück. Nichts! Wo mochte die Statue versteckt sein?

In diesem Augenblick öffnete sich die Tür des Nachbarzimmers. Filippo trat heraus, vorsichtig, nach allen Seiten witternd. Er hatte darauf bestanden, ein Zimmer im Erdgeschoss zu erhalten, aus dem er jederzeit flüchten konnte, notfalls durchs Fenster. Dass durch dieses Fenster andererseits jemand eindringen konnte, war allerdings ein Problem. Doch Filippo war beruhigt gewesen, als er feststellte, dass alle Fenster Läden hatten, die er zuklappte, sobald er sich schlafen legte. Nicht, dass es ihm im Gefängnis gefallen hätte, aber wenigstens konnte er dort, wenn der Wärter seine Tür abgeschlossen hatte, sicher sein, dass er allein blieb. Das Leben in Freiheit war gar nicht so leicht, wie man träumt, wenn man auf einer Gefängnispritsche liegt. Das Leben im Knast war irgendwie ungefährlicher.

»Was machst du in dem Zimmer von … wie heißt der noch?«

Anna erklärte ihm, dass sie Morgen für Morgen in jedem Zimmer nach dem Rechten sähe, das sei ihm offenbar noch nicht aufgefallen.

Filippo war ihre Begründung gleichgültig. »Hat der Gast aus dem Erdgeschoss den Kinnhaken von Valentino überlebt?«

Emilio erwachte mit einem Brummschädel. »Santo Dio!«

Für einen Augenblick setzte er sich tatsächlich mit der Frage auseinander, ob man um eine Frau mit derart kriminellen Familienangehörigen besser einen großen Bogen machte. Aber dieser

Moment war bald vorbei. Nein, in der vergangenen Nacht waren ein paar unglückliche Umstände zusammengekommen, die zur Eskalation geführt hatten. Außerdem hatte Anna nur selten Kontakt zu ihren Brüdern. Emilio merkte doch, dass sie selbst Mühe hatte, das Familiäre herzustellen und das Fremde, das zwischen den Geschwistern stand, zu vertreiben. Dass er Anna im Arm gehalten hatte, dass sie fast nackt gewesen war, dass ihre linke Brust in seiner rechten Handwölbung gelegen, dass es so ausgesehen hatte, als wäre sie von ihm bedrängt und zu etwas genötigt worden, und dass gerade in diesem Augenblick ihr Bruder auftauchte … das alles war ein ausgesprochen blöder Zufall gewesen.

Emilio seufzte tief auf und drehte sich vorsichtig auf den Rücken. Nun musste er sogar Konrad Kailer dankbar sein, der sich eingemischt und dafür gesorgt hatte, dass Valentino Kolsky von ihm abließ. Kailer hatte auch verhindert, dass Emilio seine Dienstmarke zückte. Beinahe hätte er sie Valentino Kolsky unter die Nase gehalten, um ihm Angst zu machen, um ihn zur Räson zu bringen. Dabei hatte er vergessen, dass dadurch vermutlich alles noch schlimmer geworden wäre. Die Kolsky-Brüder durften nicht wissen, dass er undercover ermittelte, dass er Franz Lüpke observierte und die Statue finden wollte, um sie heimlich an ihren Platz in der Basilica zurückzustellen. Letzteres würden sie ihm sowieso nicht glauben, schließlich war er Polizeibeamter. Sie würden sich durch Flucht oder Gewalt entziehen, ohne zu ahnen, dass sie – zumindest vor der Einweihungsfeier des Hotels – sicher waren. Sie standen quasi unter seinem Schutz. Aber woher sollten sie das wissen? Dass er die wunderbare Gelegenheit nutzen wollte, in Annas Nähe zu sein, durften sie natürlich ebenso wenig erfahren. Und Anna selbst? Die durfte nicht wissen, dass er ihre Brüder verdächtigte, die heilige Katharina gestohlen zu haben. Auf keinen Fall! Sie glaubte daran, dass die beiden im Alter endlich ehrlich geworden waren, und diese Hoffnung wollte er ihr nicht nehmen. Aber … glaubte sie das wirklich? War sie nicht aus dem gleichen Grunde wie er selbst in Valentinos Zimmer eingedrungen?

Was für eine Konfusion! Er musste wirklich aufpassen, dass er sich unauffällig verhielt. Und dass er keinen Fehler machte! Er würde so schnell nicht wieder die Chance bekommen, mit Anna in einem Haus zu wohnen. Vorsichtig richtete er sich auf. Mit ihr zusammen frühstücken! Was für ein herrlicher Gedanke! Und dann Giuseppe anrufen, damit er nichts herausbekam, was unter allen Umständen geheim bleiben musste. Mindestens bis zur Einweihungsfeier. Giuseppe durfte nicht auf die Spur des Kirchendiebes kommen. Auf keinen Fall! Für Anna wäre es schrecklich, wenn sich herausstellte, was ihre Brüder getan hatten.

Emilio betastete seine untere Gesichtshälfte. Eindeutig geschwollen! Bei Kerlen, die einmal im Gefängnis gesessen hatten, war die Hemmschwelle niedrig. Die schlugen zu und erkundigten sich erst hinterher nach den näheren Umständen. Zum Glück hatte sich Valentino Kolsky mit Annas Erklärung abspeisen lassen: Sie war im Bad gewesen, um nach schmutzigen Handtüchern zu fahnden, und musste aus dem Fenster klettern, weil jemand eine Kommode vor die Tür geschoben hatte. Weder Valentino noch Filippo Kolsky schienen sich Gedanken darüber zu machen, wer das getan haben könnte. Die Sondermanns waren zum Glück nur mit ihrer eigenen Situation beschäftigt und dachten sich weitere Beschwerden aus, die zu einer teilweisen Erstattung der Hotelkosten führen konnten. Nur Konrad Kailer war genauso misstrauisch gewesen wie Emilio. Er hatte einen Blick von ihm aufgefangen, in dem dieselbe Frage gelegen hatte, die ihn selbst umtrieb. Was hatte Anna im Badezimmer ihres Bruders gemacht? Dass es um frische Handtücher ging, glaubte er nicht eine Sekunde. Sie musste einen anderen Grund gehabt haben, sonst hätte sie die Badezimmertür geöffnet und ihn, als er in das Zimmer ihres Bruders eingedrungen war, zur Rede gestellt. Aber sie hatte sich leise verhalten, so, als wollte sie nicht entdeckt werden. Emilio hatte erst begriffen, dass er nicht allein war, als er das Geräusch im Badezimmer gehört hatte. Im dunklen Badezimmer!

Mühsam erhob er sich und stöhnte so lange und ausgiebig,

bis er glaubte, dass er gewappnet für den Anblick war, der sich ihm im Spiegel bieten würde. Nein, er war es dann doch nicht! So schlimm hatte er sich die Folgen von Valentinos Schwinger nicht vorgestellt. Eine Schwellung, die sich von der Kinnspitze zur rechten Wange zog und seinem Gesicht die angenehmen Proportionen nahm. Und eine Blaufärbung direkt unter dem linken Auge! »Santo Dio!« So hatte er ein einziges Mal als Sechsjähriger ausgesehen, als er Mumps überstanden hatte, wegen besonderer Tapferkeit von seiner Mama mit einem Feuerwehrauto belohnt worden und davon so fasziniert gewesen war, dass er über einen Kantenstein stolperte und aufs Gesicht fiel.

Zum ersten Mal, seit er Anna und ihren Nachbarn kennengelernt hatte, fühlte er sich Konrad Kailer unterlegen. Der trug zwar immer noch seine schrecklichen Bermudas und die unsäglichen Trekkingsandalen, aber sein Gesicht war unversehrt. Und außerdem schwebte über ihm nicht die Aura des Unterlegenen. Dass Emilio von Annas Bruder niedergestreckt worden war und sogar kurz das Bewusstsein verloren hatte, verlieh ihm an diesem Morgen garantiert keinen Glorienschein. Das Beste wäre wohl, er würde sich vor dem Frühstück unbemerkt zum Kiosk in der Via Boninsegna aufmachen, wo es für die Damen der Nachbarschaft einen kleinen Grundstock für die tägliche Kosmetik gab. Möglicherweise hielt der Besitzer auch einen Abdeckstift bereit, für den Fall, dass die Abteilungsleiterin der *Castano-Bank* oder die Ehefrau des Schuldirektors mit einem Pickel im Mundwinkel aufgewacht war.

Immer noch stöhnend suchte er ein frisches weißes Shirt und die neue grüne Chino aus seinem Gepäck, die er in Mailand, in der Via Montenapoleone, gekauft hatte, wo es die Läden der besten Modedesigner gab. Er musste lächeln, obwohl es ihm wehtat, als ihm durch den Kopf schoss, dass Anna, wenn sie ihn zu Gesicht bekam, womöglich an frischen Eukalyptus dachte oder vielleicht sogar an Lorbeerkränze. Er fühlte manchmal schon wie sie, empfand die Farben, nicht den Stoff oder seine Hautfreundlichkeit. Wenn das kein gutes Zeichen war …

Er steckte den Kopf zur Tür hinaus und lauschte. Ja, im Frühstückszimmer war viel los, Anna würde zu tun haben. Er konnte unbemerkt hinaus und zum Kiosk laufen. Anschließend würde zwar immer noch die Schwellung zu sehen sein, aber immerhin wäre der hässliche blaue Fleck auf dem rechten Tränensack überdeckt. Blau! So was passte doch nicht zu seinen tiefbraunen Augen.

Er machte einen langen Hals, als er die Lobby betrat. Einen Teil des Frühstücksraums konnte er nun überblicken. Valentino Kolsky saß in der Nähe der Tür und schlürfte seinen Espresso. Der Teller vor ihm war leer. Dieses grässliche Ehepaar, das sich einen amerikanischen Akzent angeeignet hatte und sich damit offenbar sehr weltmännisch vorkam, berichtete gerade von einem Besuch im Weißen Haus – vermutlich, ohne zu erwähnen, dass sie dort achtkantig rausgeflogen waren. Und die dicke Frau, die aussah wie die Gattin eines Bordellbesitzers, rief mehrmals hintereinander »Mon Dieu!«, weil das wohl die französischen Vokabeln waren, die sie am besten beherrschte. Filippo Kolsky war nicht zu sehen. Dabei hatte Emilio kurz vorher noch seine Stimme gehört. Sie war mit Annas Antworten entlanggekommen und hinter der Tür verschwunden, die in die Lobby führte. Was mochte Anna gestern Abend ihren Brüdern genau erzählt haben? Die drei waren einträchtig in ihre Wohnung gegangen, während Emilio sich mit seinem Gästezimmer begnügen musste. Er wäre gerne eingeladen worden, fand sich aber damit ab, als er feststellte, dass auch Konrad Kailer nicht dazugebeten worden war. Anna musste ihren Brüdern noch einmal die hanebüchene Erklärung aufgetischt haben, wie es zu den Ereignissen gekommen war, die zu einem Knock-out bei Emilio und einem Schock bei den Sondermanns geführt hatten. Vermutlich war es leicht für sie gewesen, die Brüder zu beschwichtigen. Sie hatten ja keine Ahnung vom Leben. Sie kannten sich unter ihresgleichen aus, sie wussten, wie man im Knast überlebte und wie man seine Interessen durchsetzte. Gesellschaftliche Normen waren ihnen fremd, gutes Benehmen hatten sie nie gelernt, die Gesetze der Höflichkeit kannten sie nicht. Und wie man sich in einem Hotel verhielt, war ihnen vermutlich schleierhaft. Valentino und Filippo Kolsky hatten vielleicht mal nach einem Banküberfall in einem Luxushotel die Puppen springen lassen, aber wie man sich in einem Familienhotel wie dem *Albergo Annina* benahm, wussten sie garantiert nicht. Anna hatte es sicher leicht gehabt, sie davon zu überzeugen, dass es gang und gäbe war, am späten Abend den Zustand des Badezimmers zu überprüfen.

Es gelang ihm, ungesehen das Haus zu verlassen. Aufatmend bog er links ab, um die Via Lorenzetti hochzugehen, die steil bergan auf die Via Boninsegna führte. Nur hundert Meter weiter befand sich der Kiosk, direkt neben dem *Lampada Rossa,* der Trattoria, in der Anna im Winter gelegentlich eingekehrt war. Leider häufig in Begleitung von Konrad Kailer.

Auf die Stimmen wurde er aufmerksam, weil sie leise und tuschelnd waren. Eine Unterhaltung in normaler Lautstärke hätte er nicht zur Kenntnis genommen, aber wenn sich zwei Menschen etwas zuzischten, wurde er als Polizeibeamter sofort hellhörig. Und als er feststellte, dass sich Filippo Kolsky mit Franz Lüpke hinter ein paar Mülltonnen zurückgezogen hatte, war er alarmiert. Warum versteckten sich die beiden zwischen Auto und Mülltonne? Das musste einen Grund haben, der jeden Commissario in Unruhe versetzt hätte. Wie gut, dass Emilio seine leichten Slipper trug, die kein Geräusch auf dem Pflaster hinterließen! Die beiden hatten ihn anscheinend nicht bemerkt. Sie reagierten nicht, als er stehen blieb, und schienen auch nicht zu bemerken, dass er sich näher heranschlich. Er duckte sich hinter Annas Auto und schob den Kopf so weit vor, dass er die Stimmen verstehen konnte.

»Wir müssen die Füße stillhalten«, flüsterte Filippo Kolsky. »Ein paar Tage nur. Danach …«

Den Rest des Satzes bekam Emilio nicht mit. Aber er hörte genau, was Franz Lüpke antwortete, so nachlässig und arrogant, als sähe er nicht nur so aus wie Gérard Depardieu, sondern wäre wirklich der Schauspieler, der sich gern wie ein Prolet aufführte. »Die Sache ist gefährlich für mich, das wisst ihr. Das muss sich für mich lohnen.«

»Du bekommst, was ich dir zugesagt habe. Darauf kannst du dich verlassen.«

»Wenig genug.«

»Mehr geht nicht.«

»Du kannst echt froh sein, dass ich zurzeit einen Engpass habe.«

»Jetzt achte erst mal darauf, dass du alles richtig machst. Kapiert?«

Was Franz Lüpke darauf antwortete, konnte Emilio nicht verstehen. Auch deswegen nicht, weil er sich nicht mehr auf die beiden konzentrieren konnte. Denn seine Aufmerksamkeit wurde abgelenkt. Er bemerkte, dass er nicht der Einzige war, der die beiden belauschte. Hinter einem dichten Gebüsch nahm er mit einem Mal eine Bewegung wahr. Eine junge Frau richtete sich vorsichtig auf, die offensichtlich keine Ahnung hatte, dass sie beobachtet wurde. Ihre Aufmerksamkeit konzentrierte sich ganz auf die beiden Männer. Und erst als die beiden sich trennten, als sie in verschiedene Richtungen davongingen, machte sie einen Schritt auf die Straße und stellte sich Filippo Kolsky in den Weg.

Erschrocken duckte sich Emilio noch tiefer hinter Annas Auto. Wenn die beiden aufmerksamer wären, wenn sie sich umblickten, wenn sie Zeugen befürchteten, würden sie ihn entdecken. Der Schutz, den Annas Auto bot, war alles andere als sicher.

Aber Filippo hatte nur Augen für die junge Frau. Mit einer automatischen Geste fuhr er sich durchs Haar und lächelte auf eine Weise, die ihn völlig veränderte. Während Emilio sonst in ihm immer den Gauner sah, dessen Physiognomie sich nicht mehr verändern ließ, wurde er nun eines Besseren belehrt. Filippo Kolsky konnte tatsächlich so lammfromm aussehen wie ein städtischer Angestellter, bevor er die Urkunde für sein fünfundzwanzigstes Dienstjubiläum entgegennimmt.

»Hallo, schöne Frau!«

Schöne Frau? Emilio pfiff auf die Deckung, die er eigentlich dringend nötig hatte, und nahm das Risiko auf sich, gesehen zu werden. Tatsächlich! Eine sehr hübsche junge Frau!

»Endlich treffe ich Sie mal allein.«

Sie war jung, viel jünger als Filippo Kolsky, höchstens Mitte dreißig. Und Emilio kannte sie. Janina Spicker wohnte ebenfalls im *Albergo Annina.* Sie hakte sich bei Annas Bruder unter, was Emilio befremdete, und schenkte ihm einen Augenaufschlag, den er ungeheuerlich fand. War Janina Spicker verrückt geworden? Sie flirtete mit einem über siebzigjährigen Ganoven? Selbst wenn sie nichts von seiner kriminellen Karriere wusste, blieben immer noch der Altersunterschied und sein Äußeres, was in jeder vernünftigen jungen Frau Misstrauen erregen sollte. Der verschlagene Blick, der fahle Teint, der eine ungesunde Lebensweise verriet, der lippenlose Mund, der nicht lächeln, nur grinsen konnte, das sanierungsbedürftige Gebiss. Er selbst hätte in Filippo Kolsky auf den ersten Blick den Kriminellen erkannt. Konnte es wirklich sein, dass eine junge Frau wie Janina Spicker etwas anderes in ihm sah?

Nun wagte er sich komplett aus seiner Deckung heraus und blickte den beiden hinterher, die einträchtig auf die Tür des *Albergo Annina* zugingen. Auf den Stufen lachten sie, er ließ ihr den Vortritt, aber das mit so übertriebener Geste, dass Emilio sich auch hier fragte, warum der jungen Frau das nicht auffiel. Oder … hatte sie ganz andere Gründe, sich für ihn zu interessieren? Emilio nahm sich vor, Giuseppe mit der Überprüfung von Janina Spicker zu beauftragen. Filippo Kolsky mochte so dumm sein, ihr zu glauben, dass sie an ihm interessiert war, Emilio Fontana war es nicht.

Er griff in die Innentasche seiner Jacke, holte sein Handy heraus und wählte Giuseppes Nummer …

»Wo ist Filippo?« Anna trat zu Valentino an den Tisch.

Der zuckte nur mit den Schultern. »Vermutlich mal eben für kleine Gewohnheitsverbrecher.«

»Pscht!« Anna sah sich ängstlich um.

Valentino grinste breit. »Hat doch niemand gehört. Keine Sorge, wir werden dich nicht blamieren.«

Sie setzte sich zu ihm. »Es geht nicht nur um mich, sondern auch um unsere Eltern. Ihr Traum von einem Hotel in Siena! Macht ihn nicht kaputt.«

Valentino wurde ernst. »Auf keinen Fall, Annina. Sei ganz unbesorgt.«

Nach dem Vorfall unter dem Fenster hatten sie noch bis spät in die Nacht zusammengesessen. Anna hatte gemerkt, dass Emilio sich gern dazugesellt hätte, und ihr war auch nicht entgangen, dass Konrad auf eine Einladung hoffte, aber sie hatte beiden eine gute Nacht gewünscht und sich mit ihren Brüdern in ihre Wohnung zurückgezogen. Dort hatten sie gemeinsam überlegt, wer die Kommode vor die Badezimmertür geschoben hatte und warum es geschehen war.

Anna hatte ihre Brüder streng angesehen, hatte ihnen angeboten, ihr Gewissen zu erleichtern, ihnen versprochen, sie nicht der Polizei auszuliefern oder zumindest ein gutes Wort für sie einzulegen … aber die beiden hatten sie ein ums andere Mal erstaunt angesehen und ihr versichert, dass es nichts zu gestehen gebe.

»Wer immer in meinem Zimmer war …« Valentino hob die Schultern. »Ich habe keine Ahnung, was er dort gesucht haben könnte.«

Die Statue der heiligen Katharina hatte Anna kein einziges Mal erwähnt. Sie hatte auch nicht verlauten lassen, dass sie Valentino kurz vor dem Diebstahl in der Basilica gesehen hatte, und mit keiner Silbe preisgegeben, in wessen Begleitung er gewesen war. Gérard Depardieu alias Franz Lüpke! Einen arglosen Blick aufzusetzen, das hatte sie ebenfalls gelernt. Dazu hatte sie während ihrer Ehe oft Gelegenheit gehabt, wenn Clemens ihr mal wieder vorgehalten hatte, etwas gekauft zu haben, was nicht absolut notwendig gewesen war. Und wenn er die Mutmaßung geäußert hatte, dass sie sich davor gedrückt hatte, zuvor in allen Geschäften einen Preisvergleich anzustellen. Die Frage, warum Valentino in Begleitung von Franz Lüpke in der Basilica gewesen war und warum er so tat, als wäre ihm dieser Mann vollkommen fremd, hatte ihr auf der Zunge gelegen. Aber sie hatte sie jedes Mal heruntergeschluckt. Valentino würde alles bestreiten, und dann hätte sie keine Klarheit gewonnen, hätte ihren Bruder aber gewarnt. Und damit wäre womöglich die Chance, dem Diebstahl auf die Spur zu kommen, verschenkt gewesen. Was würde er nun tun? Er musste wissen, dass er durchschaut worden war. Irgendjemand nahm an, dass in seinem Zimmer die Statue der heiligen Katharina versteckt war. Sein Komplize, der die Beute für sich allein haben wollte? Also Gérard Depardieu! Oder jemand, der zufällig etwas mitbekommen hatte? Vielleicht die Trumps? Denen traute Anna alles zu.

Mittlerweile hatte sie nicht nur Valentinos Zimmer und das von Gérard Depardieu durchsucht, sondern sich auch Filippos Zimmer genau angesehen. Vielleicht steckte er ja mit seinem Bruder unter einer Decke! Aber bei ihm war sie genauso wenig fündig geworden. Dann konnte sie nur hoffen, dass die heilige Katharina verschwunden blieb. Oder dass sie erst entdeckt wurde, wenn niemand mehr daran dachte, dass sich Valentino und Filippo Kolsky in Siena aufgehalten hatten, als sie gestohlen wurde. Blieb aber immer noch die Frage, wer in Valentinos Zimmer danach gesucht hatte! Sie zermarterte sich vergeblich den Kopf…

Valentinos Stimme war leise, als er nun fragte: »Was hat eigentlich gestern Abend diesen Kerl auf den Plan gerufen? Deinen… Nachbarn?« Er wies nach oben, wo sich das Haus der Kailers befand. »Wie heißt der noch gleich?«

»Konrad Kailer.«

»Dein Hausfreund?«

»Nein«, entgegnete Anna hitzig. »Genauso wenig wie der… wie der, den du k. o. geschlagen hast.«

Valentinos Gesicht wurde tatsächlich verlegen. »Selbst schuld, wenn er an meiner Schwester rumfummelt.«

»Noch mal zum Mitschreiben, Valentino Kolsky …«

»Schon gut, schon gut.«

»Konrad hatte meine Hilferufe gehört. Er wollte nachsehen, ob bei mir eingebrochen wurde.«

Ja, so hatte Konrad es erklärt. Erst später war Anna aufgefallen, dass er nicht aus seinem Garten gekommen und über den Zaun gestiegen war, wie er es gewöhnlich tat, sondern ums Haus herumgelaufen war, als wäre er aus dem Eingang, aus der Lobby gekommen. Vielleicht war er einfach Emilio gefolgt und wollte es nicht zugeben? Der hatte ja in seinem Zimmer mitbekommen, dass im Garten etwas los war. Was für ein Glück, dass Emilio früher als geplant ins Hotel zurückgekommen war. Die Spur von Franz Lüpke hatte er in der Nähe des Campos verloren und seinen Plan, sich in der Questura mit dessen Profil zu beschäftigen, wegen akuter Müdigkeit aufgegeben. Auch für Konrad hatte sich der Abend anders gestaltet als erwartet. Er hatte die Arbeit an der Buchführung seines Sohnes aufschieben müssen, weil wichtige Unterlagen fehlten. Und Anna selbst hatte Konrad und Emilio dargelegt, dass eine Hotelbesitzerin, auch wenn sie todmüde war, immer noch einmal durchs Haus gehen musste, um nach dem Rechten zu sehen. Wenn man sie nicht im Bad ihres Bruders eingeschlossen hätte, wäre sie tatsächlich bald nach dem Ende der Rezeptionszeit schlafen gegangen.

»Alle waren rechtzeitig zur Stelle«, murmelte Valentino nachdenklich. »Dein Nachbar, der neue Gast …«

»Du auch«, fügte Anna schnell an.

»Klar! Als ich merkte, was in meinem Zimmer vorgegangen war, bin ich natürlich sofort nach draußen. Ich dachte, ich erwische einen Einbrecher, der sich gerade aus meinem Badezimmerfenster abseilt.« Er grinste und ergänzte laut: »Die Welt ist ja so schlecht. Solchen Kerlen muss das Handwerk gelegt werden.«

Anna ging nicht darauf ein. Sie wies auf seinen unbenutzten Teller. »Du musst etwas essen, Tino.«

Valentino schien sie gar nicht gehört zu haben. Erneut senkte er seine Stimme: »Ich möchte wissen, wer in meinem Zimmer war. Und warum!« Er warf seiner Schwester einen finsteren Blick zu. »Du solltest die Zimmerschlüssel wirklich wegschließen. Da kann jeder dran, wenn die Rezeption nicht besetzt ist.«

»Die Gäste haben die Möglichkeit, ihre Schlüssel mitzunehmen. Sie müssen es sogar, wenn sie spät heimkommen wollen. Der Zimmerschlüssel ist dann auch der Hausschlüssel. Ich kann mir noch keinen Rezeptionisten leisten, der ständig hinter dem Tresen steht.«

»Ich möchte wissen, was der Kerl bei mir gesucht hat.«

Anna beobachtete sein Gesicht, das undurchdringlich war. Glaubte er wirklich, ihr weismachen zu können, er wäre unschuldig? Ja, wenn sie ihn nicht in der Basilica gesehen hätte, würde sie vielleicht keinen Verdacht hegen. Und wenn sie nicht bemerkt hätte, dass Franz Lüpke sein Komplize war, hätte sie ebenfalls nicht im Traum daran gedacht, dass ihr Bruder einen Kirchenraub begangen haben könnte.

»Meinen Schlüssel nehme ich jedenfalls demnächst immer mit.« Nun lächelte Valentino wieder. »Aber weißt du, was ich auch merkwürdig finde? Dass der Kerl Gelegenheit hatte, dich einzuschließen. Und dass du keine Gelegenheit hattest, ihn daran zu hindern. Warum bist du nicht aus dem Bad raus, ehe er die Kommode vor die Tür schob?«

Eine unangenehme Frage, die Anna nicht beantworten konnte. Jedenfalls nicht wahrheitsgemäß. Aber selbst eine Notlüge fiel ihr auf die Schnelle nicht ein. Umso erleichterter war sie, als Valentino abgelenkt wurde. Er machte einen langen Hals und tuschelte: »Hast du das gesehen? Filippo und diese junge Frau! Die Blonde, die in Zimmer sieben wohnt.«

Anna fuhr herum, aber es war zu spät. In der Lobby war niemand mehr zu sehen. »Janina Spicker?«

»Die ist uns gestern Abend nachgelaufen. In der *Terminibar* hat sie so lange herumgesessen, bis der Wirt ihr gesagt hat, er dulde keine Prostitution in seinem Hause. Da war sie mit einem Mal schneller weg, als man gucken konnte.«

Sein Gesicht wurde plötzlich verlegen, in gebeugter Haltung führte er die Espressotasse zum Mund und hielt sie dort lange, als könnte er sich hinter ihr verstecken. Anna war sofort klar: Jemand hatte die Lobby betreten, dessen Erscheinen ihm unangenehm war. Das musste Emilio sein, der von ihrem Bruder zu Boden geschickt worden war. Anna hatte nicht geglaubt, dass Valentino noch Ehrgefühl genug besaß, um so etwas wie Scham zu empfinden, wenn er jemanden versehentlich niederschlug, der es nicht verdient hatte.

Anna wandte sich um und sah, dass sie richtiggelegen hatte. Emilio war in die Lobby gekommen und in der Nähe der Tür stehen geblieben. Sie sprang auf und war mit wenigen Schritten bei ihm. »So zeitig schon unterwegs? Noch vor dem Frühstück?«

Emilio wies zu seinem Gesicht. »Ich musste mir etwas besorgen.«

»Schmerzmittel? Die hätte ich im Hause gehabt. Tut es noch sehr weh?«

Emilio gab sich heldenhaft und schüttelte den Kopf. »Wir sollten uns siezen«, warnte er leise. »Sonst wird dein Bruder fragen, woher wir uns kennen.«

Anna nickte und flüsterte nun ebenfalls. »Du bist nur ein Hotelgast, schon klar.« Sie erlaubte sich ein winziges Lächeln. »Obwohl es in der vergangenen Nacht ganz anders aussah.«

Die Erinnerung schien Emilio zu gefallen. Sein Lächeln überstrahlte sogar die Schwellung in seinem Gesicht. Aber dann fiel ihm wieder ein, welche Folgen Valentinos Irrtum für ihn gehabt hatte, und die schöne Erinnerung bekam einen bitteren Nachgeschmack. »Ich konnte nichts dafür, dass deine Bluse zerrissen ist.«

»Jedenfalls warst du im richtigen Augenblick zur Stelle.«

»Ich übrigens auch!« Niemand hatte gemerkt, dass Konrad aus Annas Wohnung gekommen war.

Sie lachte ihn an. »Ja, wirklich toll! Geradezu purpurrot mit goldenen Verzierungen!«

Beide Männer lachten, wie sie immer lachten, wenn Annas Farbleidenschaft, die Synästhesie, zum Vorschein kam.

Aber Anna wurde schnell wieder ernst. »Man könnte auch sagen… ein komischer Zufall.« Nun wurde ihr Blick sogar misstrauisch. »Eigentlich hattet ihr beide etwas vor. Und trotzdem wart ihr zur Stelle, als ich Hilfe brauchte.«

»Niemand konnte ahnen, dass du in Schwierigkeiten kommen würdest«, antwortete Konrad schnell. »Du hattest ja auch etwas vor. Du wolltest früh zu Bett gehen.«

»Ein glücklicher Zufall also«, beschloss Emilio.

Die Eingangstür öffnete sich erneut. Franz Lüpke betrat die Lobby, grüßte unverbindlich und ging schnurstracks ins Frühstückszimmer, an Valentinos Tisch vorbei, ohne ihn eines Blickes zu würdigen, direkt zum Kaffeeautomaten.

Anna sorgte dafür, dass die Tür nicht ins Schloss fiel, dass sie offen blieb und den Blick auf die Basilica di San Francesco freigab. »Der war auch schon unterwegs«, murmelte sie. »Nach Frühsport sieht er eigentlich nicht aus.«

Konrad neigte sich zu Emilio und flüsterte: »Ich kann Ihnen bei der Observation helfen.«

Anna bekam nicht mit, was Emilio darauf antwortete, denn ihre Aufmerksamkeit wurde abgelenkt, weil es im Frühstücksraum laut wurde.

Ole Sondermanns Bass war zu hören. »Ich hatte es gerade noch in der Gesäßtasche. Das weiß ich genau! In diesem Hause muss man wirklich mit allem rechnen.«

»Ungeheuerlich!«, kreischte Eileen Sondermanns Stimme dazwischen. »Was wir hier schon alles erlebt haben!«

»Was ist denn da los?« Schon im nächsten Augenblick stand Anna im Frühstücksraum und sah sich um. »Ist etwas passiert?«

»Das kann man wohl sagen«, tönte Ole Sondermann. »Ich bin bestohlen worden! Während ich mich an der Marmelade bediente!«

»Aber …« Anna verschlug es die Sprache. Sie sah sich nach Emilio um, der zögernd den Raum betrat, und hätte ihn jetzt gerne als Commissario Fontana vorgestellt, der sich um die Angelegenheit kümmern würde. Aber Emilio hielt sich natürlich zurück, genau wie Konrad, der in der Tür stehen blieb.

Ole Sondermann schlug sich immer wieder auf die rechte Gesäßhälfte. »Hier hat mein Portemonnaie gesteckt. Ich weiß es ganz genau.«

»Ich auch!«, rief Eileen Sondermann. »Ich habe noch zu meinem Mann gesagt: Da ist es nicht sicher. In diesem Hotel muss man mit allem rechnen …« Sie warf Anna einen herausfordernden Blick zu, mit dem sie wohl die frischgebackene Hotelbesitzerin aus der Reserve locken wollte.

Doch Anna gelang es tatsächlich, sich zurückzuhalten. Mit leiser, aber sicherer Stimme bat sie Ole Sondermann, vorsichtshalber in seinem Zimmer nachzusehen. »Vielleicht haben Sie sich getäuscht.«

In diesem Moment betrat Filippo den Frühstücksraum. Mit einem Blick hatte er die Situation durchschaut und schob seine Schwester beiseite. Während die anderen Gäste die Augen nicht von den Sondermanns ließen, die sich sekündlich neue Anschuldigungen einfallen ließen, beobachtete Anna, wie ihr Bruder an Clara Morbés Stuhl vorbeihumpelte und mit einem schnellen Griff in ihren Rückenausschnitt langte. Der Schrei, den Anna erwartet hatte, blieb aus. Clara Morbé lüpfte nur ganz kurz ihren Unterkörper, wie jemand, der sich versehentlich auf einem Eisblock niedergelassen hatte, dann blieb sie kerzengerade sitzen und starrte auf ihren Teller, als müsste sie überlegen, wie sie das Panino aufschneiden sollte, das dort lag. Mit offenem Mund beobachtete Anna, wie Filippo nicht direkt auf einen freien Tisch zusteuerte, sondern einen Umweg machte, am Tisch der Sondermanns vorbei, der zurzeit verwaist war, weil die beiden noch immer am Buffet standen und zeterten. Er bückte sich kurz zu der Sitzfläche des rechten Stuhls, eigentlich zu kurz, um dort etwas aufgenommen zu haben, aber es achtete ja niemand auf ihn. Das änderte sich allerdings schlagartig, als er ein flaches Portemonnaie hochhielt und rief: »Meinen Sie vielleicht das hier?«

Die Sondermanns versteinerten, alle anderen Gäste konnten sich ein Grinsen nicht verkneifen. Filippo schlenderte zu einem freien Tisch, und Anna sah, dass er Clara Morbé einen wütenden Blick zuwarf. Was war geschehen? Eigentlich war die Frage leicht zu beantworten, trotzdem fiel es Anna schwer, sich Clara Morbé als Diebin vorzustellen.

Sie spürte kurz Emilios Hand auf ihrem Rücken, ehe er sich an einen Tisch begab. Sie selbst blieb stehen, unfähig, sich zu bewegen, und ließ die Rechtfertigungen der Sondermanns an sich vorbeirauschen.

»Ist das ein Wunder? Sorry, aber man muss hier ja mit allem rechnen.«

Sie nickte nur flüchtig, auf keinen Fall wollte sie sich ihnen freundlich zuwenden. Dass sie das *Albergo Annina* ein Haus genannt hatten, in dem man mit allem rechnen musste, wollte sie ihnen nicht so schnell verzeihen. Und einfach wollte sie es den beiden auch nicht machen, wenn sie auch wusste, dass ihre Vorwürfe berechtigt gewesen waren. Aber was konnte eine Hotelbesitzerin dafür, wenn sie unehrliche Gäste beherbergte?

Die Schwestern aus Osnabrück fingen zum Glück eine Diskussion darüber an, wie schnell man Anwesende des Diebstahls beschuldigen dürfe, wie leicht man dem Ruf eines unbescholtenen Hotelgastes und der ebenso unbescholtenen Hotelbesitzerin schaden könne und dass es viel zu einfach sei, die Sache mit einer lapidaren Entschuldigung zu beenden. »Ist dieses ›Sorry‹ überhaupt eine Entschuldigung?«

Die gereizte Rechtfertigung Ole Sondermanns, mehr könne er schließlich nicht tun, ließen sie nicht gelten. Nach ihrer Meinung müsste er mindestens erkennen lassen, dass er sein Betragen schwer bereute und sich demnächst anders verhalten wolle.

Anna war diese Diskussion sehr recht. Zum Glück wurde von ihr nicht erwartet, dass sie sich daran beteiligte. So konnte sie sich zu Filippo setzen und ihm die Frage zutuscheln: »Woher wusstest du das?«

»Ich kenne alle Tricks«, entgegnete er und grinste breit. »Vergiss nicht, dass ich in diesem Gewerbe zu Hause bin.«

»War!«, sagte Anna laut und deutlich.

»Okay, okay, natürlich ist das vorbei. In meinem Alter ist Unehrlichkeit viel zu anstrengend.«

Anna dachte nicht mehr an Ole Sondermanns Portemonnaie, sondern an die Statue der heiligen Katharina. »Oder schafft man es als notorischer Krimineller nicht mehr, auf den rechten Weg zurückzufinden?« Diese Frage hatte sie geflüstert, und es konnte durchaus sein, dass Filippo sie nicht verstanden hatte. Jedenfalls tat er so, reckte sein rechtes Ohr vor, bestand dann aber nicht darauf, dass sie die Frage wiederholte.

Anna erhob sich, warf Clara Morbé einen vernichtenden Blick zu und verließ den Frühstücksraum.

Können Sie es fassen? Mein schönes Hotel! Ich habe mich doch so auf nette Gäste gefreut, auf Menschen, die mir versichern, dass sie sich bei mir wohlfühlen, die in Aussicht stellen, bald wiederzukommen, und die mich in ihrem Bekannten- und Freundeskreis weiterempfehlen wollen. Und nun? Das Albergo Annina *beherbergt neben meinen beiden Brüdern einen polizeilich gesuchten Mörder und eine dreiste Diebin. Dazu noch einen Polizisten, der sich nicht zu erkennen geben darf. Wie konnte er in der letzten Nacht nur so dumm sein, seine Dienstwaffe zu zücken? Ob die Sondermanns geglaubt haben, dass es sich um eine Spielzeugpis-*

tole handelt, die er bei sich trägt, weil er sich vor einem Überfall fürchtet? Meine Brüder jedenfalls haben es ihm nicht abgenommen. Die kennen sich mit Waffen aus. Fragt sich nur, welche Schlüsse sie daraus ziehen. Und dann noch Konrad! Hoffentlich macht er in seinem Übereifer keine Fehler. Er möchte ja immer gern zeigen, dass die deutsche Kriminalpolizei der italienischen überlegen ist! Wenn er Emilio bei der Observation von Franz Lüpke unterstützt, bin ich nicht sicher, dass etwas Vernünftiges dabei herauskommt. Bitte, drücken Sie mir die Daumen, dass alles gut geht. Das Albergo Annina *muss bei der Einweihungsfeier makellos dastehen. Ausgebucht! Sie wissen doch, wie wichtig mir das ist. Also bitte… wünschen Sie mir Glück.*

Anna brauchte nicht lange darüber nachzudenken, wie sie mit Clara Morbé verfahren wollte. Sie würde sie mit Verachtung strafen. Alles andere konnte hohe Wellen schlagen und ihr Hotel ins Gerede bringen. Filippo hatte versprochen, unter vier Augen mit ihr zu reden und sie zu warnen. Das würde hoffentlich reichen, sie von weiteren Übergriffen abzuhalten.

Janina Spicker war mal wieder die Letzte, die zum Frühstücken kam. Anna gesellte sich zu ihr, als alle anderen den Raum verlassen hatten. »Was ich Sie noch fragen wollte, Frau Spicker…« Sie betrachtete die junge Frau, überlegte, ob sie wirklich an Filippo, einem doppelt so alten Mann mit krimineller Vergangenheit, Interesse haben konnte, und kam zu dem Schluss, dass in dieser verrückten Welt alles möglich war. Ihr Hotel war das beste Beispiel dafür. »Sie hatten am Telefon davon gesprochen, dass ich möglicherweise Ihre Mutter kenne. Ihnen ist auch mein Mädchenname bekannt. Annina Kolsky…«

»Ja, meine Mutter hat mal von Ihnen gesprochen.« Janina Spicker biss in ein Honigbrot und sorgte danach erst mal mit viel

Aufwand dafür, dass ihre klebrigen Fingerspitzen gesäubert wurden. »Ihr gefiel Ihr Vorname. Sie wollte mir nicht denselben geben, aber einen ganz ähnlichen. So wurde ich Janina getauft.«

»Woher kennt sie mich? Sind wir zusammen zur Schule gegangen?«

»Ich kann sie nicht mehr fragen, sie lebt nicht mehr. Kurz vor ihrem Tod hat sie von Ihnen gesprochen. Sie hatte gehört, dass Sie ein Hotel in Siena aufgemacht haben. Und da dachte ich …« Sie sprach den Satz nicht zu Ende, sondern biss erneut von ihrem Honigbrot ab.

»Wie heißt Ihre Mutter?«

Wieder kümmerte sie sich erst um ihre klebrigen Fingerspitzen, ehe sie antwortete: »Carola Spicker.«

Anna zermarterte sich das Hirn, aber zu dem Namen, den sie gerade gehört hatte, wollte sich kein Bild gesellen. Erst später, nachdem sie mit Graziella abgesprochen hatte, in welcher Reihenfolge die Zimmer gereinigt werden sollten, und ihre Gedanken wieder zu dem Gespräch mit Janina Spicker wanderten, fiel ihr ein, dass Carola Spicker womöglich verheiratet gewesen war und vor ihrer Ehe einen anderen Namen getragen hatte. Aber auch der Vorname löste in ihr keine Erinnerung aus. Anna entdeckte in den Winkeln ihrer Erinnerung kein Mädchen namens Carola. Sie würde noch einmal mit Janina Spicker reden.

Den Gedanken an die junge Frau musste sie gewaltsam abschütteln, als sie sah, dass Dustin Trump am Getränkeautomaten rüttelte. »Der ist ja immer noch leer.«

Es wurde Zeit, dass sie den Getränkelieferanten anrief, aber … irgendetwas stimmte nicht mit Janina Spicker. Sie verbarg etwas, Anna wurde sich immer sicherer.

»Was soll ich mit süßer Limonade und urgesundem Orangensaft?«

Wenn sie hinter ihrem Bruder her war, dann garantiert nicht, weil sie sich in ihn verguckt hatte. Vielleicht war sie eine Detektivin? Oder eine Polizeibeamtin, die undercover ermittelte? Ja, das konnte sein! So wie Emilio? Dann hatte Filippo noch irgendwo eine Rechnung offen. Beinahe hätte sie gelacht. Kein Wunder, dass die kriminelle Karriere ihrer Brüder so erfolglos verlaufen war! Wenn Filippo auf eine Frau hereinfiel, die ihn umgarnte, hatte er im Gefängnis jede Selbstkritik verloren und war vielleicht immer schon zu vertrauensselig gewesen, wenn es um Frauen ging. Bildete er sich wirklich ein, er könnte für Janina Spicker attraktiv sein?

»Jede Menge Cola! Und alkoholfreies Bier! Wollen Sie mich verarschen?«

Anna riss sich von ihren Gedanken los. »Ich kümmere mich darum.«

Der Getränkelieferant rief mehrmals die Madonna an und beteuerte beim Andenken an seine verstorbene Großmutter, es sei zurzeit unmöglich, einen Fahrer zu finden, der ihm die Lieferung abnahm. Offenbar glaubte er, die deutsche Signora damit beeindrucken zu können. Aber Anna kannte das mittlerweile. Sie wartete ab, sicher, dass der Lieferant, wenn er mit dem Klagen und Jammern fertig war, eine Lösung parat haben würde.

Und da kam sie auch schon. »Ich muss dann wohl meinen Neffen fragen. Der beschäftigt sich zwar lieber mit Gebeten und liegt ständig auf den Knien, statt anständig zu arbeiten, aber wenn ich ihn bitte, wird er mir helfen. Dazu ist er als Franziskaner ja direkt verpflichtet. Eigentlich müsste er es sogar kostenlos tun. Aber immer verlangt er dann von mir eine Spende für die Obdachlosen von Siena. Heilige Katharina! Diese Lieferung wird mich wieder einiges kosten, statt daran zu verdienen!«

Direkt nach ihrer Ankunft in Siena hatte sich Anna von solchen Tiraden beeindrucken lassen, hatte Mitleid gezeigt, auf etwas verzichtet, was ihr zustand, und Verständnis entgegengebracht, wenn es besser gewesen wäre, auf ihr Recht zu pochen. Als diese Phase vorbei war, hatte sie mit Gegenargumenten ein riesiges Palaver entfacht, dem sie nie gewachsen gewesen war. Mittlerweile schwieg sie einfach, bis die Litanei vorüber war, und wiederholte anschließend ihre berechtigten Forderungen, die dann im Allgemeinen erfüllt wurden.

Einen letzten Versuch machte der Lieferant noch: »Es kann sein, dass er von Ihnen verlangt, mit ihm zu beten, wenn er die Getränke abgeliefert hat.«

Offenbar glaubte er, ihr damit so viel Angst zu machen, dass sie bereit war, die Lieferung erst am nächsten Tag zu bekommen, aber Anna erklärte lapidar, dass es ihr ein Vaterunser wert sei, pünktlich mit Bier und Prosecco versorgt zu werden.

Emilio brauchte frische Luft. Und er musste raus aus dem *Albergo Annina*. Sogar weg von Anna, deren Mutlosigkeit er nicht mehr ertragen konnte. Wie war es nur möglich, dass ihr ausgebuchtes Haus, auf das sie vor wenigen Tagen noch so stolz gewesen war, zu einem Sündenpfuhl wurde? Nun also neben den Brüdern und dem mutmaßlichen Mörder noch eine Trickdiebin! »Ach, Anna! Annina!« Es war zum Verrücktwerden!

Er benötigte jetzt unbedingt ein paar Bruschette und ein Saltimbocca im *Fonte Gaia,* dazu ein gut gekühltes Glas Weißwein. Die Sonne stand schon hoch über dem Platz, eine graue Sonne, die noch nicht das Goldgelb des Sommers angenommen hatte. Sie schaffte es auch noch nicht, den Tag zu erwärmen, es blieb frisch, das feuchte Netz aus Nachtkühle und Morgentau verdunstete nur allmählich. Matteo legte ein Kissen auf den Stuhl und wischte die Armlehnen trocken. »Buon giorno, Commissario! Vino bianco? Eisgekühlt?«

Matteo arbeitete schon seit Jahren im *Fonte Gaia,* Emilios Stammlokal. Es lag in der Nähe des historischen Brunnens, der dem Restaurant seinen Namen gegeben hatte. Brunnen der Freude wurde er auch genannt oder sogar fröhlicher Brunnen, was wohl daran lag, dass mit dem Bau des Fonte Gaia früher ein großes

Problem gelöst worden war: das Wasser aus der trockenen Umgebung Sienas in die Stadt zu leiten.

Der *Fonte Gaia* gehörte zu den wichtigsten Touristenattraktionen des Campo, in seiner Nähe war immer viel los. Aber das störte Emilio nicht. Er liebte das Gewimmel, wenn er es aus dieser Perspektive betrachtete, gut geschützt unter der dunkelroten Markise, mit dem nötigen Abstand der Touristen zu dem, was er verzehrte.

Keins der Restaurants auf dem Campo hatte viele Stammgäste. Das große Geschäft machten sie allesamt mit den Touristen, die selten länger als ein paar Tage in Siena verbrachten. Infolgedessen war Emilio im *Fonte Gaia* ein besonderer Gast. Matteo war stolz darauf, dass sich ein Commissario Tag für Tag seinen Diensten anvertraute, und liebte es, etwas von den Ermittlungen mitzubekommen, mit denen Emilio sich gerade beschäftigte. Wenn er Zeuge eines dienstlichen Gesprächs wurde, war er nicht vom Tisch wegzubewegen, und Emilio war dann stets in Sorge, dass seine Fälle zu den besonders attraktiven Themen im *Fonte Gaia* wurden.

»Ermittlungen?«, fragte Matteo, als er Emilio den Wein servierte.

Er merkte sofort, wenn der Commissario in Gedanken versunken war, und hatte niemals eine andere Erklärung dafür als die, dass er einen besonders schweren Fall zu lösen hatte, der seine ganze intellektuelle Kapazität beanspruchte.

Emilio hatte schon genickt, ehe er sich sagte, dass es vernünftiger gewesen wäre, Matteo nichts vermuten zu lassen. Er wusste ja, wie schwer es war, ihm eine Information zu verweigern, ohne Gefahr zu laufen, demnächst den Weißwein handwarm serviert und das Trinkgeld wieder zugeschoben zu bekommen. Matteo war sehr leicht zu kränken.

»Nichts Besonderes«, fügte er deshalb an. »Nur eine Observation.«

Matteo ließ den Blick schweifen. »Auf dem Campo? Sitzt hier irgendwo ein Mörder? Ein Entführer? Ein Vergewaltiger?«

Emilio schüttelte stumm den Kopf. Manchmal war es gut, sich mit Matteo zu verbünden, weil dieser Gott und die Welt kannte und viel zu hören bekam, was nicht für seine Ohren bestimmt war. Aber leider war er, wenn er sich auch selbst einen Meister der Diskretion nannte, eher ein unbegabter Lehrling, wenn es darum ging, etwas geheim zu halten.

Emilio hatte an einem Kiosk, an dem er vorbeigekommen war, die Schlagzeile auf der Titelseite von *La Nazione* gesehen. Dass die Statue der heiligen Katharina gestohlen worden war, hatte also nicht lange verheimlicht werden können. Die Frauen mit dem unerfüllten Kinderwunsch, die zu der Heiligen beten wollten, hatten auf eine Erklärung des Prälaten gepocht, und so hatte er schließlich zugeben müssen, dass es einen Kirchenraub gegeben hatte. Recht war es ihm nicht gewesen, denn natürlich wurde sofort die Frage laut, wie kostbar die Statue gewesen sein mochte.

Emilio schlug die Zeitung auf, nachdem er den ersten Schluck Weißwein getrunken hatte. Das sollte vor allem dem Zweck dienen, Matteo zu zeigen, dass er ungestört sein wollte. Der Kellner begriff tatsächlich sofort, worum es seinem Stammgast ging, und ließ sich nun aber erst recht nicht abschütteln.

»Der Diebstahl der heiligen Katharina? Sind Sie dem Kerl schon auf der Spur?«

Emilio wollte so tun, als hätte er nie etwas von diesem Diebstahl gehört, aber es gelang ihm nicht. Und schließlich sagte er sich, da es ihm wichtig war, seinen Weißwein weiterhin gut gekühlt serviert zu bekommen, dass es nicht schlecht war, Matteo davon zu erzählen. »Sollten Sie etwas aufschnappen, verständigen Sie mich sofort! D'accordo?«

»Naturalmente!« Matteo wuchs bereits über sich hinaus. Emilio hielt es sogar für möglich, dass er sich, da er sich als Kellner für chronisch unterfordert hielt, bereits Gedanken darüber machte, ob er eine späte Karriere bei der Polizia di Stato ins Auge fassen dürfe. »Ich werde Augen und Ohren offen halten.«

»Aber so, dass es niemand merkt.«

»Certo!«

»Und jetzt muss ich nachdenken.«

Dafür hatte Matteo vollstes Verständnis. Bis Emilio mit dem Wein fertig war und die Zeitung zusammenfaltete, ging er auf Zehenspitzen an ihm vorbei, richtete kein Wort an ihn und wedelte jeden Gast zur Seite, der fragen wollte, ob an dem Tisch des Commissario noch ein Platz frei war.

Emilio bekam nichts davon mit. Er würde gleich mit Giuseppe telefonieren und keinen Zweifel daran lassen, dass er Franz Lüpke für den Kirchenräuber hielt. Und so ganz nebenbei würde er sein Bedauern darüber ausdrücken, dass der Mann, der in seiner Begleitung gesehen worden war, leider noch nicht identifiziert werden konnte.

Zu dumm, dass er die Statue nicht gefunden hatte. Emilio beschloss, sich mit dem Verzicht auf Pannacotta dafür zu bestrafen, dass es ihm nicht gelungen war. Er war sich so sicher gewesen, dass Valentino Kolsky sie in seinem Zimmer versteckt hatte. Emilio hätte sie am nächsten Tag unbemerkt wieder an ihren Platz gestellt, und alle hätten an ein Wunder geglaubt, das die heilige Katharina bewirkt hatte. Aber leider war er erfolglos gewesen! Nur gut, dass Anna ihn nicht erkannt hatte! Er war mittlerweile überzeugt davon, dass sie aus demselben Grund bei ihrem Bruder eingedrungen war. Im Zimmer war kein Licht gewesen, sie hatte sich mit dem Schein der Gartenbeleuchtung des Nachbarn begnügt, hatte sich ruhig verhalten, statt aus dem Bad zu treten und ihn zur Rede zu stellen. Nein, Anna hatte den gleichen Verdacht wie er selbst und wollte, genau wie Emilio, verhindern, dass ihre Brüder erwischt und bestraft wurden. Anders war ihr Verhalten nicht zu erklären. Aus ihrer Sicht verständlich, aus seiner auf keinen Fall. Ein Polizeibeamter durfte einen Straftäter nicht schützen, auch wenn er in dessen Schwester verliebt war. Aber … er würde es trotzdem tun.

Emilio stürzte den Wein hinunter. Warum nur hatte er sich dazu verleiten lassen, seine Waffe zu ziehen? In den Augen der Kolsky-

Brüder hatte unverhohlen ein Verdacht gestanden. Hoffentlich war es Anna gelungen, ihn zu zerstreuen. Wenn sie herausbekamen, dass er Polizist war … er mochte sich die Folgen dieser Erkenntnis nicht vorstellen.

Sein Handy klingelte, als ihm die Bruschette serviert wurden. Giuseppe war am anderen Ende, und Emilio merkte gleich, dass er eine Neuigkeit zu vermelden hatte. Hoffentlich nichts, was ihn zwang, Valentino Kolsky zu verhaften.

Giuseppes Sätze schlugen mal wieder Purzelbäume, ein Wort überholte das andere, ihre Endungen ließ er weg, und manchmal verzichtete er sogar auf sämtliche Fürwörter. Emilio wartete geduldig, bis die rasende Fahrt seiner Rede ausgelaufen war und Giuseppe wieder im normalen Tempo sprach, was bei ihm immer noch ziemlich rasant war. Dann bat er ihn, noch einmal von vorne anzufangen.

»Es geht um diese Janina Spicker, die in dem Hotel wohnt, wo Sie zurzeit Franz Lüpke observieren.«

»Was ist mit ihr?«

»Sie haben gesagt, ich soll sie überprüfen.«

»Stimmt!« Emilio konnte sich erinnern. »So schnell haben Sie was herausgefunden?« Er stellte das Telefon auf Laut, damit er es an sein Weinglas lehnen und gleichzeitig mit dem Verzehr der Bruschette beginnen konnte.

»War ziemlich leicht.« Aber in Giuseppes Stimme lag nicht nur Bescheidenheit, sondern auch eine gehörige Portion Stolz. »Die junge Frau selbst ist ein unbeschriebenes Blatt. Schulbildung normal, Berufsausbildung normal, ein paarmal die Stelle gewechselt, aber arbeitslos war sie nie.«

Emilio schob das Besteck zur Seite. Die Bruschette waren so kross, dass Messer und Gabel das geröstete Brot sprengen und die Tomaten über den Teller verteilen würden. Er nahm das erste zur Hand, biss ab und lauschte dabei Giuseppes Bericht.

»Ein paar Männergeschichten, aber auch das im normalen Bereich. Geheiratet hat sie bisher nicht.«

Emilio fragte sich, wie Giuseppe das alles so schnell rausbekommen hatte. Bei Menschen, die nie auffällig oder gar straffällig wurden, war es ja viel schwieriger, Erkundigungen einzuziehen. Aber er hütete sich, eine diesbezügliche Frage zu stellen, die eine Lawine von Berichtsfetzen, Rechtfertigungsstücken und Eigenlobbrocken zur Folge haben würde.

»Dann habe ich mir die Eltern angesehen …«

Aha, Giuseppe machte eine Kunstpause, was immer bedeutete, dass nun der eigentliche Höhepunkt folgte.

»Von dem Vater habe ich leider nichts gefunden, er ist unbekannt. Aber Carola Spicker, die Mutter, ist eine geborene Fabrick, die erst geheiratet hat, als Janina schon ein paar Jahre alt war. Zwei Jahre später hat sie sich bereits wieder scheiden lassen. Und sie hatte einen interessanten Beruf …«

Emilio gönnte Giuseppe die Begeisterung über die eigene Arbeitsleistung, das Erzeugen der Spannung und die Erwartung großen Lobes. Er biss von seiner Bruschetta ab und hoffte, dass sein Assistent nicht bemerkte, dass er keineswegs spannungsgeladen und vor Aufregung vibrierend dasaß, sondern das hochdramatische Anschwellen der Erzählung mit dem Genuss von Bruschetta füllte.

»Sie war Sozialarbeiterin, hat in einem Berliner Gefängnis als Bewährungshelferin gearbeitet.«

»War?«

»Sie lebt nicht mehr. Ist vor Kurzem gestorben.« Seine Stimme schwoll erneut an. »Was meinen Sie, wem sie einmal bei der Resozialisierung geholfen hat? Völlig vergeblich übrigens …«

Emilio antwortete, obwohl er den Mund voll hatte. »Filippo Kolsky.«

»Nein, Valentino Kolsky.«

Emilio ließ überrascht die Bruschetta sinken. »Sind Sie sicher?«

Auf diese Frage reagierte Giuseppe mit Empörung. »Glauben Sie etwa …?«

Emilio tat sein Bestes, Giuseppe davon zu überzeugen, dass er selbstverständlich jede Einzelheit für brillant recherchiert hielt, was im Übrigen der Wahrheit entsprach. Er lobte Giuseppe über den grünen Klee, so lange, bis dieser endlich ein zufriedenes Seufzen von sich gab. Dann bedankte er sich und bat sich Zeit zum Überlegen aus. Mit dem Weinglas in der Hand konnte er besser nachdenken als im Büro, wo das verstaubte Ambiente jeden geistigen Höhenflug unterband. Auch besser als im *Albergo Annina*, wo ständig etwas passierte, was ihn vom Nachdenken ablenkte, und er ohnehin an nichts anderes denken konnte als an Anna.

Janina Spickers Mutter kannte Valentino Kolsky. Was hatte das damit zu tun, dass die Tochter sich auffällig zu Filippo Kolsky hingezogen fühlte? Emilio hatte schon das ganze Glas geleert und einen Espresso bestellt, als ihm noch immer keine Antwort auf diese Frage eingefallen war …

Die *Gang* war unzufrieden. Zum Glück war keiner der Siena-Touristen im Haus, die sich daran stören könnten, dass in der Lobby ein paar Leute saßen, denen das Museo Civico gleichgültig war, die keinerlei Interesse daran hatten, den Torre del Mangia zu besteigen und den grandiosen Ausblick über Siena zu genießen, und denen sämtliche Kirchen samt ihrer Kunstschätze von Herzen egal waren. Das Einzige, was sie interessierte, war der Inhalt des Getränkeautomaten. Die Trumps und Clara Morbé waren sich in dieser Angelegenheit vollkommen einig, und auch das Brautpaar zeigte, dass es außer an der Basilica di San Francesco, in der es getraut werden wollte, an keiner Sehenswürdigkeit interessiert war. Als Franz Lüpke zu ihnen stieß, den Anna ebenfalls zu den Mitgliedern der *Gang* zählte, beschlossen sie einhellig, nicht mehr auf den Getränkelieferanten zu warten, sondern ihr Glück und ihren Alkohol woanders zu suchen. Unter vorfreudigem Gekicher stießen sie sich gegenseitig zur Tür hinaus, und Anna sah ihnen kopfschüttelnd nach. Was für grässliche Menschen! Und die mussten ausgerechnet in ihrem Hotel absteigen! Sie wollte, sie hätte keinen von ihnen zur Einweihungsfeier eingeladen! Warum waren sie überhaupt nach Siena gekommen? Betrinken konnten sie sich schließlich auch dort, wo sie wohnten. Während der Bürgermeister eine hoffentlich freundliche Rede hielt, würden sie nur darauf achten, genug zu trinken zu bekommen, und den Reiseveranstaltern den Eindruck vermitteln, dass das *Albergo Annina* eine Absteige war, die solchen Leuten gefiel. Wieder einmal kamen Anna die Tränen. Ihr schönes Hotel! Der Traum ihrer Eltern! Was war nur daraus geworden?

Nur gut, dass der Franziskanermönch erst kam, als die *Gang* nicht mehr zu sehen war. So ein christlicher junger Mann wäre sicherlich erschüttert gewesen, wenn Dustin Trump in seiner Gegenwart von den merkwürdigen sexuellen Gewohnheiten seines prominenten Verwandten gesprochen und dazu rhythmisch gerülpst hätte. Der fromme Bruder hätte es womöglich zu seiner persönlichen Pflicht gemacht, die Mitglieder der *Gang* zu einem sittlichen Lebenswandel zu führen.

Sie erkannte ihn erst, als er schon angefangen hatte, den Automaten zu bestücken. »Bruder Giorgio! Sie sind der Neffe?«

Er sah erstaunt auf, wollte fragen, woher Anna ihn kannte … aber dann fiel es ihm schon ein. »Sind Ihre Verletzungen abgeheilt?«

Anna winkte ab. »Sie waren nur oberflächlich.«

Bruder Giorgio lächelte. »Seitdem habe ich die Stachelschweine nicht mehr gesehen.« Sein Lächeln erlosch, und er wandte sich wieder seiner Arbeit zu, als wollte er Anna nicht mehr ansehen. »Ist die Polizei bei Ihnen gewesen?«

Anna setzte sich, weil sie mit einem Mal das Gefühl hatte, dass das Gespräch länger dauern könnte. »Wie meinen Sie das?«

Er antwortete mit einer Gegenfrage: »Haben Sie nicht von dem Diebstahl der heiligen Katharina gehört?«

»Doch, natürlich. Aber was hat das mit mir zu tun?«

»Die Polizei hat mich befragt. Ich musste meine Beobachtungen schildern. Und dazu gehörte natürlich auch …« Er brach verlegen ab.

Anna half ihm. »Dass eine Frau im Garten der Basilica war, die von Stachelschweinen angefallen wurde?«

»Sie müssen zugeben, dass Sie sich auffällig verhalten haben.«

»Auffällig?« Anna war noch nicht sicher, ob sie empört oder schuldbewusst reagieren sollte. »Ich bin nur ein bisschen spazieren gegangen.«

Der Laienbruder sah ihr noch immer nicht ins Gesicht. »Nein, Sie haben sich versteckt, das konnte ich genau erkennen. Ich habe der Polizei gesagt, dass Sie zwei Männern gefolgt sind, die aus der Basilica gekommen waren.«

»Ach so!« Anna lachte. »Das hat sich längst erledigt. Sie haben eine gute Personenbeschreibung abgegeben. Die Polizei stand schon am nächsten Tag vor meiner Tür.«

»Und?« Bruder Giorgio erhob sich und wagte nun endlich, Anna anzusehen.

»Ich konnte es erklären. Die beiden Männer hatte ich natürlich nicht verfolgt. Das sah vielleicht so aus, aber …« Fieberhaft suchte sie nach einer plausiblen Erklärung und wunderte sich selbst, wie schnell sie eine fand. »Muss ich das wirklich noch einmal beantworten?« Sie gab sich große Mühe, so verschämt wie ein kleines Mädchen auszusehen. Dann stand sie auf und kniff die Oberschenkel zusammen. »Ich hatte das gleiche Problem wie jetzt. Nur hier … hier ist eine Toilette in der Nähe.«

Voller Zufriedenheit sah sie, dass Bruder Giorgio verlegen wurde. Und als sie in ihre Wohnung ging, war sie sicher, dass er das Gespräch nach ihrer Rückkehr nicht vertiefen würde. Vielleicht empörte es ihn, dass eine Frau auf die Idee gekommen war, in den Garten einer Kathedrale zu urinieren? Aber sicherlich würde er sich sagen, dass diese Frau ihre Strafe bekommen hatte, und die Sache damit auf sich beruhen lassen. Sie musste nur lange genug in ihrer Wohnung bleiben und ihm viel Zeit zum Überlegen geben.

Während sie in der Küche die Zeit verstreichen ließ, sagte sie sich, dass die Toilettenspülung möglicherweise bis in die Lobby zu hören war. Jedenfalls dann, wenn es so ruhig war wie jetzt. Also entschloss sich Anna, tatsächlich das Bad aufzusuchen und sie zu betätigen, wenn der Zeitpunkt gekommen war. Sie starrte sich im Spiegel an, richtete mit den Fingerspitzen ihren Pixiecut, stellte fest, dass die Blondierung bald wiederholt werden musste, und fuhr mit den Fingerspitzen unter den Augen entlang, wo die Wimperntusche verwischt war. Emilio wusste also, dass sie im Garten der Basilica gewesen war! Er hatte es von Bruder Giorgio erfahren. Wieso hatte er sie nach der Beschreibung des Laienbruders ohne Weiteres erkannt? Vielleicht, weil Bruder Giorgio erwähnt hatte, dass diese Frau mit einem starken Akzent geredet hatte? Eine Deutsche, die kein fehlerfreies Italienisch sprach. Klar, dann war er natürlich bald auf die Idee gekommen, dass es sich um Anna Wilders handelte. Sie schlug sich die Hand auf die Stirn. Sie selbst hatte ihm ja erzählt, dass sie von Stachelschweinen angefallen worden war. Aber… warum hatte Emilio sie nicht darauf angesprochen? Dafür gab es nur eine Erklärung: Er ermittelte heimlich. Sie sollte nicht merken, dass er nach Beweisen suchte, die ihren Bruder ins Gefängnis brachten. Andererseits… woher sollte er wissen, dass es sich um Valentino handelte, dem sie nachgeschlichen war? Womöglich war er nur darauf gekommen, weil er in Bruder Giorgios Beschreibung Anna erkannt hatte. Valentino hatte ein markantes Äußeres, Emilio hatte garantiert schon Fahndungsplakate mit seinem Konterfei gesehen, da konnte er schnell eins und eins zusammenzählen. Und wenn er sich nicht sicher gewesen war, brauchte er nur die Akte Kolsky aufzuschlagen.

Nun betätigte sie die Toilettenspülung. Es war wohl am besten, sie würde Bruder Giorgio mit ein paar weiteren Entschuldigungen besänftigen, dann würde er davon überzeugt sein, dass die

Polizei sie von der Liste der Verdächtigen gestrichen hatte. Anschließend musste sie dahinterkommen, was Emilio wirklich im *Albergo Annina* wollte. Den mutmaßlichen Mörder observieren? Daran glaubte sie nun nicht mehr. Es war ihr gleich komisch vorgekommen, dass er für einen Fall, der in Deutschland bearbeitet wurde, so viel Zeit opferte. Und wo war er jetzt? Franz Lüpke hatte mit der *Gang* das Haus verlassen, sich dann aber von ihnen getrennt. Sie hatte gesehen, wie er mit großen Schritten die Via Valdambrino entlanggegangen war. Sie hatte allerdings nicht den Eindruck gehabt, dass ihm jemand folgte. Von Emilio keine Spur! Sollte er Lüpke nicht ständig auf den Fersen sein, um ihn dabei zu erwischen, wie er viel Geld aus einem Versteck holte?

Als Anna in die Lobby zurückkehrte, hatte sich Filippo zu Bruder Giorgio gesellt. Sie hörte, dass er nach ihr fragte und der Laienbruder eine Antwort murmelte, die nicht zu verstehen war. Allzu Menschliches kleidete ein Mann wie er wohl nicht gern in Worte.

Filippo lächelte, als Anna in die Lobby trat. »Da bist du ja.«

Er zog einen beschriebenen Zettel aus der Jackentasche und legte ihn so auf den Tisch, dass die Schrift nicht zu erkennen war. Anna hatte das Gefühl, dass Filippo ihr etwas zeigen wollte, was Bruder Giorgio nicht zu Gesicht bekommen sollte.

Der war gerade mit dem Befüllen des Automaten fertig geworden und verlangte als Dank zum Glück kein gemeinsames Gebet, wie sein Onkel angekündigt hatte. Er packte das Leergut ein und verzichtete sogar darauf, sich zu den Trinkgewohnheiten von Annas Hotelgästen zu äußern. Während er die erste Kiste mit den leeren Flaschen nach draußen trug, flüsterte Filippo: »Ich muss dir was zeigen.«

Es ging um den Zettel, das war klar. Er drehte ihn um, Anna konnte eine schöne Schrift erkennen, mit gleichmäßigen runden Buchstaben. Sie war in einem verschnörkelten runden Rahmen angeordnet, der dem Blatt aufgedruckt worden war. Anna erkannte erst auf den zweiten Blick die Umrisse der Basilica.

Als Bruder Giorgio wieder hereinkam, um die zweite Kiste zu holen, stutzte er. »Das ist ein Zettel, der für die heilige Katharina bestimmt ist.« Er schüttelte tadelnd den Kopf und sah Filippo entrüstet an. »Sie haben sich an den Zetteln bedient? Ich hoffe, Sie haben wenigstens einen Euro in den Kasten gesteckt.«

Filippo grinste. »Klar. Sogar zwei.«

Bruder Giorgio durchschaute die Lüge ebenso schnell wie Anna. »Eine sehr schöne Schrift«, sagte er und beugte sich über den Zettel, ehe Filippo es verhindern konnte. Dass er es verhindern wollte, war offensichtlich. Aber er drehte den Zettel zu spät um.

»Entschuldigung«, murmelte Bruder Giorgio, »ich wollte nicht indiskret sein. Ich habe nur eine Schwäche für schöne Handschriften.«

»Schon gut. Mit der heiligen Katharina hat das sowieso nichts zu tun.«

Der Laienbruder lächelte. »Das dachte ich mir.« Dann wandte er sich an Anna. »Mein Onkel schickt dann die Rechnung«, sagte er zum Abschied und verließ das *Albergo Annina*.

Anna bedankte sich, begleitete ihn zur Tür und ließ sie offen stehen wie immer. Ärgerlich ging sie zum Tisch zurück. »Du hast in der Basilica einen Zettel geklaut? Ist dir denn nichts heilig?«

»Habe ich nicht«, bestritt Filippo. »Mir ist der Zettel zugespielt worden. Wenn er wirklich geklaut wurde, dann von einer Frau, die in mich verknallt ist.«

Anna ließ sich auf einen Stuhl fallen. »Janina Spicker?«

Ihr fiel zum ersten Mal auf, dass das Grinsen ihren Bruder unsympathisch machte. »Momentan fallen mir keine anderen Damen ein, die sich unbedingt mit mir im Garten der Basilica treffen wollen.«

»Was?« Anna riss ihm den Zettel aus der Hand und studierte ihn. Aber bevor sie etwas entgegnen konnte, erschien Bruder Giorgio schon wieder in der Lobby.

»Ich habe noch was vergessen …« Sein Blick wurde forschend,

als er bemerkte, dass Anna den Zettel in ihrer rechten Hand verschwinden ließ. »Sind Silas Casper und Moritz Wallweber im Haus?«

Anna verneinte. »Sie sind in die Stadt gegangen. Kann ich ihnen etwas ausrichten?«

Bruder Giorgio zögerte. »Es geht um ihre Trauung. Sie sollten sich noch einmal beim Prälaten melden.«

»Sie waren schon bei Ihnen? Soll die Trauung bereits in den nächsten Tagen stattfinden?«

»Die beiden haben gleich nach ihrer Ankunft in Siena beim Prälaten vorgesprochen. Noch ehe sie ihr Hotelzimmer bezogen haben.« Er lächelte. »Der kirchliche Segen ist ihnen sehr wichtig. Aber ich fürchte, der Prälat ist dazu nicht bereit.«

Annas Gedanken rasten los, stießen an der Schädeldecke und an der Stirn an, ehe sie sich dort formierten, wo das Begreifen saß. Silas Casper und Moritz Wallweber waren an dem Tag in der Basilica gewesen, an dem sie selbst von den Stachelschweinen angefallen worden war? Also an dem Tag, an dem die heilige Katharina gestohlen wurde. Sie dachte an die abgerissenen Gestalten, denen man trotz ihres Bemühens ansah, dass sie über wenig Geld verfügten. Als sie eingecheckt hatten, war sie froh gewesen, dass ihr Zimmer im Voraus bezahlt worden war.

Jetzt mal ehrlich – das ist doch merkwürdig, oder? Könnten auch diese beiden etwas mit dem Verschwinden der Statue zu tun haben? Und ich habe meine Brüder und Gérard Depardieu zu Unrecht verdächtigt! War ich wirklich auf dem Holzweg? Was meinen Sie? Finanzieren die beiden ihre Hochzeit mit dem Verkauf der heiligen Katharina? Lieber Himmel, hoffentlich haben sie die Statue noch nicht abgestoßen! Ich muss sofort ihr Zimmer durchsuchen. Auf der Stelle!

Und was ist mit dem Zettel, den Filippo bekommen hat? Angeblich hat er unter einer aufgebogenen Kante der Auslegeware im Flur hervorgesehen. Mein Bruder ist davon überzeugt, dass er eigentlich unter seiner Zimmertür durchgeschoben werden sollte und – vermutlich von ihm selbst – durch einen unbedachten Schritt unter die Teppichkante befördert wurde. Wenn er wirklich von Janina Spicker geschrieben worden ist, dann war auch sie in der Basilica. Sogar in der Nähe der heiligen Katharina. Sicherlich nicht, um möglichst bald schwanger zu werden. Aber sie hat dort, ausgerechnet dort, einen Zettel an sich genommen, auf dem die Frauen mit dem unerfüllten Kinderwunsch ihre Bitten an die Heilige formulieren. Ja, Sie haben recht! Ich sollte auch ihr Zimmer durchsuchen. Janina Spicker hat tatsächlich Interesse an meinem ältesten Bruder, aber ein ganz anderes, als Filippo meint. Dieser eingebildete Gockel! Glaubt der wirklich, eine so junge, hübsche Frau könnte sich in ihn verguckt haben? In Wirklichkeit will sie ihn nur als Komplizen. Sie wird ihm einen Anteil zusichern, wenn er die Statue an einen Hehler verkauft. Er kennt sich ja aus in solchen Dingen. Von ihrer Mutter hat sie erfahren, was es mit der Sippe der Kolskys auf sich hat. Andererseits… die Botschaft auf dem Zettel war schon merkwürdig. Und warum wurde sie überhaupt auf einem Zettel festgehalten, der eigentlich für die heilige Katharina bestimmt ist? Würden Sie der Sache nicht auch auf den Grund gehen wollen? Filippo muss das ja nicht erfahren. Irgendwas stimmt da nicht, ich bin ganz sicher. Mein Bruder ist ein Idiot, wenn er das nicht merkt…

Filippo war offenbar am Nachmittag noch einmal einkaufen gegangen. Der hellblaue Pulli, den er nicht angezogen, sondern lässig über die Schultern gelegt hatte, sah neu aus, sein schneeweißes Hemd ebenfalls. Die Jeans wirkte eher abgetragen, aber

Anna glaubte trotzdem, dass auch sie neu war, obwohl sie andererseits nicht davon ausging, dass Filippo während seiner Haftzeit etwas vom Used-Look mitbekommen hatte. Scheinbar war er einer sachkundigen Verkäuferin in die Hände gefallen. Sein Schritt war beschwingt, sie sah ihm die Unternehmungslust sogar von hinten an.

»Bei Sonnenuntergang!« So hatte es auf dem Zettel gestanden. Eine Formulierung, die romantische Gefühle erzeugte. Ob das Absicht gewesen war? Und der Brief war mit »Mein Geliebter!« überschrieben gewesen. »Komm Sonntag in den Garten der Basilica. Ich warte auf der Bank auf dich. Meine Gefühle fahren Achterbahn. Ich möchte dir in die Augen sehen, wenn ich dir sage, wie schrecklich verliebt ich bin. Und wie wichtig gerade dieses Treffen für uns ist. Bei Sonnenuntergang kann ich dort sein…«

Der Sonnenuntergang war jedenfalls nicht mehr fern. Das Licht des Tages war bereits golden geworden und senkte sich auf die Dächer von Siena. Die Abendkühle wurde gläsern, die Wärme des Tages flog in einem rosafarbenen Dunst davon. Das kulturelle Interesse der Touristen wurde verwaschen, der klare, scharf umrissene Wunsch nach Schöngeisterei hatte ausgefranste Ränder bekommen. Andere Farben dagegen wurden froher, schillernder und buntscheckiger, die Zufriedenheit, die Vorfreude auf den Abend, das Wohlbehagen. Auch ihren Bruder sah Anna eingehüllt in Himmelblau. Aber wie immer gab es in seiner Farbskala hässliche Flecken. Auch jetzt blickte er sich häufig um, schien sich vor Verfolgern zu fürchten, fühlte sich nicht sicher. Bisher hatte sie die Augen verdreht, wenn Filippo sich anschlich, statt auf etwas zuzugehen, und einen Umweg in Kauf nahm, um sich sicherer zu fühlen. In diesem Fall wusste sie, dass sein Argwohn begründet war. Er wurde tatsächlich verfolgt. Seine Schwester schlich ihm nach. Und das, obwohl die Rezeption im *Albergo Annina* verwaist war und sie den Sondermanns zugesichert hatte, in Zukunft zu jederzeit für sie da zu sein.

Sie musste aufpassen, dass Filippo sie nicht entdeckte, was

diesmal schwierig war. Filippo stieg die Treppe hinab, die zum Supermercato führte, der einzigen Einkaufsmöglichkeit in ihrem Viertel. Und Anna musste warten, bis er sich dort zwischen nachlässig abgestellten Autos verlor. Auf der Treppe hätte er sie sofort entdeckt, wenn er zurückgeblickt hätte. Jetzt hastete sie, so schnell sie konnte, die Stufen hinab, ließ den Supermercato rechts liegen und ging auf die Stadtmauer zu, vor der sich auf einem engen Parkplatz die Autos drängelten. Gott sei Dank! Filippo war langsamer als sie, sie hatte ihn wieder im Blick. Er lief auf die Porta Ovile zu. Fröstelnd wickelte sie ihre Strickjacke um den Körper. Der Abend war kühl, erst der Mai würde es schaffen, seine Wärme festzuhalten, wenn die Sonne unterging. Der April dagegen spielte tagsüber mit dem Sommer und sah am Abend ein, dass er das Spiel verloren hatte.

Filippo war verschwunden, er hatte sich neben einem Auto durch die Porta Ovile gedrängt und war nicht mehr zu sehen. Anna blickte sich um, ehe sie es so wie Filippo machte, und da fiel ihr auf, dass sie nicht die Einzige war, die Filippo nachging. Er war bereits an der steilen Via del Comune angekommen und wappnete sich für den Aufstieg. Der Mann, der am Zebrastreifen wartete, entschloss sich, die Fahrzeugschlange zu zwingen, ihn hinüberzulassen. In Italien war das anders als in Deutschland, wo ein Autofahrer am Zebrastreifen bremsen musste, wenn ein Fußgänger die Straße überqueren wollte. Hier fuhr jeder weiter, wenn er nicht ausdrücklich gehindert wurde, bog nach rechts in die Via Domenico Beccafumi oder schoss auf die Porta Ovile zu. Was wollte Valentino hier? Ging er ebenfalls Filippo nach? Oder war es Zufall, dass er diesen Weg nahm?

Hinter der Porta waren einige Wagen abgestellt worden, weil der kleine Parkplatz vor dem Tor schon überfüllt war. Anna drängte sich zwischen einen Lieferwagen und einen Motorroller, bückte sich und lauerte auf das, was passieren würde. Ein Fehler! Sie hätte es sich denken können. Stille Ecken und die Nähe von alten Mauern sollte man in Siena meiden, das wusste sie. Denn dort führten die Hundebesitzer ihre Lieblinge besonders gern hin. Anna hätte es sich denken können, sie hatte doch längst gelernt, dass solche Ecken zu meiden waren. Aber nun stand sie in den Hinterlassenschaften eines Hundes, anscheinend einer ausgewachsenen Dogge.

»Verdammte Scheiße!«

Dass zwei junge Männer, die sich an ihr vorbeidrückten, über ihre Wut lachten, brachte sie noch weiter auf. Vielleicht war es ganz gut, dass die italienische Sprache für sie noch immer eine Fremdsprache war und spontanes Fluchen sich ganz unüberlegt mit deutschen Kraftausdrücken Bahn brach. So verstand niemand, dass sie allen italienischen Hundebesitzern die Pest an den Hals wünschte und ihren Vierbeinern, bei lebendigem Leibe geröstet zu werden. Und sie hatte nicht einmal Zeit, ihre Schuhsohlen zu säubern, wenn sie Filippo nicht aus den Augen verlieren wollte. Sie blieb eine Weile geduckt stehen, den Kopf eingezogen, durch die Seitenscheiben der Autos lauernd, da sah sie ihn. Ja, Valentino war nicht zufällig hier, auch er folgte seinem Bruder und beobachtete ihn.

Was wusste Valentino? Was wollte er? In ihr zog sich etwas zusammen, was vorher noch weit, weich und nachgiebig gewesen war. Die Liebe zu ihren Brüdern, die nun von Angst und Sorge eingeschnürt wurde.

Valentino entschied sich für den nächsten Weg, die Via di Mezzo, die den gleichen Verlauf nahm und ebenfalls auf die Straße mündete, die auf der einen Seite zum Campo und auf der anderen zur Basilica führte. Anna stand ratlos am Fuß der beiden steilen Wege. Wenn einer ihrer Brüder sich umwandte, würde man sie sehen. Und auf diesen steilen Wegen drehte sich immer jemand um! Niemand schaffte es, die Straße hochzusteigen, ohne sich zwischendurch auszuruhen.

Anna ging zur Via del Comune und entschloss sich, Filippo zu folgen. Zwar war er älter, aber besser zu Fuß als Valentino nach seiner Knieoperation. Sie huschte von Hauseingang zu Hauseingang und hoffte, ihr Bruder würde sie nicht sehen, wenn er sich umdrehte.

Das tat er erst, als er oben angekommen war. Sie sah, dass er schwer atmete und sich anschauen wollte, welch schwere Steigung er genommen hatte. Mit eingezogenem Bauch blieb sie in dem Hauseingang stehen, den sie sich ausgesucht hatte, und wartete. Nach einer Weile setzte sich Filippo zum Glück wieder in Bewegung, und sie folgte ihm, so schnell es ging. Oben angekommen, sah sie, dass er bereits auf dem Vorplatz der Basilica stand. Ein Blick in die Via di Mezzo zeigte ihr, dass Valentino die Steigung noch längst nicht bewältigt hatte. Sie konnte also Filippo folgen, ohne fürchten zu müssen, von Valentino entdeckt zu werden.

Anna konnte erkennen, dass er vor dem Eingang stehen geblieben war, als wüsste er mit einem Mal nicht mehr genau, ob er die Basilica wirklich betreten wollte. Er sah den Studenten nach, die ihre Hörsäle erreichten, indem sie durch den Kreuzgang der Basilica gingen, von dem es einen Weg in den Garten gab. Scheinbar wollte er darauf verzichten, das Gotteshaus zu betreten. Anna wusste, dass er, seit er als kleiner Junge in der Obhut von Mönchen gewesen war, ein gespanntes Verhältnis zur Kirche hatte. Er machte ein paar Schritte nach links, dann nach rechts, unschlüssig, zaudernd, während sie sich an einen Baum auf dem Spielplatz drückte, den es in der Nähe gab. Hier fühlte sie sich geschützt.

Valentino suchte in einer großen Reisegruppe Schutz, die sich gerade formierte, Anna blieb auf dem Spielplatz und beobachtete mit angehaltenem Atem, was geschah.

Filippo betrat nun doch das Gotteshaus, ahnungslos, dass ihm seine Geschwister auf den Fersen waren. Valentino folgte ihm im Schutz der Reisegruppe, Anna huschte hinterher, als beide nicht mehr zu sehen war. Sie betrat die Basilica mit vielen anderen, zwischen denen sie sich unsichtbar machen konnte.

Zum Glück war die Kirche gut besucht, Anna fand viele Möglichkeiten, sich in der Menschenmenge zu verbergen. Sie spürte, dass es in ihr zu vibrieren begann. So musste sich ein Polizeibeamter oder Detektiv fühlen, der kurz vor dem Ziel stand, nachdem er lange vergeblich ermittelt hatte. Emilio und Konrad würden dieses Gefühl kennen, diese Mischung aus giftgelber Erwartung, Hoffnung in Zuckerwatterosa und novembergrauer Sorge. Sie ließ weder Filippo noch Valentino aus dem Blick, folgte ihnen mit den Augen, trat einer alten Frau auf die Füße, rempelte einen Mann an, der in seinen Reiseführer vertieft war, und entschuldigte sich nicht einmal.

Die Worte, die auf dem Zettel gestanden hatten, kamen ihr wieder in den Sinn. »Meine Gefühle fahren Achterbahn. Ich möchte dir in die Augen sehen, wenn ich dir sage, wie schrecklich verliebt ich bin.« Und der Brief war mit »Mein Geliebter!« überschrieben gewesen. Filippo musste im Gefängnis jeden Kontakt zur Realität verloren haben. Er konnte doch nicht wirklich glauben, dass eine junge, hübsche Frau wie Janina Spicker ihn »Geliebter« nannte, ihn, einen über siebzigjährigen Ganoven. Nein, mit Janina Spicker musste es etwas anderes auf sich haben. Sie hatte ein Geheimnis, das mit der Familie Kolsky zusammenhing, da wurde Anna immer sicherer. Wenn sie etwas von Filippo wollte, dann etwas anderes, als ihr Bruder glaubte.

Filippo war nun in dem Querschiff angekommen, in dem es ruhig war. Es wurde schwieriger, ihm zu folgen. Anna sah, dass es Valentino genauso ging. Auch er zögerte und blieb in der Nähe des Podestes stehen, auf dem die heilige Katharina gestanden hatte.

Anna drängte sich hinter eine Säule. Sie musste warten. Sie würde ihren Brüdern erst folgen, wenn beide durch die Tür in den Garten getreten waren, aber erst nachdem sie noch einmal eine Weile gewartet hatte. Sie musste sicher sein, dass sie sich von der

Tür entfernt hatten, nicht nur Filippo, auch Valentino. Ihr Herz begann zu beben. Hoffentlich ging das gut. Filippo würde außer sich sein, wenn er bemerkte, dass sie ihm nachgegangen war. Er wurde doch nicht umsonst ständig von der Sorge gepeinigt, verfolgt zu werden. Mit familiärer Fürsorge würde sie Filippo und auch Valentino nicht kommen können. Daran waren sie nicht gewöhnt, konnten sich nicht vorstellen, dass Anna sich Sorgen um sie machte. Für sie zählte nur der Übergriff auf das, was im Gefängnis keine Rolle gespielt hatte. Ihre private kleine Schutzzone, die sie notfalls mit Gewalt verteidigten.

Sie drückte sich noch immer hinter die Säule, bereit zu warten, bis der richtige Moment gekommen war. In diesem Augenblick sah sie jemanden, der sich aus einer Menschentraube löste, suchend umblickte, aber augenscheinlich nicht nach einer Sehenswürdigkeit Ausschau hielt. Entsetzt drängte sie sich noch dichter an die eiskalte Marmorwand, legte den Hinterkopf daran und schloss sogar die Augen. Wenn sie nichts sah, konnte auch sie selbst nicht gesehen werden! Sie hörte Tante Rosi noch lachen, wenn sie als Kind beim Versteckspiel auf diese Weise gewinnen wollte. Aber das hier war kein Spiel, das wurde ihr schlagartig klar. Das hatte auch nichts mit der absurden Verliebtheit einer jungen Frau zu tun und auch nichts mit der Überheblichkeit eines alten Mannes. Hier war etwas anderes im Gange, das wurde ihr klar, als sie den Mann beobachtete, der sich vorsichtig, Schritt für Schritt, vorwärtsbewegte …

Die junge Dame schaffte es tatsächlich, ihn für eine Weile von seiner Beklommenheit abzulenken. Vom Raub der heiligen Katharina, von Annas Bruder, der in Verdacht stand, von Anna selbst, die augenscheinlich mehr wusste, als sie zugab, und die versuchte, Valentino Kolsky zu schützen, von Franz Lüpke, den er eigentlich beschatten sollte, vom *Albergo Annina,* in dem er Annas Nähe genießen wollte … Gerade als ihm klar geworden war, dass sein Weg zum Campo, das Mittagessen im Fonte Gaia und der zweite Espresso, den er bestellt hatte, eine Flucht war, hatte die Stimme neben ihm gefragt: »Ist hier noch frei?«

Sie hieß Peggy, kam aus New York und hätte genauso gut an einem freien Tisch in der Nähe Platz nehmen können. Sehr hübsch war sie, auf eine demonstrative Art attraktiv, und jung, höchstens Anfang dreißig. Sie flirtete geschickt, und automatisch ging er darauf ein. So was tat jeder Italiener, auch einer, der verheiratet war, kurz vor der Hochzeit stand oder sich auf keinen Fall in eine Beziehung verstricken wollte. Das wurde einem Italiener schnell zur zweiten Natur, spätestens nach Abschluss der Pubertät. Dann übersah er schon mal, dass die Frau zu jung für ihn war und dass er das starke Parfüm, das perfekte Make-up und die aufreizende Kleidung gar nicht mochte.

Emilio kam erst wieder zur Besinnung, als er sah, dass sie die Beine übereinanderschlug und dafür sorgte, dass ihr Rock weit in die Höhe rutschte. Das reichte, um ihn aufzuschrecken. Anna hätte sich niemals so provokant in Szene gesetzt. Und er wusste doch, wohin es mit solchen Frauen führte. Sie wollten nur ein Abenteuer, oder sie wollten alles. Beides war für Emilio Fontana nicht das Richtige, wenn auch die meisten Frauen glaubten, dass ein attraktiver Mann wie er immer auf ein Abenteuer aus war und dass es ein Leichtes sein würde, aus dem Abenteuer Ernst zu machen.

Er hatte noch keine Idee entwickelt, wie er sich freundlich, aber bestimmt aus der Affäre ziehen konnte, als sein Handy klingelte. Da Peggy mittlerweile aus ihm herausgefragt hatte, dass er nicht zu den Touristen gehörte, die sich Siena ansahen, sondern hier lebte und arbeitete, reichte eine kurze Entschuldigung. Es musste auch d'accordo sein, dass er sich nun von ihr abwandte und sie nicht mehr beachtete.

Konrad Kailer war am anderen Ende. »Sagen Sie mal, Commissario … womit verdienen Sie eigentlich Ihr Geld?«

Was sollte man auf eine so unverschämte, provokante Frage antworten? Am besten gar nichts.

»Haben Sie nicht im *Albergo Annina* eingecheckt, um unauffällig Franz Lüpke zu beschatten?«

Emilio erschrak. Wo mochte Konrad Kailer sich befinden? Etwa in Annas Hotel, wo die Wände Ohren hatten? »Sie sollten aufpassen, dass Sie nicht gehört werden«, entgegnete er mit so scharfer Stimme, dass Peggy ihre laszive Körperhaltung aufgab und sich aufrecht hinsetzte, als hätte er sie nicht mehr mit seinem Äußeren, sondern mit seinem Respekt einflößenden Gebaren beeindruckt.

»Halten Sie mich für einen Anfänger?«, kam es prompt zurück. »Natürlich kann mich niemand hören.« Konrad Kailer wurde kurzatmiger, als müsse er zügig ausschreiten oder eine Anhöhe bewältigen. »Aber ich wurde stutzig, als ich zufällig sah, dass Franz Lüpke allein das Hotel verlassen hat. Jemand, der ihn beschattet, sollte sich jetzt unbedingt an seine Fersen heften.«

»Wer sagt, dass ich das nicht tue?« Emilio erlaubte sich ein Grinsen, das er aber schnell wieder von seinem Gesicht wischte, als Peggy zurücklächelte. »Eine richtig gute Beschattung wird von niemandem bemerkt.«

»Wollen Sie mir weismachen, sie sind auch gerade auf dem Weg in die Basilica?«

»Veramente.« Emilio winkte nach Matteo und machte ihm mimisch klar, dass er seine Rechnung erst am nächsten Tag begleichen würde. Er ließ sein Handy am Ohr, als er aufstand, um sich nicht mit Fragen aufhalten zu lassen, die Peggy womöglich stellen würde. Er winkte ihr kurz zu und kümmerte sich nicht um ihr enttäuschtes Gesicht. »Wie ich Sie kenne, haben Sie auch schon eine Vermutung, was er in der Basilica will?«

»Bin ich der Ermittler, oder sind Sie es?«, blaffte Konrad zurück.

Diese Frage überhörte Emilio. Wenn er sich beeilte, würde er in fünf Minuten dort sein. Es war nicht weit vom Campo zur Piazza di San Francesco. Wenn er sich dort blicken ließ, würde Konrad Kailer vielleicht sogar beeindruckt sein, weil er die Beschattung derart unauffällig durchgeführt hatte, dass er niemandem aufgefallen war. Nicht einmal dem superschlauen ehemaligen deutschen Polizisten.

Anna konnte den Blick nicht von dem Mann abwenden, der in ihrer Nähe stehen geblieben war und sich erstaunt umsah. Wen suchte er? Etwa Filippo oder Valentino? Er machte jedenfalls den Eindruck, als sei er jemandem nachgegangen, dessen Spur er verloren hatte. Was wollte er von ihren Brüdern?

In diesem Augenblick kam ein junges Mädchen den Mittelgang entlang. Anna kannte Barbarina. Sie war die Tochter von Dottore Barbieri, einem Schönheitschirurgen. Sein Ruf hatte stark gelitten, nachdem eine Frau, der er ein Lifting verpasst hatte, sich nicht mehr aus dem Haus traute, seit ein frecher Junge »Zombie!« hinter ihr hergeschrien hatte. Der Dottore musste seine Villa auf dem Land verkaufen und wohnte nun am Ende der Via Valdambrino. Seine Frau erzählte jedem, dass man sich für den Umzug entschieden habe, weil sie sich angeblich nichts sehnlicher gewünscht hatte, als mit dem Blick auf die Basilica di San Francesco zu leben. Niemand glaubte ihr, aber alle taten so. Barbarina hatte im letzten Sommer die Schule beendet, sich aber noch nicht für eine Ausbildung entscheiden können. Ihre Mutter wollte nicht, dass sie nach Florenz ging, um Restauratorin zu werden, denn ein sensibles Ding wie Barbarina durfte das Elternhaus nicht so früh verlassen. Eine Ausbildung zur Zahnarzthelferin in Siena, die ihr angeboten worden war, kam jedoch auch nicht infrage, weil eine Barbieri ihr Geld nicht damit verdienen konnte, in die aufgerissenen Münder von wildfremden Menschen zu gucken. Der Job als Zimmermädchen im *Albergo Annina* war dermaßen unter ihrer Würde, dass

Anna wochenlang nicht von Signora Barbieri gegrüßt worden war, nachdem sie diesen Vorschlag unterbreitet hatte. Selbstverständlich war Annas Angebot abgelehnt worden, das hatte Signora Barbieri ihr zitternd vor Entrüstung klargemacht. Ein Mädchen wie Barbarina durfte niemand ungestraft in einen Topf mit denen werfen, die es nötig hatten, erwerbstätig zu sein. Dass Barbarina von ihrer Zukunft andere Vorstellungen hatte als ihre Mutter, glaubte Anna unbedingt, aber anscheinend wollte sie die Luftschlösser ihrer Mutter nicht mit Realitätssinn vernebeln. Sie durchmaß das Seitenschiff mit energischen Schritten und ging auf die Tür zu, durch die Valentino als Letzter verschwunden war. Sie schien sich auszukennen. Gérard Depardieu machte einen langen Hals, als sich die Tür öffnete, wartete aber ab, bis sie sich wieder geschlossen hatte. Dann erst setzte er sich in Bewegung, als wüsste er nun, wo er zu suchen habe, was oder wen er verloren hatte. Er öffnete die Tür allerdings weniger schwungvoll, sondern vorsichtig, als wäre er sich immer noch nicht sicher, und huschte hindurch, als wollte er nicht gesehen werden. Was hatte das zu bedeuten?

Anna wartete eine geraume Weile, bis sie sich traute, ebenfalls die Tür zu öffnen. Filippo war nicht zu sehen, was sie nicht verwunderte. Selbstverständlich ging er nicht auf sein Ziel zu, das tat er ja nie. Er umrundete vermutlich gerade den Garten, schlich am Zaun entlang, sicherte das Gelände und würde dann von hinten kommen, um auf Janina Spicker zu warten oder auf sie zuzugehen. Anna sah sich um. Die junge Frau war nicht zu sehen. Vielleicht würde es ein kurzes, freudiges Erschrecken bei Filippo geben, wenn er das junge Mädchen auf der Bank sah, das augenscheinlich auf jemanden wartete. Barbarina sah sich nun um, als könnte sie nicht fassen, dass es unpünktliche Menschen gab. Filippo würde auch von hinten schnell erkennen, dass es sich nicht um Janina Spicker handelte.

Valentino beugte sich gerade über ein Beet und heuchelte botanisches Interesse, als Gérard Depardieu auf ihn zutrat und ihn ansprach. Ungläubig sah er auf. Was Gérard Depardieu zu ihm sagte, schien ihm nicht zu gefallen. Er griff ärgerlich nach seinem Arm und zog ihn weg, in den hinteren Teil des Grundstücks, wo die Gärtner sich nicht mehr viel Mühe mit der Pflege des Gartens gaben.

Anna biss sich auf die Lippen. Nun kannten sich die beiden also wieder. Wenn sie sich am Abend im *Albergo Annina* begegneten, würden sie erneut aneinander vorbeiblicken, als hätten sie sich nie gesehen. Worum mochte es in ihrem Gespräch gehen? Anna hätte alles dafür gegeben, sie belauschen zu können. Gab es Probleme beim Verhökern der Heiligenstatue? Waren die beiden nervös geworden, nachdem Valentinos Zimmer durchsucht worden war? Ihnen musste klar sein, dass ihnen jemand auf der Spur war. Ein Detektiv, ein Mitwisser, die Polizei … oder Valentinos Schwester. Dass Valentino ihr geglaubt hatte, war nicht sicher. Sein Blick war nachdenklich und fragend geworden, als er hörte, dass Anna in seinem Bad gewesen war und nicht hatte verhindern können, dass man sie einsperrte.

Zwischen Gérard Depardieu und Valentino schien sich ein Streit zu entwickeln. Anna näherte sich ihnen vorsichtig und drückte sich in ein Gebüsch, in dem sie zwar nicht gänzlich verschwinden konnte, sich aber doch einigermaßen geschützt fühlte. Zum Glück hielten sich nicht viele Menschen in dem Garten auf, die meisten Besucher der Basilica hatten keine Ahnung, dass es diesen Garten überhaupt gab. Außer der jungen Frau auf der Bank konnte Anna niemanden sehen, der sich darüber wundern könnte, dass sie sich in dem Gebüsch verbarg.

Vorsichtig bog sie die Zweige auseinander. Die Stimmen wurden nun lauter, unbeherrschter. Was ging da vor? Und vor allem: Worum ging es? Leider war es Anna unmöglich, sich so weit zu nähern, dass sie das Gespräch verfolgen konnte. Zwar wurden die beiden schnell zu Kontrahenten, sahen nicht mehr nach rechts und links, achteten nicht mehr auf ihre Umgebung, hatten nur noch Augen für den jeweils anderen … trotzdem wäre es gefährlich gewesen, näher heranzuschleichen. Valentino durfte nicht merken, dass sie ihm gefolgt war, und Franz Lüpke durfte nicht erfahren, dass sie seine wahre Identität kannte. Dem Diebstahl der heiligen Katharina würde sie nur auf den Grund kommen, wenn niemand ahnte, was sie wusste.

Für einen Augenblick schien Franz Lüpke seine Vorsicht zu vergessen und sprach so laut, dass Anna seine Worte verstehen konnte: »Ich brauche die Kohle!«

Seine Körperhaltung veränderte sich, der Oberkörper drehte sich bereits in die Richtung, aus der er gekommen war. Er wollte wieder in die Kirche zurück, wollte weg von Valentino, war sich mit ihm anscheinend nicht einig geworden.

Anna sah sich nervös um. Er würde an ihr vorübergehen müssen, wenn er zurückwollte. Aber dann würde er sie entdecken, keine Frage. Hektisch befreite sie sich von den Zweigen des Gebüschs, trat wieder auf den Weg und blickte sich um, unfähig zu entscheiden, wohin sie sich wenden sollte. Vor Gérard Depardieu in die Kirche zurück? Oder lieber tiefer ins Gelände hinein? Doch in diesem Augenblick sah sie Filippo, der in ihre Richtung kam. Nur das nicht! Den Weg in den hinteren Teil des Gartens versperrte er ihr, aber nach vorn war noch Luft. Gérard Depardieu stritt sich nach wie vor mit Valentino, hatte sich noch immer nicht entschlossen, sich umzudrehen und ihn stehen zu lassen. Anna warf einen Blick zu der Senke, in der sie sich schon einmal verborgen hatte, aber um nichts in der Welt hätte sie diesen Ort wieder zum Versteck gewählt. Der Angriff der Stachelschweine saß ihr noch in den Knochen. Nie wieder!

Es gab nur eine Möglichkeit: zurück in die Kirche! So schnell wie möglich! Ehe Gérard Depardieu den gleichen Weg nehmen konnte. In der Kirche gab es Verstecke, die vielen Marmorsäulen waren ideal, um sich dahinter zu verbergen.

Mit wenigen Sprüngen hatte sie die kurze Distanz überwunden und war an der Tür angelangt. Sie lag in einer Nische, sodass die Bewegung des Türblatts vermutlich zu erkennen war, aber weder Valentino noch Gérard Depardieu sehen konnten, wer die

Tür öffnete. Anna warf einen kurzen Blick zurück und stellte fest, dass Gérard Depardieu gerade in diesem Augenblick herumfuhr und auf die Tür zulief. Mit einer heftigen Handbewegung zeigte er, wie wütend er auf Valentino war.

Anna hatte keine Zeit zu überlegen. Sie huschte in die Kirche, wunderte sich nur kurz, dass es dort so still war, und entschied sich für das erstbeste Versteck: eine marmorne Mauer, die einen Altar und drei steinerne Bänke vom Hauptschiff trennte. Mit klopfendem Herzen duckte sie sich so tief wie möglich und lauschte auf das Knarren der Tür und die Schritte. Zwei, drei, dann nur noch ein kurzes Scharren. Gérard Depardieu war stehen geblieben. Warum? Oder war es ein anderer, der die Kirche betreten hatte? Anna versuchte, um die Mauer herumzusehen, konnte aber nur zwei Füße erkennen. Sie mochten Gérard Depardieu gehören, aber sicher war sie nicht. Warum blieb er dort stehen?

In diesem Moment vernahm sie ein Geräusch. Das Anreißen eines Streichholzes. Gérard Depardieu wollte also eine Kerze anzünden. Für die heilige Katharina, die nicht mehr da war? Damit sie verschwunden blieb und niemand etwas davon erfuhr, wie viel Geld sie auf dem illegalen Kunstmarkt gebracht hatte?

Wieder fiel Anna die Stille in der Kirche auf. Es schien keine Reisegruppe mehr da zu sein, die leisen Stimmen der Reiseführer waren nicht zu hören, das Gemurmel aller anderen Besucher war ebenfalls verstummt. Sie begann sich unwohl zu fühlen, nicht nur, weil sie ihre Kniearthrose spürte. Verdammt, es tat weh, längere Zeit in der Hocke zu sitzen!

Vorsichtig ließ sie sich zu Boden gleiten und atmete auf. So war es besser. Die Kniegelenke waren entlastet, sie konnte die Beine ausstrecken. Allerdings … der Boden war sehr kalt, lange würde sie es so nicht aushalten, sonst wäre am nächsten Tag eine Blasenentzündung fällig.

Mit einem Mal kamen eilige Schritte aus einer Seitenkapelle, und eine Stimme sagte: »Heute schließen die schon um sechs.«

Anna schreckte auf und blickte auf ihre Armbanduhr. Kurz vor sechs! Gerne wäre sie ebenfalls zum Eingang gelaufen. Wenn sich nur Gérard Depardieu auch endlich dorthin begeben würde! Aber noch versperrte er ihr den Weg durch seine breite Anwesenheit da vorne an der Tür.

Nun roch sie etwas und wusste schlagartig, warum er in der Nähe der Tür stehen geblieben war. Das Streichholz war nicht zum Entzünden einer Kerze gedacht gewesen, er steckte sich eine Zigarette an. In der Basilica di San Francesco! Anna blieb vor Empörung die Luft weg. So ein Banause! Bruder Giorgio würde mehrere Rosenkränze beten müssen, um den heiligen Franz von Assisi gnädig zu stimmen, damit dem Frevler verziehen wurde. Wenn es stimmte, dass die Kirche an diesem Tag früher schloss, musste der Laienbruder jeden Augenblick mit klirrenden Schlüsseln erscheinen. Vermutlich war der Zigarettenrauch schon bis in die Sakristei gedrungen. Dreistigkeit, so orange wie der Sonnenuntergang. Mit einer Beimischung von Zinoberorange. Grell, beißend und brenzlig. Wo war Bruder Giorgio? So was konnte man doch nicht durchgehen lassen!

Aber es blieb ruhig in der Kirche. So ruhig, dass Anna nun doch glauben konnte, dass die Schließung unmittelbar bevorstand. Obwohl … seit sie eine angenehme Körperposition gefunden hatte und sich nicht mehr darauf konzentrieren musste, den Schmerz im Knie zu vermeiden, war sie ruhiger und damit auch aufmerksamer geworden. Nun merkte sie, dass sie in der Basilica nicht mit Gérard Depardieu allein war. Es gab noch jemanden, der sich in der Nähe aufhielt. Vielleicht sogar mehrere? Sie spürte es ganz deutlich und hörte es, wenn auch nur schwach. Dieses riesige Gewölbe versah jedes Streichen, Rascheln, Schleichen mit einem Hall, der die Geräusche schnell und leicht verriet. Von links kam etwas, die Berührung einer Bank, die Veränderung einer Körperhaltung, ein Fortbewegen, das Flattern von Kleidung. Was von vorn kam, hörte sich anders an. Metall auf Holz, ein Ring oder eine Armbanduhr, die eine Bank gestreift hatte, dann Leder auf Marmor, ein, zwei Schritte mit leichten Schuhen.

Anna verhielt sich mucksmäuschenstill – und erschrak furchtbar, als die Tür zum Garten aufgerissen wurde. Auch Gérard Depardieu schien zusammenzuzucken. Seine Füße fuhren jedenfalls herum. »Was…?« Mehr brachte er nicht heraus. Etwas, was wie ein Schlag klang, hinderte ihn am Weiterreden. Die halb gerauchte Zigarette fiel neben seine Füße, die Schuhe hoben vom Boden ab und wurden auf den Absätzen nach draußen gezogen. Die Tür fiel krachend ins Schloss, im selben Moment herrschte wieder Stille.

Anna spürte, dass die Fassungslosigkeit ihr vom Kopf bis in die Füße rieselte. Vom Verstand zum Begreifen, über den Bauch zum Fühlen, direkt zur Angst, dann zum Fluchtreflex, zu den Füßen. Vielleicht war es ganz gut, dass sie wegen ihrer Kniearthrose nicht so schnell auf die Beine kam. Denn noch ehe sie es geschafft hatte, sich aufzurappeln, fiel ihr wieder ein, dass sie in dieser Kirche nicht allein war. Es hielt sich noch jemand in der Nähe auf, der sich aber nicht zeigte. Und demjenigen wollte sie sich auch nicht zeigen. Auf keinen Fall!

Der Prälat war ihm vor dem Kirchenportal entgegengekommen, aber Emilio hatte sein Gesicht abgewandt und vorgegeben, er sähe ihn nicht. Das fehlte noch, dass er sich nach dem Erfolg seiner Ermittlungsarbeit fragen lassen musste. Er hätte ja keine Antwort geben können. Es wurde Zeit, dass er mit Giuseppe telefonierte, um zu hören, was sein Assistent herausgefunden hatte. Aber jetzt erst mal dorthin, wo Franz Lüpke sich aufhielt, damit Konrad Kailer ihm nicht nachsagen konnte, er kümmere sich nicht um diesen Fall.

Es wunderte ihn nicht, dass sich Reisegruppen schon formierten, um den Rückzug anzutreten, und der Strom der Touristen sich zum Ausgang richtete, während die Neuankömmlinge nur noch personenweise hereintröpfelten. Sonntags schloss die Basilica eigentlich um neunzehn Uhr, aber leider kam es auch häufig vor, dass der Prälat anders entschied. Dann hing in der Nähe des Eingangs ein entsprechendes Schild, was aber nur von wenigen zur Kenntnis genommen wurde.

Wo mochte sich Franz Lüpke aufhalten? Was wollte er überhaupt hier? Wenn er am Raub der Statue beteiligt war… ging es ihm darum, irgendwelche Spuren zu verwischen? Aber warum erst jetzt? Die Arbeit der Spurenfahnder war längst abgeschlossen.

Giuseppe hatte gleich danach angerufen. »Nichts! Spuren gibt es, aber keine Vergleichswerte. Wer immer sich dort zu schaffen gemacht hat, ist vorher nie mit dem Gesetz in Konflikt gekommen. Oder er hat Handschuhe getragen. Also echte Profis.«

Emilio hatte erleichtert aufgeatmet. Keine Spuren von Valentino Kolsky? Nicht einmal welche von Franz Lüpke? Dann waren die beiden wirklich sehr sorgfältig vorgegangen. Die Fingerabdrücke und DNA-Spuren waren womöglich von jemandem hinterlassen worden, der die Statue umarmt und abgeküsst hatte. Es gab ja solche Fanatiker. Die Spuren mussten keineswegs etwas mit den Tätern zu tun haben. Gewohnheitsverbrecher wie die Kolskys trugen natürlich Handschuhe und wussten, wie man dafür sorgte, dass keine Spuren zurückblieben. Und ein Ganove wie Franz Lüpke ebenfalls.

»Wann kann ich hier endlich wieder mit Ihnen rechnen?«, maulte Giuseppe. »Alles muss ich alleine machen. Ich verstehe nicht, dass Sie so viel Zeit vergeuden, um den deutschen Kollegen zu helfen.«

»Franz Lüpke hält sich in Siena auf, also ist er auch unser Fall.« Dass seine Antwort nicht überzeugend war, wusste Emilio selbst. »Sie sollten den Kunstmarkt checken. Wenn die Statue irgendwo angeboten wird, haben wir den Dieb.«

»Als wenn das so einfach wäre!«

»Sie schaffen das, Giuseppe. Ich vertraue Ihnen voll und ganz.«

Die Atmosphäre in der Basilica änderte sich von Minute zu Minute, in der sich die murmelnden Stimmen entfernten. Eine Weile noch scharrten die Füße auf dem Mittelgang des Hauptschiffs, dann gab es nur noch ein paar Touristen mit Reiseführern in der Hand, die sich auch die kleinen Altäre und sämtliche Fresken ansahen. Sie tauchten hinter Gewölbebögen und Marmorsäulen auf, blickten sich überrascht um, steckten die Reiseführer weg und strebten dem Ausgang zu. Niemand wollte Gefahr laufen, in der Basilica eingeschlossen zu werden.

Emilio sah auf die Uhr. Wo mochte Konrad Kailer sein? Und wo war Franz Lüpke? Vielleicht im Garten? Er machte ein paar Schritte auf das Seitenschiff zu, in dem die heilige Katharina gestanden hatte und wo es die Tür gab, die in den Garten führte. Vorsichtig, langsam, mit großem Bedacht. Mittlerweile fühlte er sich allein in der riesigen Basilica. Dabei wusste er, dass er nicht allein sein konnte. Bruder Giorgio würde sich irgendwo hinter den Kulissen der kirchlichen Bühne aufhalten und hervortreten, sobald er seine Aufgabe zu erfüllen hatte, die Kirche abzuschließen. Emilio fühlte sich auch deshalb nicht allein, weil in allen Ecken etwas zu wispern schien, hinter den Altären und Marmorstatuen, in den Nischen, rund um die Säulen. Überall gab es winzige Bewegungen, die winzige Geräusche verursachten. Das war ihm schon als Kind aufgefallen, wenn er mit seiner Mama in eine große Kirche ging, diese Stille, die rascheln konnte und hallte, eine Stille, die ständig den eigenen Namen rief. In der Basilica war so viel Raum, sie war für Lautlosigkeit einfach zu groß. Es gab Schweigsamkeit dort, aber niemals Totenstille. Konrad Kailer würde hier irgendwo sein, und er hatte gesagt, Franz Lüpke sei in die Basilica gegangen. Also musste auch der sich hier irgendwo aufhalten.

Emilio verzog sich hinter eine Säule, wo er so schnell nicht gesehen werden konnte, und beobachtete seine Umgebung. Hier ein Beben, dort eine Unruhe, aber von Franz Lüpke keine Spur! Hielt er sich womöglich im Garten auf? Dort kannte er sich ja aus. Bruder Giorgio hatte ihn da zusammen mit Valentino Kolsky beobachtet.

Emilio löste sich gerade von der Säule, als er hörte, dass sich eine Tür öffnete. Die Tür, die in den Garten führte? Nun fiel sie ins Schloss … aber nichts geschah. Keine Schritte waren zu hören, weiterhin war niemand zu sehen. Emilio schnupperte. Was war das? Zigarettenrauch? Das durfte ja nicht wahr sein! Jemand rauchte in der Basilica! Wenn das Franz Lüpke war, dann … nein, dann würde er nicht auf ihn zugehen und ihn zur Rede stellen. Besser, Lüpke sah ihn nicht. Zwar konnte Emilio behaupten, er sei rein zufällig in der Basilica, um sie zu besichtigen, Anna Wilders habe ihm, dem kulturbeflissenen Hotelgast, diesen Ausflugstipp gegeben, aber besser war es, wenn Lüpke ihn nicht sah. Am Ende würde er noch misstrauisch werden.

Emilio machte einen vorsichtigen Schritt nach vorn. Wo war Bruder Giorgio? Jemand musste doch diesem Banausen klarmachen, dass in einer Kirche nicht geraucht werden durfte! Aber der Laienbruder war nirgendwo zu sehen, und kein Geistlicher ließ sich blicken.

In einer der Bankreihen meinte Emilio eine Bewegung auszumachen, aber er kam nicht dazu nachzuschauen, ob sich jemand zusammenkauerte oder dort kniete, eine alte Frau, die ihre Gebete murmelte, oder jemand, der den Anschluss an seine Reisegruppe verloren hatte. Er erschrak, als er hörte, dass sich die Tür in den Garten erneut öffnete. Dann ein kurzer Schlag, ein Laut, den er nicht identifizieren konnte, ein Ächzen, ein Scharren. Kurz darauf fiel die Tür wieder ins Schloss. Als Emilio ein paar Schritte auf den Eingang des Seitenschiffs zu machte, sah er, dass vom Boden in der Nähe der Tür eine dünne senkrechte Rauchsäule aufstieg. Eine Zigarette war zu Boden gefallen. Einfach hingeworfen und nicht einmal ausgetreten!

Er wollte darauf zulaufen, wollte den unverschämten Raucher verfolgen, nachsehen, ob er im Garten gestellt werden konnte … da hörte er die Stimmen zweier Menschen. Ein Flüstern, ein

Zischeln und dann sogar ein Kichern. Als er den Saum der Mönchskutte sah, machte er einen Schritt zurück. Bruder Giorgio! Aber er war nicht allein, in seiner Begleitung befand sich eine junge Frau. Nein, keine Gläubige, die Hilfe im Gebet oder im Gespräch gesucht hatte, sondern eine, die sich kurz an den Laienbruder schmiegte, ihm etwas ins Ohr flüsterte, was ihn zum Lachen brachte.

Entsetzt wich Emilio zurück. »Santo Dio!«, flüsterte er. Ein Mönch auf Abwegen! Wenn er das seiner Mutter erzählte! Er schob sich wieder hinter die Marmorsäule und schüttelte leicht den Kopf. Nein, Mama würde seine Empörung nicht teilen. Sie wäre froh, wenn mal wieder ein junger Mönch der Weiblichkeit zurückgegeben wurde.

Er schob den Kopf wieder so weit vor, dass er die beiden sehen konnte, die sich anscheinend allein fühlten. Nun standen sie aneinandergepresst da und küssten sich. Ineinander verschlungen, aneinander gefesselt, mit einer Leidenschaft, die in Emilio ein tief greifendes Gefühl erzeugte. Die Liebe konnte siegen! Man musste ihr nur Raum und Gestalt geben. Und der Raum konnte auch eine Basilica und die Gestalt eine Mönchskutte sein. So seltsam es ihm erschien, diese beiden zu sehen, so absonderlich und auch befremdlich war es. Aber auch berührend und herzbewegend. Unmöglich, sich den beiden in den Weg zu stellen, diese Innigkeit zu stören, sie der Angst vor Verrat auszuliefern. Nein, Emilio zog sich erneut zurück und stellte fest, dass Bruder Giorgio von der brennenden Zigarette nichts bemerkte. Nicht einmal den Geruch schien er wahrzunehmen. Emilio seufzte. Die Liebe war wirklich etwas, wozu jede Übertreibung und alles Märchenhafte passte.

Die beiden gingen aneinandergeschmiegt zum Haupteingang, küssten sich dort noch einmal, dann huschte das Mädchen hinaus. Bruder Giorgio folgte ihr in aufrechter Haltung, sodass niemand, der die beiden auf dem Vorplatz sah, auf die Idee gekommen wäre, sie hätten die Einsamkeit der Kirche für etwas genutzt, was nichts mit Frömmigkeit zu tun hatte. Und dann … dann schloss sich die Tür, und Emilio hörte, wie sich ein Schlüssel im Schloss drehte. Bruder Giorgio rüttelte an der Klinke, um sich zu vergewissern, dass die Tür nicht nachgeben würde, dann herrschte Stille. Im selben Moment begriff Emilio, was geschehen war. Bruder Giorgio schloss die Eingangstür der Basilica immer zuletzt. Bei allen anderen Türen musste sich längst der Schlüssel gedreht haben. Die Tür zum Garten, die Tür, die aus der Sakristei führte, womöglich gab es noch andere Türen, von denen Emilio nichts wusste, die nur die Geistlichen benutzten. Er sah auf die Uhr. Fünf nach sechs!

»Santo Dio!«

Ich habe Angst. Ganz schreckliche Angst. Rabenschwarz ist sie, und die grellen Blitze darin können sie nicht erhellen. Was ist geschehen? Mir scheint, ich bin Zeugin eines Überfalls geworden. Gérard Depardieu wurde niedergeschlagen und verschleppt. Sie meinen, ich könnte mich irren? Stimmt, ich habe nur seine Füße gesehen, Füße in schwarzen Lederschuhen. Sie haben recht, es könnte auch jemand anders gewesen sein. Die Schuhe waren Allerweltsmodelle, von denen jeder Mann ein Paar besitzt, für Beerdigungen, Hochzeiten und ähnliche Gelegenheiten. Ob Gérard Depardieu solche Schuhe hat und ob er sie heute trug, weiß ich wirklich nicht.

Aber irgendetwas geht hier vor. Wer immer in der Nähe der Tür geraucht hat, ist gewaltsam aus der Kirche bugsiert worden, so viel steht fest. Und nicht, weil er die Dreistigkeit besessen hat, sich in einem Gotteshaus eine Zigarette anzustecken. Sagen Sie jetzt nicht, ich soll nach draußen laufen und die Entführung verhindern. Versetzen Sie sich bitte mal in meine Lage! Sie machen es sich zu leicht. Es ist einfach, von einem anderen Mut zu verlangen, wenn man selbst gemütlich im Sessel sitzt oder mit diesem

Buch in der Badewanne liegt. Was ist, wenn ich vor der Tür diesen Verbrechern gegenüberstehe? Dann liege ich in null Komma nichts neben Gérard Depardieu gefesselt und geknebelt in irgendeinem Kofferraum. Nein, ich bleibe hier hocken und rühre mich nicht, bis die Luft rein ist. Es kommt mir so vor, als wäre ich nicht allein, obwohl kein Mensch zu sehen ist. Jemand, der umherschleicht, der sich vorsichtig bewegt. Mal kommen die Geräusche aus dieser, mal aus einer anderen Ecke. Da waren aber auch feste, laute Schritte und leichte, trippelnde, da war eine Tür, die ins Schloss fiel… doch ich konnte niemanden sehen. Hätte ich um Hilfe schreien sollen? Ja, vielleicht. Aber was, wenn das zwei Helfershelfer waren, die nachschauen wollten, ob sie unbeobachtet geblieben sind? Dann hätte ich Schutz bei den Falschen gesucht!

Da ist es wieder, dieses Schleichen! Lautlose Schritte auf weichen Sohlen, die mehr zu erahnen als zu hören sind. Dann ein knarzendes Geräusch aus einer anderen Richtung, aus einer Kirchenbank, wie mir scheint… Ich werde wahnsinnig vor Angst. Nein, ich rühre mich nicht. Und wenn ich bis morgen früh hier hocken muss…

Wie lange sie mit geschlossenen Augen still und steif dagesessen hatte, war ihr nicht klar. Aber irgendwann hielt sie es nicht mehr aus und aktivierte – neben dem Gehör – auch wieder ihren Sehsinn. Vorsichtig schob sie ihre Augen so dicht an die Marmorwand, hinter der sie hockte, bis sie zwischen den Durchbrüchen etwas erkennen konnte. Die Kirche lag dunkel da, aber nicht still und regungslos. Das Licht vor den Fenstern veränderte sich, das Bleiglas leuchtete nicht mehr, es dämmerte draußen. Kleine Lampen sorgten zwar dafür, dass es in der Basilica nicht stockdunkel wurde, aber die Dämmerung zog auch hier ihren Schleier über die

Marmorböden, die Fresken, die Statuen. Etwas schien sich in der Nähe der Seitenwand zu bewegen, aber Anna wusste schon im nächsten Augenblick nicht, ob sie sich getäuscht hatte.

Mit den Geräuschen war es genauso. Knarrte eine Bank, weil das Holz arbeitete? Stammte das leise Flattern von einem Falter, der sich in die Kirche verirrt hatte? Drang das Scharren von draußen herein? War sie doch ganz allein, von Geräuschen umfangen, die die Basilica selbst hervorbrachte? Das Ein- und Ausatmen von Überlieferung und allem Vorangegangenen, das sich in alten Kirchen bewegte …

Anna wurde zuversichtlicher. Sie wagte es, sich hinter der Mauer aufzurichten. Mit einem Mal kam ihr ihre Angst überspannt vor. Es war die gleiche Angst, unter der sie als Kind gelitten hatte, wenn sie von Tante Rosi in den Keller geschickt worden war, um Kartoffeln oder ein Einmachglas zu holen. Nein, sie musste sich nicht fürchten, nicht vor Dämonen, nicht vor Gewalttätern, erst recht nicht vor Kriminellen, die sie holen wollten, so wie sie Gérard Depardieu geholt hatten. Sie musste jetzt sehen, wie sie hier rauskam, nach einer offenen Tür suchen oder nach einem Fenster, das sich öffnen ließ. Am Haupteingang brauchte sie es nicht zu versuchen, sie hatte ja gehört, wie sich der Schlüssel gedreht hatte. Aber vielleicht gab es eine Möglichkeit, durch die Sakristei nach draußen zu gelangen! Von dort musste ein Weg in den Garten führen und dann durch die Hecke auf den Parkplatz. Es wurde wirklich Zeit, dass sie ins Hotel zurückkam, um Emilio zu verständigen. Er musste wissen, was sie in der Basilica beobachtet hatte. Sollte er sie ruhig fragen, warum sie in die Kirche gegangen war! Sie hatte ein paar Minuten der Stille und Einkehr gebraucht, um ein paar Augenblicke Entspannung und Ruhe zu haben. Das würde er ihr glauben. Wenn die Gäste aufbrachen, um sich im Nachtleben von Siena umzusehen, wurden oft Fragen nach einem guten Restaurant oder einer Bar gestellt. Dann wollte sie hinter der Rezeption stehen. Erst recht, wenn die Sondermanns einen Wunsch an sie richteten. Da durfte man sich doch vorher für eine kurze Zeit zurückziehen!

Sie trat einen beherzten Schritt hinter der Mauer hervor und begann zu summen, um sich Mut zu machen. Im Keller, wenn sie von Tante Rosi nach einem Glas Rote Bete oder einem Netz mit Zwiebeln geschickt worden war, hatte sie immer laut gesungen und aus ihrer Stimme eine Freundin gemacht, die neben ihr ging. Das wagte sie jetzt nicht. Wenn überhaupt, wäre in dieser Umgebung ja nur ein Kirchenlied infrage gekommen, und da fiel ihr gerade nichts ein. »Von guten Mächten wunderbar geborgen…« erschien ihr zu schwermütig, um Kraft daraus zu schöpfen, und »Vom Himmel hoch« war ganz und gar unangebracht. Also summte sie die Melodie, die ganz zufällig in ihrem Kopf entstand. »Siebzehn Jahr, blondes Haar…« Wenn sie den Text wegließ, passte dieses Lied genauso gut wie jedes andere.

Sie summte bis zum Ende der Marmorbrüstung und hörte, wie sich das Summen veränderte, als sie in die Mitte des Hauptraums trat. Der Hall machte aus der kleinen Melodie etwas Größeres. Aber dann, gerade bei »so stand sie vor mir«, sah sie die große Gestalt neben einem der riesigen schmiedeeisernen Kerzenständer stehen. Sehr groß, sehr breit, mit riesigen Händen, die Schatten warfen, als er beide Arme hob.

Anna fuhr herum, flüchtete aufs Geratewohl… und wurde kurz darauf von einer weiteren Gestalt gestoppt. Nicht so groß, nicht so breit, aber sie machte einen Schritt auf sie zu. Ein herbes Eau de Toilette kam ihr entgegen, und Anna machte auf dem Absatz kehrt, rannte zurück, auf die große Gestalt zu, stellte fest, dass sie näher kam, fuhr erneut herum, sah ausgebreitete Arme… und gab auf. Anna Wilders fiel nichts anderes ein, als zu schreien. Sie schrie aus Leibeskräften. So ähnlich hatte sie schon einmal geschrien, als ihr Vater aus dem Gefängnis ausgebrochen war und Schutz in Tante Rosis Keller gesucht hatte…

Das *Albergo Annina* lag ruhig da. Keine Katastrophe hatte es erschüttert, kein Brand, kein Rohrbruch, kein Überfall. Die Außenbeleuchtung war hell genug, um die Treppe gefahrlos hinauf- und herunterzusteigen, ließ der Dunkelheit aber die Vorherrschaft. Das Licht, das durch die Fenster fiel, war weich und golden. Das Haus sah so freundlich und einladend aus, als stünde die Besitzerin hinter der Rezeption und plauderte mit den Gästen, die in der Lobby saßen, Reiseführer studierten und an einem Sherry nippten.

Das war jedoch leider nicht der Fall. Eileen und Ole Sondermann beklagten seit mindestens einer Stunde, dass Frau Wilders mal wieder nicht erreichbar sei, während die *Gang* ihre minütlich vorgetragenen Beschwerden mit immer den gleichen Bemerkungen bedachte.

»Nun regen Sie sich doch nicht so auf.«

»Auch eine Hotelbesitzerin muss mal aufs Klo.«

»Am besten, Sie hängen einfach Ihren Schlüssel ans Brett und ziehen los!«

»Autowerkstatt? Die ist doch längst zu.«

»Frau Wilders soll Sie fahren? Haben Sie noch nie was von einem Taxi gehört?«

Die Trumps erzählten prompt von einer Taxifahrt, die sie mit Donald in New York unternommen hatten. »Da war er noch nicht Präsident.« Angeblich hatte er die Fahrt, als sie vor dem Trump-Tower ankamen, mit einem Fünfhundertdollarschein bezahlen wollen. Als die Fahrerin nicht rausgeben konnte, hatte er ihr angeboten, den Rest bargeldlos im Nebenzimmer seines Büros zurückzugeben. »Der Donald, das ist aber auch einer«, kicherte Lucy Trump. »Genauso verrückt wie mein Dusty.«

Woraufhin Clara Morbé sie streng zurechtwies. Eheliche Untreue sei kein Scherz. Das letzte Wort wiederholte sie mehrfach auf Französisch und sprach »Blague« aus, als wäre von dem Plack auf ihren Zähnen die Rede. »Les maris infidèles sont une peste.«

Dass untreue Gatten eine Pest seien, klang bei ihr ein bisschen so, als wären diese Ehemänner besonders fidel. Was ja durchaus sein konnte, aber sicherlich von ihr nicht ausgedrückt werden sollte. Lucy jedenfalls verstand es so und bestätigte Claras Aussage mit großem Vergnügen.

»Prost! Salute! Pour le bien!«, schallte es aus dem *Albergo Annina.*

Clara Morbé war schnell wieder versöhnt, als sie eine Bierdose in der Hand hielt.

Moritz Wallweber und Silas Casper, die gerade in die Lobby traten, wurden mit lautem Gejohle begrüßt und gezwungen, dabei zu helfen, den Getränkeautomaten zu leeren. »Der fromme Neffe bringt morgen bestimmt gern Nachschub.«

Die beiden ließen sich nicht lange bitten, setzten sich dazu und nutzten die Gelegenheit, über die Schwierigkeiten der Hochzeitsvorbereitungen zu klagen. Der Prälat der Basilica hatte sich tatsächlich geweigert, eine Zeremonie abzuhalten. Mit dem kirchlichen Segen sei nicht zu rechnen. »Wir sollen es in einer anderen Kirche versuchen!«

Silas war den Tränen nahe und beruhigte sich erst, nachdem Moritz ihn ausgiebig geherzt und getätschelt hatte.

Anna stand noch immer am Fuß der Treppe, als wären ihr die Stufen zu steil, als müsste sie Kraft sammeln für den Anstieg. »Die *Gang«*, murmelte sie. »Diese Leute sind unerträglich.« Sie erklomm die erste Stufe und blieb erneut stehen. »Wenigstens scheinen Filippo und Valentino nicht dabei zu sein.« Sie machte kehrt und ging die Stufe wieder hinab. »Besser, wir gehen hintenrum. Über die Terrasse direkt in meine Wohnung.«

Konrad griff nach ihrem Arm. »Lass dir helfen, Liebes.«

Aber sie schüttelte ihn ab, wie eigentlich immer, wenn er sie auf diese Weise ansprach. »Geht schon.« Wann merkte Konrad endlich, dass sie nicht Liebes genannt werden wollte?

Emilio schritt ihr voran, als wollte er irgendwelche Hindernisse aus dem Weg räumen, Konrad bildete die Nachhut. Als der Polizeiwagen in die Via Valdambrino einbog, befürchtete Anna, gleich noch einen weiteren Bodyguard zu bekommen. Diese

Sorge erwies sich als durchaus begründet. Giuseppe parkte den Wagen nachlässig vor dem Hoteleingang, sprang heraus und lief hinter ihnen her wie ein Wichtigtuer dem Promi, mit dessen Bekanntschaft er demnächst prahlen wollte. Bevor sie an der rechten Hausseite, wo Annas Auto parkte und die Mülltonnen standen, in den Garten wechselten, sah er sich sogar um, als wollte er die Waffe ziehen, falls sich ein verdächtiges Subjekt auf der Straße zeigte. »Grande Dio! Wie konnte das passieren?« Diese Frage wiederholte er, bis sie auf der Terrasse angekommen waren. Da seine Redegeschwindigkeit beachtlich war, hatte er ein gutes Dutzend mal gefragt, ohne eine Antwort zu erhalten.

Die Tür zur Küche war natürlich nicht verschlossen, was Giuseppe zu einem gemurmelten Tadel veranlasste, der jedoch im Raum stehen blieb, da sich Konrad und Emilio nicht dazu äußerten. Sie kannten Annas Gewohnheit zu gut, um noch etwas dazu zu sagen, das würde sowieso nichts ändern.

Mühsam humpelte Anna in die Küche, starrte einen Stuhl an, als überlegte sie, ob sie sich darauf niederlassen sollte. Dann schüttelte sie den Kopf, beugte sich vor, stützte die Ellbogen auf den Tisch und legte das Kinn auf die Handballen.

Konrad und Emilio hatten ihre liebe Mühe gehabt, Anna zu beruhigen. Es dauerte lange, bis sie endlich glauben konnte, dass ihr keine Gefahr drohte, dass es sich bei der großen, Furcht einflößenden Gestalt um Konrad gehandelt hatte und sie sogar unter polizeilichem Schutz stand. Die Erleichterung war so groß, dass sie gar nicht daran dachte, sich zu fragen, warum gerade diese beiden in der Basilica waren, heimlich wie sie, verborgen so wie sie. Als es ihr einfiel, steckten sie schon mitten in den Überlegungen, wie sie aus der Basilica herauskommen sollten.

»Gérard Depardieu? Ach so!«

»Du weißt doch, dass ich ihn für die deutschen Kollegen beschatte«, erklärte Emilio.

»Und ich …«, helfe ihm, wollte Konrad eigentlich sagen, man sah es ihm an. Aber er schaffte es im letzten Augenblick, den Satz nicht zu vollenden, der Emilio vermutlich auf die Palme gebracht hätte.

»Er war zufällig in der Kirche«, beendete Emilio den Satz in scharfem Ton.

»Aber da sah ich diesen Franz Lüpke und dachte, der Commissario …«

»… hätte ihn nicht im Blick.« Auch diesmal war es Emilio, der den Satz vollendete. »Aber eine richtig gute Observation zeichnet sich dadurch aus, dass niemand etwas davon mitbekommt.« Mit wichtiger Miene wiederholte er: »Niemand!«

Von ihren Brüdern sagte Anna kein Wort. Nichts von dem Zettel, den Filippo angeblich von Janina Spicker zugespielt bekommen hatte. Nichts davon, dass sie ihm gefolgt war, um festzustellen, ob er recht hatte. Nichts davon, dass auch Valentino zur Basilica gegangen war. Und erst recht nichts davon, dass sie ihn dort zusammen mit Gérard Depardieu gesehen hatte. Am Ende wäre Valentino verdächtigt worden, Gérard Depardieu niedergeschlagen und verschleppt zu haben.

Sowohl Emilio als auch Konrad sahen sie zweifelnd an, als sie davon berichtete. »Bist du sicher?«

Natürlich war sie sicher. So sicher, wie man sein konnte, wenn man von dem Angreifer gar nichts, vom Opfer nur die Schuhe gesehen und den Anschlag lediglich akustisch wahrgenommen hatte. Sie sah Emilio herausfordernd an. »Du musst deine Kollegen alarmieren.«

»Sì, sì!« Emilio zog sein Handy hervor, zögerte … und steckte es wieder zurück. »Erst mal schauen, wie wir hier rauskommen.«

Alle Türen waren verrammelt, und es gab nur ein einziges Fenster. Das befand sich in der Sakristei, und es war groß genug, um hindurchzusteigen, allerdings viel zu hoch, um heranzukommen.

Während Konrad über Räuberleiter nachdachte, zog Emilio erneut sein Handy hervor. »Hoffentlich sitzt Giuseppe nicht mit seiner Familie beim Abendessen«, murmelte er, während er in der Kontaktliste nach der Nummer seines Assistenten suchte. »Die reden alle so schnell und laut wie er. Bei dem Krach hört niemand das Läuten eines Telefoninos.«

Aber er hatte Glück. Giuseppe meldete sich sofort und war auch bereit, seinen Chef aus der verschlossenen Basilica zu befreien. Natürlich wollte er wissen, wie der Commissario in diese missliche Lage geraten war. »Sind Sie im Beichtstuhl eingeschlafen? War das Herunterbeten Ihrer Sünden noch langweiliger als die Sünden selbst?«

Anna konnte sein Lachen hören und sah Emilios verärgertes Gesicht. Giuseppes Worte hatte sie jedoch nicht verstanden – sein rasendes Italienisch und seinen grauenhaften Dialekt verstand sie nie –, aber sie konnte sich denken, dass er sich mal wieder über die Behäbigkeit seines Chefs lustig gemacht hatte. Das tat er gern, und Anna erkannte es immer daran, dass Emilio sich an den Kopf griff und vorgab, von dem Wortschwall seines Assistenten Migräne zu bekommen.

Jetzt waren sie alle drei froh, dass Giuseppe genauso schnell entschied, wie er redete. Er versprach, unverzüglich hinter der Basilica zu erscheinen und eine Leiter mitzubringen. Sein Vorschlag, nach Bruder Giorgio zu fahnden oder den Prälaten im Gebet zu stören, wurde von Emilio abgeschmettert. »Das dauert zu lange. Außerdem muss keiner von denen wissen, was uns passiert ist. Wie sollen wir das erklären? Nein, besser, Sie kommen mit der Leiter.«

Bis es so weit war, schob Konrad einen Tisch unters Fenster, hob darauf einen zweiten und suchte, als das noch nicht reichte, nach einer weiteren Möglichkeit, den Weg nach draußen zu erleichtern. Er fand sie in einem Papierkorb, der kopfüber auf den oberen Tisch gestellt werden sollte. Den Inhalt leerte er auf den Fußboden, und dabei stellten sie fest, dass er voller Zettel war, auf denen verzweifelte Frauen ihre Hoffnung auf ein Baby festgehalten hatten. Nun wusste Anna, was aus der Not der Frauen wurde, die für diese Zettel einen Euro bezahlt hatten und für die Kerze, mit denen ihr Wunsch bekräftigt werden sollte, einen weiteren. Was würde der Prälat antworten, wenn man ihn fragte, warum die Wünsche der Frauen in einem Papierkorb landeten? Anna nahm sich vor, ihm diese Frage zu stellen, wenn er sein Versprechen wahr machte und zur Einweihungsfeier kommen würde, um ihr Hotel zu segnen.

Tatsächlich dauerte es nicht lange, bis Giuseppe auftauchte. Auf die Frage, wo er die Leiter aufgetrieben habe, antwortete er nur mit einer wegwerfenden Handbewegung. »Non importa.« Vermutlich würde sich irgendein Handwerker, mit dem Giuseppe verwandt war, am nächsten Morgen fragen, wo die Leiter geblieben war, die er, wie viele Kleinunternehmer, auf dem Dach seines Lieferwagens zu transportieren pflegte.

Konrad stieg als Erster aus dem Fenster. Er war der Größte, Breiteste und Kräftigste. Wo er durchpasste, würden sich auch Anna und Emilio in Sicherheit bringen können. Eine Leiter, die ihn aushielt, trug auch die beiden anderen.

Emilio zog Anna kurz an sich, ehe er ihr half, auf die Tische und den Papierkorb zu steigen. »Pass auf!« Seinem Kuss entzog sie sich, sodass er ein wenig verrutschte und statt auf ihren Lippen auf der Nasenspitze landete. Als sie endlich bäuchlings auf der Fensterbrüstung lag und mit den Füßen nach der obersten Leitersprosse angelte, sah sie ihm ins Gesicht. Vielleicht war das der Grund, dass sie die Leiter nicht herunterstieg, sondern – rutschte. Auf dem Bauch! Und das derart rasant, dass weder Konrad noch Giuseppe schnell genug zugreifen konnten, als sie ihnen vor die Füße plumpste. Die beiden schafften es nicht einmal, ihren Sturz abzufedern, weil sie sich gegenseitig dabei behinderten, den Schwung abzubremsen, mit dem Anna in die Richtung der Senke rollte, in der sie auf keinen Fall ein zweites Mal landen wollte. »Nein!«

Sie schrie, rutschte weiter, schrie lauter, rutschte immer noch weiter, versuchte sich festzuhalten, aber alles, was sie in die Hände bekam, riss ab oder war so glitschig, dass es nicht als Halt dienen konnte. So landete sie genau dort, wo sie sich versteckt hatte, als Valentino nichts von ihrer Anwesenheit wissen sollte. Sogar noch ein bisschen tiefer und – wie sie kurz darauf entsetzt feststellte – direkt vor dem Bau der Stachelschweine. Gerade noch fiel ihr ein, was Bruder Giorgio gesagt hatte, dass diese Tiere nachtaktiv waren, da bekam sie es auch schon zu spüren. Mehrere Stachelschweine mussten es sein, die sich durch sie gestört fühlten und anscheinend nicht gewillt waren, diese Belästigung hinzunehmen, ohne sich zu wehren …

»Wieso endet alles damit, dass ich aus einem Fenster klettern muss?«, stöhnte Anna. »Das ist nichts für mein Alter. Und über den Kontakt mit Stachelschweinen hätte ich nicht einmal in meiner Jugend lachen können.« Sie lag auf dem Küchentisch und drückte die Stirn auf die Tischplatte. »Mach schnell, Konrad!«

Sie spürte, wie er sich hinter ihr auf einem Hocker niederließ, und hoffte, er möge sich beeilen mit dem Desinfizieren der Wunden und den vielen Heftpflastern, die er bereitgelegt hatte. Schon wieder diese erbärmliche Situation! Noch schlimmer diesmal, weil es zwei Zuschauer gab, einen überaus attraktiven Commissario und seinen blutjungen Assistenten. Der eine trat von einem Lederslipper auf den anderen, der zweite erzählte in einem Höllentempo von einem Großonkel, der ebenfalls einmal Stachelschweinen zum Opfer gefallen war. Damit übertönte er weitgehend die Geräusche, die aus der Lobby drangen. Erst als er mit einem furiosen Finale seine Geschichte zu Ende gebracht hatte – der Großonkel war als Folge des Stachelschweinangriffs an einer Blutvergiftung gestorben –, war zu hören, dass in der Lobby einiges los war.

»Schnell!«, keuchte Anna. »Ich muss da vorne für Ordnung sorgen.«

Die Frage, warum es am Rhein so schön ist, wurde mittlerweile dreistimmig vorgetragen, die Beschwerden wegen Ruhestörung konnten nicht mehr lange auf sich warten lassen. Der metallene Krieger am Wohnungseingang klirrte gelegentlich leise, was bedeutete, dass ihm jemand nahe gekommen war. Und die Frage, ob Frau Wilders im Hause sei, fügte sich in jedes tiefe Luftholen der Chorsänger. Dann schien mit einem Mal geklärt zu sein, warum es am Rhein so schön war, nur Clara Morbé wimmerte diese Frage ein weiteres Mal, ehe ihr auffiel, dass ihr Mezzosopran ohne die Begleitung von Bass und Bariton schriller klang, als sie sich vorgemacht hatte.

Anna wurde nervös. Der Wechsel von Sätzen, die sich vernünftig anhörten, machte sie noch unruhiger als die Beschäftigung der *Gang* mit deutschem Liedgut. Scheinbar war jemand mit Fragen ins Hotel gekommen, der Antworten verlangte.

»Au!«

Konrad war ebenfalls nervös geworden und wollte nicht mehr nur vorsichtig, sondern vor allem zügig zu Werke gehen. Das Betupfen der Wunde mit Jod war jedenfalls nicht besonders zartfühlend ausgefallen.

»Was ist da los?«, fragte eine Stimme an der Wohnungstür.

»Ich frage mich schon seit Stunden, warum Frau Wilders nicht an der Rezeption erscheint«, antwortete eine andere. »Und es steht ein Polizeiwagen vor dem Haus! Da muss etwas passiert sein!«

Die Stimmen waren nun in die Wohnung eingedrungen und kamen näher. Anna begann zu zappeln. Aber Konrad hielt sie mit seinen kraftvollen Pranken fest, Emilio sprang ihm bei, indem er sich über Anna beugte und ihr gut zuredete, Giuseppe wollte auch seinen Teil beitragen und reichte Konrad eine Mullbinde, die er gar nicht benötigte. Anna fühlte sich in einer Zeitschleife gefangen, in der sich ständig wiederholte, was längst geschehen war.

»Huch!«

Täglich grüßte das Murmeltier, nur dass es in diesem Fall kein Murmeltier, sondern wiederum Eileen Sondermann war. Ihr Blick war genauso konsterniert wie beim ersten Mal, wenn auch ihre Überraschung ein wenig gelinder ausfiel. Dafür wurde dann aber ihre Rüge nachdrücklicher. Sie gab ein zweites »Huch!« von sich, nicht erschrocken, sondern tadelnd. Sie hätte auch »Shocking!« rufen können.

Anna kam gegen die Hände, die sie hielten, nicht an, da nun auch Giuseppe sich daran beteiligte, sie zur Ruhe zu zwingen, damit Konrad und seine Pinzette arbeiten konnten, ohne Schaden anzurichten. Doch einen Augenblick später war sie nicht mehr zu halten. Sie fuhr in die Höhe, schrie gleichzeitig vor Schmerz auf, warf Konrad von dem Schemel, ließ Emilio zurücktaumeln und Giuseppe Halt ausgerechnet am Bügelbrett suchen, das prompt zusammenbrach. Das Bügeleisen fiel auf Emilios linken Fuß. Und während Konrad sich aufrappelte, Giuseppe das Bügelbrett wieder aufstellte und Emilio sich den linken Fuß rieb, wiederholte sich, was Anna aus der Fassung gebracht hatte:

»Mama!«

Im *Lampada Rossa* war nicht viel los. Die Trattoria in der Via Boninsegna gehörte nicht zu den Adressen, die von Touristen angesteuert wurden. Meist trafen sich Einheimische dort, die in dieser Gegend, außerhalb der Stadtmauer, wohnten. Ihnen gefiel das Ambiente, das so war, wie sich ein Italiener Gastlichkeit vorstellte. Hölzerne Tische und Stühle, karierte Decken in den italienischen Nationalfarben und bretthart gestärkte Servietten. Das Licht war schummrig, die roten Laternen über der Theke gaben den Gästen einen fahlen Teint. Aber das war das Einzige, was gelegentlich beanstandet wurde. Und Ricardo, der Wirt, ließ sich da nicht dreinreden. Ein Restaurant müsse seinem Namen gerecht werden, erklärte er. Nur die rote Laterne vor dem Haus, die er ebenfalls jahrelang verteidigt hatte, wurde irgendwann abmontiert. Ricardo hatte eingesehen, dass sie zu falschen Erwartungen führte und seinem Geschäft schaden konnte. Nun gab es neben der Eingangstür ein harmloses Licht, das einladend wirkte. Diejenigen, die drinnen vor der roten Zwielichtigkeit erschraken, beruhigten sich angesichts der schlichten, bodenständigen Gastlichkeit schnell wieder.

Konrad und Emilio wurden von Ricardo freundlich begrüßt. »Ein Tisch für drei? Wird die Signora später kommen?«

Dass die Signora mit Familienangelegenheiten beschäftigt war, bekümmerte Ricardo, aber als er hörte, dass ihre Tochter überraschend zu Besuch gekommen war, hellte sich seine Miene auf. »Die Einweihungsfeier! Schön, dass la figlia die Mama nicht alleinlässt.«

Er schien nicht zu merken, dass seine beiden Gäste die Begeisterung nicht teilten, und schob sie zu einem kleinen Tisch in der Nähe der Garderobe, den er Anna niemals zugemutet hätte. »La cucina è chiusa. Aber ein Salat geht natürlich immer.«

Doch Konrad und Emilio wollten nur Rotwein, und das in größeren Mengen, am besten in Begleitung des einen oder anderen Grappa, und von dem roten Prosecco, den Anna liebte, wollten sie zwischendurch gern ein Gläschen nehmen, um nicht zu vergessen, dass sie ihretwegen hier saßen, statt in ihrer Küche mit ihr gemeinsam der Nacht entgegenzuplaudern. Vielleicht hätten sie am Ende über ihr Abenteuer in der Basilica und den Angriff der Stachelschweine sogar lachen können. In Henrieke Wilders' Anwesenheit verbot sich so etwas jedoch von selbst. Ihr blasses Gesicht hatte sich beim Anblick ihrer Mutter zwar gerötet, aber nicht aufgrund der Wiedersehensfreude, sondern weil sie schwer empört war. Die Mutter bäuchlings auf dem Küchentisch, umringt von drei Männern! Henrieke Wilders kam auf der Stelle zu der Ansicht, dass man ihre Mutter in Siena nicht allein lassen durfte.

Als Anna ihr viel zu kurz und zu bündig von einer Auseinandersetzung mit ein paar Stachelschweinen berichtete, stieg sogar der Verdacht in ihren Blick, dass ihre Mutter zu einem Besuch bei einem Gerontologen überredet werden musste. Dass Anna sich weigerte, ihrer Tochter haarklein zu berichten, wie es zu dem Kontakt mit den Stachelschweinen gekommen war, tat ein Übriges. Henrieke Wilders war empört!

»Das ist Annas Tochter eigentlich ständig«, stöhnte Konrad.

Auch Emilio konnte sich gut an ihren letzten Besuch in Siena erinnern. »Ja, molto faticoso. Sehr anstrengend.«

Sie prosteten sich zu. Jeder wusste, woran der andere dachte: an das, was Eileen Sondermann der ohnehin schon empörten Henrieke erzählt hatte. Dass ihre Mutter bereits mehrfach in sehr zweideutigen Situationen angetroffen worden war.

Anna hatte mit der Frage gekontert, was denn eigentlich aus Henriekes Vorstellungsgespräch geworden war, und ihrer Tochter damit fürs Erste den Mund gestopft. Dann erst hatte Konrad ihr gestattet, sich zu erheben, weil er glaubte, dass die Erstversorgung abgeschlossen war.

»Sie wussten wohl nicht«, hatte er Henrieke gefragt, »dass in der Toskana Stachelschweine leben?«

Im selben Moment waren in der Lobby die Stimmen von Annas Brüdern zu hören gewesen, was zum Glück die Sondermanns in die Flucht trieb. Der Schreck war Emilio in die Glieder gefahren. Mit barscher Stimme hatte er Henriekes Lamento unterbrochen, in dem es darum ging, dass eine Frau von über sechzig Jahren besser auf ihre Gesundheit achten müsse und überhaupt …

»Momento!« Kurz und knapp und gerade noch rechtzeitig, ehe Valentino und Filippo Kolsky die Küche betreten konnten, hatte er Henrieke instruiert. »Kein Wort darüber, dass ich Polizist bin! Verstanden? Ich wohne im *Albergo Annina,* weil ich jemanden observiere. Das ist top secret.«

»Aber …«

Emilio hatte keine Entgegnung zugelassen. »Pscht!«

Jetzt trank er sein Glas in einem Zug leer. »Hoffentlich hält sie die Klappe«, sagte er leise. »Wenn die Kolsky-Brüder erfahren, dass ein Polizist im *Albergo Annina* wohnt …«

»… dann bekommen sie es mit der Angst zu tun«, ergänzte Konrad. »Dass Sie in Wirklichkeit wegen der Statue ermitteln, können sie sich schnell denken. Und wer weiß schon, wie sie dann reagieren. Die Kolskys sind gefährlich, wenn sie Angst haben.«

»Sie meinen …« Emilio begann zu stottern.

Konrad grinste. »Das war mir von Anfang an klar. Und mir ist ebenso klar, dass Sie die Kolsky-Brüder nicht überführen wollen. Jedenfalls nicht vor der Einweihungsfeier.«

»Sagen Sie das bloß nicht, wenn Giuseppe in der Nähe ist. Oder mein Dienststellenleiter.«

Aber Konrad winkte ab. »Anna muss ihre Einweihungsfeier bekommen. So, wie sie es sich gewünscht hat: mit ausgebuchtem Haus und zwei Brüdern, die ihr keine Schande machen.«

Emilio sah ihn perplex an. »Sie glauben auch, dass die Kolskys es waren?«

»Wer sonst?«

Emilio nickte. »Warum war Anna eigentlich heute in der Basilica?« Aber er gab sich die Antwort gleich selbst: »Mir scheint, sie hat ihre Brüder ebenfalls in Verdacht und geht ihnen heimlich nach.«

»Meinen Sie wirklich?« Konrad wiegte zweifelnd seinen großen Schädel.

»Sie war in der Basilica, bevor die Statue gestohlen wurde. Und sie weiß, dass auch ihr Bruder Valentino dort war. Da muss sie nur eins und eins zusammenzählen.«

»Und Filippo Kolsky? Hat der sich auch dort rumgetrieben?«

»Nein, aber Franz Lüpke.« Emilio fragte sich, warum er Konrad Kailer an seinen Ermittlungen teilhaben ließ. Der Mann ging ihm auf die Nerven, weil er sich mit Vorliebe in seine Arbeit einmischte! Er war außerdem sein Rivale, weil er genauso verliebt in

Anna war wie Emilio selbst. Noch dazu war er ein Mann, der Bermudas und Trekkingsandalen trug! Santo Dio! Aber leider kam Emilio nicht um die Feststellung herum, dass ihm Konrad Kailer sympathisch war. Und er sah in dessen Augen, dass es sich umgekehrt nicht anders verhielt. Sie passten nicht zusammen, sie waren im privaten Bereich Konkurrenten und sich in beruflichen Dingen nicht grün. Aber sie mochten sich dennoch. Basta! Konrad Kailer hatte kein Verständnis dafür, dass sich Emilio Fontana die Haare mit Gel stylte, dass er Designergarderobe bevorzugte, sein blaues Auge mit einem Abdeckstift kaschierte und immer wieder über seine geschwollene Gesichtshälfte tastete, als könnte sich dort innerhalb einer Viertelstunde etwas verändert haben. Und dennoch … mochten sie sich. Das war noch nie so klar geworden wie in diesem Moment.

Konrad flüsterte mit einem Mal: »Wenn die Kolsky-Brüder sich wirklich unterstanden haben, Anna die Einweihungsfeier zu verderben, dann können sie sich auf was gefasst machen.«

»Aber erst danach«, entgegnete Emilio lächelnd. »Wir werden alles dokumentieren, was wir herausbekommen, aber erst später damit rausrücken. Und dann passen wir auf, dass Anna da nicht mit reingezogen wird.«

Wir! Noch nie hatte es dieses Wir gegeben. Emilio war einerseits gerührt, andererseits rückte Anna damit ein Stück von ihm weg. Wir, sie beide, konnten Anna nicht erobern, das konnte nur einer.

Konrad unterbrach seine Gedanken. »Was ist nun mit Franz Lüpke? Glauben Sie Anna? Ist er überfallen und verschleppt worden?«

Emilio zuckte hilflos die Schultern. »Ich habe meinem deutschen Kollegen Bescheid gegeben. Wenn Lüpke bis morgen früh nicht ins Hotel zurückgekommen ist, müssen wir davon ausgehen, dass Anna recht hat. Dann wird aus Deutschland ein Amtshilfeersuchen kommen, und wir werden nach Lüpke fahnden.«

»Die Kolsky-Brüder hielten sich währenddessen im Garten

der Basilica auf«, murmelte Konrad. »Sie könnten vielleicht eine Aussage machen. Möglich, dass sie den Kerl gesehen haben, der Lüpke überfallen hat.«

Emilio antwortete nicht darauf. Aussprechen wollte er es nicht, Konrad Kailer verstand auch so, dass er Annas Brüder außen vor lassen würde. Emilio war froh, dass er es nicht in Worte kleiden musste.

Ricardo schien etwas von der Schwermut zu erahnen, die über ihrem Tisch lag. Er hatte es gern, wenn in seiner Trattoria lauthals debattiert und viel gelacht und geflirtet wurde. Probleme sollten vor der Tür des *Lampada Rossa* bleiben. Und wenn sie doch mit an den Tisch genommen wurden, versuchte Ricardo, sie in einen Strom von alkoholischen Getränken zu werfen und wegzuspülen. Das war leicht, vor allem, wenn die Bereitschaft so groß war wie an diesem Abend bei Konrad und Emilio. Ricardo füllte die Rotweinkaraffe immer wieder neu, warf im schnellen Rhythmus Grappa in den Strom und half mit rotem Prosecco nach, sobald er sich staute. Und als die meisten Gäste gegangen waren, rettete er die beiden mit viel Espresso aus den Strudeln ihrer Sentimentalität, in denen sie unweigerlich untergegangen wären. Als sie schließlich, triefend von Liebe, festen Vorsätzen und Männerfreundschaft vor die Tür des *Lampada Rossa* traten, waren sie per Du und konnten sich vorstellen, mit Anna eine Ehe zu dritt zu führen.

Der Zusammenprall mit der abendlichen Kühle sorgte allerdings, zumindest bei Emilio, auch für eine Kollision mit der Realität. »Glaubst du, dass Anna das will?«

Nun stellte sich heraus, dass der Rotwein-, Grappa- und Proseccostrom doch nicht mitreißend genug gewesen war. Nein, Konrad Kailer glaubte es nicht. »Macht aber nichts«, nuschelte er. »Wir müssen einfach daran arbeiten.«

Das letzte Wort erinnerte Emilio an seine Aufgaben als Commissario. »Ich werde jetzt nachsehen, ob Franz Lüpke in seinem Bett liegt.«

Das hielt Konrad für gefährlich, jedenfalls dann, wenn er wirklich in seinem Bett läge. Einen mutmaßlichen Mörder im Schlaf zu überraschen konnte böse Folgen haben. »Ich komme mit«, sagte er daher, legte einen Arm um die Schultern seines neuen Freundes und tat so, als sorgte er dafür, dass Emilio heil die abwärts führende Via Lorenzetti herunterkam, ohne ihn merken zu lassen, dass er ihn nicht nur führte, sondern sich vor allem an ihm festhielt. Bis sie auf der Via Valdambrino angekommen waren, hatten sie sich in ihrer neuen Brüderschaft eingerichtet, indem sie sich mit dem Vornamen des jeweils anderen anfreundeten.

»Konrade.«

»Emilo.«

Vor der Tür des *Albergo Annina* saßen die Namen, und auch ihre Schritte waren sicherer geworden. Sie wurden geradezu verwegen, als sie eine menschenleere Lobby betraten. Der Griff zum Schlüsselbrett gelang problemlos, der Schlüssel von Lüpkes Zimmer klirrte nicht einmal, als er vom Haken gehoben wurde. Die Tür, die zu den Hotelzimmern führte, rutschte Konrad zwar aus der Hand, fiel aber nicht allzu laut ins Schloss. Die Versuche, den Schlüssel in das Schloss von Franz Lüpkes Zimmertür zu stecken, konnten an einer Hand abgezählt werden. Die beiden fanden, dass sie wie auf Samtpfötchen durchs Haus gekommen waren.

Konrad bewies sogar, dass er noch einigermaßen klar denken konnte. »Wenn der Schlüssel an der Rezeption hängt, kann Lüpke ja gar nicht im Bett liegen.«

»Besser, wir vergewissern uns«, meinte Emilio. »Sonst können wir später …« Er unterdrückte mühsam einen Schluckauf. »… später keinen Eid darauf leisten.«

Das sah Konrad ein. Und so standen sie kurz darauf vor einem Bett, das das Zimmermädchen am Morgen sorgfältig gemacht hatte. Ein dunkelgrüner Schlafanzug lag anmutig gefaltet auf dem Kopfkissen, das Betttuch war straff gezogen, im Badezimmer, in das Emilio vorsichtshalber noch einen Blick warf, gab es keinen Spritzer.

»Er ist also weg«, stellte Konrad fest.

»Niedergeschl… und weggeschl…« Die Zischlaute gelangen Emilio nicht mehr. Er vertraute darauf, dass Konrad ihn auch verstand, wenn er auf alle Worte mit Zischlauten verzichtete.

Da hatte er recht. Konrad nickte und ließ sich auf Franz Lüpkes Bett sinken. »Lass uns mal überlegen, was jetzt zu tun ist. Das kriege ich im Stehen nicht mehr hin.«

Dafür hatte Emilio Verständnis. Auch ihm war mit einem Mal so, als wäre es vernünftig, der Erdanziehungskraft keine Chance zu geben. Als er neben Konrad saß, war er froh, von den Beinen zu kommen. »Wir müssen die Polizei verständigen.«

»Ja, das müssen wir«, bestätigte Konrad, lehnte den Kopf an die Wand und schloss die Augen. »Du hast die Nummer sicherlich in deinem Handy.«

»Richtig.« Emilio stellte fest, dass sein Handy in der Gesäßtasche seiner Hose steckte, er also seinen Unterkörper anheben musste, wenn er es hervorziehen wollte. Nach zwei Versuchen, die nicht von Erfolg gekrönt waren, brauchte er eine Pause. »Puh! Gar nicht so einfach.«

»Wir machen das später«, schlug Konrad mit verwaschener Stimme vor. »Erst mal kurz ausruhen. Du kannst ja nicht mal das Wort Überfall richtig aussprechen. Was sollen denn deine Kollegen von dir denken?«

»Überfall«, versuchte Emilio es und fand, dass er mit diesem Wort ganz gut zurechtkam. Wenn er allerdings vom Verschleppen reden musste, womöglich noch zu erwähnen hatte, dass es um einen mutmaßlichen Mörder ging, und am Ende noch die Rede davon wäre, dass er große Ähnlichkeit mit Gérard Depardieu hatte… Nein, das brachte Commissario Fontana nicht fertig. Für diese Herkulesaufgabe benötigte er wirklich erst mal etwas Ruhe. Nur ein halbes Stündchen, dann würde es schon besser gehen…

Anna erwachte am nächsten Morgen mit einem Brummschädel. Dabei war sie am Abend mit dem Alkohol sehr zurückhaltend gewesen. Aber sie hatte Hochprozentiges in Form von Verständnislosigkeit, Vorwürfen und Bevormundung zu sich genommen. Kein Wunder, dass sie jetzt Kopfschmerzen hatte. Hinter ihrer Stirn waberte es backsteinrot, in ihren Ohren stach es brillantrot zu, an den Schläfen pochte es granatapfelrot.

Sie stöhnte, während sie sich aus dem Bett quälte und ins Badezimmer tappte. Ihr Spiegelbild war nicht dazu angetan, ihre Laune zu heben. Sie hatte sich vor dem Zubettgehen nur nachlässig abgeschminkt, trug jetzt Trauerränder unter den Augen und hatte eine fahle Haut. Da würde eine Menge dekorativer Kosmetik nötig sein, um Henrieke von der Idee abzubringen, dass ihre Mutter sich mit dem eigenen Hotel zu viel zugemutet hatte.

Anna verließ, nachdem sie die Zähne geputzt hatte, das Bad, schlich zur Wohnzimmertür und schob sie vorsichtig auf. Henrieke schlief tief und fest auf dem Sofa, den Kopf auf der Armlehne, unter einer Wolldecke, die sie sich von den Füßen gestrampelt hatte. Leise zog Anna die Tür wieder zu und dachte nach. Emilio würde an diesem Tag womöglich ausziehen. Wenn Franz Lüpke wirklich gekidnappt worden war, war seine Observierung beendet. Vielleicht wollte Emilio sich das Zimmer gründlich ansehen, aber dann würde Henrieke dort einziehen können.

Anna ermahnte sich, zuerst zu duschen und sich anzuziehen, aber die Neugier war stärker. Sie schlich im Nachthemd zur Wohnungstür und öffnete sie vorsichtig. In der Lobby war es still, kein Laut zu hören, keine Bewegung, keine Schritte. Das Hotel schlief unter einer albinoweißen Decke. Anna fuhr sich durch die Haare und versuchte sie mit den Händen zu glätten. Aber sie machte sich keine Illusionen. Sollte sie den Sondermanns begegnen, würde der schlechte Ruf ihres Hauses sich weiter festigen. In einem bodenlangen Nachthemd mit Ärmeln, die bis zu den Fingerspitzen reichten, hätte sie vielleicht eine Chance gehabt, aber nicht in diesem kurzen Hemdchen, das von ausgefransten Spaghettiträgern gehalten wurde und auf der Vorderseite einen Fleck hatte, der auch nach mehrfachem Waschen nicht rausgegangen war.

Sie zog die Tür auf und lauschte noch einmal, ehe sie den Kopf in die Lobby steckte. Gott sei Dank! Niemand da! Zum Glück brauchte sie keinen Schritt aus der Tür zu machen, es reichte ein langer Hals, um zum Schlüsselbrett blicken zu können. Der Schlüssel von Franz Lüpkes Zimmer war weg! Sie konnte sich nur schwer von dem Anblick des leeren Hakens losreißen. Also hatte sie sich doch getäuscht! Der Mann, dessen Füße sie gesehen hatte, war ein anderer gewesen.

Vorsichtig schob sie die Tür wieder zu, der metallene Krieger klirrte nur ganz leise. Sie musste mit Emilio sprechen, gleich, während des Frühstücks. Wem immer dieser Überfall in der Basilica gegolten hatte, die Polizei musste sofort eine Fahndung nach dem Täter und eine Suche nach dem Opfer einleiten.

Ein wenig erleichtert war sie schon, als sie ins Bad zurückging und die Dusche aufdrehte. Die Sondermanns würden sich nicht ein weiteres Mal echauffieren müssen, weil ein Gast dieses Hauses einem Gewaltverbrechen zum Opfer gefallen war, die Polizei im *Albergo Annina* ein und aus ging und die Kunde durchsickerte, dass sie sich tagelang in Gesellschaft eines mutmaßlichen Mörders befunden hatten. Außerdem konnte so eine Spurensuche lange dauern, und wer wusste schon, was sie hervorbringen würde. Vielleicht den Beweis dafür, dass Franz Lüpke die Statue der heiligen Katharina gestohlen hatte und der Bruder der Hotelbesitzerin sein Komplize gewesen war!

»Nein«, murmelte Anna, während sie sich den Kopf einschäumte. »Nein, nicht vor der Einweihungsfeier.« Wie ein Mantra betete sie es sich vor: »Mein Hotel ist ein beliebtes Haus, schon kurz nach der Eröffnung ausgebucht, mit netten Gästen, die sich alle sehr wohlfühlen.« Sie bestrafte sich für diese Lügen mit einem eiskalten Guss. Nein, sie hatte nicht nur nette, sondern einige ganz grauenhafte Gäste, und sie fühlten sich auch nicht alle wohl im *Albergo Annina*. Die Sondermanns jedenfalls nicht.

Insofern konnte sie sich auch nicht einreden, dass ihr Hotel ein beliebtes Haus war. Das Einzige, was sie erreicht hatte: Es war ausgebucht, wie sie es sich so sehnlich gewünscht hatte. An allem anderen musste sie noch arbeiten. Dass Henrieke am Abend angeboten hatte, ihr dabei zu helfen, war nichts, was sie optimistisch stimmte …

Doch, ich liebe meine Tochter! Das habe ich Ihnen schon erklärt, als sie im Herbst völlig unvermutet bei mir auftauchte. So wie jetzt! Doch, ich freue mich, sie in die Arme schließen zu können, und ich bin froh, dass ich mal wieder ein Update von ihrem Leben bekomme. Über WhatsApp und Mails sieht man ja nur die Buchstaben, am Telefon hört man nur die Stimme. Von Zeit zu Zeit muss man einem geliebten Menschen ins Gesicht und in die Augen sehen, wenn man erfahren will, wie es ihm wirklich geht. Das Dumme ist nur … Henrieke erscheint immer dann, wenn sie etwas von mir will. Im Herbst wollte sie Geld, was sie diesmal will, hat sie noch nicht ausgesprochen. Das Vorstellungsgespräch ist jedenfalls nicht gut gelaufen, so viel hat sie schon verraten. Die Stelle wird sie nicht bekommen. Endlich hatte sich einmal eine Chance aufgetan, und dann so was! Will sie nun etwa ihre Zelte in Deutschland abbrechen und bei mir leben? In meinem Hotel arbeiten? Ich weiß nicht, ob ich das möchte. Henrieke würde mir dreinreden und am Ende mein Hotel zu ihrem machen wollen. Möchte ich wirklich meinen Lebenstraum und den meiner Eltern und Brüder mit Henrieke teilen, noch bevor ich ihn überhaupt selbst leben konnte? Nein, sie kommt zu sehr nach Clemens, der meinen heimlichen Wunsch immer als Verrücktheit abgetan hat. Für Henrieke wäre das, was ich ein Endlich-geschafft nenne, nur ein Besser-als-gar-nichts. Zu wenig für mein Hotel, diese Abwertung würde ich nicht ertragen. Obwohl … schlimmer als zur-

zeit könnte es auch unter Henriekes Führung nicht werden. Wenn das Albergo Annina *überhaupt zu retten ist!*

Henrieke war von Eileen Sondermann schon instruiert worden, als sie in der Küche auftauchte. Und da meine Tochter ohnehin der Meinung ist, dass ich mich nicht so benehme, wie es zu meinem Alter angeblich passt, fiel Frau Sondermanns Spitzzüngigkeit auf fruchtbaren Boden. Dass ich bäuchlings auf dem Küchentisch lag, Konrad Kailer sich über meinen Unterkörper beugte und zwei Männer dabei zusahen, muss aus ihrer Fantasie einen Helikopter gemacht haben, der einen Senkrechtstart hinlegte. Was glaubte sie eigentlich? Dass sie Zeugin einer neuen Sexpraktik wurde? So ein Blödsinn! Dass ich mir diese Situation weiß Gott nicht gewünscht hatte, musste doch ein Blinder erkennen. Aber dann ging es ja gleich weiter mit den Beweisen für meine Unfähigkeit, allein in Siena zu überleben. Sodom und Gomorrha herrschten im Albergo Annina, *so war Henriekes deutlich hervorgebrachte und mehrmals wiederholte Meinung. Dass die Brüder ihrer Mutter zurzeit dort wohnten, billigte sie zwar im Prinzip, aus ihrer Besorgnis machte sie jedoch keinen Hehl. Onkel Tino und Onkel Pippo waren nun mal keine vorzeigbaren Verwandten. Und dass die Polizei im* Albergo Annina *wohnte, um einen Hotelgast zu observieren, zeigte doch, dass ihre Mutter nicht in der Lage war, für untadelige Gäste zu sorgen. Alles ungerechtfertigte Vorwürfe! Das finden Sie doch auch, oder? Was kann ich dafür, dass meine Gäste nicht so seriös sind, wie ich sie gern hätte?*

Aber ich war erst mal froh, dass Henrieke wenigstens bereit war, über Emilios Profession Stillschweigen zu bewahren. Dummerweise hatte sie aber in der Lobby, wenn auch nur kurz, Bekanntschaft mit der Gang *gemacht, was natürlich neuerliche Empörung hervorgerufen hatte. Wie war ihre Mutter nur an derart ungehobelte Gäste gekommen? Wieso hatte sie nicht erkannt, dass Leute bei ihr buchten, um die man besser einen großen Bogen machte? Eine angebliche Französin, die wie eine Puffmutter aussah und sich auch so benahm, ein Ehepaar, das nicht nur so hieß wie der amerikanische Präsident, sondern sich genauso rüpelhaft aufführte, und ein weiteres Pärchen, von denen der eine seine Kleidung aus dem Rote-Kreuz-Sack haben musste und der andere gerade die katholische Kirche lauthals mit der Mafia verglichen hatte, als Henrieke eintraf. So etwas hätte ich merken müssen, meint meine Tochter!*

Das Schlimme ist: Eigentlich habe ich es ja gemerkt. Aber ich wollte doch so gerne ausgebucht sein! Und was meine Deutschlehrerin vor vielen Jahren propagiert hatte, durfte einfach nicht wahr sein! Ehrlich gesagt, ich wäre Emilio und Konrad gern gefolgt, als die beiden sich verdrückten, und hätte Valentino und Filippo ihre Nichte überlassen. Aber das ging wohl schlecht. Ich musste auch deswegen bleiben, damit Henrieke nicht in Versuchung geführt wurde, Emilios Beruf und den Grund zu verraten, weshalb er im Albergo Annina *logierte. Dass Konrad mal Kriminalbeamter war, sollte sie besser auch für sich behalten.*

Puh! Allmählich wird es unübersichtlich! Finden Sie nicht auch? Ich bin gespannt, was Emilio sagen wird, wenn er hört, dass Gérard Depardieu doch nicht aus der Basilica entführt worden ist, dass er am späten Abend nach Hause gekommen sein muss.

Anna wurde aus ihren Gedanken gerissen, als der erste Gast den Frühstücksraum betrat. Janina Spicker! Müde, unausgeschlafen, wortkarg. Sie ging zum Kaffeeautomaten und reagierte nicht auf Annas Angebot, ihr den Kaffee zuzubereiten und ihn zu servieren. Sie winkte nur wortlos ab, drückte auf die Taste mit dem Lattemacchiato-Symbol und trug ihre Tasse selbst zu ihrem Platz.

»So früh schon auf?«, versuchte Anna Konversation zu machen.

Janina antwortete, dass sie einen Ausflug nach Pisa geplant hatte. Der Bus ging früh, sie musste pünktlich am Busterminal sein. Annas Angebot, ihr ein Lunchpaket mitzugeben, lehnte sie mit einem Kopfschütteln ab.

Anna betrachtete sie bedauernd. Schade! Sie hätte diese Gelegenheit gern genutzt, um ein Gespräch mit Janina Spicker zu beginnen. Die junge Frau war ihr ja genauso rätselhaft wie Filippo, wenn Anna auch andere Gründe hatte, sich zu wundern.

Janina Spicker war am Abend ins Hotel gekommen, als Filippo gerade zum Getränkeautomaten ging und Anna ans Telefon gerufen worden war. Sie hatte, während sie einem potenziellen Gast ihre Zimmerpreise diktierte, beobachten können, wie Janina stutzte, als sie Filippo sah, etwas sagte und weitergehen wollte, aber von Filippo zurückgehalten wurde. Anna hatte hören können, wie er fragte: »Waren wir nicht verabredet?«

Was Janina Spicker antwortete, hatte sie nicht mitbekommen, aber ihr entgeisterter Gesichtsausdruck sagte alles.

Als Anna ihr Telefonat beendet hatte, war Filippo zu ihr gekommen. »Wer kann mir diesen Zettel zugespielt haben, wenn nicht sie?« Er hatte zu der Tür genickt, hinter der Janina Spicker verschwunden war, und gleichzeitig mit einer heftigen Bewegung den Zettel aus seiner Hosentasche gerissen und vor Anna auf die Rezeptionstheke geknallt. Auf einer Antwort hatte er nicht bestanden, sondern war wütend zum Getränkeautomaten zurückgegangen, um sich dort etwas zu holen, was ihm bei der Bewältigung der Enttäuschung helfen konnte. Der Zettel war auf der Theke liegen geblieben, und Anna hatte ihn in eine Schublade gelegt, weil ihr eine Idee gekommen war …

Als das Telefon klingelte, hatte sie gerade den nächsten Gast im Frühstücksraum begrüßt.

Anna lief in die Lobby. »Albergo Annina! Buon giorno!«

Levi Kailer war am anderen Ende, Konrads Sohn, Annas Architekt. Dass er anrief, war außergewöhnlich. Er stieg sonst, genau wie sein Vater, über den Zaun, wenn er etwas von Anna wollte, und kam von hinten über die Terrasse zu ihr, während der Umbauzeiten sehr häufig, wenn es etwas zu begutachten oder zu messen gab. Den Schlüssel, den Anna ihm gegeben hatte, benutzte er wie ein Familienmitglied: zu jeder Zeit und ohne ausdrücklich Bescheid zu sagen, dass er sich in Annas Wohnung aufhielt. So war sie schon im Bad von ihm überrascht worden und wahnsinnig erschrocken, wenn er plötzlich im Schlafzimmer hinter ihr stand. Dass er diesmal zum Telefonhörer gegriffen hatte, lag wohl daran, dass er gerade erst aufgestanden war und sich noch nicht angezogen hatte.

»Hat mein Vater bei Ihnen übernachtet?«

Anna war über diese Frage sehr verwundert. »Wie kommen Sie denn darauf?« Levi durfte nicht entgangen sein, dass sein Vater zwar unverdrossen mit ihr flirtete, dabei aber bisher nicht zum Erfolg gekommen war. Glaubt er wirklich, am vergangenen Abend hatte sich daran etwas geändert?

»Sein Bett ist unberührt. Er hat nicht zu Hause geschlafen.« Levis Stimme klang sehr besorgt.

Auch Anna erschrak. Konrad war mit Emilio losgezogen, die beiden wollten ins *Lampada Rossa*, das nur ein paar Hundert Meter entfernt lag. Konnte ihnen auf diesem Weg etwas zugestoßen sein? Eigentlich nicht vorstellbar.

Sie blickte zum Schlüsselbrett, und aus ihrem Schreck wurde giftgrünes Entsetzen. »Mein Gott!« Dort hing Emilios Schlüssel, den er nicht gern mitnahm, weil er seine Hosentaschen ausbeulte, was ein Mann wie er schwer ertrug, während Konrad seinen halben Hausstand in den tiefen Taschen seiner Bermudas herumschleppte. Emilio Fontana war also ebenfalls nicht heimgekommen.

Jetzt stand in Levis Stimme helle Panik. »Was ist los?«

Als er hörte, dass sein Vater auf dem Weg zum *Lampada Rossa* oder auf dem Rückweg verloren gegangen war, reagierte er fassungslos. »Sie meinen … er wurde überfallen? Ausgeraubt? Umgebracht?«

Anna konnte sich nichts dergleichen vorstellen, brachte es aber nicht fertig, Levi zu beruhigen, weil ihr nicht einfallen wollte, was sonst geschehen sein konnte. »Sie sollten bei Ricardo anrufen. Vielleicht weiß der was.«

»Ich werde zu ihm gehen. Hoffentlich ist er schon wach. Und wenn nicht, klingle ich ihn aus dem Bett.«

Anna bestärkte ihn in dem Vorhaben, ohne zu bedenken zu geben, dass Ricardo ihnen dann wohl demnächst nur dünn belegte Pizza und die Pasta vom Vortag anbieten würde.

Nachdenklich legte sie den Hörer auf. War es denkbar, dass Konrad im *Lampada Rossa* einen Schwächeanfall oder einen Herzinfarkt erlitten hatte und ins Krankenhaus gebracht worden war? Nein, dann hätte Emilio ihn zwar begleitet, wäre aber anschließend zu Anna gekommen und hätte sie und natürlich vor allem Levi informiert. Es gab keinen Grund, die Nacht an Konrads Bett zu verbringen. Oder … es war beiden etwas zugestoßen. Dann aber konnte Ricardo davon nichts wissen, in dem Fall musste es auf der Via Boninsegna geschehen sein. Neben Konrads Haus gab es einen Bocciaplatz, der von dichten Bäumen umringt war. Konnte ihnen dort jemand aufgelauert haben? Nein, eigentlich war auch das nicht logisch, denn Emilio hätte ja die Via Lorenzetti benutzt und Konrad den Rest des Weges allein gehen lassen. Oder war er so betrunken gewesen, dass er gestützt werden musste? Auszuschließen war es nicht, wenn Ricardo und Emilio ihn überredet hatten, statt Bier Rotwein zu trinken, den er schlecht vertrug. Ob sie Giuseppe anrief und seinen Chef vermisst meldete? Aber was, wenn sich die ganze Angelegenheit in einer halben Stunde als völlig harmlos herausstellte? Dann hatte sie schlafende Hunde geweckt, und Emilio würde ihr Vorwürfe machen.

Anna hielt die Ungewissheit nicht lange aus. Sie warf einen Blick in den Frühstücksraum, der nur spärlich besetzt war, und kam zu der Überzeugung, dass ihre Anwesenheit dort nicht unbedingt erforderlich war. Die Gäste würden sich allein am Kaffeeautomaten bedienen und auf dem Buffet alles vorfinden, was sie brauchten. Sie lief durch die Lobby und riss die Eingangstür auf. Morgendliche Kühle schlug ihr entgegen, aber sie nahm sich nicht die Zeit, eine Strickjacke aus der Wohnung zu holen. So schnell wie möglich rannte sie zur Via Lorenzetti, lief sie hoch und begegnete oben, wo sie auf die Via Boninsegna stieß, Levi, ungewaschen, ungekämmt, in Boxershorts, einem zerdrückten T-Shirt und Flipflops. Er kehrte bereits aus dem *Lampada Rossa* zurück, wo niemand auf sein Klingeln reagiert hatte. Entweder schlief Ricardo fest, oder er war nicht bereit gewesen, sich stören zu lassen.

»Ich rufe die Polizei«, stieß Levi hervor und eilte zur Tür seines Hauses. Dort allerdings stellte er fest, dass er sie hinter sich zugeworfen hatte, ohne den Hausschlüssel einzustecken. Wortlos lief er links am Haus vorbei in den Garten. Anscheinend gab es dort eine Tür, die auch während der Nacht offen stand. Was bei Anna der Wunsch war, sich niemals eingesperrt zu fühlen, war bei Levi purer Leichtsinn. Konrad beklagte sich oft, dass sein Sohn vergaß, die Bürotür abzuschließen, die hinten ins Haus führte und vom Büro in Levis und Konrads Wohnung. Konrad sorgte deswegen vor dem Schlafengehen immer dafür, dass alle Türen abgeschlossen waren. Aber nicht am vergangenen Abend …

Sie waren gerade auf der breiten Terrasse angekommen, als von unten Geräusche heraufdrangen, Rufe, wütendes Geschrei, eine kreischende Stimme, eine fordernde. Ein Streit, der sich im Garten des *Albergo Annina* abspielte! Was war da los?

Anna fragte nicht lange. Sie nahm die zwei Stufen, die von der Terrasse führten, um zum Zaun zu kommen, der Levis Grundstück von Annas trennte. Aber der steil abfallende Garten machte ein schnelles Vorankommen unmöglich. Konrad hatte Steine in den terrassenförmig angeordneten Beeten verteilt, die dabei helfen sollten, den Garten nicht hinunterzurutschen, sondern sicher hinabzusteigen. Sie verfehlten in diesem Fall jedoch ihren Sinn. Anna rutschte in ihrer Hast schon auf dem ersten Stein aus, fiel hintenüber und legte den Rest des Weges auf dem Hosenboden zurück. Wie ihre helle Baumwollhose von hinten aussehen würde, wenn sie in ihrem Hotel angekommen war, mochte sie sich nicht vorstellen. Der Gedanke an die Sondermanns blitzte durch ihren Kopf, die den Reiseveranstaltern während der Einweihungsfeier kopfschüttelnd von dem unmöglichen Benehmen der Hotelbesitzerin erzählen würden, und Henriekes Entrüstung rauschte schon in ihren Ohren, als sie am Zaun angekommen war.

Gemeinsam mit Levi überstieg sie ihn und setzte die Rutschpartie fort. In ihrem Garten sah es ja nicht anders aus. Der Hang war steil, die wenigen waagerechten Pflanzflächen hielten niemanden auf, der einmal ins Schlittern gekommen war.

Nur notdürftig klopfte sich Anna den Schmutz von der Hose, während sie zur Seite des Hauses lief, wo noch immer ein Streit brandete. Als sie um die Ecke gebogen war, sah sie endlich, wem die Stimmen gehörten, die laute, wütende, die ans Schreien und Schimpfen gewöhnt war, und die hohe, helle, die mit dem Verteidigen nicht zurechtkam, erst recht nicht mit Gegenvorwürfen.

Filippo hatte einen jungen Mann im Schwitzkasten, drohte ihm abwechselnd Prügel und den direkten Weg in die ewige Verdammnis an, während sein Opfer mit Beschimpfungen konterte, die auf Filippo allesamt keine Wirkung hatten. Im Gefängnis hatte er andere Beleidigungen kennengelernt als »Dieb«, »Unmensch« oder »Halunke«.

Als er Anna und Levi bemerkte, lockerte er seinen Griff. »Der wollte bei mir einsteigen.«

»Sie sind hier der Einbrecher«, entgegnete Bruder Giorgio und glättete seine Haare, während er unauffällig einen Schritt machte, der ihn weg von Filippo und näher zu Anna und Levi führte. »Sie haben die Statue der heiligen Katharina gestohlen. Ich wollte sie nur zurückholen. Seien Sie froh, dass ich die Polizei nicht verständigt habe.« Verzweifelt zog er seine Jeans in die Höhe und sein T-Shirt herunter.

»Wenn du dir so sicher wärst, Bürschchen, dann hättest du die

Bullen geholt.« Filippo lachte verächtlich. »Du hast keine Ahnung. Du Muttersöhnchen!«

Anna erklärte ihm, dass es sich bei dem Bürschchen und Muttersöhnchen um einen der Laienbrüder der Franziskaner handelte. »Du hast ihn sicherlich schon mal in der Basilica di San Francesco gesehen.«

»Ein Betbruder?« Filippo glotzte Giorgio an, als wollte er ihn fragen, wo er seine Mönchskutte gelassen habe.

»Franziskaner dürfen Zivilkleidung tragen«, erklärte Anna schnell. Dann wandte sie sich an den jungen Mann und bemühte sich um Freundlichkeit. »Wie kommen Sie darauf, dass mein Bruder die Statue gestohlen hat?«

Giorgio hatte es nun geschafft, den Abstand zu Filippo noch weiter zu vergrößern. Er stand zwischen Anna und Levi und fühlte sich sicherer. »Er hatte den Zettel«, antwortete er bemüht ruhig, aber seine Stimme war noch immer so hell wie die eines ängstlichen Kindes. »Den muss er aus der Statue genommen haben.«

»So ein Blödsinn!«, brüllte Filippo, woraufhin sich prompt das Fenster des Nachbarzimmers öffnete. »Den habe ich vor meiner Zimmertür gefunden.«

»Sie haben gelogen«, kreischte Giorgio. »Mir haben Sie gesagt, Sie hätten zwei Euro dafür bezahlt.«

»Weil es dich nichts angeht, woher ich diesen Zettel habe!«

»Ruhe!« Es war die Stimme von Ole Sondermann, die aus dem Fenster dröhnte. »Was ist denn da los?«

»Nichts, was Sie etwas angeht!«, schrie Filippo zurück. »Halten Sie die Klappe, und machen Sie das Fenster zu!«

»Also so was …« Die Stimme von Eileen Sondermann wurde durch das Schlagen des Fensters abgeschnitten. Die Sondermanns würden vermutlich gleich im Garten auftauchen, um nach Gründen zu suchen, aus dem *Albergo Annina* auszuziehen, die im Voraus bezahlte Miete zurückzuverlangen und dann eine vernichtende Rezension zu schreiben, die Reisende davon abhalten sollte, im *Albergo Annina* zu buchen.

»Pscht!« Anna drängte Filippo zur Straße. »Lass uns reingehen.« Sie schob auch den Laienbruder vor sich her und war froh, dass Levi ihnen ebenfalls folgte, obwohl er bisher noch nicht viel getan hatte, um Anna zu helfen.

Sie schob die beiden Kontrahenten die Eingangsstufen hoch und dann in die Lobby. Hektisch sah sie sich um. Wo konnten sie hier ungestört reden? Die Tür des Frühstücksraums stand offen, dort würde jedes Wort zu hören sein, in Filippos Zimmer durfte es auch nicht laut werden, die Sondermanns würden sofort an die Wand klopfen und womöglich sogar jedes Wort verstehen. An dem metallenen Krieger vorbei in ihre Wohnung? Anna dachte an Henrieke und strich auch diese Idee.

»Sie hätten bei mir klopfen können«, schrie Filippo den Laienbruder an. »Ich hätte Ihnen geöffnet und Ihnen mein Zimmer gezeigt.«

»Das glauben Sie ja selbst nicht«, keifte Giorgio.

Levi tat endlich etwas Kluges, statt nur herumzustehen und mit großen Augen zu beobachten, was sich abspielte. Er ging zur Tür des Frühstücksraums und schloss sie. Dann erst schien ihm aufzugehen, dass er sich den Frühstücksgästen besser nicht gezeigt hätte. Ein ungewaschener, ungekämmter Mann in verdreckten Boxershorts und einem T-Shirt, in dem sich einige Zweige und Kletten verhakt hatten, sollte in der Lobby eines seriösen Hotels nichts zu suchen haben. Er bewegte sich rückwärts Richtung Ausgang. »Ich glaube, ich ziehe mich erst mal um.«

Als aber der Streit zwischen Filippo und Giorgio erneut entbrannte, schien er sich zu fragen, ob er Anna mit diesen beiden Kampfhähnen eigentlich alleinlassen durfte. Dass sie sich mit einem Mal wenig für die Lautstärke und noch weniger für den Wortlaut der Auseinandersetzung interessierte, fiel ihm wohl auf, er konnte sich ihr Verhalten aber nicht erklären. Mit gerunzelter Stirn sah er zu, wie sie eine Schublade aufzog und ihr einen Zettel entnahm. In Windeseile erledigte Anna das, was sie sich schon am Tag zuvor vorgenommen hatte. Sie legte den Zettel auf die

Rezeptionstheke und holte einen Ordner dazu, in dem die Anmeldungen abgeheftet waren. Jeder Gast, der im *Albergo Annina* eincheckte, füllte einen Anmeldebogen aus, auch Janina Spicker hatte es natürlich getan. Und nun reichte ein einziger Blick, um zu erkennen, dass sie nicht die Schreiberin des Zettels gewesen sein konnte, mit dem Filippo in die Basilica gelockt worden war. Ihre Schrift war steil und krakelig, sie hatte nicht die geringste Ähnlichkeit mit den runden, sorgfältig gemalten Buchstaben auf dem Zettel. Anna ärgerte sich. Wäre ihr nur eher die Idee gekommen, diesen Vergleich anzustellen!

Aber zunächst hatte sie andere Probleme. Das Gebrüll der beiden Kontrahenten wurde wieder lauter, verlor jede Sachlichkeit, beide waren nur noch auf Beleidigungen aus. Sicherlich wäre es auch zu Tätlichkeiten gekommen, wenn Levi sich nicht zwischen die beiden gestellt und jeden körperlichen Angriff vermieden hätte. Anna wusste zwar, dass Filippo sich eigentlich nicht so schnell einschüchtern ließ und Levi unter anderen Umständen mit einem einzigen Leberhaken zu Boden geschickt hätte, um Giorgio an die Gurgel zu gehen. Aber offenbar gab es doch noch ein paar Hemmungen, die ihn mäßigten. Anna wusste, was es war: das Hotel in Siena!

»Du Weihrauchbruder!«

»Sie Wüstling!«

Levi tänzelte um die beiden herum, mit dem Zeigefinger auf den Lippen und der flehentlichen Bitte, sich leiser zu verhalten, Anna ging auf ihren Bruder los, versuchte, ihn am Ärmel zu packen und in ihre Wohnung zu ziehen … da öffnete sich die Tür, die zu den Hotelzimmern führte, und eine Stimme fragte: »Was ist denn hier los?« Sie gehörte Konrad Kailer.

Und eine andere Stimme ergänzte: »Was soll … questo rumore?« Diese Stimme gehörte Emilio Fontana.

»Mama!«

Anna kannte niemanden, der in diese schlichten Silben so viel Empörung legen konnte. Wenn ein Italiener seine Mutter ansprach, klangen die Silben gemütlich, so weich und dickbäuchig wie das Klischee einer italienischen Nonna. Aus dem Mund eines Franzosen kamen sie, als sollte seiner Mutter ein Kompliment gemacht werden, so elegant, wie man sich eine Französin vorstellte. Wenn ein deutsches Muttersöhnchen seine Mama rief, hörte es sich eher pragmatisch an, kurz und bündig. Die Zeit, in denen die zweite Silbe die größere Bedeutung erhielt, war ja längst vorbei. Zum Glück. Damals hatte sich die Ansprache der Mutter angehört, als würde eine Fremde mit einem vertrauten Namen angeredet. Henrieke dagegen konzentrierte sich ganz auf die erste Silbe und schaffte es, aus diesen beiden Buchstaben einen Vorwurf zu machen, der einer wortreichen Anschuldigung gleichkam.

»Mama! Wie kannst du nur?«

Auch das gehörte zu ihren Spezialitäten. Die Missbilligung nicht beim Namen zu nennen, als wäre sie derart umfangreich, dass man gar nicht nachkäme, wenn man sämtliche Vorhaltungen aussprechen wollte. Oder als läge Annas Verschulden so klar auf der Hand, dass jede Erklärung überflüssig war.

Aber nun nannte sie es doch beim Namen: »Mama! Was ist nur aus dir geworden? Wenn Papa das wüsste! Das hier ist kein Hotel, das ist eine Absteige!«

Der Lärm in der Lobby hatte die Gäste im Frühstücksraum gehalten, als hätten sie Angst, in einen Streit hineingezogen zu werden. Henrieke dagegen war von den Stimmen aus der Wohnung gelockt worden. In ihre blassen Wangen war sogar ein wenig Röte gestiegen, alles andere war fahl geblieben, unscheinbar, blutleer. Die Kleidung zu bequem, um attraktiv zu sein, die schulterlangen Haare im Nacken zu einem schmucklosen Pferdeschwanz gebunden, das Gesicht ungeschminkt. Sie trug eine Jeans, die zu weit war, ein beiges Sweatshirt, ebenfalls zu weit, und giftgrüne

Crocks an den Füßen, die sofort die Frage aufwarfen, warum nicht auch sie grau oder beige sein durften. Ihre Gestalt wirkte mumienbraun, das stellte Anna erschrocken fest. Hätte Henrieke gelächelt, wäre vielleicht ein Semmelbraun daraus geworden, mit einem freundlichen Wort hätte sie auch sirupbraun erscheinen können. Aber in ihrer schattenhaften Indignation wirkte sie so glanzlos wie das struppige Braun eines alten Bärenfells. Dies waren Momente, in denen Anna nicht gern Synästhetikerin war und die Farben ihrer Tochter gern heller, bunter, leuchtender gehabt hätte.

»Onkel Pippo! Was machst du da?«

Verwundert stellte Anna fest, dass Henriekes Stimme nun ein militärisches Braun in den Raum trug. Tatsächlich nahm Filippo die Hände von der Gurgel des Laienbruders und sah sogar ein wenig verlegen aus.

Anna nutzte den Moment und fuhr zu Emilio herum. »Wo kommst du denn her?«

Levi, der im ersten Augenblick erleichtert gewirkt hatte, zog nun einen kräftigen Pfeil voller Wut aus dem Köcher. »Bist du verrückt, Papa? Ich hatte Angst um dich! Wo warst du heute Nacht?«

Konrad warf einen Blick zu der Tür, durch die er mit Emilio getreten war, als wunderte er sich über die Frage seines Sohnes. Emilio wirkte mit einem Mal kleinlaut und schuldbewusst. Beide beantworteten sie die Fragen nicht, die ihnen gestellt worden waren. Als Emilio seine Chino glatt strich und sein blaues Auge betastete, als suchte er nach seiner Abdeckcreme, begriff Anna mit einem Mal, dass die beiden die Nacht in ihrer Kleidung verbracht hatten. Und offenbar gemeinsam! Konrad sah genauso aus wie immer, er wirkte, selbst wenn er frisch geduscht war und gebügelte Kleidung trug, nie so gepflegt wie Emilio Fontana am Ende eines langen Arbeitstages. Doch auch ihm war anzusehen, dass er keine ungestörte Nachtruhe hinter sich hatte und nicht nüchtern zu Bett gegangen war.

Dass Bruder Giorgio mit einem Mal das Bedürfnis verspürte, den Streit mit Filippo Kolsky nach draußen zu verlegen, verstand Anna zunächst nicht. Aber dann wurde ihr klar, dass der Laienbruder den Commissario erkannt hatte. Das war der Grund, eine Flucht vorzutäuschen und darauf zu bauen, dass Filippo ihm folgen und ihn stellen würde. Tatsächlich war Bruder Giorgio auf der Flucht, aber nicht nur vor Filippo, sondern vor allem vor der Polizei. Das wusste Annas Bruder natürlich nicht, er hatte ja keine Ahnung, dass mit Emilio Fontana die Polizei ins Haus gekommen war. Er folgte dem Laienbruder, stieß ihn, bis er strauchelte, trieb ihn vor sich her, als wollte er seine Flucht begünstigen, und hielt ihn dann mit roher Kraft auf, als seine Schritte schneller wurden. Er prügelte nicht, aber er hielt die Fäuste geballt …

»Wo habt ihr geschlafen?« Anna machte einen Schritt auf Emilio und Konrad zu. Und dann fiel es ihr wie Schuppen von den Augen: »Im Zimmer von Gérard Depardieu?«

Wieder antworteten die beiden nicht, aber Emilio hob immerhin die Schultern, und Konrad bewegte seinen Kopf, als wollte er nicken.

»Warum?«

Levi Kailer verstand kein Wort, nur Henrieke glaubte zu begreifen. »Gérard Depardieu wohnt hier?« Ihr Mund blieb offen stehen, sie war sprachlos. Die Erkenntnis, dass das *Albergo Annina* doch keine Absteige war, sondern ein gediegenes kleines Hotel, in dem sich sogar ein Filmstar wohlfühlte, machte aus dem struppigen Bärenfell, in das ihre Ereiferung gehüllt war, endlich weichen Plüsch in hellen Farben.

In diesem Augenblick betrat Valentino die Lobby, sah sich freundlich um, wünschte einen guten Morgen und ging auf die Tür des Frühstücksraums zu. Sie öffnete sich im selben Moment, und Valentino war zu Annas Erstaunen so galant, der Dame, die in die Lobby trat, die Tür aufzuhalten. Es war Janina Spicker. Sie stutzte, als Filippo in der Eingangstür des Hotels erschien, sich die Hände abklopfte und so zufrieden aussah, als hätte er Bruder

Giorgio nicht nur in die Flucht geschlagen, sondern ihm einen Denkzettel verpasst, den er so schnell nicht vergessen würde.

Anna riss sich von Janina Spickers Anblick los. »Was hast du mit ihm gemacht?«, fragte sie ihren Bruder ängstlich.

Filippo lachte und prahlte mit einer kurzen, aber deftigen Schilderung, wie er dem frommen Mann gezeigt hatte, was einer wie er draufhatte.

Janina blieb in der Tür stehen, die zu den Hotelzimmern führte, die Hand auf der Klinke. Niemand beachtete sie, auch Filippo wurde nicht auf sie aufmerksam. Anna war die Einzige, die bemerkte, dass sie Filippo ins Auge fasste. Es waren nur wenige Sekunden, in denen sie ihn maß, von Kopf bis Fuß, und seiner Bewegung folgte, als er sich zu der Eingangstür drehte, durch die er seinem Opfer gefolgt war. Sie ließ die Augen nicht von ihm, sah seiner Hand zu, wie sie übers Haar strich, betrachtete seine Füße, die kurze Tritte in die Luft stießen, beobachtete, wie er den Kopf in den Nacken warf und die Schultern nach hinten nahm. Was war es, was sie sah? Was faszinierte eine junge Frau an Filippo Kolsky, dem Gewohnheitsverbrecher, der weiß Gott aus den besten Jahren heraus war? Anna begriff es nicht. Aber dass ihr Bruder sich nicht geirrt hatte, wurde ihr in diesem Augenblick klar. Janina Spicker war tatsächlich an ihm interessiert.

War das peinlich! Wie hatte das nur passieren können! Hatte er wirklich zu viel getrunken am vergangenen Abend? Verdammt, Ricardo hatte ihn abgefüllt, ihn und Konrad Kailer. Na, dem würde er was erzählen, wenn er ihn zu fassen bekam! Noch nie hatte es ihn derart umgehauen, dass er die Nacht mit einem Mann verbrachte. Scandaloso! Was mochte Anna davon halten? »Anna, Annina!« Der Blick, mit dem sie ihn bedacht hatte, war nicht sonderlich freundlich gewesen. Und schon gar nicht verständnisvoll.

Zum Glück hatte Konrad Kailer die gleiche Verächtlichkeit zu spüren bekommen. Als Anna begriff, was am Vorabend geschehen war, hatte sie die Mundwinkel herabgezogen und weder Emilio noch Konrad Kailer eines weiteren Blickes gewürdigt. Ihre Tochter konnte zwar unmöglich erkannt haben, was sich im Hotel ihrer Mutter zutrug, aber ihre Mundwinkel hatten den gleichen Weg genommen. Henrieke Wilders liebte es ja, sich zu entrüsten. Zum ersten Mal hatte er erkannt, dass sie ihrer Mutter ähnlich sein konnte.

Natürlich verlangte sie nach Erklärungen. Aber Anna vertröstete sie auf später und ging in den Frühstücksraum, um sich ihren Gästen zu widmen. Emilio sah, dass sie den Rücken durchdrückte und sich bemühte, besonders aufrecht zu gehen. Sie tat ihm leid. Natürlich befürchtete sie wieder, dass sich jemand über den Lärm in der Lobby beschwerte und dass sie gefragt wurde, was eigentlich in ihrem Haus passierte. Eileen und Ole Sondermann hatten ja ständig was zu meckern. Und Emilio wusste, wie wichtig es Anna war, auf der Einweihungsparty zufriedene, begeisterte Gäste zu präsentieren. Und natürlich ein ausgebuchtes Haus! Wobei er sich mittlerweile sicher war, dass Anna dieser Aspekt nicht mehr ganz so wichtig war.

Die Tür des Frühstücksraums fiel ins Schloss, Henrieke Wilders zog sich in die Wohnung zurück, Levi versetzte seinem Vater einen Stoß mit den Ellbogen, den dieser ohne Weiteres verstand. Mit einem vielsagenden Blick zu Emilio folgte er seinem Sohn, wie ein Teenager, der sich auf eine Strafpredigt seiner Eltern gefasst macht. Filippo Kolsky hatte sich in den Frühstücksraum begeben, mit einem breiten Grinsen auf den verlebten Zügen und geballten Fäusten, die er knacken ließ, als hätte er sein Pulver noch nicht verschossen. Was mochte es sein, was ihn derart in Hochstimmung versetzte? Die Tatsache, dass er als älterer Mann einen jungen Kerl das Fürchten gelehrt hatte? Oder war es eher die Freude darüber, dass er ihn nur ein bisschen geschubst, geboxt, gedemütigt und ihm gedroht hatte? Sicherlich wäre, wenn er es mit seinesgleichen zu tun gehabt hätte, eine schwere Keilerei aus dieser Angelegenheit geworden. Nun konnte Filippo Kolsky seiner Schwester unter die Augen treten und stolz darauf sein, dass er sich beherrscht hatte.

Emilio hielt Levi und Konrad Kailer an der Eingangstür zurück. »Was ist denn hier eigentlich passiert?«

Levi sah nicht so aus, als wäre ihm an einer Unterhaltung gelegen, und schien sogar der Ansicht zu sein, dass sein Vater und der Commissario es nicht verdient hatten, über die Ereignisse der letzten Stunde informiert zu werden. Aber er besann sich dann anders, weil er schon als kleiner Junge gelernt hatte, dass die Fragen eines Polizeibeamten beantwortet werden mussten.

»Filippo Kolsky hat den Laienbruder dabei erwischt, wie er in sein Zimmer einbrechen wollte, um die Statue der heiligen Katharina zurückzuholen. Er ist davon überzeugt, dass Filippo Kolsky sie gestohlen hat.«

Emilio war alarmiert. Wie war Bruder Giorgio auf diese Idee gekommen?

»Irgendein Zettel, der ein Indiz sein soll«, gab Levi zurück. Mehr wusste er nicht zu sagen. Mehr wollte er anscheinend auch nicht wissen. Die ganze Angelegenheit war ihm vollkommen gleichgültig. Ihm ging es nur darum, zu erfahren, wo sich sein Vater in der vergangenen Nacht herumgetrieben hatte.

Emilio warnte Konrad mit einem scharfen Blick. Kein Dienstgeheimnis verraten! Der Fall Franz Lüpke war streng geheim!

Trotz seines schweren Katers begriff Konrad ziemlich schnell. Er grinste, als er antwortete: »Wir haben uns einen auf die Mütze gegossen. Und dann sind wir irgendwie … im falschen Zimmer gelandet. Eigentlich wollten wir bei Emilio noch einen heben. Aber dann …« Er griff sich an den Schädel, als wollte sich darin keine klare Erinnerung formieren.

»Emilio?«, wiederholte Levi ungläubig. Dass sein Vater den Commissario, an dem er selten ein gutes Haar ließ, duzte, war ihm wohl Beweis genug, dass es in der vergangenen Nacht um nichts anderes als um den Missbrauch von alkoholischen Getränken gegangen war.

Emilio war froh, dass Konrads Sohn nicht näher nachfragte. Er hob lächelnd die Hand, als die beiden das *Albergo Annina* verließen. »Ciao, Konrad!«

Und dann wunderte er sich eine ganze Weile, wie leicht ihm der Name über die Lippen ging. Er hatte es sogar geschafft, ihn mit einem Konsonanten enden zu lassen, was jedem Italiener schwerfiel.

Er blickte sich um, drehte sich nach links, dann nach rechts und merkte, dass er vorsichtig sein musste. Spontane Bewegungen waren zum Glück sowieso nicht sein Ding, aber an diesem Morgen musste er besonders gut darauf achten, alles Blitzartige zu vermeiden. Jede Bewegung stellte in seinem Kopf ein Karussell an, auf dem seine Gedanken derart ins Kreiseln gerieten, dass er ihnen nicht nachkam. Bruder Giorgio war also der Ansicht, Filippo Kolsky habe die Statue der heiligen Katharina gestohlen? Aber es war doch Valentino gewesen, den er in der Basilica beobachtet hatte. Und wenn sein Verdacht auf dessen Bruder gefallen war, warum hatte er sich dann nicht an die Polizei gewandt? Er würde sich den Laienbruder gründlich vornehmen müssen. Womöglich hatte diese Angelegenheit etwas damit zu tun, dass der Franziskaner es mit der Keuschheit nicht so genau nahm? Emilio hatte den heimlichen Kuss in der Basilica nicht vergessen.

»Allora …« Dieser Sache würde er nachgehen müssen. Aber erst mal war es wichtig, die deutschen Kollegen zu informieren, dass Franz Lüpke gekidnappt worden war. Es wurde Zeit!

Er hatte gerade sein Telefonino hervorgezogen, als Clara Morbé hereinwallte, ganz in Knallrot gehüllt, mit einer angestaubten Klatschmohnblüte im Haar. »Mon dieu, mon dieu!«, murmelte sie vor sich hin.

Als sich auch das Ehepaar Trump blicken ließ, sah Emilio ein, dass er nur in seinem Zimmer Ruhe haben würde. Doch der Zugang zu den Hotelzimmern wurde durch Dustin Trump versperrt, der ihm unbedingt einen Witz erzählen wollte, den er angeblich von Donald gehört hatte. »Keiner kennt so viele dreckige Witze wie er!«

Emilio machte auf dem Absatz kehrt, murmelte etwas von dringenden Geschäften und verließ das *Albergo Annina* so schnell wie möglich. Im Garten würde er Gelegenheit haben, in Ruhe zu telefonieren, ohne Zeugen. Er ging ums Haus herum, hätte am liebsten auf Annas Terrasse Platz genommen, wagte es aber nicht, weil Henrieke Wilders ihn womöglich aufscheuchen würde. Also ging er tiefer in den Garten hinein, bis der Anstieg zu beschwerlich wurde, und blieb oberhalb des Platzes, wo Annas Wagen geparkt war und die Mülltonnen standen, stehen. Vorsichtig ließ er sich auf einem umgekippten Plastikeimer nieder, erhob sich wieder, überprüfte seine Sitzfläche und setzte sich erneut, als an seinem Hosenboden weder Feuchtigkeit noch Schmutz kleben geblieben war.

Der deutsche Kollege war verärgert, als er hörte, was geschehen war. »Konnten Sie mich nicht eher verständigen?«

Emilio gab sich entrüstet, obwohl er ein schlechtes Gewissen hatte. »In der Basilica hat eine Entführung stattgefunden, nur so viel war zunächst sicher. Dass es sich bei dem Opfer um Franz Lüpke handelte, konnte ich nicht ahnen. Mittlerweile weiß ich, dass er zum fraglichen Zeitpunkt in der Basilica war, und soeben habe ich festgestellt, dass er in der letzten Nacht nicht in seinem Hotelbett geschlafen hat.«

»Also gut«, kam es knapp zurück. »Wir werden ein Amtshilfeersuchen stellen. Dann muss Lüpke sofort zur Fahndung ausgeschrieben werden.«

»Naturalmente!« Emilio zögerte, ehe er fragte: »Haben Sie eine Vermutung, wer ihn gekidnappt haben könnte?«

Auch der deutsche Kollege zögerte. »Wir wissen nur eins: Die Polizei observiert ihn schon eine Weile, und die Kollegen haben festgestellt, dass auch andere ein Auge auf ihn haben.«

»Wer?«

Aber darauf bekam Emilio keine Antwort. Er bestand auch nicht darauf, weil er mit einem Mal merkte, dass sich neben Annas Auto etwas bewegte. Und nun hörte er leise Stimmen. Er verabschiedete sich hastig, steckte sein Telefonino weg und lauschte. Tatsächlich! Da sprachen zwei Männer miteinander, die nicht gehört werden wollten. Sie sprachen leise, aber doch so deutlich, dass Emilio sie verstehen konnte. Offenbar rechneten sie nicht damit, dass jemand in ihrer Nähe war.

Emilio rührte sich nicht, blieb auf dem Plastikeimer hocken und schob sein rechtes Ohr vor. Im nächsten Augenblick wusste er, um wen es sich handelte: um Valentino und Filippo Kolsky.

»Kannst du dir erklären, warum dieser Betbruder die Statue ausgerechnet bei mir sucht?«

Die Stimme von Valentino Kolsky klang hämisch. »Er hat was gegen dich in der Hand.«

»War er es auch, der bei dir eingestiegen ist? Dann hat er gegen dich ebenfalls was in der Hand.«

»Und was ist mit Franz? Der will Geld! Ich möchte wissen, wo der steckt.«

Emilio schaffte es nicht, ruhig zu bleiben. Er bewegte sich, der Plastikeimer unter ihm knarrte. Er sah, wie sich Annas Brüder wachsam umblickten, dann aber weitersprachen. Sie kannten also Franz Lüpke! Was hatte das zu bedeuten?

In Valentinos Stimme stieg ein Lachen. Tatsächlich gab es zwischen ihnen auch etwas, was Brüder verband, die miteinander aufgewachsen waren. »Hast du der Schnalle, die dich versetzt hat, schon einen Denkzettel verpasst?«

Auf der Straße fuhr ein Auto vorbei. Das Geräusch des Motors riss die nächsten Sätze von Filippos Lippen, ohne dass sie zu hören waren. Emilio sah nur seine Geste, die auf ihn wirkte, als sollte Janina Spicker der Hals umgedreht werden. Aber das Folgende verstand er wieder: »Wir müssen aufpassen. Die Madame ist unvorsichtig. Ich weiß jetzt, warum sie so gerne nach Siena gereist ist.«

»Ausgerechnet!«, stöhnte Valentino. »Wenn die sich erwischen lässt!«

Die beiden gingen nun auf die Straße, entfernten sich, bummelten die Via Valdambrino entlang. Zwei Touristen, die den Blick auf die Basilica genossen.

Emilio sah ein, dass er nichts mehr erfahren würde, und wollte sich gerade erheben, um ins Haus zurückzugehen, da bemerkte er die Bewegung hinter dem Schuppen, in dem Anna Gartenmöbel unterstellte. Eine junge Frau trat dahinter hervor, und Emilio begriff, dass er nicht der Einzige gewesen war, der die beiden Kolsky-Brüder belauscht hatte. Janina Spicker blieb auf dem Bürgersteig stehen und sah Valentino und Filippo hinterher. Mit einem Blick, der schwer zu deuten war. Neugierig wie der einer Detektivin, dunkel wie der einer Frau, die Böses im Schilde führte, und gleichzeitig sehr, sehr traurig.

Anna sah auf die Uhr. Kurz vor zwölf. Eine Zeit, in der es im Hotel ruhig war. Das Frühstücksbuffet abgetragen, das Geschirr in der Spülmaschine, die Gäste unterwegs. Graziella war noch damit beschäftigt, die Zimmer zu putzen. Da keine Anreisenden erwartet wurden, war die Zeit günstig, um nach Pentolina zu fahren.

»Gut, dass du da bist«, sagte sie zu ihrer Tochter. »Falls mal was ist …«

»Was soll schon sein?« Henrieke saß am Küchentisch vor einer Teetasse und hatte ihrer Mutter gerade einen längeren Vortrag über die positiven Aspekte von grünem Tee gehalten. Angeblich war er auch für Frauen ihres Alters hervorragend geeignet, stärkte das Herz-Kreislauf-System der alternden Frau und beugte Alzheimererkrankungen vor.

Anna floh ins Bad, wie sie immer floh, wenn Henrieke auf ihr Alter zu sprechen kam wie auf eine schwere Erkrankung und ihr

Alterserscheinungen vor Augen hielt, als wären sie zwangsläufig und nicht zu umgehen.

»Mir geht's prima«, sagte sie im Rausgehen. »Auch ohne grünen Tee. Espresso und Prosecco schmecken mir überdies viel besser.«

Henriekes Gesicht war wieder mürrisch geworden, als die Sache mit Gérard Depardieu geklärt worden war. Am liebsten hätte Anna darauf verzichtet, ihr zu verraten, dass der Star nicht höchstpersönlich bei ihr abgestiegen war, sondern nur jemand, der ihm sehr ähnlich sah. Das kristallene Leuchten in Henriekes Blick, die kleinen Einsprenkelungen von Silberlack und venezianischgoldener Anerkennung hatte Anna kurz genossen. Dann aber hatte sie selbst die Farben in Henriekes Beifall mit Rußschwarz überzogen. »Wie kommst du nur darauf, dass Gérard Depardieu bei mir abgestiegen sein könnte!«

»Das frage ich mich jetzt auch.« Henrieke schaffte es, in Sekundenschnelle von Euphorie zur Nörgelei zu wechseln. »Was ist hier bloß los, Mama? Onkel Pippo prügelt sich, Konrad Kailer und dieser Commissario haben in deinem Hotel übernachtet, ohne dass du es weißt, Frau Sondermann erzählt merkwürdige Dinge, ständig fällst du irgendwelchen Stachelschweinen zum Opfer. Man muss sich wirklich fragen, wo du dich rumtreibst …«

Anna unterband weitere Missbilligung mit mehreren Fragen: »Und was ist mit dir? Warum hast du die Stelle nicht bekommen? Was ist beim Vorstellungsgespräch falsch gelaufen?«

Das war gemein, sie wusste es. Eine kleinliche Rache. Aber Henrieke war selbst schuld, wenn sie sich etwas fragen lassen musste, was ihr nicht gefiel. Jemand, der ständig Kritik zur Hand hatte, durfte sich nicht beklagen, wenn sie ihn einmal selbst traf.

Aber Henrieke hatte offenbar Übung im Umgang mit unangenehmen Fragen und Vorwürfen. Sie hatte längst herausgefunden, woran es lag, dass sie erfolglos war und blieb. Sie hatte sich in den falschen Mann verliebt, hatte sich aus purer Liebe dazu verleiten lassen, einen Arbeitgeber zu betrügen, und war rausgeflogen und arbeitslos geworden. Sie selbst traf selbstverständlich keine Schuld. Nein, sie war ein Opfer geworden, ein Opfer ihrer Liebe und eines skrupellosen Mannes …

Während Anna sich umzog, hatte ihre Seele mit einem Steinchen im Schuh ihrer Gefühle zu tun. Sobald sie mit Henrieke zusammen war, wurde aus ihrer Mutterliebe, die viel Erinnerung und Wehmut enthielt, etwas Neues. Das Bedürfnis, Henrieke bei den Schultern zu packen und sie so lange zu schütteln, bis sie aufhörte, die Verantwortung für ihr Leben anderen zuzuschieben, und endlich einen Plan fasste und ein Ziel verfolgte, wurde dann übermächtig. Und es vergiftete die Beziehung zu ihrer Tochter. Henrieke fühlte sich ungeliebt, nicht akzeptiert, kritisiert, und Anna litt unter der komplizierten Liebe, die doch viel schöner, großartiger, heller und himmelblauer sein sollte. So wie früher, als Henrieke noch ein Kind gewesen war. Schon während der Pubertät hatte sich viel verändert, und als sie ihren grässlichen Freund kennenlernte und ihr Herz an ihn hängte, hatte ein schleichendes Gift ihre Mutter-Kind-Beziehung verändert. Anna konnte die Beziehung ihrer Tochter mit dem haltlosen, windigen jungen Mann nicht gutheißen, wollte nicht zusehen, wie er ihrer Tochter schadete, und hätte die Ohnmacht, die sie jedes Mal überkam, wenn sie die beiden zusammen sah, in die ganze Welt hinausschreien mögen. Erst im letzten Jahr, nach fast zwanzigjähriger Liebesbeziehung, hatte Henrieke einsehen müssen, dass sie sich an einen Kriminellen gehängt hatte. Die Erleichterung, als er verhaftet wurde, war bei Anna riesengroß gewesen, so groß wie bei Henrieke die Verzweiflung. Es hatte eine Weile gedauert, bis Anna aufgefallen war, dass Henrieke ihre Trostlosigkeit schnell überwand. Das wiederum hatte Annas Erleichterung noch verstärkt, weil sie merkte, dass Henrieke endlich, endlich einsah, dass der Mann ihrer Träume in Wirklichkeit ein Mann der Albträume gewesen war. Aber was hatte sich seitdem geändert? Nicht viel. Henrieke kompensierte ihre eigenen Misserfolge, indem sie die Erfolge anderer abwertete und an ihren Mitmenschen, vornehmlich an ihrer Mutter, so lange herummäkelte, bis sie selbst dastand wie eine Frau, die genau wusste, wo es langging. Henrieke hatte sich das Leben zurechtgebogen und merkte nicht, wie schief und krumm es geworden war. Indem sie das Aussehen ihrer Mutter als viel zu jugendlich und geradezu anstößig abtat, machte sie die Vernachlässigung ihres eigenen Äußeren wett, indem sie die Erfüllung von Annas Lebenstraum abwertete, lenkte sie davon ab, dass ihr selbst ein Lebensziel vollkommen fehlte. Anna war klar, dass alles Negative, was Henrieke woanders fand, eigentlich ihr eigenes Leben glanzlos machte.

Sie ging ins Bad, malte ihren Lidstrich noch dicker, tupfte noch mehr brombeerfarbenen Lidschatten auf und wühlte mit den Fingerspitzen durch ihren hellblonden Pixiecut. Dann entschied sie sich für einen kurzen Jeansrock, für gelbe Sandalen und ein buntes T-Shirt, das durch eine bunte Kette noch bunter wurde. Ein buntes Leben! Diese Erkenntnis kam über sie wie eine warme Dusche nach einem Spaziergang in eisiger Kälte. Ihr Leben in Stuttgart war grau gewesen, graue Einförmigkeit, graue Langeweile, graue Passivität, graue Filzigkeit. Und jetzt? Grellbuntes Ich-mache-was-ich-will! Ein herrliches Gefühl! Sie wünschte sich, auch Henrieke würde dieses Gefühl einmal kennenlernen. Ihre Tochter schien gar nicht zu merken, wie grau ihre Herablassung war. So grau wie ihre Kleidung, ihre Haut, ihre Haarfarbe. Dass sie ihre fehlende Anziehungskraft neuerdings »Natürlichkeit« nannte, wies nur umso deutlicher darauf hin, wie sehr sie sich des Mausgrauen bewusst war.

»Mama, du siehst unmöglich aus!«

Anna lächelte in sich hinein. Dann war es genau richtig. »Stell dich einfach an die Rezeption, damit alle sehen, dass jemand da ist. Und sollte das Telefon klingeln, sag, dass ich so bald wie möglich zurückrufen werde.«

Henrieke protestierte nicht, folgte Anna in die Lobby und nahm die Position ein, die ihr diktiert worden war. Mit finsterer Miene betrachtete sie Silas Casper und Moritz Wallweber, die neben dem Getränkeautomaten saßen und miteinander tuschelten. Anna fiel prompt wieder ein, dass diese beiden in der Basilica gesehen worden waren, kurz bevor die Statue der heiligen Katharina gestohlen wurde. Konnten sie mit Valentino unter einer Decke stecken?

Anna öffnete die Tür, genoss die Sonne, die hereinschien, und den Blick auf die Basilica di San Francesco. Dann ging sie die Treppe hinab, ohne die Tür wieder zu schließen. Auf der letzten Stufe drehte sie sich noch einmal um und betrachtete Henrieke, die hinter der Rezeption, im Sonnenlicht, das hereinfiel, noch grauer wirkte als vorher. Sogar ihr Lächeln, das wohl professionell sein sollte, war grau. Anna tat das Herz weh. Wie konnte sie das Leben ihrer Tochter wieder bunt machen? Indem sie ihr hier, in Siena, eine Zukunft bot? In ihrem Hotel? Anna beschloss, so bald wie möglich in die Basilica zu gehen, um mit Tante Rosi Zwiesprache zu halten. Was würde sie ihr raten? Um eine Antwort auf diese Frage zu bekommen, musste sie allein mit ihr sein.

Emilio trat hinter ihrem Auto hervor, als sie gerade darauf zuging und in ihrer Handtasche nach dem Schlüssel kramte. Sie erschrak. »Was machst du hier?«

Emilio bemühte sich um ein Grinsen, das ein bisschen schief geriet. »Ich bin hier Hotelgast.«

In diesem Augenblick sah Anna ihre Brüder die Via Lorenzetti hinaufgehen. »Wollen die beiden im *Lampada Rossa* essen?«

»Schon möglich.«

Anna sah Emilio scharf an. Hatte er die beiden bespitzelt? War er etwa auch der Überzeugung, dass Valentino die Statue gestohlen hatte? Oder beide?

»Du fährst weg?«

»Ich muss nach Pentolina. Der Koch dort wird den Imbiss für die Einweihungsfeier liefern. Es gibt noch ein paar Kleinigkeiten zu besprechen.«

»Kann ich mitkommen?«

Anna zögerte, dann entschied sie: »Ja, steig ein. Ich muss sowieso mit dir reden.«

Sie fuhren über die Via di Città nach Südwesten. Anna ließ sich eine Weile helfen beim Finden der richtigen Straßen, beim Einlegen des richtigen Gangs, beim Gasgeben, Bremsen und Abbiegen, dann platzte ihr der Kragen. »Du bist ja so wie Clemens! Mein Mann war auch der festen Überzeugung, dass Männer besser Auto fahren können als Frauen.«

Sie merkte im selben Augenblick, dass sie Emilio eine schwere Kränkung zugefügt hatte. Den Vergleich mit einem deutschen Ehemann, der durch Rechthaberei und Geiz in schlechter Erinnerung war, konnte er nicht auf sich sitzen lassen.

Selbstverständlich sei es ihm nur darum gegangen, Anna behilflich zu sein, die schließlich mit den italienischen Verkehrsregeln noch nicht so gut vertraut war, die die Gewohnheiten der italienischen Autofahrer nicht so gut kannte wie er und keine Ahnung hatte, wie brutal es im italienischen Verkehrschaos zugehen konnte. Damit hatte er in seiner langsamen Art zu tun, bis Anna aus der Stadt heraus war und genug gehört hatte von Emilios Pflichten als Kavalier, der guten Erziehung seiner Mutter, die ihm stets eingebläut hatte, einer Frau zu Diensten zu sein, und seiner großen Sorge um Anna, die ihm schließlich eine Menge bedeute.

Das war der Punkt, an dem Anna das Thema wechselte. »Eigentlich wollten wir diese Fahrt für ein Gespräch nutzen. Oder?«

Emilio deutete erstaunt auf seine Brust. »Io? No!« Er zeigte Anna das Lächeln, das einfach unwiderstehlich war, und sie bereute, gerade in diesem Augenblick zur Seite geschaut zu haben.

»Gut, dann eben ich.« Sie wich einem Verkehrsrowdy aus, der die Höchstgeschwindigkeit übertrat und sich noch dazu die Vorfahrt erzwang und mit quietschenden Reifen vor ihr einbog. Anna hupte anhaltend, gestikulierte wie eine heißblütige Italienerin und schimpfte so laut, dass Emilio sich die Ohren zuhielt. »Siehst du jetzt, dass ich schon ganz gut mit dem italienischen Verkehr zurechtkomme?«

Emilio wollte es nicht zugeben und lenkte daher vom Thema ab: »Was willst du mit mir besprechen?«

Anna entschloss sich, nicht um den heißen Brei herumzureden. »Ich möchte dein Zimmer zurück.«

Emilio erschrak. »Mein Zimmer im *Albergo Annina?«*

»Deine Observation ist beendet, seit Gérard Depardieu verschwunden ist. Ich möchte nicht, dass Henrieke auf dem Sofa im Wohnzimmer schläft.«

»Aber ich …« Emilio schien an diese Möglichkeit überhaupt nicht gedacht zu haben. »Es ist völlig unklar, was mit Franz Lüpke geschehen ist.«

»Jedenfalls braucht er nicht mehr observiert zu werden.«

»Aber … es könnte sein, dass er ein Versteck sucht. Dann liegt es nahe, dass er sich in sein Zimmer zurückzieht.«

»Er ist gekidnappt worden. Wenn er sich befreien kann, wird er zur Polizei rennen.«

Emilio schwieg lange, ehe er antwortete: »Das ist nicht sicher. Du weißt doch …«

»Ja, ja.« Manchmal fiel es Anna schwer, die rhetorische Behäbigkeit Emilios zu ertragen. »Trotzdem halte ich es für ausgeschlossen, dass er wieder auftaucht.« Sie bog nun in das Waldgelände ein, durch das ein Schotterweg nach Pentolina führte. »Hast du eine Ahnung, wer ihn entführt haben könnte?«

»Die deutschen Kollegen scheinen einen Verdacht zu haben.« Nun wurde seine Stimme etwas munterer, für Emilio Fontanas Verhältnisse geradezu spritzig. »Das Zimmer muss für erkennungsdienstliche Maßnahmen zur Verfügung stehen.«

»Dann darf aber niemand erfahren, dass du dort mit Konrad übernachtet hast.«

Der wunde Punkt war getroffen, mitten ins Schwarze. Emilio

sackte in sich zusammen und hatte Mühe, den Pfeil aus seiner Argumentation zu ziehen. »Trotzdem … ich muss das Zimmer weiterhin im Auge behalten.«

»Ich sorge dafür, dass es niemand betritt. Auch Graziella nicht.«

»Ich muss ja auch noch den Diebstahl der Statue aufklären.«

»Dafür musst du nicht im *Albergo Annina* wohnen.« Anna fuhr so langsam durch eine Kurve mit tiefen Schlaglöchern, dass sie Emilio einen Blick zuwerfen konnte. »Oder bist du der Ansicht, dass der Dieb bei mir zu finden ist?«

Emilio wehrte erschrocken ab. »Wie kommst du denn darauf?«

»Dann sag mir …«

Emilio unterband ihre Frage mit einer heftigen Geste. »Ich sag's dir, wenn du den Wagen geparkt hast.«

Anna fuhr nun noch langsamer. Zwar war es auf diesem löchrigen Weg ohnehin ratsam, nicht zu schnell zu fahren, aber jetzt ging es ihr hauptsächlich darum, Zeit zu gewinnen. Was meinte Emilio? Was konnte er ihr während der Fahrt nicht sagen?

Diese Frage hatte sie sich noch nicht beantworten können, als sie auf den Parkplatz des Ferienressorts einbog. Das Dorf Pentolina, einst der Sitz des Grafen Scroffa, war, nachdem es von seinem Herrn zugrunde gewirtschaftet worden war, von einem Schweizer Unternehmen gekauft und wieder aufgebaut worden. Nun wurden die kleinen Häuser von Feriengästen bewohnt, ein riesiger Pool war das Einzige, was sich von dem früheren Dorf unterschied.

Den Geschäftsführer und seine schöne Frau hatte Anna einmal bei Ricardo kennengelernt und Freundschaft mit ihnen geschlossen. Seitdem besuchte sie Sergio und Nona gelegentlich in Pentolina, aß dann im Restaurant *Tre Tigli* und hatte die Qualitäten des Kochs schätzen gelernt.

Sie stellte den Wagen besonders sorgfältig ab, setzte ihn ein paarmal vor und zurück, bis er kerzengerade dastand. Dann drehte sie den Zündschlüssel und wandte sich Emilio zu. »Also! Was willst du mir sagen?«

»Gar nichts«, antwortete Emilio und zog sie an sich. »Aber während der Fahrt ist das Küssen verboten.«

Was sagen Sie dazu? Man könnte glatt meinen, Emilio wolle im Albergo Annina *bleiben, weil er mir nahe sein möchte. In Ihren Augen sehe ich sogar noch mehr. Sie finden, dass Emilio mir seine Liebe beweist, weil er das Feld nicht einmal dann räumt, wenn Henrieke bei mir zu Besuch ist? Eigentlich müsste er wissen, dass meine Tochter jede Annäherung vermeiden wird. Oder ist er so siegessicher, weil er es gewöhnt ist, bei jeder Frau Erfolg zu haben? Bei Jungen und Alten, bei Schönen und Unscheinbaren, bei den Müttern und den Töchtern …*

Mir scheint, er hat auch Sie schon um den Finger gewickelt. Denken Sie doch bitte mal nach! Ich bin eine Frau von über sechzig, Emilio hat den sechzigsten Geburtstag noch vor sich. Er kann es an Attraktivität beinahe mit George Clooney aufnehmen. Und ich? Vom Erscheinungsbild einer Amal Alamuddin bin ich jedenfalls weit entfernt. Dass er in mich verliebt ist, kann einfach nicht sein. Ein Mann wie er verknallt sich in eine Jüngere, eine mit High Heels, Brustimplantaten und künstlichen Wimpern! Das liegt doch auf der Hand. Wenn er mit mir flirtet, dann aus reiner Gewohnheit. Weil er mit jeder Frau flirtet! Ganz anders als Konrad. Verdammt, warum denke ich jetzt ausgerechnet an ihn? Konrad ist nicht attraktiv, nur durchschnittlich gut aussehend, er ist nicht sonderlich charmant, aber dafür verlässlich. Wie er küsst? Jetzt werden Sie aber indiskret. Anders! Mehr will ich dazu nicht sagen.

Es dauerte lange, bis Anna es schaffte, sich aus Emilios Armen zu lösen. Und auch nur, weil Emilios Handy klingelte und er drangehen musste, denn Giuseppe war am Apparat, der schließlich Anspruch darauf hatte, in der Arbeitszeit mit seinem Chef zu sprechen.

»Ich habe gerade erfahren, dass der Mord aufgeklärt worden ist. Der Mord an der Freundin von diesem …« Giuseppe sprach so laut, dass Anna ihn mühelos verstehen konnte. Jedenfalls dann, wenn er nicht redete wie ein Maschinengewehr. »Wie hieß er noch gleich?«

Anna sah Emilio an, dass er keine Ahnung hatte, von wem sein Assistent sprach. Sie selbst ebenso wenig.

»Wie hieß noch gleich der Schauspieler?«

»Was für ein Schauspieler?«

»Na, dieser Casanova …« Giuseppe rang nach Worten, was bei ihm selten vorkam.

Emilio versuchte es vorsichtig: »Roger Moore, Brad Pitt, Marcello Mastroianni …«

»Nein, dieser dicke Franzose!«

Anna hatte nun verstanden und versuchte, Emilio mit aufgeregten Handzeichen klarzumachen, wen Giuseppe meinte. Als er immer noch nicht verstand, flüsterte sie: »Gérard Depardieu.«

Anscheinend war sie nicht leise genug gewesen. »Sie sind nicht allein?«, hörte sie Giuseppe fragen.

»Nein, ich …« Emilio suchte zu lange nach einer Erklärung.

»Ich komme zu Ihnen ins *Albergo Annina*. Wir müssen darüber reden, wie wir wegen des Kunstraubs weiter vorgehen. Ich habe alle Möglichkeiten ausgeschöpft. Nichts, was auf den Verbleib der Statue hinweist. Erst recht nicht auf den Dieb. Außerdem kann ich Ihnen dann beim Packen und Schleppen der Koffer helfen. Wetten, dass Sie die Hälfte Ihrer Garderobe mitgenommen haben?«

»Packen?«, wiederholte Emilio hilflos.

»Sie sind schon ausgezogen? Und warum kommen Sie nicht in die Questura?«

»Ich bin … unterwegs. In Pentolina.«

»Eine Spur?«

»Gewissermaßen.«

»Soll ich dazukommen?«

»No, no! Io …«

»Ich werde die Einsatzkräfte bereithalten. Gibt es einen Beweis, dass die Statue in Pentolina versteckt ist?«

»No, no, io …«

»D'accordo! Ferienwohnungen sind natürlich für eine Weile ein gutes Versteck. Wie sind Sie darauf gekommen?«

»Allora …«

»Die Fingerabdrücke, die wir gefunden haben, konnten leider immer noch nicht identifiziert werden. Der Prälat hat angekündigt, uns Ärger zu machen, wenn wir nicht bald Erfolg haben. Er hat es noch nicht zugegeben, aber mir scheint, die Statue ist wirklich sehr wertvoll. So wertvoll, dass sie unbedingt hätte gesichert werden müssen. Der Prälat wird sich einiges anhören müssen, wenn das an die Öffentlichkeit kommt. Und der Guardian auch.«

»Kunstsammler«, gelang es Emilio einzuwerfen. »Wir haben doch eine Liste von Sammlern, die auch Diebesgut kaufen.«

»Habe ich alle schon überprüft. Keine Hinweise.« Giuseppe machte sich daran, jeden einzelnen bekannten Kunstsammler aufzuführen und zu erklären, warum er auf der Liste der Verdächtigen gestrichen werden musste … Aber Emilio beendete das Telefonat, indem er in aufreizender Langsamkeit den roten Knopf seines Handys betätigte. Giuseppe würde noch eine Weile reden, bis er merkte, dass sein Chef nicht mehr zuhörte.

»Gérard Depardieu ist verhaftet worden.«

Anna sah ihn verblüfft an. »Er wurde entführt.« Dann ging ihr ein Licht auf. »Von der Polizei? Du wusstest nichts davon?«

Dieser Aspekt gab nun auch Emilio zu denken. »Vielleicht die deutschen Kollegen.«

»Ohne dass du informiert wirst?«

»So was wird auf höchster Ebene verhandelt. Darüber wusste vermutlich nicht einmal Scroffa Bescheid.«

Der Leiter der Questura in Siena war ein sehr entfernter Verwandter des Grafen, der in grauer Vorzeit über Pentolina geherrscht hatte. Er selbst nannte sich gern Nachfahre, obwohl seine Eltern und Großeltern nie den gräflichen Titel geführt hatten.

Emilio sah mit einem Mal besorgt aus. »Die Polizei wird alles beschlagnahmen, was Franz Lüpke gehört.«

»Die Polizei?« Anna stellte sich prompt die Gesichter von Eileen und Ole Sondermann und die Empörung ihrer Tochter vor, wenn ein Streifenwagen vor dem Hotel hielt und uniformierte Beamte durch die Lobby trampelten. Und dann fiel ihr wieder ein, dass Valentino den Mann, der nun als Mörder entlarvt worden war, kannte, ohne es zuzugeben. »Kannst du das hinauszögern, bis die Einweihungsfeier vorbei ist?«

Emilio kam nicht zu einer Antwort. Er hatte gerade zu der großen Geste angesetzt, mit der er gern die richtigen Worte einleitete, diese aber noch nicht gefunden, als es an der Seitenscheibe klopfte. Ein dunkler Lockenkopf erschien dort, der dem Geschäftsführer des Ferienresorts gehörte.

»Ciao, Anna! Benvenuto!«

Sie saßen im *Tre Tigli* gegenüber dem Herrenhaus, in dem jetzt die Rezeption des Ferienresorts eingerichtet war. Der ehemalige Dorfplatz stand voller Sitzgruppen, in dem jetzigen Restaurant war früher die Werkstatt gewesen, in der Graf Scroffa seine Kutschen untergestellt hatte und seine Gerätschaften warten und reparieren ließ. Nun war es mit gemütlichen Holzmöbeln eingerichtet worden, mit Sitzkissen auf den Stühlen und Tischdecken aus rotweiß kariertem Stoff und einer offenen Küche, in der es dampfte und brutzelte. Dort stand der Koch, der seine Aufgaben einem Stellvertreter übergab, als er Anna erkannte.

Sie hatten gerade ihre Pasta serviert bekommen. Nona, die Frau des Geschäftsführers, hatte sie freundlich begrüßt, einen Prosecco mit ihnen getrunken, Sergio war in den Garten des Ressorts gerufen worden, wo die Gärtner ein Problem gemeldet hatten. Im April jedes Jahres öffnete das Resort, dann war immer viel zu tun, bis die Hauptsaison begann und alles wie am Schnürchen laufen musste.

Emilio stellte die Frage, die ihm schon während der Fahrt auf den Nägeln gebrannt hatte: »Was hat es mit diesem Zettel auf sich?«

Anna wollte abwinken, die Angelegenheit als unbedeutend abtun und ihm erklären, dass sich ein Commissario dieser Lappalie nicht anzunehmen brauche, aber Emilio ließ nicht locker. »Vielleicht hat es etwas mit dem Diebstahl der Statue zu tun.«

Dass ihm dieser Gedanke gekommen war, hatte Anna befürchtet. Wie sollte sie ihre Brüder aus dieser Sache heraushalten, wenn sie Emilio die volle Wahrheit erzählte? Sie wusste nicht, welche Schlüsse er ziehen würde, weil sie keine Ahnung hatte, zu welchen Ergebnissen seine Ermittlungen bisher geführt hatten. Leider traute sie ja sowohl Filippo als auch Valentino alles zu, wenn es darum ging, mit einer geklauten Statue viel Geld zu machen.

Sie antwortete ihm, als ginge es darum, die Anwesenheit einer Stubenfliege an der Wand zu erläutern. »Filippo hat einen Liebesbrief bekommen.« Sie sah das Fragezeichen in Emilios Gesicht und ergänzte: »Das glaubt er jedenfalls.«

Emilio brauchte eine Weile, bis er seine Verblüffung überwunden hatte. »Von wem?«

»Angeblich von Janina Spicker.«

Emilio beugte sich vor. »Er glaubt wirklich, dass sich eine junge Frau wie Janina Spicker in ihn verliebt hat?«

»Das habe ich ihn auch gefragt. Aber … irgendetwas ist zwischen den beiden. Sie beobachtet ihn manchmal so … so aufmerksam. Und sie sagt, sie kennt unsere Familie. Ihre Mutter hat sie angeblich Janina genannt, weil ihr mein Name so gut gefiel. Aber kopieren wollte sie ihn nicht.«

Sie betrachtete Emilios Gesicht, beobachtete, wie sich seine Gedanken dort abzeichneten, wie etwas in seinen Augen erschien, was gleich darauf wieder erlosch, und sah den Widerstreit auf seinen Zügen. Emilio Fontana wusste etwas, das wurde ihr jetzt klar. Aber er wollte es nicht sagen, auch da war sie sicher. Hatte er längst herausbekommen, dass Valentino der Dieb der Statue war? Und dass Filippo seine Hände ebenfalls im Spiel hatte?

»Janina Spicker hat nichts mit diesem Liebesbrief zu tun. Den Zettel hat eine andere geschrieben. Ich habe die Schrift mit der von Janinas Anmeldebogen verglichen.«

»Eindeutig?«

»Hundertprozentig.«

»Wo hat dein Bruder den Zettel gefunden?«

»Vor seiner Zimmertür.«

»Er kann zufällig dorthin gekommen sein. Jemand hat ihn verloren.«

»Jemand, der ihn unter einer anderen Tür durchschieben wollte?«

»Das könnte sein.«

Anna ging in Gedanken ihre Gäste durch. Erst als die Gesichter der *Gang* vor ihr auftauchten, nickte sie. »Vielleicht Dustin Trump. Der gebärdet sich ja gern wie sein angeblicher Verwandter in Washington. Und er hält sich für unwiderstehlich. Dem traue ich zu, dass er Janina eine solche Liebesbotschaft schickt.« Sie schlug sich auf die Stirn. »Ach, nein! Die Anrede war ›Mein Geliebter‹.«

»Er war ja auch gar nicht in der Basilica. Und Janina Spicker? Die ebenfalls nicht.«

Anna dachte eine Weile nach. »Kann Gérard Depardieu etwas damit zu tun haben?«

»Weil er zum vereinbarten Zeitpunkt in der Basilica war?« Emilio schüttelte langsam, sehr langsam den Kopf. »Wenn die Nachricht für ihn bestimmt gewesen war, hat er sie nicht bekommen.«

»Geschrieben hat er sie auch nicht. Das war eindeutig die Handschrift einer Frau.«

Emilio griff nach Annas Hand. Wenn diese Berührung zu erwarten gewesen wäre, hätte Anna die Hände unter dem Tisch verborgen. Sie wusste, dass eine Maniküre überfällig war, dass der Nagellack abgesplittert und die Nagelhaut ausgefranst war. Emilios Nägel dagegen waren makellos, frisch manikürt, die Nagelhaut gepflegt, die Hände ohne jede Hornhaut. Die Gesichtsschwellung war mittlerweile abgeklungen, und seine Abdeckcreme sorgte dafür, dass das blaue Auge kaum noch zu erkennen war. Und sie? Anna Wilders hatte mal wieder nur dafür gesorgt, dass ihr Äußeres ihrer Tochter missfiel, und sich damit schon wohlgefühlt.

»Du kannst dich auf mich verlassen, Anna. Ich würde alles dafür tun, damit deine Einweihungsfeier ein Erfolg wird.«

Sie ließ den Blick auf seinen Händen, um ihm nicht in die Augen schauen zu müssen. Emilio wusste also, wer der Dieb der Statue war. Ihr Bruder! Vielleicht sogar beide Brüder! Er würde stillhalten, bis der Bürgermeister und der Prälat aus dem Haus waren, bis die Reiseveranstalter ihre Zusammenarbeit mit der frischgebackenen Hotelbesitzerin in Aussicht gestellt und die Pressevertreter viele Notizen für einen sehr wohlmeinenden Artikel gemacht hatten. Erst danach würde es eine Verhaftung geben. Anna merkte, wie ihr die Tränen in die Augen stiegen. »Mama und Papa«, flüsterte sie unhörbar. »Euer Traum!« Würde er zerstört werden, wenn die Polizei die beiden Söhne in Handschellen abführte?

Anna griff wieder nach ihrem Besteck und spießte eine Rigatone auf. »Grazie, Emilio.«

Nach dem Essen machten sie einen Spaziergang durch Pentolina und schlugen den Weg ein, der zu der kleinen Kapelle führte, die heute für Veranstaltungen, Lesungen, Weinproben oder Konzerte genutzt wurde. Emilio griff erneut nach Annas Hand und war glücklich, als sie sie ihm nicht entzog. Wer sie jetzt sah, würde sie für ein Paar halten. Ein schöner Gedanke! Am Tag zuvor hatte er noch mit seiner Mutter telefoniert. Sie hatte ihm geraten, endlich zum Angriff überzugehen. Nun wohne er sogar in ihrem Haus, da müsse es doch möglich sein, unauffällig in ihr Bettchen zu schlüpfen.

Emilio seufzte und reagierte nicht auf Annas fragenden Blick. Als wenn das so einfach wäre! Jetzt erst recht nicht, da Annas Tochter aufgetaucht war. Er hatte sich ja auch viel mehr davon versprochen, dass er in Annas Hotel wohnte. Er wollte die Abende mit ihr verbringen, wollte an ihrer Seite sein, wenn es Probleme gab, wollte ihr zeigen, wie gut das Leben war, wenn er sich in ihrer Nähe aufhielt. Aber bis jetzt hatte er keine Gelegenheit gehabt, ihr zu zeigen, wie schön es sein konnte, wenn sie ein Paar wären.

Er stolperte, als er an Konrad Kailer dachte, und musste sich dummerweise an Annas Arm festhalten, um nicht zu stürzen. Dabei wollte er doch ihre Stütze sein und nicht umgekehrt! Konrad war so ein Mann, der Schutz und Stärke bot. Mehr als er selbst, da machte er sich nichts vor. Mama sagte immer, er brauche eine Frau, die auf ihn achtgab. So eine Frau brauchte Konrad garantiert nicht. Höchstens eine, die dafür sorgte, dass er vernünftige Hosen und Schuhe trug.

Annas Stimme riss ihn aus seinen Gedanken. »Hier ist das Leben himmelblau«, sagte sie leise. »Ich beneide Nona und Sergio darum, in Pentolina zu leben.«

»Ja, himmelblau!« Wie mochte sie ihre Gefühle für ihn beschreiben? Himmelblau auf keinen Fall. Alltagsgrau? Nein, das wohl auch nicht. Vielleicht etwas zwischen Birkengrün und Zwetschgenviolett? Womöglich mit winzigen Goldsprenkeln?

Als sie an der Kapelle ankamen, blieben sie eine Weile stehen und genossen den Ausblick, der sich ihnen bot. Wälder und Wiesen, so weit das Auge reichte, darüber der blassblaue Himmel, leicht verschleiert, mit kleinen Wolken betupft. Ein Bild von einem Maler, der Angst davor hatte, ein kitschiges Gemälde zu produzieren.

Sie drückten die Klinke herunter und wunderten sich, dass die Kapelle nicht abgesperrt war. Zögernd betraten sie die dunkle Kühle. Anna sorgte dafür, dass hinter ihnen die Tür geöffnet blieb. Wo früher die Kirchenbänke gestanden hatten, in denen die Einwohner von Pentolina ihrem Pfarrer gelauscht hatten, befanden sich jetzt Sitzgruppen, runde Tische mit je vier oder fünf Stühlen. Anscheinend hatte es am Abend zuvor eine Weinverkostung gegeben. Auf der Balustrade vor dem früheren Altar standen noch Weinkühler, ein Stapel Papierservietten ließ vermuten, dass Käse und Schinken gereicht worden waren.

Anna schwieg, auch Emilio sagte kein Wort. Er wagte nicht, noch einmal nach ihrer Hand zu greifen. Er dachte an den Zettel, den Filippo Kolsky erhalten hatte. Eine Einladung zum Date! Und dann fiel ihm Bruder Giorgio ein und die junge Frau, die er heimlich geküsst hatte. War der Zettel in Wirklichkeit für sie bestimmt gewesen? Aber Anna hatte recht gehabt, als sie sagte, dass Janina Spicker an ihrem Bruder interessiert war. Er hatte selbst gesehen, wie sie ihn beobachtet hatte. Konnte das etwas mit dem Diebstahl zu tun haben? Hatte sich Janina Spicker als Touristin getarnt und war in Wirklichkeit in ganz anderer Mission in Siena? Hing ihr Besuch im *Albergo Annina* damit zusammen, dass ihre Mutter Sozialarbeiterin gewesen war und Gefangenen bei der Wiedereingliederung ins normale Leben geholfen hatte? Er wusste nicht, was Janina Spicker von dem Gespräch zwischen den beiden Brüdern mitbekommen hatte. Von Geld war die Rede gewesen. Von Franz Lüpke, den die beiden kannten. Von einer Frau, die sie Madame genannt hatten. Clara Morbé? Und dann der Einbruch in Filippos Zimmer. Bruder Giorgio hatte Filippo für den Dieb der Statue gehalten. Und anstatt die Polizei von seinem Verdacht zu verständigen, hatte er selbst versucht, die heilige Katharina zurückzuholen. Wie passte das alles zusammen?

Leise frage er: »Wie findest du eigentlich diese Clara Morbé?«

»Schrecklich«, kam es wie aus der Pistole geschossen zurück.

»Warum?«

Anna drehte sich zu ihm hin, der Zorn sprühte aus ihren Augen. »Sie hat versucht, einen Gast zu bestehlen. Ole Sondermann! Ausgerechnet! Filippo hat dafür gesorgt, dass es nicht auffällt.« Aufgeregt berichtete sie von dem Geschehen im Frühstücksraum des *Albergo Annina.* »Diese Frau ist eine Diebin! Der traue ich alles zu.« Sie starrte das Heiligenbild an, das an der Wand hing, ohne es zu sehen. »Wie wichtig ist dir eigentlich die Rechtschreibung?« Sie wartete Emilios Antwort nicht ab. »Sag nicht, dass sie dir völlig egal ist. Hätte ich auf die Rechtschreibung geachtet, wäre mir Clara Morbé nicht ins Haus gekommen. Die Trumps auch nicht. Und Silas Casper und Moritz Wallweber ebenfalls nicht.«

Emilio sah sie entgeistert an. »Du willst behaupten, Menschen, die die Rechtschreibung beherrschen, ist eher zu trauen als denen, die keine Ahnung von Orthografie haben?«

»Du glaubst das nicht?«

»Natürlich nicht! Die Beherrschung der Rechtschreibung ist eine Sache der Bildung.«

»Und Bildung formt den Charakter.«

Emilio dachte kurz nach. »No! Nur die Umgangsformen.«

Nun sprach Anna so leise, als schäme sie sich ihrer Worte. »Die *Gang* hat schreckliche Umgangsformen. Und keiner von ihnen beherrscht die Rechtschreibung.«

»Was willst du damit sagen?«

Anna wich aus. »Wer nach Siena kommt, ist an der Stadt interessiert. Die *Gang* ist nur daran interessiert, genug zu trinken zu bekommen. Wenn sie ins Stadtzentrum gehen, dann nur, weil sie auf der Suche nach einer Bar sind, in der sie sich volllaufen lassen können. Gérard Depardieu gehörte auch dazu.« Nachdrücklich fügte sie an: »Ein überführter Mörder!«

Nun wurde auch Emilio unruhig. »Ist die *Gang* gemeinsam nach Siena gekommen? Kennen sie sich schon länger?«

»Nein. Sie haben sich erst hier kennengelernt. Aber sie verstehen sich blendend.« Sarkastisch fügte sie hinzu: »War ja klar!«

Sie lauschten eine Weile auf die Stille. Anna sprach erst weiter, als in der Ferne der Motor eines kleinen Flugzeugs zu hören war und die Geräuschlosigkeit angriff wie eine Wespe, die versuchte, durch die geschlossene Fensterscheibe zu entkommen.

»Ich hätte die Buchungen nicht annehmen dürfen, diese Buchungen mit den vielen Rechtschreibfehlern. Aber ich wollte doch so gerne ausgebucht sein.«

Nun wagte Emilio es, Annas Schultern zu umfassen. Er hatte Mühe, seine Rührung nicht zu zeigen. Ausgebucht! Dieses Wort kam ihm vor wie das Ziel eines Kindes, endlich schwimmen oder Fahrradfahren zu können oder lange Zöpfe zu haben. Ach, Anna, Annina …!

Emilios Handy klingelte, als sie gerade die Rückfahrt angetreten hatten.

»Hoffentlich ist das nicht Giuseppe«, murmelte er, während er das Handy aus der Jackentasche zog.

Warum ihn ein Anruf seines Assistenten nicht erfreuen konnte, war Anna klar: Der Commissario, der zurzeit den Dienststellenleiter Scroffa vertrat, ließ sich viel zu selten in der Questura blicken und tat überhaupt wenig, um mit seinen Ermittlungen voranzukommen. Giuseppe war vermutlich nicht gut auf seinen Chef zu sprechen und würde mit Vorwürfen nicht geizen.

Aber der kurze erstaunte Ausruf Emilios, als er aufs Display sah, zeigte Anna, dass ihre Vermutung nicht zutraf. »Konrad?«

Sie wäre beinahe auf die Bremse gestiegen. Wieso rief Konrad an? Die Frage, warum er von Emilio geduzt wurde, drängte sich ihr erst später auf. Sie hörte seine Stimme, ohne seine Worte zu verstehen. Aber dass sie aufgeregt klangen, bemerkte sie sofort.

Was war geschehen? Hatte Henrieke sich wieder mal mit Konrad angelegt? Oder war die *Gang* auf die Idee gekommen, in der Lobby ein Lagerfeuer anzuzünden? Wenn sie an die Trumps und an Clara Morbé dachte, hielt sie alles für möglich.

Zwar reagierte Emilio ruhig und völlig unaufgeregt, aber das hatte bei ihm nicht viel zu bedeuten. Bevor er in Rage geriet, musste halb Siena in Flammen aufgehen. Wie ein Südländer derart leidenschaftslos und lethargisch sein konnte, verstand ja nicht einmal seine eigene Mutter. Das hatte Emilio ihr vor Kurzem erzählt. Signora Fontana hatte ihren Sohn sogar einmal in der Questura angerufen und ihn mit der Mitteilung erschreckt, sie habe einen blutjungen Sizilianer kennengelernt und wolle noch am selben Tag zu ihm nach Palermo ziehen. Nur, um ihn einmal aus seinem Phlegma zu schrecken. Tatsächlich hatte der Schock gesessen, Emilio war von seinem Stuhl gesprungen und die Treppen der Questura heruntergestürzt, sodass der Portier vorsichtshalber die Feuerwehr alarmierte, weil er sich Emilios Verhalten nur mit einer zu erwartenden Feuersbrunst erklären konnte. Dass er mit quietschenden Reifen losgefahren war und in Sekundenschnelle, unter Missachtung sämtlicher Verkehrsvorschriften, vor dem Haus seiner Mutter angekommen war, hatte dann niemanden gewundert, denn wenn sein Temperament auch nichts Südländisches hatte, das Auto handhabte er wie jeder Italiener, so schnell und so laut wie möglich.

Signora Fontana war also sehr zufrieden gewesen. Endlich mal ein Temperamentsausbruch ihres Sohnes! Allerdings nicht lange, dann hatte sie erfahren müssen, dass ihr Wunsch, den Sohn einmal ungestüm zu erleben, eine Kehrseite hatte. Als sie nämlich ein paar Tage später seine Hilfe wirklich brauchte, weil sie sich ausgesperrt hatte und bei zehn Grad und Regen im Negligé auf dem Balkon stand, hatte er nur müde den Hörer zurückgelegt und erklärt, darauf falle er nicht noch einmal herein …

»D'accordo«, sagte er nun ins Telefon. »Wir sind gleich da.«

Es dauerte wirklich nur eine Viertelstunde, bis sie den Fiat neben dem *Albergo Annina* abstellten. Konrad erwartete sie vor der Eingangstür und lockte sie an die Seite des Hauses. »Besser, Henrieke bekommt davon nichts mit.«

Er schlich ihnen voran, Anna und Emilio folgten geduckt und ohne jedes Geräusch. Unter dem Fenster, das zu dem Zimmer von Gérard Depardieu gehörte, blieb Konrad stehen und zeigte aufgeregt nach oben. »Da!«

Anna verstand kein Wort, und auch Emilio sah ratlos aus. Daraufhin winkte Konrad sie an die Grundstücksgrenze, wo es einen Zaun gab, der sowohl auf Annas Seite als auch auf der des Nachbarn mit dichtem Gebüsch bewachsen war. Mehr Abstand, um etwas sehen zu können, allerdings auch mehr Gefahr, selbst gesehen zu werden. Dort versteckten sie sich und starrten das Fenster an, allerdings ohne dass etwas geschah.

»Was ist los?«, fragte Anna gereizt.

»In dem Zimmer hält sich jemand auf«, raunte Konrad zurück. »Ich hab's genau gesehen. Ein Schatten hinter der Gardine. Eine Hand, die die Gardine zur Seite geschoben hat.« Er warf Emilio einen Blick zu. »Ich habe dich überall gesucht, aber dann hat Henrieke mir erzählt, dass du mit Anna weggefahren bist.« Dass ihm diese Auskunft nicht gefallen hatte, war mehr als deutlich. »Ich war drauf und dran, deinen Assistenten zu alarmieren. Aber dann dachte ich, dass der womöglich mit einer ganzen Hundertschaft hier auftaucht.«

»Um Gottes willen!«, entfuhr es Anna.

»Eben«, bestätigte Konrad. »Wir wollen doch nichts tun, was Annas Hotel in Verruf bringt.«

»Sind die Sondermanns im Haus?«, fragte Anna.

»Ich habe nachgesehen«, antwortete Konrad. »Der Schlüssel hängt nicht an der Rezeption. Das kann alles bedeuten. Entweder sind sie zu Hause, oder sie haben den Schlüssel mitgenommen.«

»Und die anderen?«

»Im Haus ist es ruhig. Einige Schlüssel fehlen zwar, aber manche Gäste nehmen ihren Schlüssel ja gerne mit.«

»Und meine Brüder? Und die *Gang?*«

»Keine Ahnung. Gesehen habe ich sie nicht.«

»Dann können wir es riskieren«, meinte Emilio. »Wenn wir Glück haben, bekommt nicht einmal deine Tochter etwas davon mit, Anna.«

Aber dieses Glück war ihnen nicht vergönnt. Henrieke stand wie ein graues Mahnmal hinter der Rezeption und sah ihnen streng entgegen. »Was ist los?«

Dass etwas los war, erkannte sie spätestens, als Emilio seine Dienstwaffe aus seinem Zimmer geholt hatte.

»Warst du die ganze Zeit hier am Empfang?«, erkundigte sich Anna.

Henrieke begann zu lamentieren, dass sie schließlich auch mal einen Kaffee nötig gehabt habe, dass sie sich kurz »die Nase pudern musste«, wie es schon Tante Rosi genannt hatte, wenn sie die Toilette benutzte, und überhaupt niemand von ihr verlangen könne, dass sie sich hinter der Rezeption die Beine in den Bauch stünde, ohne dass sich ihre Anwesenheit als notwendig erwiese.

Anna winkte ab, Henriekes Rechtfertigungen wollte sie nicht hören. »Der Schlüssel hing heute Morgen noch hier.« Sie zeigte zu dem Schlüsselbrett. »Er kann also unbemerkt hereingekommen sein.«

»Wer?«, fragte Henrieke mit zitternder Stimme.

Aber statt einer Antwort erhielt sie nur die Anordnung, sich ruhig zu verhalten und sich nicht vom Fleck zu rühren. Mit offenem Mund blickte sie Emilio und Konrad nach, die geräuschlos die Tür öffneten, die zu den Hotelzimmern führte, und sie ebenso leise hinter sich schlossen.

Anna war ihnen nicht gefolgt, weil beide Männer ihr eingeschärft hatten, sich um Himmels willen nicht einzumischen. Mit zusammengebissenen Zähnen wartete sie auf das, was sie zu hören und zu sehen bekommen würde …

Zwei Stunden später brachte Ricardo höchstpersönlich einen großen Topf mit dampfenden Tortiglioni in einer köstlichen Tomatensoße ins *Albergo Annina.* »Buon appetito!«

Sie setzten sich an den Tisch, nachdem Konrad den Korken einer Proseccoflasche hatte knallen lassen und den Rotwein aus dem Vorratsschrank geholt hatte, als kenne er sich in Annas Küche gut aus. Wie sehr Emilio das verdross, war unschwer zu erkennen.

Henrieke deckte den Tisch und klagte währenddessen über das abscheuliche Leben, das ihre Mutter führen musste. »Nur Stress! Nur Durcheinander! Das ist doch nichts für dich, Mama. In deinem Alter! Du brauchst mehr Ruhe.«

»Die habe ich, wenn ich tot bin«, knurrte Anna und erntete damit große Empörung bei ihrer Tochter.

»Du wirst nicht jünger, Mama, wenn du so tust, als wärst du noch dreißig.«

Als sie alle am Tisch saßen, die Lampe tief über die Schüsseln und Teller gezogen, die Türen offen, damit sie hören konnten, wenn jemand in der Lobby nach der Hotelbesitzerin rief, entstand eine Gemütlichkeit, die ihren Ursprung im Außergewöhnlichen hatte. Ein ganz anderes Wohlbehagen als in der Familie, die tagtäglich zusammenkommt, oder mit einem Gast, der allen anderen vertraut ist. Hier saß die Gastgeberin mit zwei Männern zusammen, die sich Rivalen nannten, ohne es je laut auszusprechen, mit ihrer Tochter, die eigentlich gern gezeigt hätte, wie unwohl sie sich fühlte, sich aber der Behaglichkeit ergeben musste, mit einem jungen Polizisten, der sich nach anfänglichem Zögern kopfüber in diese Runde geworfen hatte wie ein begeisterter Schwimmer ins kalte Wasser, und einem Fremden, den eigentlich niemand kannte. Anna sehnte ihre beiden Brüder herbei, die sie sich immer an ihrer Seite wünschte, wenn es um das Hotel, um den Traum ihrer Eltern ging. Aber wahrscheinlich war es ganz gut, dass sie außer Haus waren.

Irgendwann hatten sie erkannt, dass es tatsächlich Franz Lüpke war, der in sein Hotelzimmer zurückgekehrt war. Er hatte sich kurz am Fenster blicken lassen, und trotz der dünnen Gardinen war sein Profil deutlich zu erkennen gewesen.

»Abgehauen?«, fragte Anna flüsternd.

»Vermutlich jemanden bestochen«, gab Konrad leise zurück. »Die italienische Polizei …« Er zog es vor, den Satz nicht zu beenden. »Warum kommt der Kerl zurück?«

»Wahrscheinlich hat er nirgendwo eine Bleibe«, meinte Emilio. »Da hat er sich gesagt: Im *Albergo Annina* werde ich garantiert nicht gesucht.«

»Schon möglich.« Konrad sah so aus, als könnte er sich eine gewisse Anerkennung für Franz Lüpke nicht versagen. »Er hat längst gemerkt, dass seine Sachen noch da sind, und wird sein Glück kaum fassen können. Aber wie lange will er hier aushalten? Er braucht Lebensmittel und Wasser.«

»Wenn er Geld hat«, meinte Anna, »kann er sich nachts aus dem Haus schleichen, sobald alle schlafen. Dann kann er sich besorgen, was er braucht.«

»Aber er muss damit rechnen«, meinte Emilio, »dass das Zimmermädchen irgendwann auftaucht. Er muss auch damit rechnen, dass die Polizei sein Eigentum herausholt. Erstaunlich, dass die deutschen Kollegen noch nicht von uns verlangt haben, das Zimmer zu räumen.«

»Vielleicht wollen sie das selbst erledigen«, mutmaßte Konrad. Und Anna sah ihm an der Nasenspitze an, dass er gern ergänzt hätte: Dann funktioniert das wenigstens anstandslos.

Emilio zog sein Handy aus der Jackentasche. »Ich rufe jetzt jedenfalls Giuseppe an. Er soll kommen und den Kerl festnehmen.«

»Aber bitte kein Streifenwagen!«, jammerte Anna.

Konrad griff nach ihrer Hand. »Das geht nicht anders, Liebes. Vermutlich ist der Mann gefährlich, sonst wäre es ihm nicht gelungen, sich zu befreien. Sicherlich hat er eine Waffe. Er muss überwältigt werden. Die Handschellen müssen einschnappen, ehe er den Revolver ziehen kann. Das geht nur mit großem Einsatz.«

»Die Sondermanns«, begann Anna leise zu klagen. »Dann werden sie sicherlich ausziehen und überall schlimme Dinge von meinem Hotel erzählen. Ich mag mir nicht vorstellen, was für eine schlechte Rezension sie schreiben werden.«

»Sei froh, wenn sie ausziehen«, gab Konrad barsch zurück. »Diese Korinthenkacker!«

»Aber …«

»Ich weiß, du willst ausgebucht sein! Aber wir können auf der Einweihungsfeier erzählen, dass zwei deiner Gäste leider wegen Krankheit früher abreisen mussten.«

»Die werden bleiben«, behauptete Emilio. »Was die bezahlt haben, wollen sie auch bekommen.«

»Das fürchte ich auch«, sagte Konrad und seufzte. »Besser wäre es, wenn sie abhauen. Dann können sie dem Bürgermeister und den Reiseveranstaltern keinen Unsinn erzählen.«

»Jetzt muss jedenfalls gehandelt werden«, hatte Emilio konstatiert, sich noch tiefer ins Gebüsch gedrückt und Giuseppes Nummer gewählt. »Es geht nicht anders.«

Giuseppe war noch immer so erregt, dass die Tomatensoße auf sein Hemd spritzte, als er die Spaghetti einsog. »Hoffentlich erfährt Scroffa nichts davon.«

»Nur, wenn Sie ihm was zuflüstern«, entgegnete Emilio.

Das wies Giuseppe empört zurück. »Ich bin doch kein Verräter.«

Aber dann wurde aus seiner Empörung im Nu wieder Aufregung. »Ich hatte Ihnen am Telefon gesagt, dass der Mord aufgeklärt ist. Der Mord an …« Er nickte zu Gérard Depardieu, der so bleich und feist am Tisch saß, als hätte er gerade eine Hauptrolle verloren. »…an seiner Freundin. Nichts, keine Silbe, kein Sterbenswörtchen habe ich davon gesagt, dass er als Mörder verhaftet worden ist.« Er zeigte mit seiner Gabel auf Gérard Depardieu.

Emilio hatte sich noch immer nicht in seine Schuld ergeben. »Sie haben von Gérard Depardieu gesprochen.« Er sah Franz Lüpke entschuldigend an. »Dass Sie Ähnlichkeit mit dem Schauspieler haben, dürfte Ihnen nicht neu sein.«

Franz Lüpke antwortete mit einer wegwerfenden Handbewegung. Nein, das hörte er nicht zum ersten Mal. Und es war ihm offenbar lieber, als mit Louis de Funès verwechselt zu werden.

»Und dann haben Sie gesagt«, ereiferte sich Giuseppe, an Emilio gewandt, weiter, »Sie…« Er bemerkte Emilios scharfen Blick und sah Annas nervöses Handflattern. »Sie…« Er zuckte zusammen, weil Konrad ihm einen Tritt vors Schienbein verpasst hatte. »Sie… wollten nach Pentolina fahren.«

Anna atmete vorsichtig aus. Gott sei Dank! Beinahe hätte Giuseppe von der gestohlenen Statue gesprochen und dass er geglaubt habe, sein Chef führe nach Pentolina, um dort danach zu suchen. Emilio hatte es nicht ausdrücklich bestritten, sondern ihn in dem Glauben gelassen, um nicht zugeben zu müssen, dass er dort auf einen schönen Nachmittag mit Anna hoffte. Nein, von der Statue der heiligen Katharina durfte nach wie vor nicht laut gesprochen werden. Der Dieb war noch nicht gefunden, und Gérard Depardieus Unschuld noch längst nicht bewiesen, was diese Angelegenheit anging.

»Warum sind Sie zurückgekommen?«, fragte Konrad in diesem Augenblick.

»Wohin sollte ich sonst gehen?« Gérard Depardieu fuhr sich mit gespreizten Fingern durch die fettigen Haare. Dann entschloss er sich, den Spaghetti zu Leibe zu rücken, und erledigte das derart unbekümmert, dass Anna der Appetit verging und Henrieke aussah, als wollte sie nie wieder einen Film ansehen, in dem Gérard Depardieu mitspielte. »Hier ist es doch nett«, stieß er mit vollem Mund hervor. »Und das Zimmer ist ja für eine Woche bezahlt.«

Mit den Fingern stopfte er die Spaghetti in den Mund, die es mit der Gabel nicht geschafft hatten.

Anna hätte ihn am liebsten gefragt, ob er wüsste, wie man »Spaghetti« schreibt, und dann ein weiteres Mal eine Gedenkminute für ihre alte Deutschlehrerin eingelegt.

»Außerdem … habe ich hier noch was zu erledigen.« Diesen Satz brachte Gérard Depardieu zwischen Nudeln und Tomatensoße heraus.

Konrad gelang es am besten, über seine Tischmanieren hinwegzusehen. »Kannten Sie den Kerl, der Sie aus der Basilica entführt hat?«

»Es waren zwei«, antwortete Gérard Depardieu, dann schüttelte er den Kopf, sodass die letzte Spaghetti, die noch aus seinem Mund sah, von einer Wange zur anderen flog und dort rote Spuren hinterließ. »Jemand hat mir eins über die Rübe gegeben, und ich bin erst wieder aufgewacht, als ich in einem Lieferwagen lag, geknebelt und gefesselt.«

»Wo hat man Sie hingebracht?«

»In ein dreckiges Apartment am Stadtrand von Siena. Da haben sie mich ins Verhör genommen. So ganz allmählich habe ich dann kapiert, dass das zwei windige Privatdetektive waren, die aus mir herausprügeln sollten, wo ich die Kohle versteckt habe.« Er griff nach seiner Serviette, tupfte sich das Gesicht ab und fand es dann praktisch, auch gleich den Nacken abzuwischen und die Krümel von seinem Anzug zu entfernen. »Mir ist echt die Düse gegangen. Ich dachte, ich muss zum Helden werden, ohne es zu wollen. Die hätten stundenlang auf mich einprügeln können, ich hätte ihnen nichts verraten. Weil ich nichts wusste!«

»Von wem waren die beiden engagiert worden?«

»Von den Angehörigen meiner … meiner Ex. Die wollten die Kohle haben, die nach ihrer Ermordung weg war.«

»Verdammtes Glück«, meinte Konrad, »dass der Fall geklärt wurde, bevor Sie von den beiden windelweich geschlagen worden waren.«

Gérard Depardieu nickte zufrieden, aber die Angst, die er ausgestanden hatte, war noch nicht aus seinem Blick verschwunden.

»Die hatten ein paar ganz fiese Folterwerkzeuge aufgebaut. Als der Anruf kam, hatten sie gerade die Daumenschrauben angesetzt.«

Über Annas Rücken lief ein Schauer, Emilio verzog das Gesicht, als wäre die Tomatensoße versalzen, und Henrieke warf das Besteck zur Seite und tat so, als müsste sie sich übergeben.

Nur Konrad blieb ruhig. »Wie haben die beiden erfahren, dass Sie nicht derjenige waren, den sie suchten?«

»Ich nehme an, von ihrem Auftraggeber. In Deutschland ging es gleich durchs Internet, dass der Mörder endlich gefasst sei. Ein verflossener Liebhaber. Mein Vorgänger sozusagen. Er hat unsere Beziehung erst eine Weile studiert, hat mich beobachtet, uns beide im Umgang miteinander – und dann fiel es ihm relativ leicht, mir die Schuld an dem Mord in die Schuhe zu schieben. Beinahe hätte es funktioniert.«

»Da wussten die Kidnapper Bescheid«, stellte Emilio fest und stieß die Luft von sich.

»Ja, sie haben mich wieder in den Lieferwagen verfrachtet und mich zurückgefahren. Auf den Parkplatz der Basilica.« Er trank einen Schluck Rotwein, schlürfte mit großem Behagen und trommelte dann auf seinem Bauch herum, bis er aufstoßen konnte.

»Der Name Pius Eggering ...«, begann Anna.

Gérard Depardieu ließ sie nicht aussprechen. »Ich hatte einen Klassenkameraden, der so hieß. Ein cooler Name, finde ich.« Er erhob sich und machte den Versuch, sein Jackett zu schließen, was aber misslang. Seine Kleidung stammte offensichtlich aus einer Zeit, in der er schlanker gewesen war. »Schönen Dank fürs Essen.«

Anna begleitete ihn zur Wohnungstür. Als Gérard Depardieu in die Lobby trat, öffnete sich die Eingangstür, und Valentino und Filippo kamen herein, beide nicht mehr ganz nüchtern. Sie stutzten, als sie Gérard Depardieu sahen, wandten sich hastig dem

Getränkeautomaten zu und würdigten den Mann keines Blickes mehr. Anna, die die Szene aufmerksam betrachtet hatte, bemerkte auch, dass Gérard Depardieu stockte und dann ein besonders gleichgültiges Gesicht aufsetzte. Als er die Lobby durchschritt, betrachtete er die Tür des Frühstücksraums, als hätte sie im Laufe des Tages einen neuen Anstrich erhalten.

Am späten Abend, als Henrieke schon auf der Couch im Wohnzimmer schlief, ging Anna in den Garten, weil sie keine Ruhe fand. Ihre Tochter hatte sie ermahnt, zeitig zu Bett zu gehen, damit sie ausreichend Schlaf fand, bevor der neue Tag, der für eine Hotelbesitzerin mit frühem Aufstehen begann, viel Kraft und Energie von ihr forderte. Viel zu viel für eine Frau in ihrem Alter, Henrieke wurde nicht müde, darauf hinzuweisen.

Anna stieg den steilen Hang hinauf und betrachtete ihr Haus. Hinter den meisten Fenstern brannte noch Licht, oft nur ein kleines, die Nachttischlampe, in deren Schein ein Reiseführer durchgeblättert wurde. Dann ging sie zur Seite des Hauses, an der die Fenster des Gebäudetrakts leuchteten, in dem ihre Brüder untergebracht waren. Sowohl in Valentinos als auch in Filippos Zimmer brannte noch Licht, in Filippos Nachbarzimmer, in dem die Sondermanns wohnten, sah Anna das blaue Flackern des Fernsehers.

Valentino öffnete das Oberlicht, Anna konnte die Hand ihres Bruders sehen, die den Fenstergriff drehte, dann fiel die Gardine zurück. Kurz darauf hörte sie die Tür gehen und eine Stimme. Filippo? So etwas wie Rührung überfiel sie. Ein Bruder besuchte den anderen. Sie versuchten, Familie zu spielen. Vielleicht würden sie gleich nach ihr rufen, damit auch die kleine Schwester dazukam. Valentino und Filippo hatten nie in einer Wohnung mit zwei Kinderzimmern gelebt, nie hatte einer an die Tür des anderen klopfen und um das Ausleihen einer Schallplatte oder eines Comics bitten können. Wenn sie mit ihren Eltern zusammengelebt hatten, dann in behelfsmäßigen Räumlichkeiten, in Absteigen oder leer stehenden Häusern. Anscheinend wollten sie jetzt diese Zeit nachholen. Bestimmt würden sie von Mama und Papa sprechen, von den wenigen gemeinsamen Erinnerungen, einer würde dem anderen seine Erfahrungen in den Pflegefamilien anvertrauen oder über die Zeit reden wollen, in der jeder von ihnen in kirchlicher Obhut gewesen war. Vielleicht würden sie sich auch gegenseitig versichern, wie glücklich sie waren, dass ihre kleine Schwester Annina den Traum der Eltern verwirklicht hatte.

Ein paar Fenster weiter flammte ein Licht auf. Janina Spickers Zimmer. Auch dort wurde das Oberlicht geöffnet. Sie schien gerade erst heimgekommen zu sein und lüften zu wollen.

In Valentinos Zimmer hörte sie ein Lachen, kein fröhliches, kein unterdrücktes, nein, ein böses Lachen. So, als würde Filippo von Valentino verhöhnt und wollte sich wehren, indem er mit gleicher Münze zurückzahlte.

Anna schlich sich näher an Valentinos Fenster heran, obwohl sie wusste, dass es nicht richtig war, was sie tat. Es gehörte sich nicht, an einem Fenster zu horchen, für eine Hotelbesitzerin auf keinen Fall und für eine Schwester auch nicht. Es ging sie nichts an, was ihre Brüder miteinander redeten. Die beiden hatten so lange auf Privat- und Intimsphäre verzichten müssen, es durfte nicht sein, dass ihre Gespräche schon wieder unfrei wurden, obwohl sie sich in Freiheit befanden.

Aber sie konnte dem Sog, den die Stimmen ausübten, nicht widerstehen. Es war keine Neugier, nein, es war der Wunsch, ein Zipfelchen Familie zu erwischen, das durch das geöffnete Oberlicht lugte. Ob Tante Rosi Verständnis dafür gehabt hätte? Sie hatte ja alles getan, um Anna so viel Familiengefühl wie möglich zu sichern, aber sie war auch streng gewesen, wenn Anna lernen sollte, sich anständig zu verhalten. Für Tante Rosi waren Recht und Unrecht immer ganz klar definiert gewesen.

Noch bevor Anna entscheiden konnte, ob die Tante sich an ihre Seite gestellt oder sie zurückgezerrt hätte, hörte sie Valentinos Stimme: »Franz braucht Kohle, das ist der einzige Grund, warum er zurückgekommen ist. Er will doppelt so viel wie vereinbart. Sonst wird Annina erfahren, was los ist.«

»Mir egal«, antwortete Filippo. »Hauptsache, Annina hat ihr ausgebuchtes Haus.«

Anna traten Tränen der Rührung in die Augen. Ihre Brüder! Ihre Familie! Die Eltern hatten es also trotz ihres unsteten Lebens und des gänzlich fehlenden Vorbilds geschafft, ihnen ein Gefühl der Zusammengehörigkeit zu vermitteln.

»Es stimmt also«, meinte Valentino nachdenklich, »dass er kein Mörder ist. Er hat's ja immer gesagt.«

»Damit ist aber auch klar«, antwortete Filippo, »dass er keine Kohle hat. Er ist also darauf angewiesen, dass er von dir bekommt, was du ihm versprochen hast. Nur deswegen ist er hierhin zurückgekommen.«

»So viel Kohle ist es ja gar nicht.«

»Wenn einer nichts hat, ist wenig eine ganze Menge.«

Anna spürte kurz das Winken der kleinen Hoffnung, die es noch immer in ihr gegeben hatte, dann flog sie davon. Wenn Gérard Depardieu Geld von Valentino erwartete, dann konnte es nur aus dem Verkauf der heiligen Katharina stammen. Ihre Brüder konnten eben nicht aus ihrer Haut. So liebevoll sie einerseits darum bemüht waren, Anna das ausgebuchte Hotel zu erhalten, so wenig konnten sie einem Verbrechen aus dem Weg gehen, wenn es sich ihnen bot.

Es würde also nur darum gehen, dass niemand davon erfuhr. Sollte Emilio die Kolsky-Brüder verhaften wollen, brauchte er Beweise. Und die hatte er nicht. Vielleicht … vielleicht würde er sogar darauf verzichten, nach Beweisen zu suchen. Bei diesem Gedanken verlor die nachtschwarze Sorge um ihre Brüder das Dunkle, Unheimliche und wurde zu etwas Lichtgrauem. Wie ein neuer Tag, der gutes Wetter versprach.

Anna schaffte es sogar, mit einem Summen auf den Lippen ins Haus zurückzukehren. »Es wär schon eine Sünde wert, es einmal zu probieren …«

Gut, dass niemand sie hörte und Udo Jürgens nicht mehr lebte: Er wäre entsetzt gewesen, wenn ihm zu Ohren gekommen wäre, was sie aus seiner schönen Melodie machte.

Wie immer führte ihr letzter Weg, bevor sie schlafen ging, in die Lobby. Dort brannte die ganze Nacht Licht, ein kleines Lämpchen, das nicht viel Helligkeit, aber ganz viel Gemütlichkeit verströmte. Ein Hotelgast, der heimkam, wurde durch diese Lampe willkommen geheißen. Wenn Anna zu Bett ging, musste jeder Gast seinen Schlüssel dabeihaben, um die Eingangstür aufschließen zu können. Bis dahin konnte jeder eintreten, was Konrad überhaupt nicht gefiel und Henrieke, als sie es bemerkte, zu einem Entsetzensschrei veranlasste. »Mama! Wie kannst du nur?«

Aber Anna wollte ein offenes Haus. Dass sie damit auch Fremden Zutritt gewährte, die Böses im Schilde führten, wollte sie riskieren. Sie hatte es Konrad immer wieder gesagt: »Erst wenn ich erfahren habe, dass ich zu vertrauensselig bin, werde ich daran etwas ändern.«

Nun aber war die Stunde gekommen, in der sie ihr Haus abschloss. Vermutlich waren sowieso alle Gäste daheim. Anna drehte den Schlüssel um, zog ihn ab und legte ihn an der Rezeption bereit für den nächsten Morgen.

Aber als sie gerade wieder auf den eisernen Ritter zuging, der die Tür zu ihrer Wohnung bewachte, hörte sie jemanden die Eingangsstufen hinaufsteigen. Sie sah, dass die Klinke heruntergedrückt wurde, und vernahm auf der anderen Seite der Tür ärgerliches Gemurmel. Kurz darauf klapperte der Briefkasten, als hätte ihr jemand Post gebracht.

Anna ging zur Tür, schloss sie wieder auf und stand Clara Morbé gegenüber, die darin vertieft war, in ihrer knallroten Handtasche nach dem Schlüssel zu fahnden.

Sie lachte erfreut, als Anna öffnete. »Mon dieu! Très bon,

dass Sie noch nicht schlafen. Ich glaube, ich habe ma clé vergessen.«

»Dann ist es ja gut, dass ich noch wach bin.« Anna bemühte sich nicht um besondere Freundlichkeit. Seit sie wusste, dass Clara Morbé eine Diebin war, der Ole Sondermanns Geldbörse zum Opfer gefallen wäre, wenn Filippo nicht so besonnen reagiert hätte, konnte sie sich nicht einmal ein Lächeln abringen, wenn die falsche Französin ihr unter die Augen kam. »Gute Nacht«, sagte sie knapp und drehte sich um.

»Momento! Attendere prego!« Clara Morbé wollte Anna wohl weismachen, dass sie nicht nur Französisch sprach, sondern mit dem Italienischen auch bestens zurechtkam. Sie sei auf der ganzen Welt zu Hause, das hatte sie gleich am Tag ihrer Ankunft behauptet und dabei ihren billigen Schmuck klimpern lassen.

Sie hielt Anna einen Briefumschlag hin. »Der schaute aus dem Postkasten heraus. Proprio così! Comme ça!«

Anna nahm den Umschlag ohne großes Interesse entgegen, sie bedankte sich nicht einmal. »Gute Nacht.«

»Bonne nuit«, antwortete Clara Morbé, als wollte sie Annas Worte übersetzen, verschwand absatzklappernd und armreifklirrend und hinterließ eine Duftwolke, als sei sie gerade aus dem Dschungelcamp entkommen und wolle nicht, dass sie sich olfaktorisch verriet.

Anna wollte den Brief in den Ablagekasten mit der Aufschrift »Post« legen, um ihn am nächsten Morgen zu öffnen, da fiel ihr Blick auf die Adresse, die mit der Hand geschrieben worden war. Eine Briefmarke fehlte, der Umschlag war also vom Absender persönlich in den Kasten geworfen worden. Anna drehte den Umschlag hin und her. Was für eine schöne Handschrift! Eine klare, runde, sorgfältige Schrift, die sie schon einmal gesehen und bewundert hatte. Jeder Deutschlehrer, der nicht nur auf Rechtschreibung, sondern auch auf die mittlerweile völlig unterschätzte und altmodische Schönschrift Wert legte, hätte hier die Bestnote vergeben.

Anna gelang es nicht, den Umschlag aus der Hand zu legen, als ihr klar wurde, wer ihr einen Brief geschrieben hatte. Es war die Frau, deren Liebesbrief von Filippo gefunden worden war.

Emilio beendete das Telefonat, lehnte sich zurück und schloss die Augen. Mama hatte gut reden. Als sie jung und verliebt gewesen war, hatte sie drastische Maßnahmen ergriffen, bis sie den Mann bekommen hatte, den sie wollte. Aber hatte er etwa nichts getan? Er hatte dafür gesorgt, dass Mamas Freundin das Zimmer im *Albergo Annina* räumte und ihm überließ, damit er in Annas Nähe sein konnte. Aber Mama wollte das einfach nicht honorieren. Er sei auf halbem Weg stehen geblieben, hatte sie ihm vorgehalten, aus der Nähe zu Anna habe er nichts gemacht.

Emilio erhob sich seufzend, ging ins Bad und betrachtete im Spiegel sein blaues Auge. Es war kaum noch zu sehen, und die Gesichtsschwellung war auch zurückgegangen.

»Dieser Deutsche schleicht sich womöglich jeden Abend in ihr Bett. Und was tust du? Du gehst nicht einmal zu ihr, um mit ihr einen Schlummertrunk zu nehmen.« Emilio hatte hören können, wie seine Mutter das Rotweinglas zurückstellte, ärgerlich und unbeherrscht. »Du brauchst nur ein paar Türen weiter zu gehen und bei ihr anzuklopfen.« Ihre Stimme war schrill geworden, ihre Geduld am Ende. »So bist du früher nicht gewesen. In deiner Jugend hast du wenigstens in der Liebe Temperament bewiesen.«

Früher! Da war es nie um eine Frau gegangen, die er liebte. Da war er allenfalls verliebt gewesen. Und sehr schnell genervt, wenn mehr von ihm erwartet wurde. Sobald hinterrücks von Verlobung geredet wurde, hatte er Reißaus genommen.

»Junge, schöne Frauen«, hatte seine Mutter gestöhnt. »Und jetzt schaffst du es nicht einmal, eine Frau zu erobern, die älter ist als du und keine High Heels trägt.«

Er strich sich über die Haare, öffnete die Tür und lauschte ins Haus hinein. Es war still, aber in der Lobby glaubte er ein Geräusch zu vernehmen. Und dann zwei Stimmen. Frauenstimmen. Eine davon gehört Clara Morbé, die nun die Treppe heraufstampfte.

Emilio schob die Tür wieder zu und wartete, bis sie ihr Zimmer betreten und hinter sich abgeschlossen hatte. Dann erst trat er auf den Flur. Bevor er in die Lobby ging, betrachtete er die Stelle vor Filippo Kolskys Tür. Die Kante der Auslegeware war aufgebogen. Anna sollte die Teppichfirma anrufen und die Arbeit reklamieren. Dort also hatte der Brief gesteckt, der Filippo Kolsky in die Basilica gelockt hatte.

Emilio hörte den eisernen Ritter leise klirren, das riss ihn aus seinen Gedanken. Anscheinend war Anna auf dem besten Weg, in ihre Wohnung zurückzukehren. Es war schon spät. Sie würde die Eingangstür des Hotels verriegelt haben, um jetzt zu Bett zu gehen.

Als er in die Lobby trat, sah er sie. Sie stand in ihrer Tür und las einen Brief. Es war, als hätte sie ihn mit in die Wohnung nehmen wollen, sei dann aber von dem, was sie las, auf den Fleck festgenagelt worden.

Sie blickte auf, als sie seine Schritte hörte. »Ach, Emilio! Du schläfst noch nicht?«

Sie hatte sich schon abgeschminkt und aus ihrem kurzen Haar das Stylingmittel gebürstet. Emilio musste an die letzte Frau denken, mit der er ein Verhältnis gehabt hatte. Die hatte mit dem Make-up, den künstlichen Wimpern, dem Haarspray und dem Wonderbra auch einen Teil ihrer Persönlichkeit abgelegt und war ihm fremd geworden, als er das erste Mal bei ihr übernachtete. Auch Anna war nun blass, und ihre Augen waren ohne den Rahmen des brombeerfarbenen Lidschattens heller und weniger ausdrucksstark. Aber ihr war nichts verloren gegangen, sie hatte im Gegenteil viel hinzugewonnen, Schlichtheit, Verletzlichkeit, Innerlichkeit. All das gefiel Emilio.

»Du hast noch Post bekommen?«, fragte er leise.

Sie hielt mit der Linken den Umschlag und mit der Rechten den Brief hoch. »Komm rein! Ich muss dir was zeigen.«

Mama hatte also tatsächlich recht gehabt. So leicht konnte es sein. Einfach an der Tür erscheinen – und schon wurde er eingelassen.

Sie schloss die Tür sehr leise hinter sich und ging auf Zehenspitzen vor ihm in die Küche. Da erst fiel ihm ein, dass er in dieser Wohnung nicht mit ihr allein war. Daran hatte Mama natürlich nicht gedacht. Anna würde ihn nicht in ihr Bett lassen, wenn nebenan ihre Tochter schlief, die sich schon darüber empörte, dass ihre Mutter in Siena auf einen BH verzichtete, und vermutlich in Ohnmacht fallen würde, wenn am nächsten Morgen ein Mann aus Annas Schlafzimmer käme.

»Ich habe dir doch in Pentolina von dem Zettel erzählt«, begann sie, als Emilio sich auf einen unbequemen Küchenstuhl gesetzt und Anna eine Flasche Rotwein geöffnet hatte. »Lies das!« Sie streckte ihm den Brief hin und holte für sich eine Flasche roten Prosecco aus dem Kühlschrank. Nachdem sie ihnen beiden eingegossen hatte, sah er sie enttäuscht an. Das war's schon? Ein Bewerbungsschreiben! Ein junges Mädchen bat Anna, im *Albergo Annina* arbeiten zu dürfen. Sie halte es nicht mehr zu Hause aus, sie brauche Beschäftigung, ob ihre Mutter damit nun einverstanden sei oder nicht. Anna habe ihr doch einmal eine Stelle als Zimmermädchen angeboten, aber leider habe ihre Mutter nicht gewollt, dass sie solche Arbeit verrichte. Nun jedoch habe sie sich entschlossen, nicht mehr auf die Mutter zu hören. Sie würde sogar gern ausziehen und im *Albergo Annina* nicht nur arbeiten, sondern auch wohnen.

»Ich habe ja längst ein Zimmermädchen«, sagte Anna und trank einen Schluck Prosecco, ohne Emilio zuzuprosten. »Als Barbarinas Mutter absagte, habe ich Graziella engagiert. Zwei Zimmermädchen kann ich mir nicht leisten. Und wohnen kann sie hier nicht.«

Emilio dachte mittlerweile nur noch daran, wie er Anna aus dieser Wohnung heraus- und in sein Zimmer hineinlocken konnte, wo es ein gemütliches Doppelbett gab und sie ungestört sein würden.

Aber Annas Gedanken waren ganz woanders. »Dieselbe Schrift«, stieß sie hervor.

Emilio brauchte eine Weile, um zu verstehen. »Come?«

»Ich bin ganz sicher. Eine Schrift, die man nicht vergisst. Die es nicht zweimal gibt.« Sie tippte auf das Briefblatt. »Dieses Mädchen hat auch den anderen Zettel geschrieben.«

»Den dein Bruder für einen Liebesbrief von Janina Spicker gehalten hat?« Ihm war klar, dass er mit dieser Frage nicht zum König aller Schnellmerker aufsteigen würde, und ärgerte sich.

»Barbarina hat sicherlich nicht Filippo gemeint, als sie den Zettel schrieb.«

Nun konnte er endlich an etwas anderes denken als daran, neben Anna im Bett zu liegen und ihr zu zeigen, dass es Vorteile haben konnte, wenn ein Mann zwar glutvoll, aber ohne Hast und Eile war. Sogar seine Mutter, die ihn gern schob, zog und antrieb, damit alles ein bisschen schneller ging, hatte ihm schon früh eingeschärft, in der Liebe alles genauso zu machen wie bei der Arbeit, beim Sport, beim Essen und bei der Fortbewegung auf zwei Beinen. Auf keinen Fall so wie hinter dem Steuer seines schnellen Wagens! »Amore kann kein Gasgeben, plötzliches Bremsen und lautes Hupen vertragen. Für Amore bist du genau richtig.«

Er legte eine Hand auf Annas, aber sie schien es nicht einmal zu bemerken. Jetzt erst ging ihm auf, wie erregt sie war. Dieser Brief … dieser Zettel … dieselbe Handschrift … Er musste sich endlich darauf konzentrieren, statt auf ihre zarte und zugleich zupackende, kräftige Hand zu schauen. »Dieses Mädchen hat also jemanden in die Basilica bestellt?«

»Sie heißt Barbarina Barbieri.«

»Aber warum hat sie den Zettel vor dem Zimmer deines Bruders abgelegt?«

»Und wie ist sie ins Haus gekommen, ohne gesehen zu werden?« Anna beugte sich so weit vor, dass Emilio den Flaum auf ihren Wangen und die Spitzen ihrer Wimpern erkennen konnte, an denen noch ein paar Tuschekrümel hingen. So nah war er ihr schon einmal gekommen, aber leider hatte Anna davon später nichts mehr wissen wollen und nie mehr ein Wort über diesen wunderbaren Kuss verloren.

»Sie hat den Zettel dort nicht abgelegt«, sagte sie nun.

Damit wurde Emilio endgültig aus seiner romantischen Stimmung herausgerissen und fand sich damit ab, dass Annas Gedanken um etwas anderes kreisten als seine eigenen. »Wie ist er dann dorthin gekommen?«, fragte er und hoffte, dass er sich jetzt nicht zu begriffsstutzig anstellte, weil er sich ja immer noch nicht von Annas Augen lösen konnte, die ihn zwar ansahen, die ihren Blick aber nicht in seinen versenkten.

»Sie hat ihn verloren«, flüsterte Anna. »Nur ein Versehen.«

Emilio lehnte sich so weit wie möglich nach hinten, um sich aus dem Bann ihrer Augen zu lösen, in dem er nicht klar denken konnte. Statt eines Geistesblitzes fiel ihm jedoch nur ein, einen Schluck Rotwein zu trinken, um Zeit zu gewinnen. Dann endlich schoss ihm eine Frage durch den Kopf, die Anna hoffentlich zeigte, dass er mitgedacht hatte: »Also war sie hier im *Albergo Annina?«*

Santo Dio! Diese Frage war genau richtig gewesen. In Annas Augen blitzte etwas auf, was er Anerkennung genannt hätte, wenn er euphorischer gewesen wäre. »Eben nicht! Sie war nur einmal hier, als die Einrichtung fertig war und sie sich die Zimmer ansehen wollte.«

»Vielleicht heimlich? Ohne dass du es weißt?«

»Das kann ich mir nicht vorstellen.«

Auf Anerkennung hoffte er nun nicht mehr. Er fürchtete sogar, dass er ziemlich einfältig aussah, als er fragte: »Wie kommt dann der Zettel vor die Zimmertür deines Bruders?«

Blicken Sie noch durch? – Kein Wunder, ich auch nicht. Gerade bin ich aufgewacht, mit dem Brief noch zwischen den Fingern. Vor dem Einschlafen habe ich ihn noch ein paarmal gelesen und mich gefragt, was eigentlich geschehen ist. Gut, dass Barbarina bald kommen wird, um mit mir über eine Anstellung zu sprechen, vielleicht kriege ich dann etwas raus.

Während ich mich aus dem Bett quäle, gehen mir alle möglichen Erklärungen durch den Kopf, für die sich jedoch sofort Gegendarstellungen finden. Nein, ich kann mir keinen Zusammenhang erklären, beim besten Willen nicht. Dass Barbarina in meinen Bruder Filippo verliebt sein könnte, ist vollkommen ausgeschlossen. Sie ist ja noch jünger als Janina Spicker, noch keine zwanzig. Nein, der Zettel muss auf einem Weg ins Haus gekommen sein, den ich mir nicht vorstellen kann. Vielleicht hat derjenige ihn verloren, für den er bestimmt war? Jemand, der bei mir logiert? Aber ich brauche nicht lange nachzudenken. Im Albergo Annina *wohnt niemand, der mit Barbarina eine heimliche Beziehung angefangen haben könnte. Puh, ich komme nicht weiter. Sorry, ich muss jetzt erst mal duschen. Am Ende ein kalter Guss, dann sehe ich vielleicht klarer. Sie entschuldigen mich…?*

Barbarina erschien pünktlich. Sie wusste scheinbar, dass die Frühstückszeit im *Albergo Annina* um elf zu Ende war und Anna dann Zeit für sie haben würde. Henrieke war bereit, das Buffet abzutragen, so konnte sich Anna mit Barbarina auf die Terrasse zurückziehen, wo sie hoffentlich ungestört sein würden.

Anna betrachtete das junge Mädchen durch die offene Tür unauffällig, während sie in der Küche den Kaffeeautomaten bediente. Barbarina schaute in den Garten und knetete nervös ihre Hände. Sie war blass, die langen dunklen Haare fielen ihr ins Gesicht, als wollte sie sich dahinter verstecken. Sie war klein und von zartem Körperbau, den Minirock hatte sie womöglich in der Kinderabteilung erstanden. Mit dem Oversize-Top wollte sie ihrem Oberkörper wohl mehr Volumen geben, erreichte aber das Gegenteil. Darin wirkte sie noch schmächtiger, als sie ohnehin war.

Sie blickte nicht zurück, als sie sagte: »Ich dachte, ich melde meinen Besuch besser an. Dann können Sie sich darauf einstellen. Ich wollte Sie nicht einfach überfallen.«

Anna trug die Espressotassen nach draußen. »Eine gute Idee.« Dabei dachte sie weniger an Barbarinas Höflichkeit als vielmehr an ihre Handschrift. Dass der Zettel, den Filippo gefunden hatte, von Barbarina geschrieben worden war, hätte sich sonst nie herausgestellt. »Was ist mit deiner Mutter?«, fragte sie leichthin. »Hast du Ärger zu Hause?«

Barbarina nickte. »Ich muss endlich selbstständig werden. Ich will Geld verdienen und auf eigenen Beinen stehen.«

Anna bestärkte sie in diesem Wunsch, ergänzte aber gleich, dass sie Barbarina nicht beschäftigen könne. »Ich habe ein Zimmermädchen eingestellt, als du mein Angebot nicht angenommen hast.«

»Meine Mutter«, korrigierte Barbarina. »Ja, das war ein Fehler.«

»Vielleicht findest du woanders was.«

Barbarina nickte. »Aber vielleicht … wenn Ihr Zimmermädchen mal ausfällt?«

»Klar! Dann wäre ich froh, eine Vertretung zu haben.« Anna fiel noch etwas ein. »Übermorgen findet die Einweihungsfeier statt. Sämtliche Hotelgäste sind eingeladen, die Presse wird erscheinen, der Bürgermeister, einige Reiseveranstalter, die hoffentlich mein Hotel in ihre Kataloge aufnehmen werden. Und der Prälat will sogar kommen, um mein Haus zu segnen. Dann könnte ich jemanden brauchen, der die Häppchen serviert und Getränke anbietet.«

Barbarina strahlte. »Das mache ich gern.«

Eigentlich war alles gesagt, und als Barbarina die Espressotasse leer getrunken hatte, sah es so aus, als wollte sie aufstehen und gehen.

Hastig fragte Anna: »Hast du einen Freund, von dem deine Mutter nichts wissen darf?«

Das junge Mädchen sah sie erstaunt an. »Wie kommen Sie darauf?«

»Wenn eine Tochter mit ihrer Mutter Probleme hat, steckt meist eine Liebesgeschichte dahinter. Bei meiner Tochter war es damals auch so.«

Barbarina zögerte. »Mama weiß nichts von meinem Freund.«

»Es gibt also einen?«

Barbarina sah auf ihre Hände. »Aber ich mache mir keine Hoffnungen, aus uns kann nichts werden.«

»Warum nicht?«

»Weil … ach, egal!«

»Ist er verheiratet?«

»Nein.«

Es entstand eine Stille zwischen ihnen, die Anna unbedingt füllen wollte, damit Barbarina nicht aufstand und sich verabschiedete. »Du hast eine sehr schöne Handschrift.«

Barbarina lächelte. »Das war so ziemlich das Einzige, für das ich in der Schule gelobt wurde.«

»Ich habe sie vorher schon mal gesehen. Bevor ich deinen Brief bekam.«

Barbarina sah sie fragend an, ohne etwas zu sagen.

»Mir ist ein Zettel in die Hände gefallen, den du geschrieben hast. Zunächst wusste ich natürlich nicht, dass er von dir stammt. Aber jetzt, nachdem ich deinen Brief erhalten habe …«

Barbarina sagte noch immer kein Wort.

»… daher weiß ich, dass du einen Freund hast. Einen, von dem deine Eltern nichts wissen dürfen.«

Sie wartete auf die Frage, um was für einen Zettel es sich gehandelt hatte und wie er Anna in die Hände gefallen war, aber Barbarina sagte nach wie vor kein Wort.

»Du hast deinem Freund geschrieben, dass du ihn im Garten der Basilica treffen willst. Wie kann diese Nachricht ins *Albergo Annina* gekommen sein? Kannst du dir das erklären?«

Annas Mitteilung schien Barbarina nicht zu überraschen. Eigentlich hatte Anna eine aufgeregte Frage erwartet, einen Ausruf des Erschreckens, ein Wort der Verwunderung. Aber Barbarina blieb sitzen, ohne sich zu rühren, sie zuckte nur mit den Schultern.

»Du kannst es dir auch nicht erklären?«

Ein kaum wahrnehmbares Kopfschütteln, das war alles.

»Komisch. Aber …« Anna suchte nach Worten, die das Mädchen nicht vertreiben würden. »Der Brief hat deinen Freund dennoch erreicht? Ist er pünktlich am Treffpunkt erschienen?«

»Ja.« Mehr bekam Anna nicht zur Antwort. Barbarina stand auf und reichte ihr die Hand. »Danke, dass Sie mich wenigstens als Aushilfe einstellen wollen.«

Anna folgt ihr in die Lobby. »Kannst du schon gegen neun kommen? Dann wäre noch Zeit, alles vorzubereiten und dich einzuweisen.«

»Ja, kein Problem.«

»Du hörst von mir.« Anna griff nach Barbarinas Schultern. Am liebsten hätte sie das junge Mädchen umarmt, weil sie das Gefühl hatte, dass Barbarina Trost brauchte. Was mochte das für ein Mann sein, den sie nur heimlich treffen konnte, von dem ihre Mutter nichts wissen durfte? »Häng dein Herz nicht an einen Mann, der deine Liebe nicht verdient, Barbarina.«

Aber auch diesmal kam keine Antwort. Barbarina nickte nur leicht, dann verließ sie das *Albergo Annina.* Sie zog die Tür hinter sich zu, und Anna sah durchs Fenster, wie sie die Straße entlanglief, den Blick auf ihre Füße gerichtet. Anna öffnete die Tür wieder und sorgte dafür, dass sie nicht zufallen konnte. Eine Weile stand sie dort und genoss den Blick auf die Basilica di San Francesco.

Das verstehe, wer will! Haben Sie eine Ahnung, wer dieser Mann sein könnte? Haben Sie etwas mitbekommen, was mir entgangen ist? Dann sagen Sie es mir bitte. Ich finde, ich habe ein Recht darauf, es zu erfahren. Nein? Sie sind sich nicht sicher? Eine Ahnung haben Sie, wollen aber nichts verraten? Also gut, dann muss ich mir meine eigenen Gedanken machen. Das bedeutet, dass ich Antworten auf folgende Fragen finden muss:

1. *Wie ist der Zettel, den Barbarina geschrieben hat, in mein Hotel gekommen?*
2. *Wie konnte er Barbarinas Freund trotzdem erreichen, obwohl nicht er, sondern Filippo ihn gefunden hat?*
3. *Was, wenn er doch für Filippo bestimmt war?*

Nein, das kann einfach nicht wahr sein. Ich mache mir keine Illusionen über die Wirkung meines ältesten Bruders. Er kann zwar charmant sein, wenn er will, aber wer ihn näher kennenlernt, merkt schnell, dass er ohne Bildung geblieben ist, dass er aus Verhältnissen stammt, in denen kein guter Charakter geformt werden kann, dass er gierig ist, dass er über Leichen geht, wenn er etwas haben will. Okay, Janina Spicker hat irgendein Interesse an ihm, das ist Ihnen auch aufgefallen. Oder? Völlig unerklärlich. Aber Barbarina, das junge, unbescholtene, behütete Mädchen? Nein, undenkbar. Sie meinen, gerade so eine junge Frau, die noch nichts vom Leben weiß, fällt auf einen Mann wie meinen Bruder herein? Ich bitte Sie, der ist über siebzig. Filippo könnte nicht nur ihr Vater, der könnte sogar ihr Großvater sein! Okay, so was hat man schon mal in der Klatschpresse gelesen, dass eine blutjunge Frau auf einen uralten Daddy reinfällt. Aber da hat es sich grundsätzlich um steinreiche Männer gehandelt, die ihren Kindfrauen viel zu bieten hatten. Was hat Filippo einer Frau zu bieten? Ein entbehrungsreiches Leben im Untergrund, wenn es schlecht läuft.

Helfen Sie mir doch mal beim Nachdenken! Ich habe Ihnen ja erzählt, was geschehen ist, als ich Filippo zur Basilica gefolgt bin. Wer war dort, der auf Barbarina gewartet haben könnte? Filippo, Valentino, Gérard Depardieu … Oh, auch Emilio war da! Und Konrad! Hmmm … könnten Sie sich vorstellen, dass … Nein, diesen Gedanken will ich nicht aussprechen. Emilio und Barbarina – undenkbar. Und Konrad? Nein, ebenso unmöglich.

Was meinen Sie? Bruder Giorgio war auch da? Ich bitte Sie, ein Laienbruder der Franziskaner! Der wird doch nicht … Moment mal! Sie haben recht! Er hat den Zettel gesehen, als er den Getränkeautomaten füllte. Einen langen Blick hat er darauf geworfen. Lange genug, um gelesen zu haben, was darauf stand. – Lieber Himmel, Sie haben recht! Vielleicht sollte ich noch öfter mit Ihnen reden, Sie sind echt clever. Puh! Was wird Signora Barbieri dazu sagen?

Emilio kam zu ihr, kaum dass Barbarina das Haus verlassen hatte. Er hatte also darauf gewartet, dass er Gelegenheit bekam, mit Anna zu reden. Er warf einen Blick zur Tür des Frühstücksraums. »Ist deine Tochter noch beschäftigt?«

Anna nickte und zog ihn in die Küche. »Gibt's was Neues?«

Sie hörte Schritte in der Lobby, eine Stimme, die »Guten Morgen!« rief, und Henrieke, die aus dem Frühstücksraum antwortete. Konrad!

Kurz darauf war seine Stimme erneut zu hören, diesmal näher. »Anna?«

»Komm rein!«

Konrad war nicht gerade entzückt, als er Emilio sah, und dieser runzelte sogar verärgert die Stirn, als Konrad in die Küche trat. Anna schob beide nach draußen auf die Terrasse, obwohl es noch so kühl war, dass Konrad die Schultern hochzog, als sollten sie seine Ohren wärmen, und Emilio ein Kissen von einem überzähligen Stuhl nahm und es sich in den Rücken schob.

»Ich habe Barbarina aus dem Hotel kommen sehen«, sagte Konrad. »Was wollte sie?«

Anna wunderte sich über die Frage. »Sie will bei mir arbeiten. Wieso?«

Konrad druckste herum. »Ich dachte nur… Mir ist da was aufgefallen… Seitdem frage ich mich…«

»Was fragst du dich?«

Konrad gab sich einen Ruck. »Ob dem Laienbruder zu trauen ist.«

»Was hat das mit Barbarina zu tun?«

Konrad warf Emilio einen Blick zu, als hätten sie ein gemeinsames Geheimnis, dann endlich verriet er, dass er das Mädchen in der Basilica beobachtet hatte, und zwar in inniger Umarmung mit Bruder Giorgio.

»Du auch?«, fragte Emilio überrascht.

Anna blieb der Mund offen stehen. »Warum habt ihr mir nicht früher was gesagt?«

»Bis jetzt ging uns das nichts an«, antwortete Konrad.

Und Emilio bestätigte: »Aber nun erscheint diese Angelegenheit in einem anderen Licht.«

Anna ärgerte sich, wollte ihnen Vorwürfe machen, ihnen vorhalten, dass sie sie im Unklaren gelassen hatten… sah aber schließlich ein, dass die beiden nur diskret gewesen waren, was sie ihnen nicht vorwerfen sollte. Im Gegenteil, sie bewunderte jeden von ihnen dafür, dass er über einen so pikanten Umstand geschwiegen hatte. Sie machte sich keine Illusionen. Ihr wäre das niemals gelungen.

»Jetzt sieht es so aus«, meinte Emilio, »als wäre Bruder Giorgio in den Diebstahl der heiligen Katharina verwickelt.«

»Was hat das eine mit dem anderen zu tun?«, fragte Anna erschrocken. Sie hatte kein Problem damit, einen Franziskanermönch auf amourösen Abwegen zu erwischen. Aber Diebstahl? Der arme Franz von Assisi würde sich im Grabe umdrehen, wenn er wüsste, dass einer seiner Anhänger zu so etwas fähig war.

»Die beiden mussten sich heimlich treffen«, erläuterte Emilio. »Barbarinas Mutter durfte davon nichts erfahren und der Prälat erst recht nicht. Die Zettel, die in die Statue gesteckt wurden, waren doch ein wunderbares Mittel, sich zu verständigen.«

Anna begriff sofort, während Konrad noch verwundert von einem zum anderen schaute. Aufgeregt erklärte sie: »Es ist Bruder Giorgios Aufgabe, abends die Statue zu leeren und die Zettel …« Sie machte eine Bewegung zum Himmel und drehte die Augen nach oben, »… zur heiligen Katharina zu befördern. Die soll sich da oben darum kümmern, dass die Frauen schwanger werden.«

»Dass Barbarinas Nachricht an Giorgio im *Albergo Annina* gefunden wurde, zeigt, dass die Statue hier im Hause war.« Emilio war sehr zufrieden mit dieser Schlussfolgerung.

Konrad bemühte sich, ihn dafür nicht zu bewundern. »Du meinst also, Bruder Giorgio hat die Statue hergebracht?«

Es war Anna, die antwortete: »Das wäre möglich.« Aber dann fiel ihr etwas anderes ein. »Giorgio hat Filippos Zimmer durchsuchen wollen. Er hat meinen Bruder beschuldigt, die Statue gestohlen zu haben. Das passt doch nicht!«

Konrad verzog das Gesicht, als täte ihm die Erkenntnis weh: »Vielleicht hat Filippo etwas davon mitbekommen und sich die Statue unter den Nagel gerissen.« Sein Blick war voller Mitleid, als er Anna ansah. »Dann wären beide Brüder an der Sache beteiligt.«

Es traf Anna nicht so hart, wie Konrad befürchtet hatte. Dieser Gedanke war ihr durchaus schon selbst gekommen.

Emilio fiel es sichtlich schwer, den folgenden Satz auszusprechen: »Valentino muss den Laienbruder angestiftet haben. Vermutlich hat er ihm eine Beteiligung versprochen. Viel Geld für einen Franziskanermönch, der den Orden verlassen und heiraten will.«

»Bruder Giorgio ein Dieb?« Anna schüttelte nachdenklich den Kopf. »Das kann ich mir nicht vorstellen.«

»Ich glaube eher«, sagte Konrad, »dass Bruder Giorgio nur

dafür gesorgt hat, dass der Diebstahl möglich wurde. Er hat heimlich die Stahlseile durchtrennt, die die Statue gehalten haben.«

»Und Valentino hat sie dann geholt und ins Hotel gebracht«, ergänzte Emilio und schenkte Anna einen weiteren bedauernden Blick.

Sie wedelte mit einer Handbewegung die Tränen weg, die ihr in die Augen steigen wollten. »Ich habe es ja gleich gewusst. Valentino …«

Emilio griff nach ihrer linken Hand, Konrad hatte im selben Moment die gleiche Idee und griff nach ihrer rechten. So saßen die drei da, als Henrieke auf die Terrasse kam. »Ich bin fertig mit …«

Sie starrte ihre Mutter und die beiden Männer an, die sie schon öfter »Mamas Liebhaber« genannt hatte. Dass weder Emilio noch Konrad Anstalten machten, ihre Hände wegzuziehen, und Anna selbst noch viel zu sehr mit der Geschichte der Statue und der Schuld ihrer Brüder beschäftigt war, brachte Henrieke aus der Fassung. »Mama!«

Konrad und Emilio sahen sich an. Keiner wollte der Erste sein, der sich Henriekes Empörung ergab und die Hand aus Annas löste.

Und sie selbst trennte sich auch nur ungern, sowohl von den beiden Männern als auch von ihren Gedanken. »Was gibt's?«

»Also …« Henrieke stieß diese beiden Silben hervor, als fiele es ihr schwer, ihre Entrüstung in Worte zu kleiden. »Ich finde das unmöglich!«, brachte sie schließlich hervor.

»Das ist dein gutes Recht«, antwortete Anna und genoss die Ruhe, die sich blaubeerblau in ihr ausbreitete. »Aber es ist auch mein gutes Recht, zu tun und zu lassen, was ich will.«

»In deinem Alter!«

»Gerade in meinem Alter. Vielleicht schaffst du es noch zu erleben, wie gut gerade dieses Alter ist.« Anna grinste Konrad und Emilio an. »Es fühlt sich rosarot an, mit goldenem Glimmer.« Aber schnell verdüsterte sich ihre Miene wieder. Und als sich Henrieke beleidigt zurückgezogen hatte, ergänzte sie: »Nur wenn ich nicht an meine Brüder denke. Bei der Vorstellung, was Valentino getan hat oder Filippo oder sogar beide, wird alles so grau wie die Gefängniszelle meiner Mutter. Sie hatte sich lange von ihrem himmelblauen Traum aufheitern lassen: das Hotel in Siena. Dass Valentino nicht einmal für den Traum unserer Mutter auf einen Coup verzichten kann, macht mich wirklich traurig. Dann wird aus dem goldenen Glimmer ein grauer Schleier. Nebel! Qualm! Rußflocken!« Sie seufzte tief auf und griff erneut nach Emilios und Konrads Hand. »Danke, dass ihr mir helft.« Sie legte den Kopf in den Nacken und sah in den toskanischen Himmel. »Alles, was ich wollte, war ein ausgebuchtes Hotel und zufriedene Gäste!«

In dem Moment schob sich eine Wolke vor die Sonne, und innerhalb weniger Minuten sah es so aus, als wäre Regen zu erwarten.

Jetzt musste er nur noch Beweise erbringen. Aber natürlich erst nach der Einweihungsfeier, das hatte er Anna versprochen. Sie hatte ihn nicht darum gebeten, er hatte diese Zusicherung gegeben, ohne darüber nachzudenken. Und ein Blick in Konrads Gesicht hatte gezeigt, dass Emilio diesmal nicht mit der Verächtlichkeit des pensionierten deutschen Kriminalbeamten zu rechnen hatte, der einen italienischen Polizisten für weniger verantwortungsvoll hielt als einen deutschen, der immer strikt nach dem Gesetz vorging und dabei keine Gefühle gelten ließ. So jedenfalls hatte er es bisher dargestellt, wenn Emilios Ermittlungen anders verliefen, als Konrad das für richtig hielt. Nein, beide waren sich in diesem Fall einig, dass Anna ihr ungetrübtes Einweihungsfest bekommen musste. Bis dahin würde Emilio die Beweise gegen Valentino Kolsky zusammentragen. Und später, wenn die Blicke der Öffentlichkeit nicht mehr aufs *Albergo Annina* gerichtet waren, würde er dafür sorgen, dass Valentino oder Filippo Kolsky still und heimlich verhaftet wurden. Vielleicht sogar erst auf der Heimreise, kurz vor der Grenze. Wer immer der Schuldige war, er schien sich ja in Sicherheit zu wiegen und würde nichts tun, um dem Griff der Polizei zu entkommen. Giuseppe durfte davon natürlich nichts erfahren, das war klar. Zwar war Emilio sicher, dass er Scroffa nichts verraten würde, aber er wollte nicht, dass sein Assistent ihm jemals vorwerfen konnte, der Liebe den Vorzug gegeben zu haben, wenn es eigentlich darauf angekommen wäre, der Kirche eine kostbare Statue zurückzugeben. Dass in diesem Fall jeder Tag zählte, dass in den nächsten vierundzwanzig Stunden die Statue schon längst auf den illegalen Kunstmarkt gelangt sein könnte, dass es von Tag zu Tag schwieriger wurde, den Weg der heiligen Katharina zu verfolgen und sie zurückzuholen, daran durfte er jetzt nicht denken. Der Ruf des *Albergo Annina* stand auf dem Spiel, Annas ausgebuchtes Hotel mit den zufriedenen Gästen.

Emilio zog seine schwarze Jeans an, dazu ein weißes Hemd und einen hellen Lederblouson. Der leichte Schal, den er sich um den Hals band, passte farblich genau zu den dunkelgrünen Slippern. Auf Socken verzichtete er, krempelte die Jeans ein wenig hoch, nur zwei Zentimeter, damit für jedermann zu erkennen war, dass dem Commissario von Siena sein Style wichtiger war als warme Füße.

Natürlich führte ihn sein Weg zum Campo. Er würde ein leichtes Mittagessen im Fonte Gaia einnehmen, dazu ein Glas eiskalten Weißwein, danach einen Espresso macchiato. Gerne hätte er Anna eingeladen, aber sie war im Hotel unabkömmlich. Als er auf den Campo trat, bedauerte er, dass es in Zukunft oft so sein würde. Das *Albergo Annina* würde Anna tagsüber in Anspruch nehmen, sie würde nicht viel Zeit für ihn haben, selbst wenn sie es wollte. Und ob sie es wollte, stand nach wie vor in den Sternen. Die Tage, die er in ihrer Nähe verleben durfte, hatten ihn nicht weitergebracht.

Als er seine Mutter vor dem Eingang des *Fonte Gaia* sitzen sah, erschrak er. Sie gab sonst dem Café *Nannini* den Vorzug. Wenn sie sich für das *Fonte Gaia* entschied, dann konnte das nur bedeuten, dass sie ihn sprechen wollte. Und wenn sie sich nicht mit ihm verabredete, sondern damit rechnete, dass er seiner Gewohnheit treu blieb, dann wusste Emilio, dass ihm eine unangenehme Unterredung bevorstand, eine, die er abgesagt hätte, wenn seine Mutter ihn darum gebeten hätte. Mit viel Arbeit in der Questura hätte er sich rausgeredet und Giuseppe gebeten, ihm einen Snack zu holen, den er im Büro zu sich genommen hätte. Das tat er nicht gern. Aber das war immer noch besser als ein Essen mit seiner Mutter, wenn sie unzufrieden mit ihm war.

Und das war sie! Ihre silbergraue Frisur mit der lila Tönung vibrierte, der knallrot geschminkte Mund lächelte nicht einmal zur Begrüßung, die Augen waren hinter der riesigen Sonnenbrille zum Glück nicht zu erkennen, die Brillanten an ihrem Hals funkelten böse. Sie schäme sich in Grund und Boden für ihren Sohn, der unfähig war, eine Frau zu erobern, der es nicht einmal schaffte, ihr klarzumachen, dass er in sie verliebt war. Signora Fontana streckte die altersfleckigen Hände zum Himmel, sodass die Gläser auf dem Tablett, das Matteo gerade vorbeitrug, in Gefahr gerieten. Es war ja nicht Alessandra Ambrosio, die er zu erobern hatte, das brasilianische Model, das sich zurzeit in Siena aufhielt, oder Laura Pausini, die ebenfalls in diesen Tagen in Siena gesehen worden war, sondern eine deutsche Witwe von über sechzig, die nach Signora Pasuccis Angaben nur durchschnittlich hübsch, durchschnittlich temperamentvoll, durchschnittlich charmant war. Das konnte doch nicht so schwer sein! So eine Frau würde froh sein, von Signora Fontanas Sohn umworben zu werden. Aber was war bisher geschehen? Nach allem, was die Signora wusste, hatte Anna Wilders bisher noch nicht mal gemerkt, dass ihr Sohn ernste Absichten hatte. Es wurde Zeit, dass sie ihm Beine machte. Dass diese tatkräftige Deutsche die Richtige für ihren phlegmatischen Sohn war, glaubte sie mittlerweile unbedingt. Was sollte ein Mann wie Emilio mit einer jungen Frau, die ausgehen wollte, die jede Partyeinladung annahm, die shoppen gehen und reisen wollte und sich Kinder wünschte. Signora Fontana machte sich schon lange keine Illusionen mehr: So eine Frau konnte mit ihrem Sohn nur unglücklich werden.

Eine Stunde später war Emilio Fontana nicht zum Essen gekommen, hatte zu viel Wein getrunken und mehrere Espressi macchiati, die seinem Kreislauf nicht bekommen waren. Wie seine Mutter sich das vorstellte! Für sie wäre es in seiner Situation vermutlich wirklich einfach gewesen, sie hatte ja immer alles durchgesetzt, was sie wollte. Die Tatsache, dass sie in jungen Jahren sogar einmal einen geistlichen Würdenträger verführt hatte, sagte ja alles. Für sie war amore leicht, ein Spiel, das sie immer gewonnen hatte, und sie wollte einfach nicht einsehen, dass ihr Sohn anders war. Dass er zwar leicht und gerne flirtete, dass er auf die Angebote einging, die ihm gemacht wurden, dass er das Spiel mit der Liebe verstand, aber total versagte, wenn daraus Ernst wurde. Signora Fontana war jetzt erst klar geworden, dass es Emilio wohl noch nie richtig ernst gewesen war.

Am Ende trennten sie sich im Streit voneinander. Emilio schlich ins *Albergo Annina* zurück wie ein gescholtener kleiner Junge, und Signora Fontana fegte in den nächsten Dessousladen, um sich mit dem Kauf eines Negligés für den Ärger zu entschädigen, den ihr Sohn ihr bereitete.

Er war zornig, als er zurückging. Zornig auf seine Mutter, zornig auf Annas Brüder, zornig auch auf die Gäste, vor allem auf die, die Anna die *Gang* nannte, die sich womöglich auf der Einweihungsfeier schlecht benehmen würden. Zornig war er auch auf die Sondermanns, die den Reiseveranstaltern vielleicht zutuscheln würden, dass es im *Albergo Annina* oft merkwürdig zuging und das Haus auf keinen Fall zu empfehlen war. Er durfte gar nicht daran denken. Nur daran, dass er Annas Bruder höchstpersönlich verhaften würde. Später. Und dann wollte er ihm vor Augen halten, was er getan hatte. Ob ein Kolsky überhaupt noch in der Lage war zu erkennen, dass er eine Grenze überschritt? Konnten die beiden Brüder noch einschätzen, was Liebe bedeutete, welche Chance ihnen eine Familie bot, wie leicht es sein konnte, sich den Rückhalt von Angehörigen zu sichern? Man musste nur den Schutz bieten, den man selbst brauchte. Auch wenn es dann zu solchen Auseinandersetzungen kam, wie sie Emilio soeben mit seiner Mutter gehabt hatte. Aber Valentino Kolsky hatte Sicherheit nie gekannt. Und bei Filippo war es nicht anders gewesen. Sie erlaubten sich ein paar Sentimentalitäten, wenn es um ihre Eltern und ihre Schwester ging, wischten sich eine Träne aus den Augen, wenn von dem Lebenstraum der Eltern die Rede war, den Anna nun wahr werden ließ, vergaßen ihre Familie aber schnell wieder, wenn sich vor ihnen das Glück in Form von leicht aufschweißbaren Tresoren, fremden Goldbarren oder wertvollen Kunstgegenständen bot. Valentino Kolsky würde sich nie ändern. Und Filippo? Emilio dachte an Janina Spicker und ihre Mutter, deren Aufgabe es einmal gewesen war, Valentino Kolsky wieder in die Gesellschaft einzugliedern. Dass es ihr nicht gelingen würde, war der Frau vermutlich damals schon klar gewesen. Aber was war dann geschehen? Vielleicht würde die Datenbank der Polizei Auskunft geben. Auch mit dem Laienbruder wollte Emilio sich beschäftigen. Vielleicht fand er in dessen familiärem Hintergrund etwas, was den Verdacht gegen ihn verständlich machte und damit seine Überführung erleichterte.

Lieber Himmel, dass ich daran nicht gedacht habe! Natürlich hat Emilio recht, er kann unmöglich an der Einweihungsfeier teilnehmen. Der Bürgermeister kennt ihn, der Prälat sowieso, und Valentino und Filippo würden zu hören bekommen, dass der Hotelgast, über den sie bisher gleichmütig hinweggesehen haben, ein Polizeibeamter ist. Sie würden die erstbeste Gelegenheit zur Flucht nutzen, so viel ist klar.

Es ist schrecklich zu sehen, wie deprimiert Emilio ist. Er hat so viel für mich getan, und nun muss ich ihn von diesem großen

Moment ausschließen. Dabei war all seine Hilfe genau auf diesen Tag gerichtet, den er unbedingt für mich retten wollte. Dass er bereit ist, meinen Bruder erst später, erst nach der Einweihungsfeier, zu verhaften, werde ich ihm nie vergessen. Ebenso wenig wie Konrad. Der hat ja ebenfalls zugesagt, alles, was er weiß, in sich einzuschließen. So lange, bis das Albergo Annina *als das gilt, was ich mir wünsche: sehr beliebt und mit vielen zufriedenen Gästen. Nur… Konrad darf zur Einweihungsfeier kommen – er ist mein Nachbar, der Vater meines Architekten –, während Emilio ausgeschlossen werden muss. Wie schrecklich für ihn! Es ist nicht zu übersehen, dass es ihn schwer trifft. Sein Zimmer räumen wird er aber trotzdem nicht, auch da hat er weiter gedacht als ich. Er will, dass mein Haus ausgebucht ist und mein geschwätziges Dienstmädchen keine Gerüchte verbreiten kann! Dass er auch daran noch denkt, trotz seiner großen Enttäuschung! Emilio ist wirklich ein guter Freund. Dass ich ihn einmal geküsst habe, vergesse ich besser. Bei Konrad ist mir das ja auch ganz gut gelungen. An den Abend, an dem ich beinahe mit ihm im Bett gelandet wäre, denke ich nur selten zurück.*

Emilio selbst war es, der mir vorschlug zu erklären, dass der Gast aus Zimmer vier unter einer Magenverstimmung leide. Dabei lächelte er so schmerzerfüllt und gleichzeitig so tapfer, dass es mir das Herz zerreißt. So wie der Patient eines Zahnarztes, dem gesagt wird, dass ihm zwar alle Zähne gezogen werden müssen, er aber immerhin eine örtliche Betäubung bekommen wird.

Ich habe lange im Garten gestanden und mir mein Hotel angesehen. Ich habe sogar gesungen. Ganz leise. Ich will ja keinen Gast erschrecken. »O sole mio…« Ziemlich schwer übrigens, ein solches Lied leise zu singen. Das I in »mio« klingt dann, als bettelte eine Katze um einen Schluck Sahne. Ich wollte, ich wäre eine Sängerin wie Anna Netrebko und könnte so ein Lied hinausschmettern, in der Gewissheit, Freude und Anerkennung zu ernten. Aber ich weiß ja, dass mir nur Erschrecken und Gelächter entgegenschlagen würde, also begnüge ich mich mit meiner Kopf-

stimme, und als mir der Text fehlt, summe ich nur. Ein Lied, das mir in Siena von Anfang an nach dem Aufstehen auf den Lippen gelegen hat. In Stuttgart kam es nicht oft vor, dass mir die Sonne entgegenschien, hier in Siena ist es die Regel. Einfach herrlich!

Wie glücklich könnte ich sein, wenn ich einer unbeschwerten Einweihungsfeier entgegenblickte. Ich habe noch genau vor Augen, wie ich sie mir vorgestellt hatte. Die Nachbarn in Sonntagskleidung, die offiziellen Gäste in dunklen Anzügen und paillettenbestickten Kleidern, der Prälat in vollem Ornat. Er würde das Haus segnen, während ich auf der Treppe stehe, an meiner Seite meine beiden Brüder, auch sie in dunklen Anzügen, mit harmlosen, lächelnden Gesichtern. Meine Familie! In meiner kleinen Ansprache hätte ich auch von Tante Rosi gesprochen…

Und dann natürlich die Hotelgäste. Auch sie alle hatten festliche Kleidung eingepackt, als sie mit der Buchung die Einladung zur Einweihungsfeier erhielten. Sie stehen lächelnd hinter mir, jeder ein Glas in der Hand und mit ganz viel Anerkennung in den Augen. Alle würden den Reiseveranstaltern erklären, wie gut es ihnen in meinem Hotel gefällt und dass sie ganz bestimmt schon in Kürze wiederkommen würden…

Besser, ich gehe ins Haus zurück, damit niemand meine Tränen sieht. Ich kann mich nicht mehr freuen, nicht unbeschwert. Meine Angst, dass die Einweihungsfeier ein Fiasko wird, ist viel größer als meine Freude. Die Gang! *Dustin und Lucy Trump werden sich volllaufen lassen und bei jedem Rülpsen davon erzählen, dass Donald beinahe die Rülps-Weltmeisterschaft gewonnen hätte. Silas Casper und Moritz Wallweber werden auf die katholische Kirche schimpfen und vielleicht sogar den Prälaten angehen, weil er sie nicht trauen wollte. Und ich muss damit rechnen, dass Clara Morbé in die Hosentasche des Bürgermeisters greifen und ihm sein Portemonnaie klauen wird. Franz Lüpke hat es sich in der Rolle des Gérard Depardieu inzwischen so bequem gemacht, dass er sich wirklich wie ein Star unter seinen Anhängern vorkommt. Die erwiesene Unschuld hat ihm nicht gutgetan.*

Dass er nicht mehr im Visier der Polizei und irgendwelcher dubioser Privatdetektive steht, hat in ihm eine Sicherheit erzeugt, mit der er nicht umgehen kann. Anscheinend ist er so lange verfolgt und verdächtigt worden, dass er sich selbst nicht mehr vorstellen kann, unschuldig zu sein. Er protzt nun mit seiner Vergangenheit, als wäre sie allein dadurch bemerkenswert, dass seine Freundin nicht von ihm, sondern von einem früheren Liebhaber umgebracht worden ist. Er hört immer erst dann auf, wenn Dusty Trump ihm auf die Schulter klopft und ihn einen »good old boy« nennt, der eine verdammt schwere Zeit hinter sich hat und als zusätzliche Strafe auch noch so aussieht wie Gérard Depardieu.

Und meine Brüder? Ich sehe sie nicht mehr stolz lächelnd neben mir stehen, jetzt bin ich nur noch in Sorge, dass sie sich verraten, dass mit einem Mal jemand auf Valentino zeigt und ihn einen Dieb nennt, dass er flüchten muss, trotz seiner Knieprothese, dass er ein Auto stehlen muss, um überhaupt eine Chance zu haben, dass er das Auto des Bürgermeisters erwischt, dem Chauffeur eine Knarre vor die Nase hält, dass eine Jagd beginnt, dass von da an alle wissen, dass meine Brüder Kriminelle sind, dass ich aus einer Familie mit Gewohnheitsverbrechern stamme, dass man in einem Hotel, das so einer Frau gehört, nicht absteigen kann… Und wenn ich an diesem Punkt angekommen bin, bricht das Albergo Annina *vor meinen Augen zusammen. Aus der Traum! Henriekes »Ich habe es dir doch gleich gesagt« dröhnt in meinen Ohren …*

Der nächste Tag, der Tag vor der Einweihungsfeier, verging wie im Flug. Anna war froh, dass Barbarina bereit war, nicht nur während der Feier, sondern auch bei deren Vorbereitung zu helfen. Graziella hatte sich nach langer und reiflicher Überlegung zu Überstunden bereit erklärt, und der Wirt aus dem *Tre Tigli* in Pentolina hatte am Telefon noch einmal fest versprochen, das Fingerfoodbuffet pünktlich zu liefern. Das *Albergo Annina* war bereit. Die Hotelgäste bestätigten allesamt ihr pünktliches Erscheinen, zu Annas Beunruhigung auch die Sondermanns, die *Gang* sowieso.

Dustin Trump kleidete es in derbe Worte: »Saufen für umsonst? Da sind wir dabei!« Und Lucy wollte sich wieder ausschütten vor Lachen, weil ihr Dusty doch ein so witziger Kerl war.

Clara Morbé ließ durchblicken, dass sie schon in ihrer Jugend oft der Star von kleinen, gepflegten Gesellschaften gewesen sei, aber Anna mochte nicht glauben, dass sie durch charmantes Parlieren aufgefallen war, sondern fürchtete, dass die falsche Französin davon träumte, noch einmal als Höhepunkt der Veranstaltung auf der Rezeptionstheke zu tanzen und sich dabei ihrer polyesterknisternden Kleidung zu entledigen. Annas Sorge wurde nur durch die Zuversicht gelindert, dass Clara Morbé vermutlich von der Theke fallen würde, noch ehe ihr Strumpfgürtel das Licht des Tages gesehen hatte. Silas Casper und Moritz Wallweber machten ihr größere Sorgen. Ihre angebliche Freude auf die Einweihungsfeier hatte etwas Aggressives angenommen, und der Prälat wurde von ihnen so häufig erwähnt, dass Anna fürchtete, ihre Rache an ihm und der Kirche im Allgemeinen könne verhindern, dass das *Albergo Annina* zu seinem kirchlichen Segen kam. Und wie Gérard Depardieu sich verhalten würde, war ohnehin offen. Bei ihm glaubte Anna lediglich daran, dass er nichts im Schilde führte, was ihr schaden könne, was aber keineswegs bedeutete, dass er nicht in der Lage war, ihre Feier empfindlich zu stören. Wenn, dann wohl unbeabsichtigt, was die Sache aber nicht besser machen würde.

Valentino und Filippo waren einige Male in ihrer Wohnung erschienen, hatten auf Espresso gehofft, auf das Bügeln einer Hose, das Waschen ihrer Hemden, auf das angenehme Vertreiben ihrer Zeit, waren aber schließlich beleidigt abgezogen, als ihnen sehr deutlich gemacht worden war, dass die Hotelbesitzerin viel zu tun hatte und sie allenfalls als eifrige Helfer akzeptiert würden.

Henriekes Hilfe war natürlich erwünscht, gestaltete sich aber oft unerfreulich, weil ihr bei allen Handgriffen einfiel, dass ihre Mutter die ganze Arbeit unmöglich ohne sie hätte bewältigen können. »Gut, dass ich gekommen bin!« Und dann wieder die vernehmlich vorgetragene Überlegung, ob sich eine Frau von über sechzig zu viel zumutete, wenn sie auf die verrückte Idee kam, ein Hotel in Siena zu eröffnen …

Emilio ließ sich nicht blicken. Er verließ am Morgen wie ein Tourist das Haus, also nicht sehr früh und erst nach einem ausgiebigen Frühstück oder vielmehr ausgiebigem Aufenthalt im Frühstückszimmer, wo er viel Espresso und wenig Brot zu sich nahm, aber lange die Zeitung las. Als er dann loszog, war Anna klar, dass er in die Questura ging, damit Giuseppe endlich zufrieden war. Anschließend hielt er sich in seinem Hotelzimmer auf, als hätte er Angst, dass jemand den Commissario in ihm erkannte. Auch Konrad war kaum zu sehen. Anna kam es so vor, als hätte er ebenfalls Angst vor dem, was der Einweihungsfeier unweigerlich folgen würde: dem Zuschnappen von Handschellen. Sie hatte beobachtet, wie Konrad und Emilio sich am Gartenzaun unterhielten, als träfen sie Entscheidungen, von denen niemand etwas erfahren sollte. Und am Abend sah sie die beiden sogar höchst einträchtig zusammen ins *Lampada Rossa* gehen und hörte erst sehr spät Emilios Zimmertür klappen. Kein Zweifel, Emilio bekam Hilfe von dem deutschen Polizeibeamten, die beiden hatten sich eine Strategie zurechtgelegt, wie sie Valentino Kolsky und am besten auch seinen Bruder unauffällig dingfest machen konnten. Anna war ihnen dankbar.

Eine Stunde bevor die ersten Gäste erwartet wurden, stellte sich heraus, dass der Getränkeautomat leer war. Die Trumps hatten am Vorabend mal wieder gewettet, wer am meisten Bier vertrug, und die Wette offenbar gewonnen. Gérard Depardieu beschwerte sich jedenfalls nach dem Frühstück lauthals darüber, dass das Bier alle war und er selbst nicht die Absicht habe, sich während der Einweihungsfeier nur an Sekt und Rotwein zu laben. Für ihn gehöre zu einem ordentlichen Fest ein ordentliches Bier, wenn das auch in Italien anders sein mochte.

Erschrocken rief Anna den Getränkelieferanten an, der seiner Freude Ausdruck verlieh, dass die Gäste des *Albergo Annina* für überdurchschnittlich guten Umsatz sorgten. Aber leider war er trotzdem nicht in der Lage, umgehend neue Vorräte zu liefern. »Kein Personal, Signora!« Doch zum Glück fiel ihm auch diesmal ein, dass sein Neffe Giorgio die Lieferung übernehmen könne. »Das hat ja vor ein paar Tagen schon gut geklappt.«

Anna bestätigte es und bat dringend um die sofortige Benachrichtigung des Laienbruders, damit beim Erscheinen der Ehrengäste weder Gérard Depardieu nach Bier schrie noch sich die Kisten vor dem Automaten stapelten, während der Bürgermeister seine Rede hielt.

Der Lieferant versprach es hoch und heilig, und Anna verbot sich, an die Erfahrung zu denken, die sie bisher mit Versprechungen von italienischen Dienstleistern gemacht hatte.

Als die Sondermanns ihre Koffer durch die Lobby schleppten, schwankte sie zwischen Hoffnung und Erleichterung. »Sie wollen schon los?«

Aber Eileen Sondermann winkte ab. »Erst später. Wir packen schon mal den Wagen, dann geht es nachher schneller.«

Und Ole Sondermann dröhnte: »Die Einweihungsfeier lassen wir uns natürlich nicht entgehen.«

Anna nickte. Natürlich! Was es umsonst gab, wurde mitgenommen. Und vermutlich würden die Sondermanns auch die wunderbare Gelegenheit nutzen, über alles zu meckern, was ihnen nicht gefallen hatte. Und das war ja eine ganze Menge …

Zehn vor elf war alles bereit. Graziella und Barbarina trugen weiße Schürzen, versicherten, dass sie mit den großen Tabletts und den vielen Gläsern ohne Weiteres zurechtkommen würden, dass sie das Essen, das pünktlich geliefert worden war, rechtzeitig aus der Küche holen und der Gattin des Bürgermeisters selbstverständlich mit viel Aufwand und Getöse den Nerzmantel abnehmen würden, damit jeder es mitbekam. Der war viel zu dick für diese Jahreszeit, wurde von ihr aber zu jedem gesellschaftlichen Ereignis getragen, so war es auch diesmal zu erwarten. Wer eine Bemerkung über den außergewöhnlich schönen Mantel machte, erhielt umgehend viele Sympathiepunkte und durfte hoffen, dass sein nächster Antrag vom Bürgermeister wohlwollend beschieden wurde. Wer allerdings von den armen Tieren sprach, die vor der Verarbeitung zu diesem Luxusartikel ein erbärmliches Leben geführt hatten und einen grausamen Tod gestorben waren, konnte noch so viele Anträge vorbringen, sie wurden alle abgeschmettert. Anna hoffte inständig, dass die *Gang* in Sachen Tierschutz keine Ambitionen hatte.

Anna hatte sich noch nicht daran gewöhnt, dass kein Italiener pünktlich erschien, sondern wurde nervös, als sich der Zeiger der Uhr auf die Elf zubewegte. Zum Glück war Konrad wenigstens schon da, er war eben Deutscher und an Pünktlichkeit gewöhnt. Levi, sein Sohn, hatte dagegen längst die italienischen Gewohnheiten angenommen und würde nicht vor halb zwölf auftauchen.

»Wo nur Bruder Giorgio bleibt?«, flüsterte sie mit einem Blick auf Barbarina, der sie das Zusammentreffen mit ihrem heimlichen Geliebten gern erspart hätte. Hoffentlich ließ sich das Mädchen in die Küche schicken! Und hoffentlich beeilte sich der Laienbruder, wenn er endlich erschienen war!

Sie ging zu dem Spiegel, der in einem Winkel der Lobby angebracht worden war, damit jeder Hotelgast den Sitz seiner Kleidung überprüfen konnte, ehe er das Haus verließ. Das schwarze Kleid stand ihr gut. Emilio hatte sie mit vielen Komplimenten überhäuft, als sie einen Besuch in seinem Zimmer machte, und sogar Konrad hatte durch die Zähne gepfiffen, als er in die Lobby gekommen war. Es war schlicht geschnitten, hatte einen trapezförmigen Ausschnitt, kurze Ärmel und endete eine Handbreit über dem Knie. Ein sittsames Kleid, das aber dennoch eine Verheißung bot, sehr elegant einerseits, aber modisch andererseits. Und es war nur von einer Frau zu tragen, die schlank war und schöne Beine hatte. Anna drehte sich vor dem Spiegel und freute sich, dass beides auf sie zutraf.

Als ihr Henriekes Blick im Spiegel begegnete, kamen ihr jedoch gleich wieder Zweifel. War sie wirklich zu jugendlich gekleidet? Zu figurbetont? Für eine Frau in ihrem Alter sogar unseriös? Henrieke trug eine schwarze Hose, die weder modisch noch oldfashioned war, sondern irgendwas dazwischen, und ein weißes Shirt, das zum Glück mit Strasssteinen bestickt war, sonst hätte man meinen können, sie gehöre zum Servicepersonal. Ihre Schuhe waren bequem, ohne Absatz, mit weichen Gummisohlen, ihre Frisur war eigentlich keine. Sie hatte die Haare zurückgekämmt und im Nacken zusammengebunden. Auf Make-up hatte sie selbstverständlich verzichtet, immerhin hatte sie sich an Annas Parfüm bedient. »Viel zu jugendlich für dich, Mama. *White Linen* ist was für junge Mädchen.«

Anna hatte darauf nicht geantwortet, sondern sich in Konrads Anerkennung gesonnt. »Toll siehst du aus, Liebes!« Er hatte sie in seine Arme gezogen und ihr einen Kuss an die Schläfe gehaucht.

Er selbst hatte sich auch viel Mühe gegeben. Die helle Baumwollhose saß gut, das dunkelgraue Hemd sah elegant aus, die dezent gemusterte Krawatte passte genau. Sogar auf die Trekkingsandalen hatte er verzichtet und sie gegen schwarze Lederschuhe eingetauscht. Ein Jackett hatte er über die Schulter geworfen und versprochen, es überzuziehen, wenn es so weit war.

Anna lachte ihn an. »Das steht dir gut!«

Dass er in dieser Kleidung sogar Emilio Konkurrenz machen konnte, sprach sie natürlich nicht aus. Genauso, wie auch Emilio nie aussprach, dass ihm Konrads Kleidungsstil überhaupt nicht gefiel. Aber wie er seinen Blick über seine Bermudas und die Sandalen wandern ließ, sagte alles. Nur Konrad ließ es unberührt.

Der Auftritt der Kolsky-Brüder war eine kleine Sensation. Sie mussten gemeinsam shoppen gegangen sein, denn ihre Kleidung passte so gut zusammen, dass es kein Zufall sein konnte. Beide trugen dunkle Hosen und helle Jacketts, gestreifte Krawatten und gewagte Schuhe des gleichen Modells, Valentino in Dunkelrot und Filippo in Türkis. Strahlend präsentierten sie sich ihrer Schwester. »Was würden Mama und Papa sagen, wenn sie uns sähen?«

Anna kamen die Tränen, schluchzend warf sie sich ihnen in die Arme, erst dem älteren, dann dem jüngeren Bruder. Janina Spicker war es, die den seelenvollen Augenblick durchbrach. Sie sah großartig aus in ihrem weißen Kleid, dessen Rock so kurz war, dass Henrieke prompt die Stirn krauste. Ihre langen blonden Haare waren so glatt, als wären sie gebügelt worden, eine Sonnenbrille hielt sie ihr aus ihrem Gesicht.

Sie lachte, als Anna sich von ihren Brüdern löste. »Sorry, dass ich störe.« Sie betrachtete Anna, die sich verlegen die Tränen abwischte, dann fasste sie Filippo ins Auge. Nur ihn, seinem Bruder schenkte sie keinen Blick. »Die Familie Kolsky! Schön, sie so vereint zu sehen!«

Anna starrte sie mit offenem Munde an. So deutlich war Janina Spicker noch nie geworden. Und so deutlich war es auch noch nie gewesen, dass sie unmöglich in Filippo Kolsky verliebt sein konnte. Obwohl er sich an diesem Tag besonders viel Mühe mit seinem Aussehen gegeben hatte, konnte er sich selbst nicht darüber hinwegtäuschen, dass diese entzückende junge Frau von einem alten, verlebten Mann mit gierigen und raublustigen Augen unmöglich angezogen sein konnte. Wieder sagte sich Anna, dass es etwas anderes sein musste, was Janina Spicker zu ihrem ältesten Bruder hinzog. Dass es etwas zwischen den beiden gab, erkannte sie erneut. Und sie sah auch in Konrads Augen, dass er es bemerkte.

Der Gedanke, Janina Spicker gerade jetzt zu fragen, gerade jetzt um die Wahrheit zu bitten, aber vielleicht gerade jetzt den falschen Augenblick zu erwischen, wurde von einem lauten Rufen vertrieben.

»Endlich! Er kommt!«, rief Henrieke und wies aus dem Fenster, wo ein Lieferwagen in die Via Valdambrino schlitterte, hinter dessen Steuer Bruder Giorgio hockte.

Zwei Stunden später saßen sie alle da wie gelähmt. Die Nachbarn waren gleich wieder heimgegangen, der Bürgermeister hatte zwar trotz allem freundliche Worte gefunden, auf das Fingerfood jedoch verzichtet, seine Gattin den Nerzmantel gar nicht erst abgelegt. Und der Prälat war derart verstört gewesen, dass ihm der Segen im Halse stecken geblieben war. Die drei Reiseveranstalter jedoch hatten beim Essen beherzt zugegriffen, sich den Rotwein zu Gemüte geführt und das ausgesprochen, was Anna unbedingt hören wollte: »Sie können ja nichts dafür.« Die Pressevertreter waren sogar geradezu begeistert gewesen. Ob sie allerdings daran dachten, dass sie eigentlich gekommen waren, um freundliche Worte über das neue Hotel zu finden, blieb dahingestellt. Anna befürchtete, dass die schönen Zimmer des neuen Hotels, die gute Lage, der freundliche Service in dem Artikel, den sie sehnsüchtig erwartet hatte, nur am Rande Erwähnung finden würden. Jeder Journalist würde natürlich lieber über den Skandal berichten.

Konrad hatte umgehend dafür gesorgt, dass Emilio auf den Plan trat, damit der erledigte, was getan werden musste, während Henrieke nur jammerte, dass ihre Mutter für derlei Feuerproben einfach zu alt sei. Am Ende saßen noch einige Hotelgäste da, die sich nach und nach aber verdrückten, als sie nicht mehr wussten, wie sie Anna trösten sollten. Übrig blieben neben Bruder Giorgio und Barbarina schließlich Annas Brüder, Janina Spicker und – ausgerechnet! – die *Gang*. Das Zimmermädchen war entlassen worden, Levi hatte in einem unbeobachteten Augenblick ebenfalls das Weite gesucht. Sie waren zu viele, um in die Küche zu gehen, sich um den Tisch zu drängen und die Köpfe zusammenzustecken, aber zu wenige, um zu hoffen, dass es noch zu einer fröhlichen oder wenigstens feuchtfröhlichen Einweihungsfeier kommen könnte.

Es war schrecklich gewesen, als der Lieferwagen auf das Auto der Sondermanns zugerast war. Augenscheinlich funktionierten seine Bremsen nicht, Giorgios Schrei war schon zu hören gewesen, bevor es zum Aufprall gekommen war.

»Ich dachte, der Betbruder ist hin«, meinte Dustin Trump gerade und genoss die Erinnerung biertrinkend und Oliven kauend, während seine Frau ihn kichernd ermahnte, nicht so respektlos von dem Leben eines anderen zu reden. Auch ein Mann der Kirche sei schließlich ein Mensch.

Dieser Ansicht wollte sich Gérard Depardieu nicht anschließen, der mittlerweile dem französischen Schauspieler noch mehr ähnelte als vorher. Seit er nicht mehr als Mörder seiner Freundin galt, war seine Selbstsicherheit gewachsen und von schwerer Arroganz selbst bei wohlwollender Betrachtung nicht mehr zu unterscheiden. »Ein Mönch mehr oder weniger – wen interessiert das schon?«

»Terriblement!«, stöhnte Clara Morbé und griff sich an die Brust, als fürchte sie, dass der Schreck, den sie kurz vorher ausgestanden hatte, einen Herzanfall zur Folge haben könne.

Zum Glück war Bruder Giorgio angeschnallt gewesen. Er war schon aus dem Lieferwagen geklettert, als Konrad bei ihm ankam, der am schnellsten reagiert hatte. Benommen war Giorgio auf die Straße gewankt und hatte sich den Schaden an dem Auto der Sondermanns angesehen, der ihm wichtiger war als seine Fußverletzung.

»Vermutlich Totalschaden«, glaubte Silas Casper, und Moritz Wallweber nickte dazu, stopfte sich ein Lachshäppchen in den Mund und merkte nicht, dass ihm die Dekoration in Form von Dill und Gurken auf die Hose fiel. Er schien noch immer hungrig zu sein, dabei hatte er, als alle nach draußen gestürzt waren, als Einziger daran gedacht, eine Bruschetta mitzunehmen. Angesichts der Beule im Lieferwagen und des Karosserieschadens am Auto der Sondermanns war er dann derart erschüttert gewesen, dass ihm das Olivenöl übers Kinn lief, ohne dass er es wegwischte.

Der Kofferraumdeckel war aufgesprungen und hatte den Blick auf zwei sehr ordentlich verstaute Reisetaschen freigegeben – und dazu auf ein längliches Bündel, das schräg darübergelegt worden war. Sorgfältig in ein Badetuch gewickelt, auf dem das AA für *Albergo Annina* prangte. Aber nicht sorgfältig genug. Der Aufprall hatte dafür gesorgt, dass etwas aus dem Badetuch herausschaute, was aussah wie ein hölzerner Sockel …

In diesem Moment war Barbarina aus dem Haus gestürzt. Sie war kurz vorher mit einem Tablett frischer Gläser aus der Küche in die Lobby gekommen, hatte verwundert festgestellt, dass sich dort niemand aufhielt, und dann gemerkt, was vor dem Haus geschehen war. Schreiend war sie hinausgelaufen, hatte sich auf Giorgio gestürzt, ihn von oben bis unten abgetastet und dabei unentwegt gefragt, wo es ihm wehtue. Da Giorgio ausgerechnet an diesem Tag beschlossen hatte, sich in der Kutte der Franziskaner in die Öffentlichkeit zu begeben, gab es einige Passanten, die sich sehr wunderten. Erst recht Signora Barbieri, die herbeigelaufen war, als sich herumsprach, dass es vor dem *Albergo Annina* einen Unfall gegeben hatte. Der Anblick ihrer Tochter, die sich in die Arme eines Laienbruders der Franziskaner schmiegte, setzte ihr derart zu, dass sie eine Erste-Hilfe-Maßnahme benötigte, noch ehe der hölzerne Sockel im Auto der Sondermanns näher in Augenschein genommen werden konnte. Mittlerweile hatte sie sich aber so weit wieder gefasst, dass sich der Rest ihrer angegriffenen Kondition mit Crostini und Rotwein aufpäppeln ließ. Zum Glück stellte sich nach dem dritten Glas heraus, dass die Überraschung, die ihre Tochter zu bieten hatte, auf eine Ahnung stieß, die schon länger in Signora Barbieri rumort hatte. So war ihre Reaktion auf den Kuss, den der Laienbruder ihrer Tochter schenkte, auch nur: »Was wird dein Vater dazu sagen?« Da allerdings wusste sie noch nicht, dass diese Überraschung nur der Auftakt zu einer ganz großen war, die sie sich noch nicht hatte ausmalen können.

Barbarina begann mit einem Mal zu weinen und schluchzte: »Ich bin einfach zu oft zu der heiligen Katharina gegangen. Aber ich wollte doch nur dafür sorgen, dass Giorgio meine Nachrichten bekommt. Niemals habe ich zu der Heiligen gebetet. Aber trotzdem …«

Sie vollendete den Satz nicht, doch es gab niemanden, der nicht wusste, wie er zu Ende gegangen wäre, wenn Barbarina mehr Mut aufgebracht hätte. Lediglich das Tempo, in dem die Erkenntnis sich durchsetzte, war unterschiedlich. Bei den anwesenden Frauen ging es erkennbar schneller als bei den Männern. Trotzdem war es Filippo, der es, trotz fehlender Erfahrung in solchen Dingen, als Erster aussprach: »Sie sind schwanger? Na, dann herzlichen Glückwunsch!«

Signora Barbieri sank in eine dekorative Ohnmacht und benötigte, als sie daraus geweckt worden war, ein weiteres Glas Rotwein, diesmal mit Eigelb verquirlt, um wieder zu Kräften zu kommen, während sich Giorgio die Kutte herunterriss und lieber in Boxershorts und Achselhemd dasitzen wollte als in der Tracht eines Franziskaners, der nicht an sein Vergnügen denken, sondern nur die Nächstenliebe im Sinn haben sollte. Giorgio wusste, dass er diesbezüglich komplett versagt hatte. Und er folgte Signora Barbieri wie jemand, der ans Kreuz geschlagen werden sollte. Natürlich von Barbarinas Vater, der garantiert nicht zimperlich mit ihm umgehen würde. Aber Bruder Giorgio war entschlossen, jede Strafe auf sich zu nehmen, wenn nur Barbarina weiterhin seine Hand hielt und ihm Mut zusprach.

Dann endlich fiel jemandem auf, dass die Sondermanns nicht mehr anwesend waren. Valentino war es, der sich umsah und den Vorschlag machte, die Geschädigten davon zu unterrichten, dass es mit der Heimreise an diesem Tag wohl nichts werden würde. »Es sei denn, sie nehmen den Zug oder das Flugzeug.«

Das war der Augenblick, in dem Giuseppe im Streifenwagen

vorfuhr, von Emilio alarmiert, und erst mal für jede Menge Verwirrung sorgte. Vor allem bei den Kolsky-Brüdern, die immer in Alarmbereitschaft gerieten, wenn sie einen Polizisten vor sich hatten. Ganz besonders dann, wenn sie es mit jemandem zu tun bekamen, der ihnen seinen Beruf vorenthalten hatte, dem also mit allergrößtem Misstrauen begegnet werden musste. Als Emilio sich neben Giuseppe stellte und seinen Dienstausweis hervorzog, sahen beide so aus, als suchten sie einen Fluchtweg.

Auch Gérard Depardieu geriet gewohnheitsgemäß in Rage, und es dauerte eine Weile, bis ihm einfiel, dass er ein reines Gewissen hatte und einem Commissario ohne Angst in die Augen blicken konnte. Er hatte sogar Verständnis dafür, dass Emilio im *Albergo Annina* gewohnt hatte, um ihn zu observieren. Lachend trommelte er auf seinem dicken Bauch herum. »Das muss ziemlich langweilig gewesen sein!«

Anna beobachtete, wie sich Valentino und Filippo entspannten, als sie hörten, dass Emilios Anwesenheit nicht ihnen gegolten hatte. Von diesem Moment an fühlte sie sich schlecht, sehr schlecht. Könnte sie doch jetzt mit Tante Rosi reden und sie um Rat bitten!

Emilio legte Wert darauf, den Wagen der Sondermanns allein zu untersuchen, und schickte alle Zuschauer ins Hotel zurück, während Giuseppe sich die Zimmernummer der Sondermanns geben ließ, um dort, wie er sagte, »nach dem Rechten zu sehen«. Dass er damit eine geplante Verhaftung umschrieb, war wohl nur Anna und Konrad klar, die sich mit einem kurzen Blick verständigten und Giuseppe unauffällig folgten. Konrad postierte sich ans Ende des Flures, eine Maßnahme, die Giuseppe augenscheinlich nicht gefiel, die er jedoch vor der Tür der Sondermanns nicht diskutieren wollte. Anna erhielt von ihm einen warnenden Blick, den sie aber ignorierte. Sie ging nicht zurück, sondern blieb an der geschlossenen Tür stehen, die Hand auf die Klinke gelegt. In Gedanken überschlug sie bereits die Kosten, die ihr entstehen würden, wenn Giuseppe die Tür aufbrechen musste. Ob der italienische Staat Regressansprüche von Unschuldigen erfüllte, denen er Kosten aufgebürdet hatte, weil er gezwungen war, ihr Eigentum zu schädigen? Anna hatte Zweifel, kam aber nicht mehr dazu, sich ihnen zu widmen. Denn Giuseppe hatte soeben den großartigen Einfall, die Tür nicht mit Gewalt, sondern mit dem Herunterdrücken der Klinke zu öffnen. Und siehe da – sie ging auf, das Zimmer war nicht verschlossen worden, womit eigentlich niemand gerechnet hatte.

Giuseppe war derart verblüfft, dass er vergaß, seine Waffe zu ziehen. Die hätte er wohl erst aus dem Holster geholt, wenn er gezwungen gewesen wäre, sich von der gegenüberliegenden Wand abzustoßen und, mit der Schulter voran, gegen die Tür anzurennen. Nun aber trat er in ein Zimmer, in dem keine Gefahr drohte. Anna drängte sich zusammen mit Konrad hinter ihm her und entspannte sich schon, bevor Giuseppe ins Badezimmer geblickt hatte. »Volato!«

Und sie wusste, was er meinte: Ausgeflogen! Die Sondermanns waren getürmt. »Ich fasse es nicht!«

Anna starrte Konrad an, der sich von Giuseppe zur Seite schieben ließ und aus dem Zimmer rannte, vermutlich, um Emilio zu verständigen.

Anna und Konrad blieben zurück. Sie sahen sich an, als wären sie ein Paar, das sich endlich aussprechen wollte, das entschlossen war, grausame Wahrheiten zu sagen, die eigentlich nie beim Namen genannt werden sollten.

»Verstehst du das?«, fragte Anna.

Konrad schüttelte so langsam den Kopf, dass es wirkte, als sähe er sich gründlich um. Dann öffnete er den Mund, um zu antworten, schloss ihn aber gleich wieder, weil ihm aufzugehen schien, dass er nicht wusste, was er sagen sollte.

Schade, dass Mama ihn nicht hatte sehen können. Die hätte sich gewundert. Dann hätte er ihr bewiesen, was sie bisher rundheraus geleugnet hatte: Er war schnell! Zwar hatte er nur mental auf die Tube gedrückt, aber immerhin. Die Jagd, das Hinterherrennen, Wegabschneiden und Mit-der-Waffe-Bedrohen hatte er natürlich den jungen Kollegen überlassen. Aber er war es gewesen, dem die Idee gekommen war – und das in bemerkenswertem Tempo –, die Bereitschaftspolizisten zum Bahnhof von Siena zu schicken. Und er hatte recht daran getan. Die Sondermanns hatten tatsächlich geglaubt, mit dem Zug das Land verlassen zu können, und sich eingebildet, dass sie hinter der Grenze sicherer wären.

Er hatte sie in der Questura empfangen, denn er war sogar schnell genug gewesen, vor ihnen im Büro zu sein und ihnen ruhig und gelassen, mit der genau richtigen Portion Vorwurf im Blick, entgegenzusehen.

Die Wirkung wurde nicht verfehlt. Ole Sondermann, der im ersten Augenblick noch so ausgesehen hatte, als wollte er sich über die Verhaftung beschweren, schrumpfte unter seinem Blick zusammen, und seine Frau versuchte nur ganz kurz, Emilio mit Tränen zu beeindrucken. Als er sie mit einer strengen Geste aufforderte, Platz zu nehmen, verlegte sie sich auf das, was normalerweise bei einem Italiener von Erfolg gekrönt war: auf das Leiden einer Mutter. Oder vielmehr: auf das einer werdenden Mutter. Oder noch richtiger: auf das Leiden einer unbedingt Mutter werden wollenden Frau. »Wir hatten vor, die Statue in unserem Garten aufzustellen. Dann hätte es sicherlich mit einem Baby geklappt. Wir hätten sie immer im Blick gehabt, hätten jeden Tag zu ihr beten können.«

»Im Garten aufstellen?« Emilio konnte es nicht fassen.

»Sie sieht ja sehr hübsch aus«, verteidigte Eileen Sondermann ihre Idee. »Und in Köln weiß doch keiner etwas von der Statue der heiligen Katharina von Siena.«

Die Rechtschaffenheit leuchtete auch jetzt noch aus ihrem Gesicht. Sie schien nicht glauben zu können, dass sie etwas falsch gemacht hatte. Aber vielleicht hatte sie sich auch eine grandiose Fassade zurechtgezimmert. So wie ihr Mann. Anna war auf die beiden hereingefallen, hatte sich von ihrem Missfallen kränken und von der Kleinigkeitskrämerei ängstigen lassen. Sie wirkten ja auch so solide, die beiden Sondermanns. Unauffällig gekleidet, mit schlichten Frisuren und vernünftigen Accessoires. Alles so, wie es sich für anständige Leute gehörte! Kein schmückendes Beiwerk, das nur Geld kostete und keinen Mehrwert besaß.

Sie brachten es in ihrer Situation sogar fertig, sich darüber zu beklagen, dass Emilio im *Albergo Annina* gewohnt hatte, ohne zu verraten, dass er Polizist war.

»Das ist unerhört! So was muss man doch wissen!«

»Damit man beim Diebstahl nicht erwischt wird?«

»Diebstahl«, wiederholte Ole Sondermann verächtlich und zog die Mundwinkel herab. »So eine Figur in der Kirche gehört doch allen.«

Emilio betrachtete ihn kopfschüttelnd. »Das ist sogar schwerer Diebstahl. Kunstraub! Wissen Sie eigentlich, wie wertvoll diese Statue ist?«

Ole Sondermann hatte sein Selbstbewusstsein längst zurückerlangt. »Das kann ich mir kaum vorstellen. Die stand ja herum, ohne gesichert zu sein. Wie ein Gebetbuch. Davon lassen die Leute auch gern eins mitgehen, ohne dass es jemanden kümmert.«

Emilio sprang auf, nahm seine Lederjacke vom Haken und sperrte sie im Schrank ein. »Besser, ich passe auf mein Hab und Gut auf, solange Sie in der Nähe sind. Wenn Sie meinen, man könnte sich an allem vergreifen, was nicht gut gesichert ist …«

Eileen Sondermann unterbrach ihn empört. »Wir bestehlen doch niemanden, den wir kennen! Was denken Sie sich!«

»Ach so! Aber bei der Kirche kommt es nicht so drauf an?«

»Bei den Kirchensteuern, die wir zahlen!«

Emilio rieb sich die Fingerknöchel, als hätte er das getan, wozu er Lust gehabt hätte: Ole Sondermann mit einem Kinnhaken zu Boden schicken.

Zum Glück wurde ihm die außerordentliche Genugtuung zuteil, die Sondermanns inhaftieren zu lassen, womit sie merkwürdigerweise überhaupt nicht gerechnet hatten. Beide zeterten, als hätten sie ihr Todesurteil bekommen, schrien nach dem deutschen Konsul und gebärdeten sich wie harmlose Touristen, denen ein Lapsus unterlaufen war, weil sie dummerweise mit den Gepflogenheiten des Gastlandes nicht vertraut gewesen waren.

Aber sie hatten bei der Schilderung des Diebstahls klar zu erkennen gegeben, welche kriminelle Energie hinter der biederen Fassade steckte. Wahrscheinlich, ohne es selbst zu ahnen.

Der Entschluss, die Statue der heiligen Katharina zwischen ihre heimischen Rhododendronbüsche zu stellen, war ihnen spontan gekommen. »Nicht, dass Sie glauben, wir wären deswegen nach Siena gereist!«

Ole Sondermann hatte sich eine Stahlschere besorgt, und der Rest war ganz einfach gewesen. In dem gestohlenen Kinderwagen hatten sie die Figur aus der Kirche befördert und dann im Kofferraum ihres Autos untergebracht.

Aber dann war dieser dumme Unfall passiert. »Der Wagen musste in die Werkstatt, wir waren gezwungen, die Statue in unserem Zimmer zu verstecken. Mein Mann wollte sie mir durchs Fenster reichen. Wir konnten sie ja schlecht durch die Lobby tragen.« Eileen Sondermann verfiel schon wieder in den klagenden Tonfall, den sie Anna gegenüber an den Tag gelegt hatte, wenn sie sich über etwas beschwerte. »Und dann war die Rezeption nicht besetzt! Typisch! Wir konnten nicht ins Zimmer und mussten die Statue im Garten zwischen den Büschen verstecken.« Ihr Mund wurde spitz, ihre Stimme dünn und schrill. »Ich habe zu Frau Wilders gesagt, so geht das nicht, habe ich gesagt …«

Das wollte Emilio sich nicht anhören. »Dabei sind Sie überrascht worden?«

»Diese Hotelbesitzerin ist wirklich unmöglich! Lässt sich im Badezimmer einschließen, klettert durchs Fenster, steht am Ende oben ohne da …«

Emilio konnte sich genau an den Moment erinnern, in dem sich Annas Brust in seine Hand geschmiegt hatte. Leider war er in jenem Moment unfähig gewesen, diesen wunderbaren Augenblick zu genießen.

»Wir mussten warten, bis wir unseren Zimmerschlüssel endlich bekommen und die Statue ins Zimmer tragen konnten. Nachts natürlich, als alle schliefen.«

»Es waren noch einige Zettel in der Statue?«, fragte Emilio und ergänzte, als Eileen Sondermann ihn verständnislos anstarrte: »Auf dem Rücken gibt es einen tiefen Spalt. Dort stecken die Frauen mit dem unerfüllten Kinderwunsch die Zettel hinein, auf denen sie ihren Wunsch formuliert haben.«

»Ach so! Nein, die Statue war leer.«

Ein Zettel musste noch dort gesteckt haben, dachte Emilio. Und er war zu Boden geflattert, als die Sondermanns die Statue in ihr Zimmer getragen hatten, das direkt neben dem von Filippo Kolsky lag…

Als er sich auf den Weg zu Anna machte, war er hochzufrieden. Der Diebstahl der Statue war geklärt, die heilige Katharina vermutlich schon in die Basilica zurückgebracht worden, dafür hatte Giuseppe sorgen wollen. Und was das Wichtigste war: Annas Brüder waren unschuldig. Ein wunderbarer Gedanke! Wenn Emilio an Annas Glück dachte, wurde ihm warm ums Herz.

Sein Auto ließ er dennoch stehen, weil er wusste, dass er noch immer zu wütend war, um am Straßenverkehr teilzunehmen. So, wie er sich fühlte, hätte er jedem die Vorfahrt genommen, der so aussah wie Ole Sondermann, eine Frau vom Zebrastreifen gehupt, die ihn an Eileen Sondermann erinnerte, und Paare vorsätzlich durch Übertreten der Höchstgeschwindigkeit gefährdet, wenn sie so selbstgerecht aussahen wie die Sondermanns. Er musste darüber nachdenken, was er tun würde, wenn er im *Albergo Annina* angekommen war, und sich überlegen, was ihn dort erwartete. Dazu war der Fußweg von der Questura zur Via Valdambrino lang genug. Ob Anna ihn küssen würde, wenn sie hörte, dass die Sondermanns überführt und in Haft waren?

Anna war froh, als die *Gang* sich entschloss, den Rest ihres Alkoholbedarfs woanders zu decken. Die Einweihungsfeier war vorbei und leider nicht nach dem Geschmack der *Gang* verlaufen. Die Häppchen waren zu klein gewesen, es war zu selten nachgeschenkt worden, und ihnen hatte Musik gefehlt.

»Es war auch gar nicht richtig feierlich«, maulte Lucy Trump.

Die Rede des Bürgermeisters war ihr zu kurz, der Segen des Prälaten, als dieser sich endlich dazu in der Lage sah, zu lang und ihrer Meinung nach sogar überflüssig gewesen, die anderen Gäste hatten nur rumgestanden und langweilige Unterhaltungen geführt. Keiner hatte sich auffordern lassen, mit ihr zusammen »Und die Hände zum Himmel« zu singen und dabei fröhlich zu sein. Clara Morbé monierte dagegen, dass die Bürgermeistergattin ihren Nerzmantel nicht abgelegt hatte. In Anna kam der Verdacht auf, dass sie die Gelegenheit genutzt hätte, ihre langen Finger nach ihm auszustrecken, wie vor Tagen nach Ole Sondermanns Geldbörse. Die drei Reiseveranstalter waren wenigstens gesellig gewesen, fand Silas Casper, der mit einem von ihnen kräftig geflirtet hatte. Dieser Umstand hatte die volle Aufmerksamkeit von Moritz Wallweber gefesselt, sodass er vergaß, den Prälaten anzugehen, der sich geweigert hatte, ihn zu trauen. Silas hatte ihn angefleht, auf diese Peinlichkeit zu verzichten, weil er sicher war, dass der Prälat seinem Liebsten rhetorisch überlegen sein würde, der vermutlich nicht mehr als »Ey, du Spießer!« herausgebracht oder ihm vorgeworfen hätte, dass er sich seinen Fettwanst auf Kosten der Gläubigen vollschlug, für die er dann keinen Finger krümmte.

Anna war sehr dankbar, dass Silas Casper seinem Verlobten eine solche Diskussion ausgeredet hatte. Leider hatte aber einer der Pressevertreter etwas davon mitbekommen und sich eifrig Notizen gemacht. Auch die Fotos, die er anschließend schoss, gefielen Anna nicht. Ihr schönes Hotel hatte das Motiv sein sollen und nicht das Dekolleté von Clara Morbé und der kurze Rock von Lucy Trump.

Die *Gang* hatte sich also so unmöglich benommen, wie das zu erwarten gewesen war, aber zum Glück auf alle Fragen der Journalisten und der Reiseveranstalter geantwortet, was Anna erhofft hatte.

»Das Hotel ist bombe!«

»Echt geil hier!«

»Merveilleux!«

Die *Gang* war dann noch sitzen geblieben, bis die offiziellen Gäste das Haus verlassen hatten. Erst als Anna keine Sektflasche mehr öffnete, waren sie gemeinsam losgezogen, um woanders weiterzutrinken. Valentino schloss sich ihnen an, Filippo dagegen wehrte ab und behauptete, er brauche Ruhe. Oder blieb er, weil auch Janina Spicker noch keine Anstalten machte, sich zu erheben? Sie ließ sich von Anna noch einmal erzählen, was es mit der Statue auf sich hatte und warum sie im Auto der Sondermanns gefunden worden war.

»Miese Typen«, sagte Filippo und raunte seiner Schwester zu: »Stell dir vor, Tino und ich wären womöglich in Verdacht geraten. Man kennt das ja: Wer Vorstrafen hat, ist immer dran.«

Anna antwortete nicht, sondern fasste Janina Spicker ins Auge. Diese Gelegenheit war günstig. Nur Konrad war noch da, der gerade leere Gläser in die Küche trug, und Henrieke, die saubere Teller in den Frühstücksraum brachte.

»Es wird Zeit, Frau Spicker, dass Sie mir verraten, woher Sie meine Familie kennen. Ich kann mich noch immer nicht an Ihre Mutter erinnern. Wollen Sie mir nicht endlich mehr erzählen?«

Janina lächelte sanft, strich ihre blonden Haare glatt, zupfte den Saum ihres Minirocks zurecht und warf einen kurzen Blick in Filippos misstrauische Augen. »Als Mama starb«, begann sie,

»hat sie mir endlich verraten, wer mein Vater ist. Vorher hat sie ein Geheimnis um seinen Namen gemacht. Nun meinte sie, ich könnte versuchen, ihn kennenzulernen. Zwar hat sie mir davon abgeraten, weil er ein notorischer Krimineller ist, der mich sicherlich enttäuschen würde, aber sie hat mir die Wahl gelassen. Und als die Beerdigung vorbei war, habe ich angefangen, Erkundigungen einzuziehen. So lange, bis ich wusste, wo ich meinen Vater finden kann. Ich hatte seine Adresse.« Bis zu diesem Augenblick hatte sie in ihren Schoß, in ihre Hände und an die Wand gesprochen. Jetzt richtete sie den Blick auf Anna. »Ich bin hingefahren, aber es öffnete niemand. Von einer Nachbarin erfuhr ich, dass er verreist ist. Sie wusste sogar, wo er absteigen wollte. In dem Hotel seiner Schwester in Siena.« Nun endlich richtete sie ihr Augenmerk auf Filippo, dessen Blick gleichermaßen wachsam wie fassungslos geworden war. »Aber kaum war ich angekommen, hörte ich von dem Diebstahl der Statue. Mir war klar, wer sie gestohlen haben musste. Ich wollte morgen abreisen, ohne mich zu erkennen zu geben. Wer will schon einen Vater haben, der wieder straffällig wird, kaum dass er aus dem Knast heraus ist? Aber verraten wollte ich ihn natürlich auch nicht …«

Die Erkenntnis war in Anna ganz langsam entstanden. Keine Stichflamme, die in die Höhe schoss, sondern ein Funke, der sich nach und nach entzündete, ein kleines Feuer, das sich nun ausbreitete. So erging es augenscheinlich auch Filippo. Er verstand nicht sofort, sondern setzte eine Einsicht mit der nächsten zusammen, bis sich allmählich ein ganzes Bild ergab. Dass er verstand, zeichnete sich nun endlich auf seinem Gesicht ab. Leider war dort aber auch zu lesen, dass er keine Ahnung hatte, wer Janinas Mutter war. In der Zeit, die er in Freiheit verbracht hatte, war es ihm wohl darauf angekommen, jede Gelegenheit zu nutzen.

Janina merkte es auch. »Carola«, sagte sie leise. »Carola Fabrick.«

Anna atmete erleichtert auf, als das Licht des Verstehens Filippos Züge erhellte. »Valentinos Bewährungshelferin?«

»Mein Vater war schon wieder in Haft, als ich geboren wurde.« Janina Spicker schien sich noch nicht überwinden zu können, ihren Vater direkt anzusprechen. »Mama hat sich dann wohl gesagt, dass es nicht gut ist, wenn ein Kind einen Vater hat, der im Gefängnis sitzt.«

Anna dachte an ihren eigenen Vater und kam zu der Ansicht, dass Carola Fabrick sich geirrt hatte. Ein Kind konnte auch einen Vater lieben, der hinter Gittern saß. Vorausgesetzt, es konnte ihn aus einer stabilen Lebenssituation heraus lieben, aus einer Geborgenheit heraus, die Sicherheit bot, mit der Gewissheit, ohne Sehnsucht auskommen zu können.

Janina erhob sich und machte einen Schritt auf Filippo zu. »Ich weiß wirklich nicht, wie du auf die Idee kommen konntest, ich wollte mich mit dir im Garten der Basilica treffen. Aber Mama hat gesagt, dass du immer größenwahnsinnig warst, wenn es um Frauen geht. Angeblich hast du sogar mal versucht, die Richterin anzumachen, die dich in den Knast geschickt hat.«

Hinter der Stadtmauer bereute er, zu Fuß gegangen zu sein. In dem Gewimmel auf der großen Kreuzung gehörte man als Fußgänger zu den Schwächsten. Hier musste man am Steuer eines hochmotorisierten Autos sitzen, um zu seinem Recht zu kommen, dem Recht des Stärkeren und dem mit der lautesten Hupe.

Er sah zu der Basilica hoch, als er auf einen Gehweg gestoßen war, auf dem er sich einigermaßen sicher fühlte. Der Guardian würde sicherlich die Untersuchung der Statue in Auftrag geben, damit sich herausstellte, wie kostbar sie wirklich war. Andererseits … nun, da man wusste, dass dem Dieb nicht am Wert der Statue gelegen gewesen war, dass die Sondermanns überhaupt keine Ahnung hatten, wie kostbar die heilige Katharina war, musste man sich nicht unbedingt weitere Gedanken machen. Es war zumindest keine Eile geboten und würde vielleicht von einer Woche auf die nächste verschoben werden, bis irgendjemand zu der Ansicht gekommen war, dass die finanziellen Mittel für eine solche Untersuchung sowieso nicht ausreichten. In der Zeitung würde es eine entsprechende Notiz geben, die andere potenzielle Diebe davon abhielt, noch einmal die Finger nach der Statue auszustrecken. Basta! Ein wertloses Stück, so würde es in der Zeitung stehen, kostbar nur für die Frauen, die sich von der Heiligen ihren größten Wunsch erfüllen lassen wollten. Danach würde die hölzerne Figur für den Kunstmarkt ohne Bedeutung sein, wo es vielleicht jetzt noch Leute gab, die sich Gedanken über die Statue machten. Es würde vermutlich unklar bleiben, ob sie von Cozzarelli gestaltet worden war, von einem seiner Schüler oder von irgendeinem Schnitzer, der aus einem Stück Holz mit einem tiefen Riss, das sonst zu nichts zu gebrauchen war, etwas machen wollte.

Als das *Albergo Annina* in Sicht kam, verspürte er Spannung und Vorfreude. Er stellte sich vor, wie er auf Anna zugehen würde, wie er ihr eröffnen würde, dass nun alles gut war. Die wirklichen Täter gefasst, ihre Brüder unschuldig. Die missglückte Einweihungsfeier… darüber würde sie hinwegkommen. Er würde sie davon überzeugen, dass sie sogar Glück gehabt hatte, dass über diese Feier in Siena mehr geredet werden würde als über jede andere. Dann wäre das *Albergo Annina* fortan das Hotel, in dem interessante Sachen passieren, in dem der Gerechtigkeit zum Sieg verholfen wird, das eine Besitzerin hat, die sich etwas traut. Dann allerdings wäre es besser, wenn Konrad nicht dabei war, wenn er zu Anna kam, und ihre Tochter auch nicht. Die Brüder würden ebenfalls nur stören, wenn er versuchen wollte, seinen Ermittlungserfolg in direkten Bezug zu seinen Gefühlen zu setzen. Ob ihm das überhaupt gelingen würde? Er brauchte sich nur vorzustellen, wie seine Mutter reagieren würde, wenn sie seine Gedanken lesen könnte. Sie würde ihm raten, die Bastion zu stürmen, statt sich ihr mit schönen Worten und Eigenlob vorsichtig zu nähern. Aber das war nun mal nicht sein Ding. Nicht bei Anna! Je länger er darüber nachdachte, desto sicherer wurde er, dass er Ruhe brauchte. Es würde wichtig sein, erst zu ihr zu gehen, wenn Anna allein war. Am Abend also. Noch besser war es vielleicht, wenn er sich erst mal unauffällig in sein Zimmer zurückzog und dort abwartete, was geschah. Und dann den richtigen Moment abpassen! Wenn Anna allein auf der Terrasse saß, wenn Konrad nach Hause zurückgekehrt war, wenn Henrieke irgendeiner Beschäftigung nachging oder – noch besser! – einen Spaziergang machte, wenn die Hotelgäste beschäftigt oder – noch besser! – abgereist waren, wenn die *Gang* die Bars von Siena unsicher machte, wenn sich Annas Brüder ihnen angeschlossen hatten und so bald nicht ins Hotel zurückkehren würden …

Vielleicht war es besser, sich erst mal Mut anzutrinken. Wenn das *Lampada Rossa* geöffnet hatte, würde er mit einem guten Rotwein dafür sorgen, dass der Rest des Tages nicht mehr so wichtig war. Das Wetter war schön, der Himmel wolkenlos, die Sonne hatte noch Kraft. Es war möglich, dass Ricardo seinen Biergarten eröffnet hatte. Touristen saßen gern in der Sonne, viel lieber als die Italiener, die sich vor ihr schützten, und Touristen, die eine Besichtigung der Sehenswürdigkeiten Sienas hinter sich hatten, suchten noch mehr die Sonne und die Wärme.

Er ging am *Albergo Annina* vorbei, wechselte auf die andere Straßenseite und machte einen langen Hals. Die Eingangstür stand offen wie immer, aber dahinter war es ruhig. Ob er doch besser die Lobby betrat und nach Anna fragte? Aber wenn sie nicht allein war, wenn sie zu tun hatte, dann würde aus dem, was er ihr sagen wollte, etwas Beiläufiges, womöglich oft unterbrochen und am Ende durch flüchtige Bemerkungen kraftlos geworden. Nein, der Fußweg hatte nicht ausgereicht, um sich alles zu überlegen. Er musste genau planen, wie er vorgehen wollte.

Schon bevor er das *Lampada Rossa* erreichte, hörte er Gesang. Nein, kein Gesang. Was ihm zu Ohren kam, war eher ein hässliches Grölen, das zufällig der Melodie von »So ein Tag, so wunderschön wie heute« folgte. Die *Gang!* Wenn die im Biergarten saß und feierte, musste er unbedingt in Erfahrung bringen, was dort begossen wurde. Die Ehrlichkeit der Kolsky-Brüder? Der Sieg der Liebe über die strengen Gesetze der Kirche und eines Franziskanerordens? Oder ging es nur um Schadenfreude? Wurde über Diebe gelacht, die sich erwischen ließen, über eine Familie, die ihren Zusammenhalt verloren hatte, oder einfach nur darüber, dass die Sonne schien, man sich wohlfühlte und alles andere egal war? Wäre Anna dabei gewesen, hätte Emilio sich vorstellen können, dass ihnen nichts Besseres eingefallen war, als mit dieser Art von Heiterkeit den Kummer zu besiegen, und sie ihr Bestes taten, Anna daran zu beteiligen. Aber sie war nicht zu sehen. Als Emilio näher herangekommen war, konnte er nur die Trumps, Silas Casper und seinen Verlobten, Clara Morbé, Gérard Depardieu und Valentino Kolsky erkennen. Anna fehlte und Filippo auch.

Dustin und Lucy Trump setzten gerade das Schunkeln in Gang, das nur im Karneval als Ausdruck rheinischen Frohsinns seine Berechtigung hatte, zu anderen Zeiten und an anderen Orten lediglich bewies, dass die Schunkelnden entweder besonders geistesarm oder schon ziemlich betrunken waren. In diesem Fall mochte beides zutreffen. Clara Morbé ließ immerhin erkennen, dass ihr die Schunkelei nicht besonders gut gefiel, sie beteiligte sich mit schiefem Grinsen, als wäre ihr etwas derart Volkstümliches viel zu simpel. Valentino sah aus, als hätte er von der Sitte des Schunkelns noch nie was gehört, und bewegte sich vorsichtig hin und her, ohne auf den Rhythmus zu achten, Moritz Wallweber und Silas Casper dagegen griffen beherzt in die angewinkelten Arme der neben ihnen Sitzenden, nur Gérard Depardieu verweigerte das Mitsingen und -schunkeln. Seit er ein unschuldiger Mann war, tat er nur noch das, was ihm gefiel. Und dazu gehörte auf keinen Fall das, was allen anderen gefiel. Aber er lachte und folgte dem Schunkeln mit der Schaukelei seiner fetten Schenkel. Ricardo schien entschlossen, es einfach nicht zur Kenntnis zu nehmen. Er servierte den Wein und das Bier und schaffte es sogar, die Ohren auf Durchzug zu stellen, als Dustin Trump seinen berühmten Verwandten erwähnte, der angeblich ein Fan der Loreley war.

Valentino machte der Schunkelei zum Glück bald ein Ende und gab mit einer energischen Handbewegung zu verstehen, dass er etwas sagen wollte. Tatsächlich hörte nicht nur das Schunkeln, sondern auch der grölende Gesang auf, was Ricardo mit großer Dankbarkeit registrierte.

Er entdeckte Emilio, der noch zögernd am Gartenzaun stand, und kam zu ihm. »Entra, amico! Komm rein! Diese Typen sind schon so betrunken, dass sie nicht mehr lange durchhalten werden. Ich gebe dir ein ruhiges Plätzchen.«

Im großen Bogen schleuste er Emilio an der *Gang* vorbei, von denen ihn keiner zur Kenntnis nahm. Das lag vor allem daran, dass Valentino seine Brieftasche gezückt hatte und ihr einen dicken Packen größerer Geldscheine entnahm. »Wie versprochen!«, sagte er. Alle weiteren Worte waren so leise, dass Emilio sie nicht verstehen konnte.

Er setzte sich an einen kleinen Tisch unter einem Sonnenschirm und nahm die Menükarte hoch, damit er sich notfalls hinter ihr verstecken konnte. Aber diese Vorsichtsmaßnahme erwies sich als überflüssig. Die *Gang* hing an Valentinos Lippen und sah weder nach rechts noch nach links. Einer nach dem anderen streckte die Hand aus und ließ sich von Valentino unauffällig mehrere Geldscheine geben, die allesamt hastig in den Jackentaschen verschwanden.

»Leicht verdientes Geld«, hörte Emilio jemanden sagen. Es war wohl Dustin Trump gewesen, denn die Stimme ergänzte, dass Donald für so was mehr verlangt hätte.

»Was ist mit Filippo?« Diese Frage von Gérard Depardieu konnte Emilio gut verstehen.

Und auch Valentinos Antwort konnte er sich zumindest zusammenreimen. »Ich übernehme die Auszahlung für ihn.« Und damit erhielt auch Gérard Depardieu einen Batzen Geld, den er zufrieden in die Innentasche seines Jacketts steckte.

Danach ging es mit der Schunkelei und mit dem Absingen sämtlicher Schlager aus dem rheinischen Karneval weiter. Emilio stürzte seinen Wein herunter, legte das Geld passend auf den Tisch und gab Ricardo mit einem Wink zu verstehen, dass er später wiederkommen würde, wenn in dem Biergarten wieder Ruhe herrschte.

Er rief Giuseppe an, kaum dass er das *Lampada Rossa* verlassen hatte. »Ich brauche Informationen«, sagte er ohne lange Vorrede, »von folgenden Personen: Clara Morbé, Dustin und Lucy Trump, Silas Casper und Moritz Wallweber und … nein, Franz Lüpke kennen wir ja. Ob die Namen echt sind oder ob es sich um Decknamen handelt, weiß ich allerdings nicht.«

Er ging die Straße weiter, verzichtete darauf, die Via Lorenzetti zu nehmen, die abwärts auf die Via Valdambrino führte, an der das *Albergo Annina* lag, und ließ sich auf dem schattigen Bocciaplatz neben Konrads Haus nieder. Zurzeit spielte dort niemand, es war ruhig, kein Mensch zu sehen. Nur gelegentlich fuhr in das flache Parkhaus auf der anderen Straßenseite ein Auto oder kam heraus. Ansonsten war es still.

Es dauerte nicht lange, bis Giuseppe zurückrief. Er lachte, als er sagte: »Wie sind Sie an diese Namen gekommen? Wenn ich die Jahre addiere, die diese Herrschaften schon im Knast verbracht haben, komme ich auf eine dreistellige Zahl.« Emilio antwortete nicht, er ließ Giuseppe weitersprechen. »Clara Morbé gilt unter ihresgleichen als die Königin der Taschendiebe. ›La Reine‹ wird sie von anderen Kleinkriminellen genannt, weil sie wohl ein Faible für alles Französische hat. Dustin und Lucy Trump haben eine Vorstrafenliste von hier bis Rom. Da ist alles dabei, was Sie sich vorstellen können: Trickbetrug, Ladendiebstahl, Tankstellenüberfälle, Juwelenraub, meist gemeinschaftlich begangen. Silas Casper hat lange eingesessen wegen Totschlags, nachdem er sich auf seine Art gegen Diskriminierung von Homosexualität gewehrt hatte. Moritz Wallweber ist noch nicht lange auf freiem Fuß. Er hat acht Jahre abgesessen wegen Beteiligung an einem Banküberfall, bei dem ein Kassierer ums Leben kam.«

Emilio schwieg eine Weile. Giuseppe war zwar daran gewöhnt, hielt es aber nicht lange aus. »Sind Sie noch dran?«

»Ja.« Mehr brachte Emilio nicht heraus.

»Warum wollten Sie das alles wissen?«

»Ach, das war … mehr privat.«

Giuseppe wurde zornig. »Haben wir nichts Wichtigeres zu tun? Nur weil der Raub der heiligen Katharina aufgeklärt ist, müssen Sie mich nicht mit Banalitäten von der Arbeit abhalten.«

»Scusi.«

Giuseppe ließ sich so schnell nicht abfertigen. »Sie können mir doch nicht erzählen, dass Sie ein privates Interesse an solchen Ganoven haben.« Er redete weiter, so schnell, dass Emilio ihn nicht verstand, erging sich in Vermutungen, die Emilio nicht erreichten, stieß Verwünschungen aus, von denen Emilio nicht annahm, dass sie ihm galten. »Accidenti! Wollen Sie mich auf den Arm nehmen?«

Emilio antwortete abrupt: »Schauen Sie mal nach, ob diese Leute Kontakt zu Valentino und Filippo Kolsky hatten. Vielleicht haben sie zusammen im selben Knast gesessen? Oder Straftaten gemeinsam begangen? Oder …«

»Schon wieder private Ermittlungen?« Giuseppe ließ keinen Zweifel daran, dass er sich weigern wollte, Emilios Auftrag zu erfüllen.

»Ich kann das auch selbst erledigen«, lenkte Emilio ein. »Gleich komme ich in die Questura.«

Aber Giuseppe wehrte ärgerlich ab. »War ja nicht so gemeint. Natürlich mache ich das. Dass es sich um die Brüder von Anna Wilders handelt, ist sicherlich reiner Zufall?«

Während er auf Giuseppes Rückruf wartete, blieb er sitzen, ohne sich zu rühren. Er hatte noch eine Stunde später das rechte Bein über das linke geschlagen, den rechten Arm auf der Rückenlehne der Bank liegen und die linke Hand auf der Sitzfläche. Nur die Augen waren ihm gelegentlich zugefallen, aber es war ihm gelungen, sie immer wieder aufzureißen, bevor er einschlief.

Als er Schritte hörte, war ihm dennoch, als würde er aus einem Traum geholt. Er hoffte, die Schritte würden vorübergehen, aber sein Wunsch wurde nicht erfüllt.

Konrad setzte sich neben ihn auf die Bank. »Was machst du denn hier?«

Bevor Emilio antworten konnte, kam der Anruf von Giuseppe. »So schnell?«

»Das war leicht!« Giuseppes Stimme überschlug sich vor Eifer. Emilio hatte Mühe, ihn zu verstehen, da jedes Wort ein vorheriges Wort verschluckte, viele Sätze zu keinem Ende fanden und sämtliche Wortendungen wegfielen. Am Ende wusste Emilio aber, dass Dustin Trump mit Valentino Kolsky in Fuhlsbüttel eingesessen hatte, dass er mit Silas Casper in der Justizvollzugsanstalt Aachen sogar die Zelle geteilt und dessen Verlobten Moritz Wallweber beim Hofgang im Gefängnis Bochum-Langendreer kennengelernt hatte. Clara Morbé war einmal die Freundin eines lang gesuchten Trickdiebes gewesen, der am selben Tag und zur selben Stunde aus dem Gefängnis Neumünster entlassen wurde wie Valentino. Vermutlich hatte Clara Morbé ihren Freund abgeholt, der schon vier Wochen später erneut festgenommen wurde, und bei dieser Gelegenheit Valentino kennengelernt. »Und Franz Lüpke«, ergänzte Giuseppe, »wurde Filippo Kolsky ein guter Freund. Die beiden haben zusammen in Mannheim gesessen.«

Konrad hatte viel von dem Telefonat mitbekommen, weil Giuseppe nicht nur sehr schnell, sondern auch sehr laut redete, die Telefonverbindung sehr gut und die Umgebung ruhig war. »Was hat der von Annas Gästen erzählt?«

Emilio fiel es schwer, die Sache beim Namen zu nennen. »Du weißt doch«, wich er aus, »wie wichtig es Anna war, ein ausgebuchtes Haus zu haben.«

Konrad starrte ihn an, dann breitete sich eine Erkenntnis auf seinem Gesicht aus. Es dauerte eine Weile, bis Konrad etwas entgegnete, während dieser Zeit dachte Emilio an Signora Pasucci und hoffte inständig, Anna würde niemals herausbekommen, dass sie von seiner Mutter rekrutiert worden war. Ebenso, wie sie niemals erfahren durfte, was ihre Brüder für sie getan hatten.

»Das sollte ihr besser nicht zu Ohren kommen«, sagte Konrad in diesem Moment.

Sie erhoben sich und machten steifbeinig ein paar Schritte. Als sie das Paar sahen, das die Via Lorenzetti heraufkam, blieben sie stehen.

»Das gibt's doch nicht«, stöhnte Konrad.

Filippo Kolsky ging dynamischen Schrittes die bergan führende Straße hoch, neben ihm Janina Spicker, die lachend den Kopf zurückwarf, ihre Haare im Wind flattern ließ und sich kurz an Filippos Seite schmiegte.

»Dieser alte Sack!«

»Und so eine schöne junge Frau«, ergänzte Emilio.

»Wie macht er das bloß?«

Darauf konnte Emilio keine Antwort geben.

Am nächsten Morgen lief Anna schon zum Kiosk, ehe die ersten Gäste zum Frühstück erschienen.

Der Zeitungsverkäufer lachte. »Ich habe mit Ihnen gerechnet. Der Artikel über das *Albergo Annina* ist nicht zu übersehen.«

Nur unter Aufbietung ihrer ganzen mentalen Kraft schaffte sie es, die Zeitung zusammengefaltet unter dem Arm nach Hause zu tragen und dabei ein gleichmütiges Gesicht zu ziehen. Doch weiter als bis zur Rezeption kam sie nicht. Donald Trump auf der Titelseite schenkte sie keinen Blick, den Wirtschaftsteil überblätterte sie ebenfalls, aber dann, im lokalen Teil der Stadt Siena: ein Bild ihres Hotels! Leider jedoch auch eines von Clara Morbés Dekolleté und von Lucy Trumps Minirock, aber das war nicht schlimm. Erst recht nicht, als Anna die Artikelüberschrift las: »Das neue Hotel von Siena ist bereits ausgebucht!« Einen

»Geheimtipp« nannte der Schreiber es, ein Haus für Individualreisende, die keine Nullachtfünfzehn-Zimmer bewohnen wollten, sondern ein inhabergeführtes Haus zu schätzen wussten, in dem man auf die Gäste einging. Der Reporter hatte während der Einweihungsfeier angeblich mit vielen gesprochen, und alle waren sie voll des Lobes gewesen. Die Tatsache, dass alle Gäste, die zurzeit im *Albergo Annina* logierten, zur Einweihungsfeier eingeladen waren, war als besondere Liebenswürdigkeit aufgefasst worden und galt als Beweis für das Persönliche, das dieses Haus von den großen Hotels unterschied. Graziella, die aus einer alteingesessenen Familie stammte, hatte bestätigt, dass es kein unbewohntes Zimmer gebe, seit das Hotel eröffnet habe. Sehr außergewöhnlich zu dieser Jahreszeit!

Dann war zwar leider nur noch von dem Paar die Rede, das den Aufenthalt im *Albergo Annina* dazu genutzt hatte, die Basilica um ein Kunstwerk zu bringen, aber das war nichts, was der Hotelbesitzerin angelastet werden konnte. Das betonte der Reporter ausdrücklich und gleich mehrmals hintereinander.

Konrad glaubte sogar, als er mit der Zeitung in der Hand bei Anna erschien, dass dieser pikante Umstand dazu geführt habe, dass viel mehr Leute diesen Artikel lesen würden. »Du hast es geschafft!«, sagte er und zog Anna in seine Arme, was sie sich ausnahmsweise gefallen ließ, ohne sich ihm so schnell wie möglich wieder zu entwinden.

»Ausgebucht!« Dieses Wort konnte Anna gar nicht häufig genug wiederholen.

Und zum ersten Mal kam auch Henrieke zu der Ansicht, dass ihrer Mutter etwas Großartiges gelungen war. Wenn sie diesen schönen Satz auch mit der Warnung ergänzte: »Aber du wirst nicht jünger, Mama.«

Anna schluckte eine Entgegnung herunter, denn Emilio kam in diesem Augenblick aus seinem Zimmer, den Koffer in der Hand. »Ich muss leider auschecken.«

Das verschob er allerdings um ein Stündchen, weil er sich

selbstverständlich mit Anna zusammen über den positiven Artikel in der Zeitung freuen musste. So was dauerte. Und sie wollte ihn auf keinen Fall so beiläufig abfertigen wie am Abend zuvor. Er hatte nicht die Aufmerksamkeit bekommen, die er verdient und die er sich augenscheinlich erhofft hatte. Konrad hatte sich nicht abwimmeln lassen, Henrieke auch nicht, und schließlich war auch Levi erschienen, als wollte er verhindern, dass sein Vater noch einmal im Hotel übernachtete, weil er den Heimweg nicht fand. Die *Gang* kehrte zurück, machte in der Lobby so viel Krach, dass Anna einschreiten musste. Ihre Brüder vervollständigten die Runde in ihrer Küche, weil sie sich gern lang und breit über die schrecklichen Sondermanns aufregen wollten, was in Gesellschaft ja viel angenehmer war. Emilios Schilderung der Vernehmung hatte dadurch nicht besonders viel Aufmerksamkeit bekommen. Er war immer wieder unterbrochen worden und hatte es schließlich aufgegeben, die Borniertheit der Sondermanns in allen Einzelheiten zu schildern. Nur ihr Entsetzen, als sie in ihre Zellen geführt wurden, durfte er mehrmals wiederholen und hatte jedes Mal große Freude und viel Beifall geerntet. Danach war er schlafen gegangen, resigniert, wie Anna durchaus bemerkt hatte, mit einem violetten Umriss war er durch die Lobby gelaufen, der ihn traurig hatte aussehen lassen. Als er aber nun mit seinem Koffer das Hotel verließ, umgab ihn ein optimistisches Purpur. Anna war beruhigt, als sie ihm hinterhersah.

Danach ging es im *Albergo Annina* turbulent zu. Mehrere Gäste reisten ab, Rechnungen mussten gedruckt, Geld musste kassiert, ein Taxi gerufen werden. Anna begleitete jeden Gast vors Haus und verabschiedete sich mit einer freundschaftlichen Umarmung. Von Gérard Depardieu ließ sie sich an seine breite Brust drücken, mit der sie allerdings erst in Kontakt kam, nachdem sie seinen fetten Bauch überwunden hatte. Silas Casper und Moritz Wallweber versicherten ihr, dass sie bald wiederkommen würden, spätestens, wenn es einen neuen Würdenträger in der Basilica mit einer moderneren Einstellung zur Homosexualität gab. Den Trumps richtete Anna herzliche Grüße an den großen Verwandten aus, und für Clara Morbé kopierte sie den Zeitungsartikel, weil man ja nie wissen konnte, ob ihr ausladendes Dekolleté im nächsten Jahr noch genauso imposant und verlockend sein würde. »Das Alter nagt!« Dass ihre Brust es in die Zeitung geschafft hatte, hatte ihr jugendlichen Esprit verliehen. Schwungvoll ließ sie sich ins Taxi fallen und winkte so exaltiert zurück, dass Anna mit einem unguten Gefühl zur Rezeption zurückging. Und tatsächlich! Der bunte Keramikaschenbecher fehlte!

»Schreckliche Leute«, flüsterte sie. »Die möchte ich wirklich nie wieder zu Gast haben.«

Valentino hatte es gehört. »Aber du wolltest unbedingt ausgebucht sein.«

Anna lachte. »Trotzdem – nie wieder Gäste mit so miesen Orthografiekenntnissen!«

Diesen Satz verstand Valentino überhaupt nicht, dem die Rechtschreibung seit eh und je ein Buch mit sieben Siegeln gewesen war. Ähnlich wie Filippo, der nicht einmal wusste, was mit Orthografie gemeint war. Zurzeit konnte er sowieso nur ein Wort fehlerfrei buchstabieren: Tochter!

Graziella hatte mit dem Putzen in Clara Morbés Zimmer begonnen und das Radio angestellt, um die Arbeit unterhaltsamer zu gestalten. Anna runzelte die Stirn, ging zu ihr und stellte das Radio leiser. »Es könnte ja noch jemand schlafen.«

Aber die Melodie hatte ihr gefallen. Und sie drehte sich noch den ganzen Tag in ihrem Kopf. »Es wär schon eine Sünde wert …«

Erstaunlich, wie Udo Jürgens es immer hinbekommen hatte, aus banalen Liedzeilen kleine Weisheiten zu schaffen. In Krokusblau und Kamelienrosa!

Danksagung

Ich danke meiner Freundin Gisela Tinnermann, die wieder einmal meine Erstleserin war, für ihre wertvollen Hinweise.